**Annie Darling** vit à Londres dans un petit appartement dont les murs menacent de se fissurer sous les piles chancelantes de livres qui les compriment. Elle a deux grandes passions : la littérature et Mr Mackenzie, son chat, un british shorthair.

De la même autrice, en grand format :

*La Petite Librairie des cœurs brisés*
*Coup de foudre à la librairie des cœurs brisés*
*Retour de flamme à la librairie des cœurs brisés*
*Noël à la librairie des coeurs brisés*

Au format poche :

*La Petite Librairie des cœurs brisés*
*Coup de foudre à la librairie des cœurs brisés*

CE LIVRE EST ÉGALEMENT DISPONIBLE AU FORMAT NUMÉRIQUE

www.editions-hauteville.fr

Annie Darling

# *Coup de foudre à la librairie des cœurs brisés*

Traduit de l'anglais (Grande-Bretagne) par Julie Lauret-Noyal

Hauteville

Hauteville est un label des éditions Bragelonne

Titre original : *True Love at the Lonely Hearts Bookshop*


ISBN : 978-2-8112-2554-4

Bragelonne – Hauteville
60-62, rue d'Hauteville – 75010 Paris

E-mail : info@editions-hauteville.fr
Site Internet : www.editions-hauteville.fr

*À mon Mr Mackenzie adoré.*
*Il tient à vous faire savoir qu'il nie toute ressemblance*
*entre Gourgandine et lui,*
*et qu'il a l'intention de me poursuivre en justice.*

# Chapitre premier

« C'EST UNE VÉRITÉ UNIVERSELLEMENT RECONNUE QU'UN CÉLIBATAIRE POURVU D'UNE BELLE FORTUNE DOIT ÊTRE EN QUÊTE D'UNE ÉPOUSE. »

Peter Hardy, océanographe, avait tout du petit ami idéal. Il était beau : blond et bronzé car il passait son temps à plonger dans des océans exotiques, et ses yeux étaient aussi bleus et profonds que les mers qu'il cartographiait. Mais sa beauté restait accessible, pas trop intimidante.

Peter Hardy était également intelligent. Après tout, impossible de devenir océanographe sans obtenir son bac avec mention et le faire suivre d'au moins deux doctorats. Peter Hardy avait aussi beaucoup d'humour – un peu ironique et légèrement cinglé, il était particulièrement doué pour dénicher des vidéos de chats hilarantes sur YouTube.

N'allez pas croire que ses qualités s'arrêtaient là. Peter téléphonait à sa mère chaque mercredi soir et chaque dimanche matin ; il était d'une ponctualité exemplaire et s'il risquait d'avoir plus de cinq minutes de retard – ce qui n'arrivait jamais –, il envoyait un texto pour s'excuser. Au lit, il était à la fois attentionné et passionné, sans jamais verser dans la perversion. Peter Hardy ne demanderait jamais à une fille d'enfiler une combinaison en caoutchouc rose ni de le gifler avec une chaussette humide, par exemple.

À tout point de vue, Peter Hardy était une prise de premier choix, un parangon de vertu masculine. Par conséquent, Verity Love, bien qu'elle soit la fille d'un pasteur et qu'elle se doive donc de montrer l'exemple, allait être obligée de l'éliminer à la première occasion.

*Ne jamais remettre au lendemain ce qu'on peut faire le jour même*, songea-t-elle en se cramponnant à un verre de pinot noir au goût de vinaigre. Elle sourit timidement à ses amies, toujours occupées à vanter les mérites de Peter Hardy, petit ami hors du commun.

— Il a l'air tellement adorable ! Mignon, mais également viril, commenta Posy avec enthousiasme. Bon, quand allons-nous enfin le rencontrer ?

— Oh, vous savez ce que c'est… Il est tellement pris par son travail ! C'est vrai, il n'est quasiment jamais là. Ça commence à poser problème, quand…

— Pigé. Tu veux le garder pour toi, décréta Nina en hochant la tête. On est toutes passées par là, mais Very, ça fait des mois et des mois ! Tu ne peux pas mettre indéfiniment sous clé ton océanographe hyper sexy.

— Ça fait vraiment si longtemps que ça ?

Bien sûr que oui. On était à présent fin juin ; or, Peter était apparu fort à propos au mois de novembre précédent, évitant à Verity de participer en solo aux festivités de Noël. En fait, la plupart du temps, celle-ci avait été aux abonnés absents ; mais qui aurait pu la blâmer de se régaler de son océanographe premier choix, après une période de disette de trois ans ?

— Mince alors, ça fait plus de six mois ! Waouh ! s'exclama-t-elle.

— Ne fais pas la timide. Je parie que vous êtes encore à baiser comme des fous, d'autant plus qu'il est souvent absent, répliqua Nina en repoussant ses cheveux actuellement blond platine derrière son oreille avant de pousser un petit soupir. Oh, bon sang, cette période-là me manque ! Après, on commence à se disputer pour savoir à qui c'est le tour de sortir les poubelles ou pourquoi le mec est physiologiquement incapable de rabattre la cuvette des toilettes.

Verity but une autre gorgée de vin pour se réconforter. Elles étaient assises dans le pub qui faisait l'angle non loin de la librairie de Bloomsbury, anciennement connue sous le nom de *Bookends*. Elles y travaillaient toutes les trois. La librairie s'appelait à présent *Au Bonheur des tendres*, depuis que Posy en avait hérité quelques mois auparavant et l'avait transformée en « l'unique point de vente capable de satisfaire tous vos besoins en littérature sentimentale ».

Bien des soirs, après une dure journée passée à vendre des livres, le personnel se retrouvait au *Midnight Bell*. Il s'agissait d'un établissement minuscule dont les boiseries datant des années 1930 étaient restées intactes, à l'instar du carrelage Art déco des toilettes. On pouvait également s'y procurer une bouteille de vin et deux paquets de chips pour moins de 10 livres avant 20 heures ; alors, qui se souciait de la puanteur du chlore en provenance de la piscine du club de remise en forme, quelques portes plus loin, ou du fait qu'elles ne pouvaient jamais poser leurs sacs à main par terre parce que la chienne du pub, Tess, un staffordshire bull terrier robuste, leur bavait dessus ? Tess était capable de sentir un reste de sachet de mélange Bombay ou une pomme planqués au fond d'un sac à cinquante mètres.

— En fait, puisque nous parlons de Peter, je ne pense pas que ça va durer encore longtemps entre nous, lança précipitamment Verity.

Elle avala les dernières gouttes de sa boisson aigre avant de se forcer à regarder Posy et Nina, qui affichaient toutes deux une expression consternée et des yeux ronds.

— Non !

— Tu disais qu'il était parfait !

— Je n'ai jamais dit qu'il était parfait, protesta Verity. Vous avez dit qu'il était parfait. Moi, j'ai simplement dit qu'il était très gentil.

— Il est parfait, répliqua Posy, qui refusait catégoriquement de se laisser fléchir.

Posy venait juste de se marier, mais parfois, Verity se demandait si son amie n'était pas encore plus amoureuse de Peter Hardy qu'elle-même. Cela dit, Posy s'étant unie à l'homme le plus grossier de Londres, sa préférence pour Peter Hardy n'était peut-être pas si surprenante que ça, après tout.

— Pourquoi ne t'accroches-tu pas à un homme pareil comme une acharnée ?

— Parce qu'il ne m'aimera jamais autant qu'il aime… euh… les océans, et que la mer peut être une maîtresse fort cruelle.

Verity était quasi certaine d'avoir volé cette réplique à *Moby Dick*. Ou peut-être à *Titanic*. Un truc où la mer était mise en vedette, quoi.

— Il est toujours parti, poursuivit-elle, et si les choses devenaient sérieuses, si nous avions des enfants, quelle sécurité aurions-nous, en sachant qu'il peut se faire manger par un requin ou qu'il peut y avoir une fuite dans son costume de plongée à tout moment ?

— J'ignorais que les océanographes travaillaient dans des eaux infestées de requins, s'étonna Nina en fronçant les sourcils. Il n'y a pas de règles de sécurité, pour ce genre de trucs ?

— On leur fait signer une décharge.

Trop, c'était trop. Ça durait depuis trop longtemps. Verity se leva sur des jambes flageolantes et bien moins déterminées qu'elle.

— Il faut vraiment que j'y aille, annonça-t-elle.

— Mais on n'a même pas terminé la première bouteille ! protesta Nina en agitant la bouteille en question pour montrer la quantité de vin restant à Verity. Et il n'est même pas dix-neuf heures trente. Tu couves quelque chose ?

— Ou tu couves juste Peter Hardy, océanographe ? interrogea Posy avec un sourire narquois.

Verity secoua la tête et ramassa son sac.

— Je ne sais pas pourquoi vous l'appelez comme ça. Comme si « océanographe » était son second prénom. Enfin, bon, je suis désolée de m'en aller comme ça, mais je vous avais dit que je ne pouvais rester qu'un petit moment. Vous savez que je n'aime pas passer directement du boulot à une sortie en société.

— Oh, mon Dieu, tu vas retrouver Peter Hardy, c'est ça ? Tu vas rompre avec lui ?

Nina ressemblait à la petite sœur tatouée et couverte de piercings de Marilyn Monroe. Pourtant, elle avait un jour avoué à Verity avoir été une adolescente mal dans sa peau (« avec les dents en avant, un appareil dentaire et des seins aussi gros que des piqûres d'abeille »). Elle avait compensé par son tempérament. Elle était depuis longtemps devenue d'une beauté resplendissante, dans le style pin-up des années 1950, mais elle avait conservé une expression outrée correspondant à chaque situation. À présent, elle écarquillait ses grands yeux bleus, faisait la grimace et demeurait bouche bée.

— Je n'ai pas encore décidé, répondit Verity. Peut-être.

Elle se contorsionna pour sortir de son coin exigu et faillit s'affaler sur Tess qui s'était faufilée là dans l'espoir de grappiller quelques chips.

— Mais tu ne peux pas rompre avec lui avant qu'on ait eu l'occasion de le rencontrer ! se lamenta Posy. Est-ce qu'on peut venir aussi ? Juste le temps de lui dire « bonjour »...

— Tu n'as aucun intérêt à lui dire « bonjour », tu es une femme mariée, fit remarquer Verity.

Posy sursauta.

— Oh, bon sang, c'est vrai ! J'oublie tout le temps, dit-elle en se ressaisissant. De toute manière, nous ne sommes plus à l'époque victorienne. Les femmes mariées ont le droit de dire « bonjour » à des hommes qui ne sont pas leur époux. Pouah ! Sebastian Thorndyke est mon mari. Comment est-ce que ça a bien pu arriver ?

Ça s'était produit pendant les quelques semaines tumultueuses au cours desquelles Posy avait relancé la librairie. En raison d'une étrange série d'événements dont Verity ne parvenait toujours pas à comprendre l'enchaînement, Posy était tombée amoureuse de Sebastian, son ancien ennemi juré. Elle l'avait épousé quinze jours auparavant dans la salle paroissiale de Camden Town. Les invités avaient à peine eu le temps de jeter des confettis au prétendu heureux couple avant que ce dernier ne traverse la rue au pas de course jusqu'à la gare de St Pancras pour grimper dans l'Eurostar afin de célébrer leur union à Paris avant même que l'encre ait séché sur leur certificat de mariage. Pas étonnant que Posy ait l'air un peu hébétée quand elle n'était pas en train d'afficher un sourire béat.

À présent, Verity tirait parti de cette extase pour battre en retraite de leur petite table.

— Tu ferais mieux de rentrer voir Sebastian, maintenant, dit-elle. C'est vrai, théoriquement, c'est encore votre lune de miel, non ?

— Ne rentre pas chez toi ! protesta Nina en faisant la moue. Ne deviens pas une de ces filles qui délaissent leurs amies juste parce qu'elles viennent de se marier.

Posy se tourna vers elle et Verity saisit cette occasion pour foncer vers la porte. Nina lui cria :

— Mais pourquoi Peter Hardy n'est-il pas sur Facebook ? Trop bizarre !

C'était bizarre, en effet ; mais comme Verity le leur avait expliqué – et sa sœur, Merry, l'avait confirmé – en tant qu'océanographe, Peter Hardy était employé par plusieurs gouvernements et détenait toutes sortes d'informations confidentielles concernant le changement climatique : il n'était donc pas autorisé à se servir des réseaux sociaux.

Enfin, un truc dans le genre, quoi.

Il avait plu pendant que Verity était au pub. Elle pouvait sentir l'odeur paradisiaque de la terre mouillée qui s'élevait de la chaussée humide et chauffée par le soleil d'été tandis qu'elle marchait sur les pavés ronds de Rochester Street, le long des commerces qu'elle connaissait si bien : le traiteur suédois, la confiserie à l'ancienne, les petites boutiques. Verity songea brièvement à rentrer chez elle, mais l'appartement situé au-dessus d'*Au Bonheur des tendres*, que Posy mettait gratuitement à disposition de Verity et Nina, n'était pas encore un véritable chez-elle. En outre, on était vendredi soir, le début du week-end ; et Verity avait le vendredi soir des rituels et une routine gravés dans le marbre.

Elle bifurqua à l'angle de Theobald's Road, pressant le pas le long des magasins, des boutiques et de l'agence immobilière qui exposait des fauteuils Eames aux couleurs vives, puis elle tourna vers Southampton Row, une rue animée et très éclairée, bondée de gens qui allaient retrouver des amis ou formaient de petits groupes joyeux à l'extérieur des bars, à bavarder. Verity disparut dans une ruelle minuscule sur sa droite. Elle dépassa un pub encore plus bourré de charme et plus vieillot que le *Midnight Bell*, et s'arrêta devant un petit restaurant italien. La façade était rouge et les vitres étaient couvertes de buée. En ouvrant la porte, elle fut accueillie par les rires et les bavardages des clients, le tintement des verres et l'arôme délicieux de l'ail et des épices.

Verity avait découvert *Il Fornello* un vendredi soir, quelques années auparavant, alors qu'elle arpentait les rues – mais non, n'allez pas vous imaginer des choses : elle était fille de pasteur, tout de même – pour retarder son retour chez elle. Son « chez-elle » étant à l'époque une chambre double qu'elle partageait avec sa sœur Merry dans une villa d'Islington, et dont la propriétaire était l'une des paroissiennes de son père. La famille était composée de cinq enfants, d'une fille au pair espagnole, de deux bichons frisés, d'un lapin, d'un couple de cochons d'Inde et d'un poisson rouge. Le bruit et les odeurs monopolisaient souvent tous les sens. Et pour arranger les choses, Verity, à ce moment-là, était redevenue célibataire après trois ans de relation avec Adam, son ex-petit ami. La rupture ne s'était pas bien passée, loin de là, et il était extrêmement difficile de broyer du noir dans une maison bruyante et aux odeurs incommodantes, dans laquelle elle ne disposait même pas de sa propre chambre.

Par conséquent, ce soir-là, les pieds et le cœur meurtris, bien que l'idée de dîner seule dans un restaurant suffise à provoquer chez elle des sueurs froides, Verity avait été entraînée à l'intérieur du *Il Fornello* par Luigi, le propriétaire, qui s'était avancé vers elle exactement comme il le faisait à présent pour l'accueillir.

— Ah ! Miss Very ! Vous êtes en retard, ce soir. On ne vous espérait plus. Votre table habituelle ?

— J'ai dû faire une halte sur le trajet, expliqua Verity en se frayant un chemin vers sa place – à l'écart, dans un coin, de manière à ne pas être importunée par des loups solitaires en mal de conversation.

Elle jeta un coup d'œil derrière elle pour vérifier qu'elle avait bien refermé la porte, et aperçut soudain Posy et Nina, qui épiaient par la fenêtre.

*Oh, non ! Elles n'ont pas osé ?!*

*Et si !*

Leur curiosité au sujet de Peter Hardy, océanographe, avait triomphé de leur bon sens, et elles avaient suivi leur amie. À présent, elles allaient sans aucun doute faire irruption au milieu des tables et des bancs rustiques. Son cœur se mit à battre la chamade et le temps lui sembla ralentir, puis se figer, exactement comme elle. Elle laissa échapper un soupir. Tout allait bien se passer. Elle pouvait gérer cette situation, s'en tirer en jouant l'effrontée. Sauf que le terme « effrontée » pouvait difficilement s'appliquer à Verity Love.

Celle-ci n'avait que deux options : affronter la situation ou prendre ses jambes à son cou. En règle générale, Verity choisissait toujours la seconde. Elle pouvait filer aux toilettes, s'enfermer dans les cabinets et refuser d'en sortir.

Sauf que ce n'était pas une bonne idée. C'était ridicule. Verity était une adulte parfaitement responsable, et il lui suffirait de tenir bon et d'inventer une excuse. Expliquer que Peter Hardy, océanographe, lui avait posé un lapin et qu'en réalité, elle avait essayé de leur dire qu'il s'était montré plutôt distant ces derniers temps, avec les océans qui les séparaient, tout ça… Ce serait l'occasion parfaite de se débarrasser de lui… Mais Verity était parfaitement consciente de ses propres limites, et improviser n'était pas dans ses cordes.

*Réfléchis ! Réfléchis ! Pour l'amour de Dieu, réfléchis !*

Verity jeta un coup d'œil affolé autour de la pièce, vaguement consciente de la présence de Luigi à ses côtés.

— Vous êtes toute rouge, Miss Very. Ça va ? Il fait lourd aujourd'hui, n'est-ce pas ? J'espère que vous n'allez pas tomber malade.

*C'est surtout sur mes copines que je n'aimerais pas tomber*, songea Verity avec désespoir. Et c'est à ce moment-là qu'elle l'aperçut.

Il était assis à une table pour deux, au fond de la pièce, face à une chaise vide qui semblait attendre que Verity s'y installe. Ce qu'elle fit, en priant pour que le rencard de ce type ne soit pas simplement allé aux toilettes.

L'homme fronça les sourcils et leva le regard de l'écran de son téléphone. Il était jeune. Dans la trentaine. Pas de tatouages visibles dans le cou, rien d'affreux dans sa tenue, une simple chemise blanche sous un pull presque assorti à la couleur de ses yeux bleu-vert étonnés. *Il fera l'affaire*, songea Verity. *Faute de mieux, ça fera illusion.*

— Bonjour ? dit-il avec froideur, comme s'il lui demandait : « Qui diable êtes-vous donc et pourquoi êtes-vous assise à ma table ? »

Verity risqua un coup d'œil autour de la pièce. Ses pires craintes s'étaient réalisées : Nina et Posy étaient entrées, et la cherchaient du regard. Posy l'aperçut et donna un coup de coude à Nina, qui fit signe de la main à Verity. Celle-ci reporta son attention sur le client solitaire. *Oh, mon Dieu!* Il n'avait pas l'air franchement ravi.

— Je suis vraiment désolée, s'excusa-t-elle. Vous êtes seul ?

L'homme baissa les yeux vers son téléphone et fronça de nouveau les sourcils. Même si en réalité, il n'avait jamais vraiment cessé de les froncer ; on aurait simplement dit que le froncement s'était accentué.

— Apparemment, répondit-il. (Le froncement de sourcils se dissipa légèrement et l'inconnu lui adressa un sourire crispé, sans enthousiasme.) Je sais que le restaurant est bondé, mais je préférerais manger seul, si ça ne vous dér...

— Very ! Ne fais pas semblant de ne pas nous avoir vues !

Verity ferma les paupières. Elle aurait tellement aimé que le fait de ne pas voir Nina et Posy les empêche aussi de la voir, elle ! Malheureusement, la vie n'était jamais aussi simple.

— S'il vous plaît ! gémit-elle. Je vous en supplie. Jouez le jeu. S'il vous plaît.

— Quel « jeu » ? s'enquit l'homme en face d'elle.

Mais il était trop tard.

Verity sentit des mains atterrir lourdement sur ses épaules et elle perçut le capiteux parfum à la rose dont raffolait Nina.

— Very ! Tu ne nous présentes pas ?

# Chapitre 2

## « Je n'ai assurément pas le talent de certains pour parler facilement à des gens que je n'ai jamais rencontrés auparavant. »

Verity garda les yeux clos et resta assise là, figée, en proie à la pire des mortifications. Son humiliation dura une éternité ou peut-être simplement quelques secondes ; puis elle perçut un léger déplacement d'air et quelque chose qui ressemblait à du cachemire effleura sa joue. Une voix déclara :

— Je m'appelle Johnny.

Verity ouvrit les paupières à contrecœur. Johnny s'était levé pour serrer la main à Posy et Nina, dont la mine était confuse.

— Johnny ? Vous n'êtes pas Peter Hardy, océanographe, alors ?

Nina s'exprimait d'une voix voilée où perçaient à la fois l'horreur et la jubilation. Plus tard, Verity l'assassinerait – après avoir eu une explication avec elle, une explication décisive. Il y avait des règles concernant ce genre de situation. On ne surprenait pas une copine en train de tromper son petit ami, et on ne caftait pas auprès de son prétendu amant. Ça ne se faisait pas, un point, c'est tout. C'était contre toutes les règles de base de la solidarité féminine.

Johnny baissa les yeux vers Verity, qui referma les siens, parce que l'expression de cet homme était tout sauf encourageante.

— Non, pas Peter, réussit-elle à articuler bien qu'il lui soit extrêmement difficile d'extraire les mots de sa gorge à cause de la boule qui s'y était nichée et de sa langue pâteuse. Je n'ai jamais dit que j'allais rejoindre Peter. C'est juste ce que vous avez pensé.

Au moins, à présent, le pire était passé ; Verity pouvait se contenter de mentir. Mentir en serrant les dents. Prétendre que Johnny était le fils d'un paroissien de son père – les paroissiens de son père ayant, fort commodément, beaucoup d'enfants à eux tous – et qu'ils étaient convenus de se retrouver là parce qu'il avait besoin de conseils spirituels. Même si les conseils spirituels étaient plutôt du ressort du père de Verity.

— Bon, enfin Johnny est…

— Je sais que c'est encore tout frais, mais je n'avais pas compris que tu voyais d'autres hommes, l'interrompit Johnny. Qui est donc ce Peter Hardy, océanographe ? Je dois m'en inquiéter ?

Une vague de chaleur envahit la poitrine de Verity, puis remonta le long de son cou jusqu'à ses joues, lui donnant l'impression que même le lobe de ses oreilles venait d'être plongé dans de l'eau bouillante. « Sa grenade venait de lui exploser à la figure », comme sa famille se plaisait à le dire. Déjà mauvaise, la situation avait empiré pour frôler la catastrophe assurée.

— Verity Love ! Vilaine, vilaine fille ! s'exclama Posy, ravie. Tu n'avais jamais dit que tu jonglais entre deux hommes ! Alors que tu es la fille d'un pasteur !

C'était leur remarque préférée dans les occasions où Verity commettait un acte ne serait-ce qu'un tout petit peu répréhensible. Depuis les jurons et les critiques peu charitables concernant les concurrents de jeux télévisés jusqu'au fait de voir deux hommes, apparemment.

— Oh, eh bien, le truc, c'est que… mince… je ne sais vraiment pas…

*Réussir à prononcer une phrase complète, ce serait vraiment chouette. Génial, même.* Verity sentit de nouveau deux mains se poser sur ses épaules et les serrer doucement, puis Nina posa le menton sur son crâne.

— Ne vous faites surtout pas de fausses idées au sujet de Very, dit-elle à Johnny.

Verity s'attendit à ce que Nina confie tous ses petits secrets. Comme elle connaissait son amie, celle-ci irait probablement raconter à cet étranger qui n'avait pas le moins du monde l'air impressionné que Peter Hardy laissait Verity seule bien trop souvent lorsqu'il partait s'occuper de ses affaires sur les océans, et que comme Verity avait des besoins, on ne pouvait pas la blâmer d'aller chercher ailleurs. C'était une réflexion que Nina se faisait souvent à haute voix, généralement quand la boutique était pleine de clients, car elle n'avait aucun respect pour les limites des autres.

— Laissez-moi vous parler de cette femme, poursuivit-elle. Un jour, elle a emprunté la voiture de son propriétaire et a roulé sous une pluie torrentielle, un soir de semaine, pour venir me chercher dans un camping du Derbyshire où j'avais été lâchement abandonnée par mon connard d'ex-petit ami. De toutes les personnes que je connais, c'est elle qui a le cœur le plus tendre.

L'homme, Johnny, était toujours debout. Il était grand et élancé – assez grand pour que Verity soit obligée de pencher la tête en arrière pour capter le regard pénétrant qu'il lui adressait, comme s'il envisageait qu'elle puisse être autre chose qu'une menteuse éhontée qui s'invitait sans qu'on lui ait rien demandé.

— Écoute, nous n'avons pas encore discuté de la question de l'exclusivité dans notre relation, dit Verity. C'est vrai, nous n'avons même pas encore eu un seul rencard.

Elle était parvenue à cracher deux phrases complètes sans mentir. *Enfin, presque sans mentir.* D'ailleurs, tout allait bien se passer, car Johnny se rassit avec un sourire qui n'était plus crispé, cette fois, mais léger, comme si toute cette histoire n'était qu'une distraction amusante au regard de ce qui lui faisait froncer les sourcils auparavant.

— Il ne faut jamais remettre à plus tard ce qu'on peut faire immédiatement, je crois, répliqua-t-il. Discutons-en tout de suite. Mesdames, c'était un plaisir. Je suis certain que nous nous reverrons bientôt.

Nina et Posy ne battirent en retraite que lorsque Verity se retourna pour leur lancer un regard signifiant très clairement : « Je songe à au moins dix manières de vous assassiner, toutes les deux, et de maquiller ça en accident. » Elle aurait aisément pu rester ainsi toute sa vie, mais Posy et Nina étaient à la porte, les pouces en l'air, en train d'articuler silencieusement des trucs comme : « Fonce ! » et « Vas-y, ma belle ! » Johnny s'éclaircit ostensiblement la voix et Verity fut bien obligée de se retourner.

— Je suis vraiment désolée. J'ai paniqué et je n'ai pas trouvé d'autre échappatoire, avoua-t-elle en fixant les yeux sur ses mains, dont les articulations étaient devenues toutes blanches à force de se cramponner au rebord de la table.

Elle avait une tache d'encre noire sur le pouce.

— Probablement pas aussi désolée que Peter Hardy, océanographe, observa Johnny.

— Il n'y a pas de Peter Hardy. Écoutez, je suis vraiment navrée et j'ai déjà assez abusé de votre temps…

— Qu'entendez-vous exactement par : « Il n'y a pas de Peter Hardy » ?

Johnny avait une voix hautaine – ce qui était juste une façon détournée de dire qu'il avait une voix de snob – mais chaleureuse, comme s'il souriait. Toutefois, Verity ne pouvait ni confirmer ni infirmer ce fait : elle scrutait toujours la tache d'encre sur son pouce.

Elle leva les yeux. Elle n'avait pas encore eu le temps de s'assurer d'autre chose que de l'apparence normale de Johnny ; à présent, elle comprenait pourquoi Posy et Nina s'étaient bousculées pour mieux le voir.

Qui aurait pu les en blâmer ? Ce Johnny était effectivement très beau, dans le style *Bright Star* ou *Oh-oui-pendant-mon-temps-libre-je-fais-à-l'occasion-un-peu-de-mannequinat-pour-Burberry*. Il avait les pommettes hautes et lorsqu'il ne souriait pas, ses lèvres pleines, voluptueuses et douces prenaient un délicieux air boudeur. Ses épais cheveux châtain clair et brillants étaient coupés court sur la nuque et sur les côtés mais laissés libres sur le sommet du crâne, si bien qu'il les repoussait sans cesse, ce qui mettait d'autant plus en valeur ses pommettes ridiculement bien dessinées et ses yeux bleu-vert, ou peut-être même vert-bleu, qu'il serait d'ailleurs judicieux de cesser de regarder fixement comme un lapin pris dans les phares d'une voiture. On aurait dit une version adulte des étudiants en art railleurs dont Verity était éprise à l'adolescence. Malheureusement, ces garçons s'étaient toujours moqués de son béguin, parce que Verity était l'une des cinq filles du pasteur et qu'elle n'était pas assez belle pour que cette bizarrerie ne pose pas problème.

Elle n'était pas non plus hideuse, loin de là ; mais elle n'était jamais parvenue à attirer leur attention. Pas comme avec cet étranger qui attendait avec une légère impatience qu'elle se mette à parler et dont les doigts tambourinaient sur la table.

*Peter Hardy, océanographe. Par où commencer ?*

*Eh bien...* Elle pouvait toujours commencer par la vérité.

— Euh, Peter Hardy est né d'une conversation idiote avec ma sœur Merry sur les caractéristiques que devrait réunir mon petit ami idéal. À la fin, nous disposions de toute une histoire le concernant ; mais il n'a jamais été qu'un amoureux imaginaire, jusqu'à ce que mes amies... ça partait d'une bonne intention... mais vous voyez, elles ne cessaient pas d'essayer de me caser avec le premier célibataire venu ou de m'inscrire sur des sites de rencontre et, oh mon Dieu, vous connaissez cette application, Pécho ?

Johnny frissonna.

— Tous les moins de trente ans sont obsédés avec ça, au bureau, répondit-il.

— J'ai été obligée de l'installer sur mon téléphone, parce que c'était plus simple que d'expliquer pour la centième fois pourquoi ça ne m'intéressait pas d'être en couple. Et un soir, j'ai laissé mon téléphone sur la table d'un pub avant d'aller aux toilettes. À mon retour, mes amies avaient choisi des horreurs et soudain, je me suis entendue déclarer que j'avais déjà un petit ami et qu'il s'appelait Peter Hardy.

— Océanographe, dit Johnny en hochant la tête. Voulez-vous boire quelque chose, Very Love ?

Prononcé par cette voix mate et veloutée, son nom ressemblait moins à une carte de Saint-Valentin ringarde qu'on aurait traduite de l'anglais au japonais avant de la retraduire en anglais. Verity réprima un frisson.

— C'est Verity, en fait, expliqua-t-elle. Mon prénom. Mais tout le monde m'appelle Very. Pardon.

Verity aurait vraiment dû s'excuser une nouvelle fois et retourner se planquer dans son recoin habituel, mais elle convint que prendre un verre serait agréable. Luigi se précipita vers eux. Ils commandèrent chacun un verre de malbec.

Verity relata ensuite ses déboires en matière de relations amoureuses. Elle était célibataire depuis trois ans, après l'implosion spectaculaire, pénible et douloureuse de sa seule et unique tentative de couple. Vu les retombées monumentales de sa rupture avec Adam, Verity était heureuse de se retrouver seule, mais le monde extérieur n'était pas heureux qu'elle soit heureuse.

— Elles ne sont pas méchantes, mes amies. Vraiment pas. C'est juste que la plupart d'entre elles sont en couple ou obsédées par l'envie de l'être et qu'elles s'attendent à ce que moi aussi, je désire constituer la moitié d'un couple. En plus, quand il s'agit de me trouver des rencards, elles ne sont vraiment pas regardantes.

Verity grimaça au souvenir d'un rendez-vous embarrassant avec un type que Nina avait rencontré dans une soirée. Ce dernier s'était révélé être un « pur dominant », comme il se plaisait à se décrire, et il souhaitait savoir si Verity avait besoin dans sa vie « d'un homme capable de lui offrir une autorité ferme mais pleine d'affection ». Verity n'avait pas su quoi dire ; fort heureusement, son expression glaciale avait répondu à sa place.

— Moi aussi, mes amis essaient de me caser, avoua Johnny tandis qu'on leur apportait leurs boissons. Ça n'a jamais été un franc succès. (Il leva son verre pour trinquer avec Verity.) À la vôtre. Et à en juger par les femmes avec qui ils tentent de me caser, on dirait qu'ils n'ont pas une très haute estime de moi. En général, ces filles sont tellement jeunes que j'hésite à leur demander leur pièce d'identité, ou alors ce sont des divorcées bourrées d'amertume. La dernière voulait que j'aille assassiner son ex-mari. Bien sûr, quand je me plains, mes amis m'accusent de faire le difficile. Ils affirment que je dois me fixer.

— C'est pour ça que j'ai opté pour le faux petit ami, expliqua Verity. C'est d'ailleurs très commode que son travail le tienne aussi souvent éloigné.

Elle ne parvenait pas à y croire : elle était en train de discuter de son petit ami imaginaire avec un parfait inconnu.

— Je suis heureuse à cent pour cent d'être célibataire, ajouta-t-elle. Mais j'ai du mal à en convaincre mes amies.

Johnny pinça les lèvres d'un air pensif, ce qui rendit sa bouche encore plus appétissante.

— Peut-être n'avez-vous pas encore rencontré la bonne personne, tout simplement.

— Je n'ai pas envie de rencontrer la bonne personne. J'ai un travail prenant, des amies géniales, un chat extrêmement tyrannique. Je n'ai besoin de personne d'autre dans ma vie. (Verity serra son verre un peu plus fort.) Alors, et votre histoire à vous ? Vous n'avez certainement aucun mal à rencontrer des femmes ?

Johnny baissa la tête. Verity eut la certitude que c'était pour masquer son sourire timide mais ravi ; il devait avoir des miroirs chez lui et il avait dû constater qu'il était très séduisant.

— Non, je n'ai pas de souci pour rencontrer des femmes.

*Bien sûr !* C'était évident. À présent qu'elle n'était plus crucifiée sur l'autel de son propre embarras, Verity parvenait à assimiler les données brutes en face d'elle. Aucun homme ne pouvait ressembler à ça et…

— Oh, j'ai compris ! s'exclama-t-elle. Vous êtes gay. OK. Et vous n'en avez pas parlé à vos amis ? Vraiment ? Enfin, ce ne sont pas mes affaires, j'imagine.

— Je suis flatté, rétorqua Johnny d'une voix à présent aussi cassante que du fil barbelé qui avait perdu toute sa douceur veloutée. Vous n'avez même pas dit ça comme une question, juste comme un constat sans équivoque. Mais non, je ne suis pas gay.

Verity porta les mains à ses joues écarlates.

— Pardon. Ce n'est pas dans mes habitudes de faire faire leur coming-out aux gens… Un de mes meilleurs amis de l'université était gay. Et deux de mes cousins. Je suis à fond pour les droits des LGBT. J'adore les homos !

— Eh bien, je suis content de l'apprendre. Mais je ne suis toujours pas gay.

Les yeux de Johnny étaient devenus d'un bleu intense. Comme la mer en hiver : couverte de givre et glaciale. Verity le soupçonnait d'être un Darcy. Il était très rare de croiser un Darcy.

Lorsqu'elle rencontrait des gens, Verity finissait toujours par leur attribuer un des rôles d'*Orgueil et Préjugés*, probablement parce qu'elle avait lu ce livre tant de fois qu'elle le connaissait par cœur. Elle avait croisé beaucoup de Jane Bennet et de Charles Bingley ; bien trop de Mr Collins, un Wickham de temps en temps, mais un Darcy, c'était encore plus rare qu'un célibataire pourvu d'une belle fortune et réellement en quête d'une épouse. D'ailleurs, rencontrer un Darcy n'était pas très amusant.

En réalité, son embarras dura environ dix secondes, jusqu'à ce que le téléphone de Johnny se mette à biper. Il s'en empara et Verity s'aperçut qu'elle n'avait aucune raison valable de rester assise là, à souffrir.

Elle lui dit « au revoir » et se leva, mais Johnny, rivé à son téléphone, ne sembla pas s'apercevoir de son départ précipité.

— Mettez les deux consommations sur ma note, cria-t-elle à l'intention de Luigi qui ne parvenait pas à cacher son incrédulité : Verity venait de déroger à sa routine du vendredi soir, pour la première fois en trois ans.

Et en prime, on venait de la voir en compagnie d'un homme.

# Chapitre 3

## « C'EST VRAIMENT UNE SOIRÉE OÙ L'ON VA DE SURPRISE EN SURPRISE ! »

Tous ses plans pour le dîner ayant été contrariés, Verity regagna Rochester Street, où elle acheta une petite barquette de fish and chips accompagné d'une purée de petits pois à emporter. Après tout, on n'était jamais aussi bien que chez soi.

— Peux-tu récupérer ton chat au passage ? demanda Liz derrière le comptoir. Ça fait des heures qu'il miaule dans l'arrière-cour.

— Oh ! Je suis vraiment désolée, marmonna Verity.

Elle avait emménagé dans l'appartement situé au-dessus d'*Au Bonheur des Tendres* la semaine précédente, déterminée à garder Gourgandine à l'intérieur pendant au moins un mois de manière qu'il puisse s'acclimater à son nouvel habitat et ne reparte pas pour Islington. Mais dès que Gourgandine avait compris que sa nouvelle maison se trouvait à moins de cent mètres d'une friterie et d'un traiteur suédois équipé d'un fumoir dans son arrière-cour pour faire sécher le saumon, il avait multiplié les efforts pour s'échapper. D'habitude le plus paresseux et le plus alangui des minets, Gourgandine avait pris l'habitude, ces derniers temps, de foncer vers n'importe quelle porte ouverte pour goûter à la liberté… et au poisson.

Verity en avait été réduite à coller des affiches tout le long de Rochester Street, avec une photo de Gourgandine dans toute sa splendeur grassouillette, suppliant les voisins de « Ne pas nourrir ce chat. Il suit un régime basses calories très strict. »

Gourgandine n'avait visiblement pas été mis au courant de la petite note concernant son régime. Il se trouvait à la porte de derrière de la friterie, debout sur ses pattes arrière – Verity était stupéfaite que celles-ci réussissent à soutenir le reste de son corps – comme pour exiger qu'on lui ouvre.

— Qu'est-ce que tu fabriques ? lui demanda Verity.

Mais Gourgandine prétendit ne pas l'entendre. Il faisait souvent ça. Allez savoir pourquoi, il restait sourd aux supplications de Verity de la laisser tranquille et de cesser d'utiliser son visage comme oreiller, mais il était capable d'entendre quelqu'un mastiquer un bout de fromage à plusieurs pièces de distance et au beau milieu d'un orage.

Au bout du compte, Gourgandine n'accepta de se laisser entraîner loin de la friterie qu'une fois que Verity lui eut offert un morceau de poisson provenant de son propre dîner. Elle le prit ensuite dans ses bras et le porta tout le long de la rue tandis qu'il se tortillait furieusement, jusqu'à la ruelle pavée de galets ronds où *Au Bonheur des tendres*, anciennement *Bookends*, trônait depuis plus de cent ans.

Rochester Mews avait vraiment gagné en élégance, ces dernières semaines. Certes, il y avait encore une rangée de boutiques vides et délabrées d'un côté, mais la librairie *Au Bonheur des tendres* était resplendissante avec sa nouvelle façade gris taupe et rose giroflée. Verity ne s'était pas encore habituée à la bouffée de fierté qui envahissait sa poitrine lorsqu'elle apercevait son lieu de travail et son nouveau chez-elle – même si aujourd'hui, ladite bouffée était accompagnée des griffes de Gourgandine.

Elle n'était pas la seule habitante à être enchantée de la bonne fortune d'*Au Bonheur des tendres.* Depuis que Posy avait refait une beauté aux bancs en bois et avait taillé les arbres de la ruelle, l'endroit était devenu le coin préféré d'une bande de gosses à capuches venus de la cité voisine, qui se rassemblaient désormais sur les bancs presque tous les soirs pour fumer de l'herbe.

Nina leur avait demandé si ça ne les dérangerait pas d'aller fumer ailleurs ; mais apparemment, dans tous leurs repaires habituels, ils couraient le risque d'être aperçus par un parent ou un professeur. Ils avaient malgré tout accepté de se réunir uniquement après les horaires d'ouverture, et Nina et Verity avaient décidé qu'il valait mieux rester en bons termes et entretenir un rapport affectif avec eux.

— Ça gaze, Very ? T'es trop canon, ma jolie ! lança la plus petite des capuches.

Verity afficha ce qu'elle espérait être un sourire poli mais pas le moins du monde encourageant et pressa le pas vers la librairie, cramponnée à ses clés. Celles-ci pourraient lui servir d'arme si besoin.

Gourgandine se tortillait toujours sous son bras, l'air malheureux. Verity déverrouilla la porte et pénétra à l'intérieur. Elle se laissa envahir par une énième bouffée de fierté en passant en revue les étagères, qu'elle avait elle-même méticuleusement peintes pour certaines, et elle inhala l'odeur des vieux livres et le parfum des bougies spécialement commandées qui flottait encore dans la pièce.

La vaste salle principale, où se tenait Verity, disposait d'assez d'espace pour accueillir trois canapés à l'affaissement inégal arrangés autour d'un présentoir. Ce dernier rendait hommage à Lavinia, leur ancienne patronne, mettant à l'honneur ses ouvrages préférés (depuis *La Poursuite de l'amour* de Nancy Mitford jusqu'à *Riders* de Jilly Cooper) et un vase des roses qui avaient été sa marque de fabrique.

L'un des murs était entièrement recouvert de livres, l'autre de vitrines vintage remplies d'objets en lien avec la romance, depuis les tasses et les bougies parfumées jusqu'au papier à lettres, aux bijoux, aux tee-shirts, aux cartes de vœux et aux papiers cadeau. Et aux tote bags. Posy nourrissait une véritable obsession pour ces derniers.

À gauche et à droite de la pièce principale s'ouvraient des arches menant à une enfilade d'antichambres, chaque section – Classiques, Historiques, Régence, Antiquité, Poèmes et Pièces de théâtre, et même Littérature érotique – étant signalée en rose giroflée sur les boiseries grises. Et enfin, tout au bout des antichambres, une double porte vitrée donnait sur le salon de thé.

Du moins, elle ouvrirait sur un salon de thé dans une quinzaine de jours ; mais pour l'instant, la pièce était en travaux. Ce qui empoisonnait l'existence de Verity, mais pas autant que Gourgandine, dont les tortillements devenaient vraiment insupportables. Verity referma vite la porte de la librairie derrière elle avant de relâcher avec soulagement les neuf kilos que pesait le british shorthair bleu déchaîné.

— Tu es vraiment pénible, déclara Verity à Gourgandine.

Celui-ci fonça vers le comptoir et se mit à miauler avec impatience en agitant la queue devant la porte qui séparait la librairie de l'escalier menant à l'appartement.

— Tu peux miauler tout ton soûl, je ne partagerai pas mon dîner avec toi.

Gourgandine suivit Verity dans les marches.

— Je vais au salon, et je vais fermer la porte pour ne plus t'entendre. La journée a été longue et j'ai besoin de calme.

Les miaulements se firent de plus en plus furieux, augmentant en décibels. Certaines personnes possédaient des chats silencieux qui les jaugeaient du regard ; Verity aurait adoré un tel félin. Elle se résigna : elle savait que lorsqu'elle déposerait son fish and chips dans une assiette avec sa purée de petits pois et se servirait un verre de vin rouge, Gourgandine serait sur ses genoux, la tête dans son repas.

Mais quand Gourgandine mangeait, au moins, il était silencieux.

*Silencieux…*

Verity s'arrêta en haut des marches et inspira profondément. Ses épaules s'affaissèrent, ses membres se relâchèrent tandis qu'elle vidait l'air de ses poumons. Elle ferma les yeux, s'autorisa à prendre une autre inspiration profonde par le nez avant d'expirer par la bouche. Elle sentait déjà les tensions de la semaine, et tout particulièrement celles liées aux événements traumatisants des deux dernières heures, refluer pour être remplacées par une délicieuse sensation de calme et de tranquilli…

— Salut ! Je suis entrée directement, j'espère que ça ne te dérange pas ?

Elle entendit la porte de la librairie se refermer à la volée en crissant sur ses gonds.

— Oh ! Tu étais au milieu d'une séance de méditation ? Quelle connerie ! Pourquoi fais-tu ça en haut de l'escalier ? Tu veux que je me taise ? Pas de problème. Tu ne t'apercevras même pas que je suis là.

Verity ouvrit les yeux pour mieux fusiller sa sœur du regard. Comme d'habitude, elle eut l'impression de se contempler elle-même à travers un filtre Instagram extrêmement flatteur. « Le bon pasteur et l'épouse de notre bon pasteur », comme on appelait habituellement les parents de Verity, avaient eu la bonne fortune d'avoir cinq filles. Connie, l'aînée ; Merry, puis Verity et, pour fermer la marche, les jumelles Immy et Chatty. Contrairement à leurs sœurs qui avaient hérité de la constitution élancée et athlétique de la branche paternelle de la famille, Merry et Verity tenaient plutôt de leur mère. Elles étaient nettement plus petites mais « sveltes », comme l'affirmait Merry – de l'avis de Verity, « maigrichonnes » aurait été plus approprié. Heureusement, leur grand-tante Hélène ne manquait jamais de leur rappeler que du côté maternel, les femmes engraissaient toutes en vieillissant.

Elles avaient également toutes deux les cheveux d'une couleur indéterminée, ni raides ni frisés, oscillant entre les deux en fonction du temps, tendant vers le châtain terne en hiver et le châtain banal en été. Leurs grands yeux bruns étincelaient sous des sourcils délicatement arqués, mais Merry avait le visage plus doux, alors que Verity avait déjà des rides sur le front. Et à l'évidence, Merry avait absorbé jusqu'à la dernière goutte de confiance en soi et d'assurance du patrimoine génétique de la famille, bien que ledit patrimoine génétique se soit renouvelé à temps pour l'arrivée d'Immy et Chatty. Cela dit, hors de question que Verity aille au tapis sans lutter.

— Je t'ai confié une clé en sachant parfaitement que c'était une grossière erreur. Tu ne devais l'utiliser qu'en cas d'urgence, fit-elle remarquer à sa sœur.

Merry la fusilla du regard à son tour.

— Dougie est de service le soir, ce week-end, et je m'ennuyais, répliqua-t-elle.

Aux yeux des sœurs de Verity, s'ennuyer constituait un cas d'extrême urgence. Verity secoua la tête et poussa un soupir.

— Ne soupire pas comme ça, Very !

Merry emboîta le pas à sa sœur au moment même où Gourgandine faillit la faire trébucher sur le chemin de la cuisine.

— Tu as les soupirs les plus agressifs que je connaisse, ajouta Merry tandis que Verity déballait son poisson, ses frites et sa purée de petits pois sur une assiette, s'emparait d'un couteau, d'une fourchette et d'un verre, puis calait une bouteille de vin rouge sous son bras. C'est une portion indécente ! Je peux en avoir un peu ?

— Non ! Je vais au salon. Je ferme la porte. Interdit de me déranger pendant trente minutes complètes. C'est parti. On synchronise nos montres.

Merry consulta sa montre et grommela l'heure à haute voix, avec mauvaise grâce et une moue que Verity ignora. Elle était totalement immunisée contre cette arme.

— Qu'est-ce que je suis censée faire pendant que tu dînes en refusant de partager alors que je n'ai même pas encore mangé ?

— Fais appel à tes réserves de force intérieure, rétorqua Verity sans aucune empathie. Tu dois bien en avoir un peu.

Puis elle ferma la porte du salon au nez d'une Merry boudeuse et d'un Gourgandine outré, déposa son assiette sur la table basse et s'effondra sur le canapé. Un canapé très confortable, à l'imprimé floral plutôt criard. Verity s'étira. Malgré le risque que ses frites et son poisson refroidissent vite, elle ferma les yeux et ne se préoccupa plus du monde extérieur, y compris des miaulements de Gourgandine de l'autre côté de la porte.

Porte qui s'ouvrit soudain à la volée. Une seconde plus tard, Gourgandine atterrit sur la poitrine de Verity, lui coupant littéralement le souffle. Merry passa la tête dans l'entrebâillement.

— Je peux prendre un peu de fromage dans le frigo ? s'enquit-elle d'un ton plaintif.

— Oui ! répondit Verity, les dents serrées. Prends ce chat avec toi.

Verity réussit à enchaîner vingt respirations profondes avant d'être de nouveau interrompue.

— Pardon. C'est juste que tu as emporté la bouteille et je me demandais si je pouvais avoir un peu de vin.

La porte se referma sur Merry et la bouteille de vin de Verity, avant de se rouvrir aussitôt.

— Pardon ! C'est juste que maintenant que j'ai le fromage et le vin, j'ai besoin de crackers. Tu en as ?

Verity tapa du pied, exaspérée.

— Un peu de pitié pour mes pauvres nerfs ! Tu les mets à rude épreuve. (Elle se redressa sur le canapé.) Tu ferais mieux de venir. C'était ton plan depuis le début.

— « J'ai pour tes nerfs la plus haute estime. Ce sont de vieux amis », répliqua Merry en citant *Orgueil et Préjugés*. Je peux te piquer quelques frites ?

Face à l'inéluctable, Verity ne pouvait que céder.

— Vas-y. Empiffre-toi. D'ailleurs, j'ai de tristes nouvelles.

Merry se tourna vers sa sœur, la bouche pleine de frites tièdes.

— Oh ?

— J'ai dû éliminer Peter Hardy. Ou plutôt, Posy et Nina m'ont surprise en train de le tromper.

Verity aurait préféré réfléchir à sa fâcheuse situation en silence, mais ce n'était visiblement pas une option. Elle résuma donc les faits à sa sœur.

— Sincèrement, tout est leur faute ! se lamenta Verity lorsqu'elle eut fini de blâmer Posy et Nina qui l'avaient jetée dans les bras d'un autre homme.

— Mais, Very, ton petit ami imaginaire n'était censé exister que le temps des fêtes de Noël, lui rappela Merry.

Ce fut au tour de Verity de faire la moue.

— Un petit ami imaginaire, ça devrait durer toute la vie, pas juste un Noël, si ? protesta-t-elle.

— Comment voudrais-tu que ça marche ? Tu te serais aussi inventé des enfants, à un moment ? Peut-être même un faux chien ?

— Pas de faux chien. Gourgandine préfère rester enfant unique.

Elles entendirent soudain la porte de la librairie claquer, puis des pas résonnèrent, de plus en plus fort. Quelqu'un montait l'escalier. Nina apparut à la porte du salon.

— Oh. Mon. Dieu ! dit-elle en guise de salut. Tu l'as rencontré, Merry ? Tu as croisé le beau mâle hyper chic que fréquente ta sœur alors qu'elle est censée être amoureuse de Peter Hardy, océanographe ?

— Non ! (Merry agita la main en l'air.) De toute façon, ça fait des plombes que Peter Hardy ne fait plus partie du tableau. Alors, cet autre mec ? Very n'a rien voulu révéler. Il est bien foutu ?

— Non seulement il est bien foutu, mais aussi beau gosse. Et il a une de ces voix ! Comme Benedict Cumberbatch ou Tom Hiddleston. Tu sais ? Une voix à te faire tomber la culotte, répondit Nina en dégainant son téléphone. J'ai réussi à prendre une photo de lui, mais bon, elle est un peu floue.

— Fais voir !

Merry grimpa pratiquement sur sa sœur pour atteindre le téléphone de Nina.

— Dommage que ton crâne soit en plein milieu, Very ! Tu aurais pu penser à te pousser sur le côté.

— C'est promis, je m'en souviendrai la prochaine fois, marmonna Verity qui mâchonnait pensivement une frite froide.

— Alors, raconte-moi tout ! exigea Nina en s'affalant sur le canapé.

Verity se retrouvait à présent prise en sandwich entre sa colocataire et sa sœur.

— Comment vous êtes-vous rencontrés ? poursuivit Nina. C'est lui qui a dû t'approcher. C'est vrai : tu n'es pas du genre à faire le premier pas. Est-ce que tu lui as lancé ton regard vide, la première fois qu'il t'a abordée ?

— Je vais peut-être finir par me servir de ce regard vide, moi aussi, intervint Merry en donnant un petit coup de coude à Verity et en lui souriant comme si toute cette histoire était vraiment amusante. Il a séduit Peter Hardy, océanographe, et maintenant cet autre mec… Comment s'appelle-t-il, déjà ?

— Johnny, répondit Nina. D'habitude, les types snob ne me plaisent pas, mais pour lui, je ferais une exception.

— J'aime bien les mecs snob, déclara Merry. Dougie l'est un peu, même s'il essaie de prétendre le contraire. Il avale ses « h », mais ça ne suffit pas à effacer son parcours scolaire à St Paul et à l'école militaire.

— Moi, je suis déjà sortie avec un soldat de deuxième classe, dit Nina.

Verity se leva du canapé. Sa présence n'était plus requise, surtout maintenant que Nina était en train de tout dévoiler sur son ancien petit ami soldat. Elle racontait la blague qu'il avait l'habitude de faire avec son pénis en érection et une demi-pinte de bière blonde pendant que Merry poussait de petits cris de délice horrifié.

Verity se faufila entre les cartons et les sacs qui attendaient encore d'être déballés pour regagner sa chambre.

Il s'agissait de l'ancienne chambre de Posy, mais à l'époque où celle-ci l'occupait, chaque surface était couverte de piles de vêtements et de livres. Verity adorait Posy ; toutefois, comme l'avait un jour fait remarquer Sebastian, c'était une vraie souillon. À présent que les affaires de Posy avaient pour la plupart quitté les lieux – Verity avait malgré tout retrouvé une demi-douzaine de chaussettes solitaires, quelques ouvrages écornés et un Bounty si ancien qu'il s'était calcifié sous le lit – et que Verity n'avait pas encore défait les siennes, la pièce était vide ; ce qui ne l'empêchait pas d'être accueillante.

Un vaste bow-window donnait sur la cour et des étagères étaient disposées dans les alcôves, de chaque côté de la magnifique cheminée édouardienne carrelée. Elles semblaient attendre que Verity y installe ses livres et ses bibelots. Verity possédait un énorme fauteuil que Merry et elle avaient déniché dans une benne, sur Essex Road ; la jeune femme avait dépensé une somme d'argent folle pour le faire recouvrir de velours bleu outremer. C'était son compagnon de lecture. Son sanctuaire. L'endroit où elle se pelotonnait sous les couvertures pour oublier le reste du monde.

Verity récupéra la couverture en patchwork tricotée par son arrière-grand-mère et se blottit dans son fauteuil. En dépit de tout ce qui lui était arrivé ce soir-là, il n'était que vingt et une heures trente. *Incroyable.* C'était la fin du mois de juin, les journées étaient longues et brumeuses, et à la fenêtre, le ciel était encore clair. Si elle tendait l'oreille, Verity pouvait entendre de petits cris et des gloussements en provenance du salon, ainsi que des voix qui se disputaient dans la cour au-dessous.

Verity choisit donc de ne pas tendre l'oreille. De ne pas prêter attention aux bruits, aux parasites. Elle ramena ses genoux contre sa poitrine et tout devint silencieux. Elle pouvait enfin s'entendre penser ; mais elle décida de ne pas trop réfléchir non plus, car quand elle le faisait, tout ce à quoi elle parvenait à songer, c'était à un bel homme aux yeux bleu-vert, assis en face d'elle en train de l'observer ou de se moquer d'elle.

Rien de bon ne pouvait advenir d'un homme tel que celui-là.

# Chapitre 4

« ET QUE SUIS-JE CENSÉ FAIRE EN PAREILLE CIRCONSTANCE ? ON DIRAIT BIEN QUE TOUT CELA EST SANS ESPOIR. »

Bien qu'elle n'ait plus à se préoccuper de son faux petit ami, les jours suivants, Verity n'eut pas une minute à elle.

Au cours des trois courtes semaines qui s'étaient écoulées depuis que *Bookends* était devenu *Au Bonheur des tendres*, la librairie autrefois déserte s'était transformée en fourmilière grouillante de clients qui voulaient à tout prix acheter des livres. Pour certains, ils faisaient partie de l'habituelle hausse de fréquentation estivale ; d'autres venaient en raison de la nouvelle image romantique promue par *The Guardian*, *The Bookseller* et d'innombrables blogs littéraires. Posy était même passée sur BBC News.

Le tintement constant de la caisse enregistreuse, avec son petit son métallique triomphant, sonnait comme une douce musique aux oreilles de Verity. Faire la caisse tous les soirs n'était plus une corvée, mais se révélait une source de joie et d'émerveillement. La seule chose que Verity n'appréciait pas dans le fait qu'*Au Bonheur des tendres* soit devenu une librairie à la mode, c'était le bavardage incessant du public désireux d'acheter des romances et la question : « Vous travaillez ici ? » dès que Verity s'aventurait à l'étage de la boutique. C'était une question rhétorique, car Verity portait à présent l'uniforme obligatoire, un tee-shirt gris orné du logo rose *Au Bonheur des tendres*.

— Je fais partie de l'administration, marmonnait Verity en se crispant au cas où un client oserait l'effleurer.

Un jour, une vieille dame à la poigne d'acier l'avait agrippée par-dessus le comptoir, exigeant qu'elle téléphone immédiatement à E.L. James pour lui enjoindre de se dépêcher de sortir son nouveau roman.

D'ailleurs, Verity faisait réellement partie de l'administration, même si Lavinia l'avait nommée gérante de la librairie des années auparavant – Verity étant le seul membre du personnel assez responsable pour se voir confier la caisse et les dépenses courantes. Derrière une porte affichant : « Privé », elle gérait le stock. Le réceptionnait. Le renouvelait. Elle s'occupait des commandes qui arrivaient via le tout nouveau site Internet amélioré, commandes qui s'étaient accrues au cours des dernières semaines, et qu'on devait passer avant 9 heures et 17 heures chaque jour afin qu'elles partent à temps pour la levée.

Pourtant, même dans son bureau solitaire qu'isolaient plusieurs antichambres remplies de livres censées étouffer les bruits, Verity pouvait encore entendre les coups et les mugissements de la perceuse en provenance du salon de thé que l'on restaurait pour lui redonner son ancienne splendeur. Elle devait composer avec Greg et occasionnellement avec Dave, les deux ouvriers. Ceux-ci faisaient constamment irruption pour lui demander de l'argent afin de faire un saut au dépôt, lui confier leurs factures en provenance du même dépôt ou se plaindre de Mattie, qui régissait le salon de thé.

Il fallait un certain temps à Verity pour s'habituer aux inconnus. Pourtant, même si elles se connaissaient depuis peu, elle appréciait déjà beaucoup Mattie. Surtout depuis que cette dernière s'affairait à tester des recettes en se servant des employés comme cobayes humains. Elle leur concoctait un ravitaillement sans fin et alléchant de gâteaux, tartes, biscuits, cookies, pains, sablés, feuilletés, roulés, ainsi qu'une pâtisserie que Mattie appelait le « Muffnut », un hybride entre le muffin et le donut. Malgré son nom épouvantable, le gâteau était enduit de caramel dur et était si exquis que Verity avait failli pleurer quand Nina avait englouti le dernier.

Toutefois, ce n'était pas le talent de Mattie qui lui avait fait gagner le respect de Verity. C'était le fait qu'elle parlait peu. Contrairement à certaines connaissances de Verity pour qui le silence était un affront personnel, Mattie ne s'exprimait que lorsqu'elle avait quelque chose à dire. C'est pourquoi Verity lui avait proposé un bureau dans l'arrière-boutique pour les moments où elle travaillait aux tâches administratives concernant le salon de thé : un privilège dont très peu de membres du personnel bénéficiaient. C'était uniquement le cas de Posy, et encore, c'était parce que, en théorie, Posy était la patronne. Et moins théoriquement, c'était elle qui payait son salaire à Verity.

Cependant, même Posy ne parvenait pas à convaincre Verity d'affronter les clients de la librairie, en personne ou même au téléphone.

— Les mails. Je suis douée pour les mails, lui rappelait Verity cent fois par jour. Rien, dans la description de mon poste, ne stipule que je dois répondre au téléphone ou passer des coups de fil.

Lavinia n'avait jamais fourni aucun descriptif de poste : elle était persuadée que chacun se chargerait tout naturellement des tâches qui lui convenaient le mieux. Mais si Verity en jugeait par l'air de défi que prenait Posy chaque fois qu'elle s'éloignait du téléphone de la boutique lorsqu'il sonnait ou d'un client qui avait besoin d'aide, celle-ci songeait visiblement à élaborer des descriptifs de poste pour l'ensemble de son personnel.

Malheureusement, Verity ne trouva aucun moyen de se défiler quand Emma, la sœur de Dougie, le petit ami de Merry, la harcela pour exiger qu'elle réponde à son invitation. Elle fêtait ses trente ans et sa pendaison de crémaillère. L'invitation datait du mois de mai. Emma insista sur le fait qu'elle était venue pour soutenir *Au Bonheur des tendres*, mais sa démarche ressemblait beaucoup à une prise d'otage.

— Oui ou non, Very ? cria Emma par-dessus le comptoir, tout en payant le nouveau roman de Mhairi McFarlane et un tee-shirt orné de la phrase : « Lectrices, je l'ai épousé. »

Emma envisageait de le porter pour pousser son petit ami Sean à la demander en mariage.

— Et tu viendras avec Peter Hardy, océanographe, hein ? poursuivit-elle. Même si Merry m'a dit que tu l'avais largué parce qu'il était rasoir avec sa vie marine.

— Je n'ai jamais fait un truc pareil ! s'exclama Verity, indignée.

Puis elle prit conscience qu'elle n'avait plus à fournir d'excuses quant au fait que Peter Hardy serait absent, une fois de plus.

— Nous avons décidé de rompre d'un commun accord, précisa-t-elle. En toute amitié.

— Bon, je te note en tant que célibataire, alors, déclara Emma avec un sourire radieux. Pas besoin d'avoir l'air aussi lugubre ! Il y aura des tas de mecs seuls. Je m'assurerai de t'en faire rencontrer.

— Oh, mon Dieu ! s'écria Verity, atterrée. On dirait que tu ne me connais pas du tout ! Promets-moi de ne jamais faire ça.

Emma referma son porte-monnaie avec un cliquetis triomphant.

— Parfait ! Tu viens, alors. Et si la situation change et que tu te remets avec le mystérieux Peter, il sera évidemment le bienvenu. C'est tellement dommage, pour vous deux !

— Oh, ce genre de choses arrive, dit Verity avec un soupir venu du fond du cœur. (Elle désigna son bureau derrière elle.) Le boulot. Je dois aller bosser maintenant. Mais je suis hyper excitée par ta fête, ajouta-t-elle en se souvenant soudain de ses bonnes manières.

— N'exagérons rien, Very. Je te connais depuis cinq ans et je ne t'ai jamais vue hyper excitée par quoi que ce soit.

— Modérément excitée, alors, se corrigea Verity.

— Tant mieux, rétorqua Emma dont l'œil se mit à scintiller. On loue un appareil à karaoké. Participation obligatoire.

Là-dessus, Emma s'en alla. Ses paroles avaient instillé l'effroi dans le cœur de Verity qui resta clouée sur place, l'air angoissée.

— Quel dommage que tu aies largué Peter Hardy, océanographe ! observa Nina tout en fourrant les livres du client suivant dans un sac. Tu vas être obligée d'y aller toute seule.

— De toute façon, Peter Hardy, océanographe, sillonnait si souvent les océans qu'il n'aurait probablement pas été présent pour t'accompagner, intervint Tom avec un ricanement railleur.

Tom travaillait à mi-temps, car il était en doctorat. Verity le soupçonnait depuis toujours de ne pas adhérer à son histoire de faux petit ami.

— Je ne vois pas pourquoi je devrais aller à tous ces trucs, marmonna Verity. Les fiançailles, les anniversaires, les pendaisons de crémaillère…

Elle croisa les bras et laissa retomber son menton sur sa poitrine.

— Oui, c'est vraiment horrible de la part de tes amis d'avoir envie que tu partages les moments importants de leur vie, intervint Posy qui sortait de la kitchenette voisine du bureau avec un plateau de thé entre les mains. Je suis désolée d'avoir insisté pour que tu assistes à mon mariage et à la petite fête que nous avons donnée la veille dans l'intimité, pour la famille et les proches.

— Je ne voulais pas dire ça, s'excusa Verity. J'adore mes amis. J'essaie d'être une bonne amie, moi aussi.

Elle fronça les sourcils en réfléchissant à ce qu'elle valait en amitié. Elle n'était pas très douée pour les câlins, les conseils chaleureux ni toute situation impliquant des cris, beaucoup d'alcool et des gens qui hurlaient les uns par-dessus les autres pour se faire entendre. En revanche, en tête à tête, elle était géniale. Une amie en or. Elle savait écouter, elle était toujours là pour fournir une aide concrète aux copines qui venaient de rompre, de se faire virer ou expulser, et même si elle ne s'approcherait jamais des prouesses de Mattie en matière de pâtisserie (celle-ci venait de pénétrer dans la librairie avec un plat d'allumettes au fromage et au chili), Verity possédait une machine à pain, et plus d'une amie avait été réconfortée par sa brioche banane-chocolat en période de crise.

— C'est juste qu'il m'est difficile de fréquenter les gens en masse… Ça ne fait pas de moi une mauvaise personne, si ?

— Bien sûr que non, la rassura Nina. De toute manière, tu ne peux pas amener ton nouveau mec, ce Johnny, là ?

— Non, c'est trop tôt, répondit aussitôt Verity.

Et voilà, elle recommençait : elle prétendait avoir un petit ami alors qu'elle s'était juré d'arrêter.

— D'ailleurs, ce n'est pas mon nouveau mec, rectifia-t-elle. Ce n'est rien du tout.

Tom sourit, mais d'un sourire plutôt narquois.

— Johnny ? Qui est Johnny ? Je ne parviens pas à suivre, avec tous les petits copains de Verity. Celui-ci aussi est océanographe ?

C'était l'un de ces rares moments où personne n'attendait pour payer, et où aucun des clients qui farfouillaient parmi les étagères n'avait de questions ni de livres à chercher sur le logiciel. *Maudits soient-ils !* Nina, Posy et Mattie, qui était encore là avec ses délicieuses allumettes au fromage, se tournèrent vers Verity avec une expression de curiosité extrême.

— Ouais, Very, c'est quoi, son job ?

Verity n'y tint plus.

— Il travaille très dur, répondit-elle, la mine sévère. Comme vous devriez tous être en train de le faire, au lieu de rester là à jacasser. Et c'est ce que je devrais faire moi aussi, parce que j'ai des tonnes de commandes à passer avant la dernière levée.

Ensuite, comme elle l'avait si souvent fait par le passé – en général, quand Posy essayait de la persuader de gérer la caisse juste dix minutes –, Verity fonça vers le sanctuaire que représentait son bureau.

Elle était toujours en mode « fuite » à 18 heures, lorsque Posy retourna la pancarte de la librairie pour fermer boutique. Nina avait terminé de faire la caisse, Tom faisait claquer sa langue d'un air désapprobateur en rangeant une étagère dont le contenu avait été laissé en tas sur les canapés, et Verity passait un coup de balai.

— Pub ! décréta Nina comme elle le faisait souvent après une journée passée à vendre des livres. Qui est partant ?

L'approbation fut presque générale ; seule Verity secoua la tête. Les efforts pour la convaincre de changer d'avis ne furent guère énergiques : tout le monde savait que Verity allait rarement au pub le vendredi soir. Et jamais sans avoir eu une demi-heure pour décompresser dans une chambre obscure auparavant.

Pourtant, une fois les autres partis, Verity se rendit compte que demeurer assise dans son fauteuil, les rideaux tirés, ne l'aidait pas vraiment à faire une coupure. Habiter au-dessus de la librairie avait un nombre d'avantages considérable. Zéro loyer. Possibilité de se rendre au grand *Sainsbury's* de Holborn vingt minutes avant la fermeture pour piller comme un bandit les denrées périssables en promo. Mais loger au-dessus de la librairie impliquait également une frontière quasi inexistante entre vie professionnelle et vie privée, puisqu'on passait la plupart de son temps dans le même bâtiment.

Par chance, Verity aimait presque autant marcher que rester assise dans une pièce sombre. Elle se cantonna aux petites ruelles, aux venelles pavées de Bloomsbury, s'aventurant à l'occasion dans l'un des grands jardins aménagés. Il faisait encore assez jour pour qu'elle se sente parfaitement en sécurité, mais elle traversa la chaussée à de multiples reprises pour éviter la foule de gens qui s'agglutinait à l'extérieur des innombrables pubs. Tous ravis de se détendre après le travail, ayant tombé la veste qu'ils avaient suspendue sur les balustrades ou jetée sur leurs épaules, et tenant des boissons et des paquets de chips.

Lorsqu'elle marchait, Verity découvrait un autre visage de la ville. Une cité pleine de suspensions florales et de bow-windows remplis de fleurs aux couleurs vives : des géraniums, des lobélies, des pétunias, des bégonias grimpants. On y trouvait aussi des plaques bleues dédiées aux célébrités. La maison où avait vécu Charles Dickens et qui était devenue le Foundling Museum, à quelques portes de l'endroit où E.M. Delafield avait pris un appartement lorsqu'elle était venue en ville écrire *The Provincial Lady Goes Further*.

Comme son estomac se rappelait à elle – les allumettes au fromage et au chili remontaient à un moment –, la jeune femme poussa la porte du *Il Fornello*, où Luigi l'attendait.

— Miss Very ! Table habituelle ? s'enquit-il. Vous ne rejoignez pas d'inconnus, aujourd'hui ?

Verity secoua la tête.

— Non.

Elle suivit Luigi à travers le restaurant bondé, hochant la tête et souriant à chaque serveur qu'elle croisait jusqu'à arriver dans le petit recoin où il n'y avait de la place que pour une petite table dressée pour une personne. Verity se glissa sur la chaise que Luigi lui présenta.

Au début, il avait fallu quelques semaines à Luigi pour comprendre qu'elle viendrait toujours dîner seule. Qu'elle n'attendait personne. Et qu'elle ne voulait surtout pas qu'on soit aux petits soins avec elle ni qu'on lui remplisse constamment son verre de vin ou d'eau, ni qu'on lui demande si tout allait bien pendant son repas.

Tout ce que désirait Verity, c'était s'asseoir avec un livre et un verre de vin rouge – deux, tout au plus –, une salade, et un plat en fonte bourré de lasagnes à la croûte croustillante et si brûlantes qu'elle ne pouvait pas y toucher pendant au moins cinq bonnes minutes. Ce n'était pas trop demander.

Elle n'avait rien d'un ermite – c'était ce que tant de personnes ne comprenaient pas : elle appréciait de se retrouver dans un restaurant plein à craquer, à écouter le bourdonnement des conversations autour d'elle, mais elle n'avait tout simplement pas envie d'y participer.

Verity ouvrit donc son ouvrage, une grande romance épique qui se déroulait au cours des mois grisants qui avaient conduit à la Seconde Guerre mondiale. Elle but une gorgée de vin et piqua une olive verte dans le bol que Luigi lui offrait toujours. Elle ne pouvait imaginer moyen plus agréable de passer un vendredi soir, après une longue semaine éreintante.

Tout était vraiment parfait – jusqu'à ce qu'un homme élancé traverse soudain la pièce, s'empare d'une chaise inoccupée et la pose bruyamment en face de Verity. Celle-ci leva le regard avec un soupir indigné qui mourut avant d'atteindre ses lèvres. Elle écarquilla les yeux, horrifiée, incrédule.

*Oh, mon Dieu. Johnny !*

# Chapitre 5

## « Il lui fallait rire quand elle aurait préféré pleurer. »

— Bonjour ! la salua Johnny, très à l'aise, en projetant son ombre menaçante sur la table.

Sept jours sans le voir avaient suffi à atténuer sa beauté. Quand Verity s'était rejoué leur rencontre embarrassante – même si elle s'était vraiment efforcée de ne pas le faire –, ses yeux étaient devenus d'un bleu ordinaire. Ses pommettes, quelconques. Sa chevelure avait perdu de son lustre. Son corps n'était plus svelte et élancé, mais dégingandé et potiche. Sauf qu'à présent, Johnny était de retour dans toute sa splendeur et en version haute définition, ce qui était totalement inapproprié puisque sa présence était aussi malvenue que celle d'un employé de la compagnie d'électricité venu relever votre compteur avant 8 heures du matin.

— Bonjour, dit Verity poliment, mais sans enthousiasme.

L'expérience lui avait montré que parfois, les hommes se débinaient face à l'absence totale d'encouragements. Ça n'arrivait malheureusement pas aussi souvent qu'elle l'aurait aimé. Elle se replongea dans son livre en cherchant ostensiblement l'endroit où elle s'était arrêtée.

Sincèrement, sa performance lui aurait valu de gagner un oscar. Elle suivit même une phrase du doigt, même si les caractères imprimés à l'encre noire sur le papier blanc auraient tout aussi bien pu être écrits en martien vu ce qu'elle en comprenait.

*Il Fornello* était-il devenu le nouveau repaire de Johnny le vendredi soir ? Johnny venait-il d'emménager dans ce quartier, où il ne connaissait personne, et avait-il décidé que Verity ferait l'affaire en attendant de se faire de nouveaux amis ? Allait-il lui parler sans relâche, alors qu'elle avait juste envie d'être seule ?

— S'il vous plaît, je vous en supplie, jouez le jeu ! déclama Johnny en s'asseyant en face d'elle.

Elle perçut le sourire dans sa voix : il lui répétait ses propres paroles. Il disposait à présent de toute son attention, bien qu'elle conserve un visage impassible.

— Je ne savais pas où vous trouver ailleurs qu'ici, expliqua Johnny. J'ai bien essayé de chercher Verity Love sur Google, mais la seule chose que j'aie trouvée, c'étaient quelques sites mal conçus concernant des déesses… enfin, je m'écarte du sujet. J'espérais que vous seriez là pour que nous puissions discuter de vive voix. C'est le genre de choses qu'il vaut mieux aborder directement.

Verity ferma son ouvrage et arbora une expression encore plus indifférente.

— Aborder quoi directement ? demanda-t-elle. C'est parce que je vous ai cru gay ? Vous savez, j'ai bien compris que vous ne l'étiez absolument pas.

Malgré tout, Johnny avait protesté avec bien trop de véhémence pour quelqu'un qui s'affirmait hétéro.

— Oh, non, rien à voir avec ça ! Dès qu'on prend un peu soin de son apparence, les gens vous croient gay.

(Johnny agita la main dans les airs.) C'est au sujet de Peter Hardy, océanographe.

Verity recula sur sa chaise.

— Que voulez-vous savoir sur lui ? interrogea-t-elle d'une voix crispée.

— Quelle idée géniale, ce petit ami imaginaire ! Mais pourquoi devrait-il rester imaginaire ? Pourquoi ne pas avoir un vrai faux petit ami ? Ce serait faire d'une pierre mille coups.

Verity observa brièvement Johnny à travers ses cils, juste au moment où celui-ci lui décochait un sourire. Il était vraiment charmant, et encore plus lorsqu'il souriait ; or, Verity était encore submergée par tout un tas d'émotions lorsqu'un homme charmant lui souriait. Ce qui ne signifiait pas qu'elle devait laisser lesdites émotions lui dicter ses actes.

Heureusement, Luigi arriva avec son repas : les lasagnes encore bouillonnantes dans leur plat, la salade qui les accompagnait et un gobelet rempli de gressins à l'ail.

— Si vous avez besoin de quoi que ce soit, criez, lança Luigi d'un ton plein de sous-entendus en lançant un regard en biais à Johnny.

Ensuite, il s'affaira à secouer la serviette de Verity avant de la placer révérencieusement sur ses genoux, puis il brandit l'énorme moulin à poivre non pas vers les lasagnes de Verity, mais en direction de Johnny, d'une manière qu'on aurait pu qualifier de menaçante.

— Quoi que ce soit, vraiment, répéta-t-il.

Verity prit son temps pour choisir un gressin qu'elle leva en l'air.

— Tout va bien, dit-elle.

Certes, elle était alarmée que Johnny l'ait traquée jusque-là et lui parle de faux petits amis à la fois imaginaires et réels, mais elle serait morte de honte si Luigi et deux de ses cuisiniers solidement charpentés escortaient Johnny hors des lieux.

— Tout va bien, répéta-t-elle. Vous voulez commander quelque chose ? demanda-t-elle à Johnny.

Celui-ci adressa son sourire séducteur au patron du restaurant. Peu de temps après, les deux hommes discutaient gaiement du four à bois de Luigi – qui faisait sa fierté – et de la provenance de sa mozzarella.

Dès que Luigi s'absenta pour préparer la pizza à la pancetta et aux champignons de Johnny, ce dernier reporta son attention sur Verity. La jeune femme eut envie de gigoter sur sa chaise, mais malgré la panique qui était en train de l'envahir, il y avait quelque chose de calme et de mesuré chez Johnny. Quelque chose d'apaisant. Comme s'il représentait un point fixe dans un monde chaotique.

— Je ne suis pas gay, répéta-t-il. Ce n'est pas pour ça que je suis célibataire. Si vous tenez à le savoir, c'est parce que je suis amoureux d'une femme avec qui je ne peux pas être. Pas en ce moment, même si nous mourons d'envie d'être ensemble.

— Comme c'est romantique. On dirait *Les Hauts de Hurlevent*, rétorqua sèchement Verity.

Elle avait passé une grande partie de son adolescence, à l'âge où l'on est impressionnable, vêtue de noir, à prétendre que le Weelsby Woods de Grimsby était une lande rocailleuse et non un magnifique parc municipal. À présent, elle était devenue beaucoup moins influençable.

— Si vous désirez vraiment être ensemble, eh bien, vous devriez l'être, non ? Oh, je ne voulais pas vous faire de peine ! s'excusa Verity lorsque le visage de Johnny se décomposa. Tenez, goûtez un gressin à l'ail. Ils sont délicieux.

Johnny prit un gressin, mais ce ne fut pas le remède miracle qu'espérait Verity. Maintenant, Johnny avait perdu de son éclat.

— Nous ne pouvons pas être ensemble, répéta-t-il. C'est très compliqué.

Aux yeux de Verity, c'était la chose la plus simple au monde. Si deux personnes s'aimaient, qu'elles s'aimaient véritablement, sincèrement, alors elles déplaçaient les montagnes, niaient les liens du sang, riaient au nez de tous les obstacles. Verity ne désirait peut-être pas être amoureuse elle-même, mais elle défendait l'amour avec ardeur pour les autres. Toutefois, le moment n'était probablement pas très bien choisi pour expliquer son point de vue.

— Je suis désolée de l'apprendre, murmura-t-elle.

Elle était en train de se demander en quoi la situation amoureuse compliquée de Johnny la concernait lorsque la pizza arriva. Il y eut une grande agitation de couverts, de moulin à poivre et un « Voulez-vous un peu plus de parmesan ? » avant qu'on les laisse manger seuls.

Manger ensemble, ou plutôt manger face à un inconnu, fut loin d'être le supplice auquel s'attendait Verity. En fait, ce fut presque sympathique, jusqu'à ce que Johnny ait avalé la moitié de sa pizza et reprenne la parole.

— Bon, ce que je me disais, c'est que nous étions tous les deux célibataires, chacun pour des raisons différentes, déclara-t-il en découpant une grosse tranche de sa pizza. Mais ça ne signifie pas que nous ne pouvons pas joindre nos forces. De manière provisoire. Une solution à court terme, pour décourager nos amis.

— Qu'entendez-vous par « joindre nos forces », « provisoire » et « solution à court terme » ? demanda Verity, bien qu'elle soit plutôt familière de toutes ces expressions et de leur signification.

Simplement, son cerveau ne parvenait pas à analyser leur sens en lien avec Johnny et elle-même.

— Eh bien, vous savez, mes amis ne se contentent plus de me présenter des femmes qui ne me conviennent pas. Maintenant, ils se sont mis à m'envoyer des mails presque agressifs, avec des liens vers des sites de rencontre, et il y a aussi les invitations aux mariages et… (Il s'interrompit car son téléphone venait d'émettre un « bip ».) Ah, quand on parle du loup…

Il consulta l'écran et sourit. Et soudain, les sourires que Verity lui avait vus jusque-là ne furent plus que des murmures, des photocopies granuleuses, un petit rien comparé à ce sourire destiné à la personne inconnue et invisible qui venait de lui envoyer un SMS. C'était un sourire de joie pure, de bonheur instantané. Quel effet cela ferait-il à Verity si Johnny ou un autre homme lui souriait ainsi ? Elle ne réussissait même pas à se l'imaginer.

Johnny pianota une réponse. Ses pouces volèrent aussi vite que les ailes d'un colibri sur le clavier tactile, puis il leva les yeux.

— Je suis désolé. Je me montre incroyablement malpoli. Où en étais-je ?

— Vous étiez en train de me proposer de joindre nos forces en vue d'une solution à court terme. Un truc concernant des invitations à des mariages et des mails un peu agressifs.

— Bien, bien. Alors, vous voyez, j'ai été inspiré par votre histoire de Peter Hardy, océanographe, déclara-t-il comme si Verity avait passé des heures à le régaler des exploits imaginaires de son faux petit ami. Ça m'a fait réfléchir. Si je… si nous nous rendions à deux ou trois événements ensemble, en compagnie d'un véritable être humain du sexe opposé, alors, nos proches cesseraient d'essayer de nous caser sans arrêt.

— Mais mes amies ont cessé de vouloir jouer les entremetteuses, depuis Peter Hardy, protesta aussitôt Verity.

Mieux valait refuser immédiatement.

Johnny plissa les paupières.

— Hummm, mais je suppose qu'ensuite, elles ont commencé à vous harceler de questions sur Peter Hardy...

— Leur curiosité est naturelle !

— ... parce qu'elles ne l'ont jamais rencontré, et comment le pourraient-elles ? Il n'existait pas. Il sortait tout droit de votre imagination.

Johnny était implacable. Sans aucune pitié.

— Pas uniquement de mon imagination. C'est ma sœur qui a décrété qu'il serait océanographe, grommela Verity.

Elle posa sa fourchette, avec laquelle elle était en train de poignarder ses lasagnes au lieu de les manger.

— Très bien, j'admets que mon plan était défectueux, mais ça a permis que mes amies me lâchent un peu les baskets. Bon sang, c'était génial, tant que ça a duré, soupira-t-elle, nostalgique. Mes copines ne veulent que mon bonheur, mais elles sont persuadées qu'être célibataire me rend malheureuse. Donc, elles me refilent tous leurs collègues de boulot, leurs petits-cousins et leurs colocataires douteux. « Je te présente Verity. Je suis certaine que vous avez tellement de choses en commun, tous les deux. »

Verity plaqua une main sur sa bouche. Elle en avait beaucoup trop dit, et Johnny souriait d'un air suffisant.

Elle eut le plaisir de constater que son sourire narquois ne lui allait pas du tout. *Vraiment pas.* Ça lui donnait l'air d'un Wickham.

— Eh bien, nous sommes d'accord, déclara-t-il comme si tout pouvait vraiment être aussi simple. Ce que je vous propose est facile. Vous rencontrez mes amis, je rencontre les vôtres, et vous gagnerez un peu de temps sans être présentée à des petits-cousins ou à des colocataires douteux. Quant à moi, vous m'épargnerez d'autres avances de la part de divorcées avec de faux seins...

— Je pourrais avoir de faux seins, moi aussi, intervint Verity – chose qu'elle regretta aussitôt.

Elle n'avait pas eu l'intention de flirter, et encore moins celle d'attirer l'attention sur ses seins. Johnny ne devait pas être gay, finalement, car dès cette évocation, ses yeux s'étaient rivés sur sa poitrine.

— Je ne pense pas, dit-il d'un ton taquin, comme s'ils flirtaient vraiment. Je suis architecte. Je m'y connais en fausses structures.

Il contemplait toujours les seins de Verity, et lorsque celle-ci croisa les bras, le regard de Johnny remonta jusqu'à son visage, dont elle espérait bien qu'il affichait une expression sévèrement désapprobatrice.

Verity portait un haut à rayures blanc et noir, un jean noir et une paire de sandales violettes Salt-Water qu'elle avait achetées moitié prix pendant les soldes de l'année précédente – peu de gens aimaient les sandales violettes. Ses cheveux, éclaircis par le soleil, n'étaient pas aussi ternes que d'habitude ; elle les avait noués en queue-de-cheval – pas une de ces queues-de-cheval guillerettes qui rebondissaient d'un côté et de l'autre quand elle marchait, hein. Verity s'habillait exactement comme on pouvait s'y attendre de la part d'une femme de vingt-sept ans qui avait étudié la littérature anglaise à la fac, était présentement gérante d'une librairie où l'on ne vendait que des fictions sentimentales, savourait son célibat et possédait un chat qui considérait ses jambes uniquement comme le moyen le plus simple d'accéder aux bras de sa maîtresse pour s'y blottir. Et Johnny était assis en face d'elle, avec son sourire parfait et son visage parfait et ses cheveux parfaits et son costume à la coupe parfaite et sa chemise blanche parfaite sur son corps parfait.

Ils étaient le jour et la nuit. L'huile et l'eau. Les points et les rayures. Aucune personne ayant des yeux ne pourrait croire qu'ils sortaient ensemble.

Même s'il avait été amusant de s'apitoyer sur leur célibat, il était temps de revenir à la réalité. Verity repoussa le second bol de gressins que Luigi avait discrètement placé devant elle, parce que la ceinture de son jean commençait à lui rentrer dans le ventre.

— Le truc, c'est que vous êtes persuadé que faire semblant d'être en couple n'est qu'un petit mensonge sans conséquence afin que vos amis vous lâchent les baskets. Mais ce petit mensonge sans conséquence se transforme vite en une toile de mensonges, si bien qu'on finit par avoir besoin d'un tableau pour se les remémorer tous.

Verity s'empara d'un gressin, juste pour pouvoir menacer Johnny avec. Il restait assis là, très paisiblement, à attendre qu'elle ait terminé.

— D'ailleurs, c'est très mal de mentir aux gens. Mais au moins, Peter Hardy, océanographe, était un faux mensonge. Ce que vous me proposez, c'est un vrai mensonge, où on doit jouer un jeu et inventer toute une histoire.

— Très bien, dit Johnny en levant les mains en l'air.

C'étaient de vraies mains d'architecte. Verity pouvait les imaginer déployer des plans et prendre des notes à l'aide de stylos Staedtler ornés du monogramme de Johnny. Ou même venir se poser avec douceur sur le visage de la femme qu'il aimait désespérément, mais avec laquelle il ne pouvait pas être.

— Nous n'avons pas à faire semblant d'être fous amoureux. Si nous rencontrons nos amis une seule fois, l'unique chose que nous serons obligés de dire, c'est que nous nous fréquentons. Et techniquement, on se fréquente, là, non ?

Johnny commençait à avoir l'air un peu désespéré. Tout cela était complètement dingue. Le plus surprenant, c'était que Verity envisageait la chose. Certes, pas sérieusement et juste pendant une seconde ; mais elle se demandait l'effet que ça ferait d'aller à une fête en compagnie d'un homme aussi parfait que Johnny. Tous ses proches se demanderaient : « Qui est ce type avec Verity ? Est-ce le fameux Peter Hardy ? »

Mais Verity ne poursuivit pas sa réflexion plus loin, car ensuite, tout en elle regimba, comme une pouliche débutante arrivant sur la haie du Becher's Brook lors du Grand National et décidant de ne pas sauter parce que, en fait, elle préférait garder les genoux intacts. Arriver où que ce soit accompagnée d'un Johnny aussi beau gosse, avec les amis de Verity qui ne l'avaient pas vue en compagnie d'un homme depuis des années, ça signifiait qu'elle deviendrait aussitôt le centre d'attention. Et honnêtement, elle préférait encore mourir.

— Impossible, dit-elle fermement d'un ton qu'elle espérait sans réplique pour mettre un terme définitif à cette histoire. Je ne pourrai jamais faire ça. Hors de question. Désolée.

Comme lot de consolation, elle tendit à Johnny les gressins qu'elle avait mis à l'écart.

— Vous pouvez les prendre si vous voulez. Luigi m'en offre toujours un bol supplémentaire.

— C'est très gentil, mais je ne supporterais pas de demander à mon tailleur d'élargir mon costume, déclara Johnny gravement.

Son costume anthracite était coupé si près du corps que Verity doutait qu'il reste assez de tissu pour élargir quoi que ce soit.

— Je suppose que c'était une idée plutôt saugrenue, ajouta Johnny. J'espère ne pas vous avoir offensée.

— Non ! Pas du tout, le rassura Verity parce que Johnny était assis là, le menton dans la main, l'air inconsolable, comme s'il devait assister à une petite fête entre amis à la première heure le lendemain matin et qu'il s'était attendu à ce que Verity saute sur l'occasion de l'accompagner. De toute manière, je suis certaine que les femmes feront la queue pour vous servir de fausse petite amie.

— Je devrais peut-être passer une annonce sur Craigslist, soupira Johnny. Ou bien téléphoner à la dernière divorcée bourrée d'amertume avec laquelle on m'a casé la dernière fois. Mais elle doit être encore plus amère, parce que j'avais promis de la rappeler et que je ne l'ai jamais fait. Je dois figurer sur sa liste noire, maintenant, à côté de son ex-mari et de tous les autres hommes qui lui ont fait du tort. Elle me pardonnera peut-être, malgré tout. Elle aura peut-être aussi changé de parfum. C'était vraiment écœurant. L'odeur m'a pris à la gorge, ça m'a fait larmoyer, et ensuite…

— Stop ! Stop ! s'écria Verity en se couvrant le visage.

Mieux valait ne pas regarder Johnny. Il était beau dans sa souffrance, et Verity était une bonne poire notoire. Elle avait acheté Gourgandine 50 livres à un type dans un pub, après que celui-ci lui avait raconté que Gourgandine était une femelle, l'avorton de la portée rejeté par sa mère. Plus tard, le vétérinaire lui avait appris que Gourgandine était, sans aucun doute possible, un mâle et l'avorton le mieux nourri qu'il ait vu au cours de ses trente ans de carrière.

— … évidemment, après le deuxième rencard, elle croira certainement qu'il y en aura un troisième, renifla Johnny.

Et ce serait grossier de refuser. Ça la blesserait, elle qui a déjà été brutalisée par son ex-mari.

— Je vais y réfléchir ! glapit Verity. Oh, bon sang ! Je ne promets rien de plus, mais stop au chantage affectif !

On aurait dit que Johnny avait pris des cours auprès de ses sœurs.

Il se redressa et gratifia Verity d'un sourire encore plus dévastateur que tous les précédents. Elle en eut presque le vertige.

— J'espérais que vous diriez cela, avoua-t-il.

Verity eut la curieuse impression qu'elle venait de se faire totalement manipuler.

C'était une manœuvre digne d'un Wickham. À partir de maintenant, elle se tiendrait sur ses gardes.

Verity quitta le restaurant avec le numéro de Johnny dans ses contacts, sa carte de visite dans son portefeuille, et la joue encore toute frissonnante à l'endroit où il l'avait effleurée des lèvres pour lui dire « au revoir ». Elle emportait également une bonne moitié de son plat de lasagnes gargantuesque dans un carton. Elle envoya un SMS à Merry.

Ai recroisé le fameux Johnny. Où es-tu ?

La réponse lui parvint si vite qu'elle n'eut même pas le temps de ranger son téléphone.

Waouh !! ☺☺ Suis à ton appart en train de manger tes gâteaux. Rentre vite !

Merry avait abandonné l'appartement et les gâteaux de sa sœur, qu'elle attendait sur l'un des bancs de la cour pour une fois désertés par les garçons encapuchonnés.

— Je leur ai montré une photo que j'avais sur mon téléphone pour qu'ils voient les effets de l'herbe sur le cerveau humain. Ils ont pris congé et sont partis, l'informa Merry quand Verity s'enquit de ce qui leur était arrivé.

Merry était chercheuse en médecine à l'University College Hospital. Elle disposait de toutes sortes de photos répugnantes mais étrangement fascinantes sur les dissections et les parties malades du corps sur son téléphone, qu'elle aimait dégainer aux moments les plus inappropriés.

— Alors, ce Johnny… ? pressa-t-elle Verity tandis qu'elles entraient dans la librairie. Raconte-moi tout, sans omettre aucun détail.

Verity lui rapporta donc tout, sauf la révélation qu'elle avait eue après que Johnny avait insisté pour payer la totalité de leur repas : ils étaient restés assis ensemble à discuter pendant plus d'une heure sans que cela la perturbe le moins du monde ni qu'elle se sente nerveuse. Inutile de donner à Merry le faux espoir qu'elle n'attendait que l'arrivée du « bon » mec.

En outre, Johnny avait clairement défini la place de Verity, au cas où celle-ci se serait fait des idées.

— Juste pour que nous soyons sur la même longueur d'ondes, avait-il dit en lui tenant la porte à leur sortie du restaurant. Si vous acceptez que nous sortions ensemble en public et que vous jouez le rôle de ma fausse petite amie, et j'espère sincèrement que ce sera le cas, je vous en prie : n'allez pas croire que ça puisse nous mener à quelque chose de plus sérieux.

Pendant une seconde, Verity avait cru qu'il plaisantait : sa remarque était si arrogante ! Certes, Johnny était particulièrement agréable à regarder, mais elle avait été indignée qu'il la soupçonne de se pâmer à ses pieds sans qu'il ait à faire le moindre effort.

— Pas de danger, avait-elle répliqué d'un ton à la fois blessé et offensé.

Johnny ne s'était rendu compte ni de l'un ni de l'autre.

— Je suis certain que vous êtes une femme merveilleuse, mais je ne tomberai pas amoureux de vous, avait-il ajouté comme si Verity nourrissait précisément ce fantasme. Je suis déjà amoureux. Je n'ai pas besoin de complications supplémentaires.

— Amoureux de cette femme inconnue avec laquelle il ne peut pas être même s'il en a très envie, expliqua-t-elle à Merry. Ce qui paraît bizarre, maintenant que j'y pense. Louche, même. Qu'est-ce qui peut bien les séparer, à notre époque ? Est-ce qu'elle a demandé une ordonnance restrictive contre lui ? C'est peut-être un fêlé de première classe ?

— N'importe quoi. Son amante mystérieuse est mourante, répliqua Merry avec désinvolture. Elle souffre d'une atroce maladie incurable en phase terminale et elle est déterminée à agir comme il se doit. Elle tient Johnny à l'écart pour qu'il puisse vivre un semblant de vie normale une fois qu'elle aura cassé sa pipe. C'est évident, enfin.

— Tout à fait, railla Verity.

Merry prétendait ne lire que de la haute littérature, mais Verity savait très bien que sa sœur avait un penchant secret pour les romances au style ampoulé et fleuri que même Posy aurait trouvées trop mièvres à son goût.

— De toute manière, quelle que soit son histoire avec cette mystérieuse femme, ça importe peu, dit-elle. Je ne suis pas son genre. Crois-moi, il a été très clair.

Elles étaient assises sur le canapé, trempant chacune à leur tour leur petite cuillère dans un pot de crème glacée au beurre de cacahouètes. Ni le cœur ni l'estomac de Verity n'étaient franchement enthousiastes. En fait, elle avait la sensation d'être sur le point de donner naissance d'une minute à l'autre au bébé constitué du surplus de nourriture qui lui arrondissait le ventre. Merry pivota pour observer sa sœur.

— Pourquoi ne serais-tu pas son genre ? Il te l'a déclaré comme ça ? C'est plutôt grossier.

— Non, mais il n'a pas eu besoin de le faire, répondit Verity en reposant sa cuillère. Il est trop beau, Merry. Même si j'avais envie d'avoir un petit ami, ce qui n'est pas le cas, il est beaucoup trop bien pour moi et…

Verity n'eut pas l'occasion d'en dire davantage : Merry plaqua une main sur sa bouche.

— Faux ! s'écria-t-elle. Tout le monde nous prend pour des jumelles et en général, on me trouve canon, ce qui fait que tu es canon aussi. On pourrait choper n'importe qui !

— Tu as oublié ta modestie à la porte ? riposta Verity en repoussant la main de Merry.

Toutefois, c'était vrai que la ressemblance entre elles allait au-delà de ce qu'on attendrait entre deux sœurs. Le fait qu'elles se retrouvent dans la même classe à l'école parce qu'elles n'avaient que onze mois d'écart n'avait pas aidé. Apparemment, Mrs Love avait fini un peu pompette lors d'une fête paroissiale et, comme elle l'avait gaiement confié à ses filles horrifiées seize ans plus tard, « je ne pensais pas pouvoir tomber enceinte en allaitant ».

Mais peu importait où se situait Verity sur l'échelle arbitraire de la séduction.

— Je te l'ai déjà dit, je ne suis pas sur le marché, décréta-t-elle. Officiellement, je suis trop occupée à faire le deuil de ma brève mais intense relation avec Peter Hardy. Et j'ai accepté de réfléchir à cette histoire avec Johnny uniquement parce qu'il m'a prise au dépourvu. En fait, je ne vais pas continuer. Les faux petits amis, c'est terminé. Si ne pas mentir fait partie des dix commandements, c'est qu'il y a une raison, ajouta-t-elle d'un air pieux. Parce que c'est mal.

— « Tu ne mentiras point » ne fait pas partie des dix commandements, répliqua Merry dédaigneusement. N'importe quel idiot sait ça.

— Il n'est peut-être pas dit « tu ne mentiras point », mais il est dit « tu n'apporteras point de faux témoignage contre ton prochain ». C'est quasiment la même chose, et tu le saurais si tu n'étais pas totalement nulle, comme fille de pasteur, rétorqua Verity en penchant la tête et en décochant un sourire mielleux à Merry.

Elle savait parfaitement que ce sourire rendait sa sœur complètement dingue au point de lui faire serrer dents et poings. C'était ainsi que fonctionnaient les relations entre sœurs, partout dans le monde.

C'est peut-être pour cette raison que lorsque Verity revint au salon après être allée faire un tour aux toilettes, elle trouva Merry avec son téléphone à la main et un sourire tout aussi mielleux aux lèvres. Sa sœur avait pris sa revanche.

— J'ai décidé qu'on ne devrait jamais repousser un faux petit ami tout à fait correct. Donc, j'ai envoyé un SMS à Johnny pour l'inviter à l'inauguration du salon de thé, samedi prochain. Il a déjà répondu « oui ». Il a l'air très enthousiaste. Aucun problème, Very. Pas besoin de me remercier.

# Chapitre 6

« ELLE N'ÉTAIT PAS D'HUMEUR À FAIRE LA CONVERSATION, SAUF À ELLE-MÊME, ET ELLE N'AVAIT GUÈRE LE COURAGE DE S'ADRESSER À LUI. »

Verity attendrait soixante-douze heures avant d'envoyer un SMS à Johnny pour l'informer qu'elle avait changé d'avis.

Tout le monde savait qu'il fallait se laisser trois jours de réflexion après avoir accepté un rencard. Même Nina l'affirmait.

Mais au moment précis où le délai des soixante-douze heures approchait, alors que Verity avait passé une énorme partie de son temps à élaborer le texto d'excuses qu'elle comptait envoyer à Johnny (« On a diagnostiqué chez moi une maladie tropicale extrêmement rare et je suis en quarantaine jusqu'à nouvel ordre »), ce dernier lui téléphona.

Quelle personne normalement constituée appelait quelqu'un avec qui elle était déjà convenue d'un rencard ? Si on avait inventé les SMS, il y avait bien une raison !

En outre, tout le monde savait que Verity ne répondait au téléphone qu'à sa famille proche. Sauf que Johnny ne la connaissait pas assez pour être au courant de ce fait et, dans l'espoir qu'il soit revenu sur sa décision, Verity se sentit obligée de décrocher.

—Allô ?

—Salut, Verity. Comment ça va ?

—Euh… bien. Qu'est-ce que vous… je veux dire, comment allez-vous ?

—Très bien. Je m'assure juste que nous sommes toujours d'accord pour samedi. Y a-t-il des choses que je dois savoir ?

Verity se demanda brièvement si son père pouvait lui indiquer un couvent disposant d'une place libre.

—Comme quoi ? s'enquit-elle.

—Votre SMS ne donnait pas beaucoup de détails. Ce salon de thé, ce sont des amis à vous qui l'ouvrent ?

Verity ferma les yeux en mesurant l'énormité de ce qu'avait provoqué le texto de Merry. Ce Johnny allait venir sur son lieu de travail. Chez elle. Il allait rencontrer ses collègues, sa patronne, ses amis. Si Merry venait, ce qu'elle ferait à coup sûr vu qu'il y aurait des gâteaux en libre service, Johnny rencontrerait même sa famille – ou du moins, un de ses membres les plus agaçants.

Verity se lança dans une explication confuse incluant un historique abrégé d'*Au Bonheur des tendres*. À un moment, elle fit même allusion à lady Agatha Drysdale, ex-suffragette, qui avait fondé la librairie.

Pendant tout ce temps, elle s'exhortait à prononcer cette phrase : « Écoutez, on devrait tout simplement annuler. » Mais les mots ne lui vinrent jamais, car chaque fois qu'elle tentait de les faire sortir, Johnny lui posait une question : pouvait-il venir en jean ? Devait-il apporter un cadeau ? Il finit par déclarer :

—Écoutez, on va la jouer décontracté. On dira qu'on est amis. Quel mal y a-t-il à cela ?

*Oh ! là, là ! Par où commencer ?* Verity ferma de nouveau les paupières. En fait, elle avait l'impression d'avoir eu les yeux clos pendant la majeure partie de leur conversation.

— Vous pourriez arriver vers 19 heures, pour les discours ? suggéra-t-elle. Vous n'aurez pas besoin de rester très longtemps.

Cette phrase, Verity la prononçait en maintes occasions. Pour son dernier anniversaire, sa sœur Chatty était même venue avec un coussin sur lequel était brodé « Je ne reste pas trop longtemps ». Sa jumelle, Immy, avait brodé au point de croix l'une des autres phrases préférées de Verity, « Je ne m'entends pas réfléchir », sur un coussin de couleur contrastée.

— Bon, on se voit samedi, alors. J'ai hâte.

*Pas moi*, songea Verity en raccrochant. Et le samedi, elle n'éprouvait toujours aucune impatience. C'était une de ces superbes journées d'été anglais qui vous donnaient envie de prendre le thé sur la pelouse et d'assister à un match de cricket. Le temps parfait pour inaugurer un salon de thé en fanfare, bien que Verity ait espéré en secret qu'il pleuve pour que les clients ne grouillent pas dans la cour et que tout se termine au plus tôt. Pas de chance. D'ailleurs, prier pour un orage et une averse torrentielle était franchement mesquin et fort peu charitable quand tout le personnel, surtout Mattie, avait travaillé aussi dur en prévision de cette journée.

Le samedi, Verity avait l'habitude de s'atteler à la paperasserie fastidieuse à laquelle elle n'avait jamais le temps de s'attaquer dans la semaine. Mais ce samedi-là, après s'être occupée des commandes passées via le site Internet, la jeune femme se présenta au salon de thé, prête à se soumettre aux ordres de Mattie.

En général, cette dernière avait toujours l'air un peu triste (elle était revenue à Londres en disgrâce, après un séjour à Paris – « Je parie qu'il y a un mec là-dessous », avait déclaré Nina) et imperturbable. Ce matin-là, toutefois, elle paraissait hautement perturbée.

— J'ai élaboré une liste, dit-elle à Verity.

La frange noire et raide comme des baguettes de tambour de Mattie partait dans tous les sens. Elle tendit à Verity un papier taché de pâte à crêpes.

— Il y a trop de choses dessus, se lamenta-t-elle. On ne parviendra jamais à tout faire.

— Mais si, la rassura Verity. Je te garantis que dans quelques heures, le salon de thé sera prêt à rouvrir ses portes.

La mère de Posy avait autrefois tenu le salon de thé. Mais à l'époque où Verity avait rejoint le personnel, cinq ans auparavant, les parents de Posy, qui géraient la librairie, n'étaient plus de ce monde et le salon de thé était devenu un vrai bric-à-brac, l'ombre de ce qu'il avait été.

À présent, le soleil filtrait à travers la fenêtre, toute ombre avait été bannie, et le salon de thé avait recouvré sa splendeur et sa dissonance d'autrefois. Le parquet et les murs lambrissés luisaient, le comptoir en Formica jaune primevère installé dans les années 1950 ployait sous le poids d'une machine à café flambant neuve qui était le seul domaine de Pamela, embauchée par Mattie parce qu'elle était une barista qualifiée qui ne bondissait pas et ne se mettait pas à hurler quand la machine se mettait à siffler et tousser comme un bœuf.

On y trouvait également une grosse bouilloire électrique pour le thé. Bientôt, Verity sortirait toutes les friandises appétissantes que Mattie préparait depuis des semaines. Des gâteaux fourrés moelleux étaient fièrement posés sur les présentoirs à gâteaux vintage qu'on avait dénichés cachés dans un placard. Des petits pains, des scones, des biscuits, des brownies étaient disposés sur des assiettes également trouvées dans le placard, dont aucune n'était assortie mais qui étaient toutes belles, qu'elles soient ornées d'oiseaux, de fleurs ou de pois.

Verity s'attela à laver les tasses tout aussi disparates et les soucoupes achetées par Posy sur eBay. Elle prit note de convaincre sa patronne de cesser ses achats sur eBay.

Ensuite, elle plia les serviettes. Elle mit le prosecco au frais dans le réfrigérateur de la kitchenette du bureau, répéta un nombre incalculable de fois à Mattie de se calmer parce que tout irait bien, et informa les clients distraits par les effluves tentants en provenance du salon de thé que ce dernier n'ouvrirait pas avant encore quelques heures.

Enfin, il fut 18 heures. L'heure de fermer la librairie. Verity, Nina et Mattie filèrent se changer à l'étage. Mattie fut prête en cinq minutes. Elle se débarrassa de son jean et de son haut pour enfiler une petite robe noire et mettre un rapide trait d'eye-liner ainsi qu'une touche de rouge à lèvres.

— Je dois aller jeter un œil à mes petits pains, expliqua-t-elle avant de redescendre aussitôt.

Pendant ce temps, Nina avait déjà réquisitionné la salle de bains – il lui fallait une bonne heure pour transformer son maquillage de jour en maquillage de soirée. Verity attendit donc, assise en tailleur dans son immense fauteuil en velours. Le remarquerait-on si elle se planquait là jusqu'à ce que tout le monde soit reparti ?

Bien sûr que oui. Et ça mettrait ses amis en colère, à juste titre. D'ailleurs, Johnny allait venir, demander où elle était et ce ne serait pas bon du tout, surtout si Merry l'interceptait avant elle. Cette idée suffit à faire bondir Verity de son fauteuil pour exiger que Nina libère la salle de bains cinq misérables petites minutes afin qu'elle puisse prendre une douche. Ensuite, Verity enfila une robe bleu marine en coton, à manches courtes, qui lui arrivait aux genoux, pratiquement identique à toutes les robes suspendues dans son armoire, bien qu'en hiver, Verity préfère les manches longues et un jersey confortable.

Parce qu'il s'agissait d'une occasion spéciale et que Johnny, si parfait dans son style « supplément du dimanche », allait arriver et agir comme si Verity et lui étaient de très bons amis, Verity savait qu'elle devait faire un peu plus d'efforts que s'attacher les cheveux en faisant son habituelle queue-de-cheval dépourvue de tout ressort. *Beaucoup plus d'efforts, en fait.* Elle tressa une mèche de cheveux qu'elle noua vers l'arrière, puis elle sortit sa trousse de maquillage. En désespoir de cause, elle était en train de se tamponner de la crème hydratante teintée sur le visage lorsqu'elle aperçut Nina qui se tenait à la porte de sa chambre, bouche bée.

— Du maquillage ? s'enquit Nina. Verity Love se maquille ? Ça doit être sérieux, ton histoire avec ce Johnny. Tu ne t'es jamais maquillée pour Peter Hardy, océanographe.

— Je suis certaine que si, rétorqua Verity qui venait de décider qu'elle s'était assez tamponné la figure.

Elle farfouilla pour trouver le mascara qu'elle possédait depuis 2007. Elle le secoua bien fort ; il avait tendance à devenir grumeleux.

— Oh, mon Dieu, je ne supporte pas de voir ça ! s'exclama Nina en se détournant, comme si l'incompétence absolue de Verity en matière de maquillage lui causait une souffrance atroce.

Une minute plus tard, elle était de retour avec le chariot à trois étages IKEA qui lui servait à ranger sa monstrueuse collection de cosmétiques.

— Écoute, j'ai tous ces échantillons, là, expliqua-t-elle en sortant deux trousses de maquillage. Je n'arrive jamais à résister aux promos du genre « Pour 50 livres, voici une trousse de maquillage nunuche pleine de trucs que vous n'utiliserez jamais ». Il y a deux ou trois rouges à lèvres là-dedans qui t'iraient tellement mieux, et du mascara qui ne te donnera pas de conjonctivite.

À la grande honte de Verity, Nina atteignit un meilleur résultat en cinq minutes et avec six produits que tout ce que Verity avait été capable de faire en quinze ans. Elle était toujours elle-même, elle était loin de s'être métamorphosée en Kardashian, mais elle ressemblait à une version plus élaborée, moins sévère de sa propre personne.

— Je n'aurais jamais pensé à utiliser du mascara brun, avoua-t-elle en plissant lentement les yeux face à son reflet dans le miroir.

Ensuite, elle pinça les lèvres, des lèvres à présent légèrement brillantes grâce à un baume teinté, car le rouge à lèvres était trop rouge et trop collant pour elle. *Pas mal. Vraiment pas mal.* Verity n'aurait peut-être pas l'air de détonner totalement si les gens la voyaient en compagnie de Johnny. Maintenant, elle comprenait pourquoi Nina décrivait son maquillage comme un « ravalement de façade ». Verity se sentit un peu plus courageuse.

— Et je n'avais jamais perçu l'utilité du blush avant, reprit-elle. Merci, Nina.

— Encore six mois à habiter ensemble et je t'aurai convaincue de te faire faire des piercings et des tatouages, promit Nina en s'aspergeant de parfum.

Sa promesse ressemblait plutôt à une menace.

— Ou alors, c'est moi qui t'aurai convaincue de t'inscrire à une lecture commentée de la Bible et de m'accompagner au cercle de prière. On pourrait chanter *Kumbaya* à la fin, suggéra Verity. Ce sera marrant.

Nina faillit avoir une attaque.

— Jamais ! Je n'ai rien contre la religion ni contre ton Dieu mais c'est juste que… (Elle plissa les paupières et Verity lui adressa un sourire serein.) Attends ! Je ne t'ai jamais vue une seule fois près d'une Bible et je ne t'ai jamais entendue chanter. Tu plaisantes ! Je déteste quand tu fais ça, Very. Tu pourrais m'avertir avant, quand même.

— Moi ? « Plaisanter » ? Je ne plaisante jamais, la taquina Verity.

Nina pivota sur ses talons et quitta la pièce avec un grognement faussement indigné.

— Allez, viens ! On doit assister à une fête, lança-t-elle par-dessus son épaule. Deux verres de prosecco nous attendent, avec nos prénoms écrits dessus.

Verity tira sur l'ourlet de sa robe. Est-ce que sa tenue convenait ? Est-ce qu'elle convenait, elle ?

— Descends, toi, dit-elle à Nina. J'arrive tout de suite.

Il fallut une demi-heure supplémentaire et un texto de Posy, puis de Nina, puis de Mattie et enfin de Tom avant que Verity parvienne à se motiver et s'aventure à descendre affronter son véritable faux petit ami en chair et en os. Enfin, tout ça et la menace de Posy de la renvoyer, même si Verity savait très bien qu'il s'agissait d'une menace en l'air – Verity était la seule personne à savoir comment fonctionnait le logiciel de gestion du stock, et même à ses yeux, ça restait vague.

Gourgandine attendait en bas de l'escalier, tantôt se jetant sur la porte qui séparait l'appartement de la librairie, tantôt miaulant furieusement parce qu'il était question de nourriture de l'autre côté.

Ce fut une bataille épique, chat contre femme, mais Verity finit par réussir à franchir la porte. Elle avait la robe couverte de poils de chat, et l'expression furieuse et trahie de Gourgandine était à jamais gravée dans sa mémoire.

Les portes qui reliaient la librairie au salon de thé avaient été verrouillées et Verity dut, par conséquent, sortir dans la cour, qui grouillait littéralement de monde. Des habitués, des blogueurs littéraires, des blogueurs culinaires, des amis, des amis d'amis… et pourtant, Verity repéra aussitôt Johnny. Pas uniquement parce qu'il était plus grand que quatre-vingt-dix-huit pour cent des invités – seul le mari de Posy, Sebastian, le dépassait –, mais parce qu'il était en grande conversation avec Nina.

Ça ne présageait rien de bon.

Verity oublia son projet d'entrer furtivement et fonça. Elle arriva juste à temps pour entendre Nina demander :

— Alors, comment vous êtes-vous rencontrés, tous les deux ? Very cache toujours son jeu, elle ne nous raconte jamais rien.

— C'est faux, protesta Verity même si ce n'était ni le lieu, ni le moment. Est-il nécessaire que je vous présente ou t'es-tu lancée directement dans un interrogatoire ?

Nina posa une main sur sa poitrine comme si elle venait d'être mortellement offensée.

— J'ai offert un verre et une allumette au fromage à Johnny avant de me lancer dans l'interrogatoire, dit-elle. Je n'ai pas été élevée par une meute de loups, Very.

— Délicieuses, ces allumettes au fromage, déclara Johnny.

Verity fut forcée d'admettre sa présence et de le regarder, plutôt que de se concentrer sur Nina.

— Bonsoir, ajouta-t-il.

Puis il embrassa Verity sur la joue. Elle perçut la délicieuse odeur de son après-rasage, qui lui fit penser à un savon de luxe et à du linge tiède, tout propre, que l'on viendrait de plier. Johnny sentait le frais et une très légère pointe citronnée. Ça lui allait bien ; ça correspondait à son élégance raffinée lorsqu'il lui souriait. Il portait un jean ainsi qu'un tee-shirt qui avait dû être noir un jour mais était devenu gris et dont le logo blanc était à présent indéchiffrable. Et il avait de jolis bras. Pas trop ciselés. Pas dans le genre « dès que le soleil sort, je déballe la marchandise » comme les filles en accusaient Tom lorsque ce dernier ôtait son cardigan sous prétexte qu'on était en juin et que la librairie n'était pas climatisée. Mais Johnny avait de vrais muscles, des muscles secs, comme s'il avait une carte dans un club de sport et qu'il ne craignait pas de s'en servir.

Il fallait vraiment qu'elle cesse de le contempler.

— Je vais chercher d'autres allumettes au fromage ? articula-t-elle en se détournant à demi pour cacher ce qui semblait bien être un fard.

Elle prit la direction de la cuisine.

Nina la tira en arrière.

— Hors de question, décréta-t-elle. Pas avant que vous m'ayez raconté comment vous vous êtes rencontrés, tous les deux.

Il y eut quelques secondes de silence – Verity était absolument certaine que ses joues étaient à présent écarlates. L'instant parut durer plusieurs millénaires : Johnny observait Verity qui lui rendait son regard en s'efforçant de garder un visage totalement impassible pour ne pas faire la grimace.

— Euh, c'est une histoire plutôt marrante, hein ? La manière dont on s'est rencontrés.

— Ouais, une histoire à raconter aux petits-enfants, renchérit Johnny d'un ton désinvolte. J'attendais quelqu'un au restaurant, mais on m'a posé un lapin et Verity attendait le légendaire Peter Hardy, qui lui a posé un lapin aussi.

— Pas Peter Hardy, océanographe ? hoqueta Nina, indignée. Il semblait trop gentil pour poser un lapin à qui que ce soit !

— Il y a eu un quiproquo, le personnel du restaurant a cru que nous nous attendions l'un l'autre, et nous voilà !

Johnny passa un bras autour de Verity, qui tenta de ne pas se raidir.

— Oui, nous voilà, répéta-t-elle avec un regard appuyé à l'intention de sa colocataire. Nina, Posy t'a demandé de garder un œil sur Sam et Pantin, non ? Parce qu'ils sont en train de faire le concours de celui qui avalera le plus de macarons d'un seul coup.

— Beurk, les garçons ! J'espérais mieux de ta part, Pantin ! s'exclama Nina avant de s'éloigner d'un pas titubant vers Sam, le frère âgé de quinze ans de Posy, et son meilleur ami Pantin.

Verity se retrouva seule en compagnie de Johnny. En théorie, ils n'étaient pas seuls, puisqu'il y avait une centaine de personnes dans la cour ; mais ils se tenaient à l'écart et la situation était étrangement intime.

— Tu es très en beauté, déclara Johnny après une courte pause.

— Merci, dit Verity d'un ton crispé. Toi aussi. J'aime bien, euh… ton tee-shirt. (Elle riva son regard sur le sol et réprima un énorme soupir.) Hum, tu reveux des allumettes au fromage ? Attends, je vais te chercher un verre de prosecco.

S'ils buvaient et mangeaient, ils n'auraient pas besoin de se parler.

— Bonne idée, approuva Johnny avant de la suivre à travers la foule jusqu'au salon de thé pour faire une réserve de vivres.

Ils progressèrent lentement, car des tas de gens ne cessaient d'arrêter Verity, les yeux écarquillés comme s'ils ne parvenaient pas à croire qu'elle se trouvait bien en compagnie d'un homme. Ensuite, ils fixaient des yeux ronds sur Johnny. Ce dernier leur souriait paisiblement, bien que Verity soit certaine qu'il regrettait à présent toute son histoire de petit ami imaginaire.

— Alors, vous êtes Peter Hardy, océanographe ? demandaient les harceleurs.

— Non, je suis Johnny et je suis architecte, répondait systématiquement Johnny, jusqu'à ce qu'ils soient enfin réapprovisionnés en prosecco et qu'ils se retrouvent chacun en possession d'une assiette chargée de délicieuses pâtisseries.

À ce moment-là, Posy tapa sur la nouvelle bouilloire électrique avec une louche pour attirer l'attention de tout le monde et perforer quelques tympans au passage. Puis elle poussa Mattie devant elle.

— Tu dois dire quelques mots, chuchota-t-elle très fort. Accueille les gens, parle-leur du cahier des charges du salon de thé, présente nos invités de marque, blablabla.

— Ne t'inquiète pas si ton discours n'est pas aussi bon que celui de Morland il y a quelques semaines, ajouta gentiment Sebastian par-dessus l'épaule de Posy. Il ne le sera pas, mais ce n'est pas ta faute.

Posy et Sebastian vivaient encore les premiers élans amoureux de leur mariage et ils semblaient penser que l'autre était la raison pour laquelle le soleil brillait, les fleurs s'épanouissaient et que la vie était belle, en règle générale. Allez savoir comment, Sebastian réussissait à véhiculer tout cela tout en demeurant grossier avec quiconque n'était pas Posy.

C'est pourquoi Mattie roula des yeux tout en ôtant son tablier.

— Merci à tous d'être venus à notre inauguration, déclara-t-elle. J'ai toujours rêvé de cet instant, celui où je me tiendrais dans mon propre café, depuis aussi longtemps que je me souvienne ; et même si c'est ce qui se passe en ce moment même, j'ai toujours l'impression d'être dans un rêve.

Mattie n'alla pas plus loin car sa mère française, à qui ils avaient tous été présentés un peu plus tôt et qui était une version plus âgée mais tout aussi élégante de Mattie, éclata aussitôt en larmes.

— Je suis si fière de toi ! sanglota-t-elle tandis que le frère de Mattie, Jacques, lui tendait un mouchoir.

Il en avait apporté toute une boîte, comme s'il avait anticipé leur nécessité. Verity lança un coup d'œil furtif à Johnny ; mais ce dernier était en train de taper un SMS, le regard rivé à l'écran de son portable, et il avait manqué tout le mélodrame.

Une fois que les sanglots de sa mère se furent apaisés et transformés en rares hoquets, Mattie poursuivit :

— Je suis allée à Paris apprendre la pâtisserie. Là-bas, je suis aussi tombée amoureuse – même si apprendre la pâtisserie s'est révélé être une expérience bien plus heureuse que tomber amoureuse, dit-elle d'un ton sinistre.

Tout le monde contempla son verre.

— Bon, enfin, nous voici à la grande inauguration du salon de thé d'*Au Bonheur des tendres*. Et maintenant, j'aimerais que vous accueilliez avec enthousiasme nos hôtes de marque, qui vont officiellement inaugurer le salon de thé !

— C'est qui ? murmura soudain Johnny à l'oreille de Verity.

Son souffle la chatouillait, mais pas de manière déplaisante.

— En fait, il y en a deux, chuchota à son tour Verity en changeant légèrement de position pour que Johnny ne soit pas obligé de se pencher aussi près d'elle. Une femme qui a gagné au « Meilleur Pâtissier » il y a deux ans, et sa mère, qui écrit des comédies sentimentales. Très pratique, vraiment.

— C'est pratique que sa mère écrive des comédies sentimentales ? Pourquoi ? voulut savoir Johnny.

La réponse de Verity fut noyée sous des applaudissements polis lorsque les invitées coupèrent un gros ruban rouge tendu à la hâte entre les deux portes du salon de thé. Celles-ci s'ouvrirent pour faire apparaître Petite Sophie, leur employée du samedi, et Sam, qui portaient un énorme croquembouche. Tout le monde s'exclama en voyant la montagne de profiteroles soudées par du caramel au beurre salé et ornée de cierges magiques. Les applaudissements se firent nettement plus enthousiastes.

Malheureusement, l'effet de cette mise en scène fut perdu pour les membres du personnel d'*Au Bonheur des tendres*. Ils avaient testé tant de parfums de crème pâtissière différents – au bout du compte, Mattie avait opté pour noisette pralinée – que Verity et Tom s'étaient fait le serment mutuel de ne plus jamais manger une seule profiterole de toute leur existence.

— Tu en veux un peu ? demanda Verity à Johnny tandis que les assiettes de petits choux commençaient à circuler.

Il secoua la tête.

— En fait, je ne suis pas très sucré, expliqua-t-il. S'il s'agissait d'une pièce montée de fromages, je tuerais quiconque se trouverait sur mon passage. Qu'est-ce que tu disais, au sujet des comédies sentimentales ?

— Quoi ?

Verity rembobina le fil de leur conversation.

— La librairie, expliqua-t-elle. Nous sommes spécialisés en littérature sentimentale.

Johnny n'afficha pas d'expression angoissée comme s'il craignait d'être contaminé par des poux tout droit sortis des comédies romantiques, à l'instar de Dougie, le petit ami de Merry, chaque fois que Verity évoquait son boulot. Il fit un petit geste de la tête en direction des portes vitrées à travers lesquelles on pouvait discerner des étagères de livres.

— La librairie entière ? C'est vrai ?

— Je te ferai une visite guidée, si tu veux.

Verity ne proposait pas cela juste pour se montrer polie. De plus en plus de gens affluaient dans le salon de thé à la recherche de profiteroles et il devenait inévitable que bientôt, la bulle personnelle de Verity serait percée de toutes parts. Johnny et elle se rapprochèrent peu à peu des portes qui menaient à la librairie close, que Verity ouvrit discrètement afin qu'ils puissent se faufiler à l'intérieur sans être repérés.

La jeune femme conduisit Johnny à travers les pièces désertes en lui racontant comment *Au Bonheur des tendres* s'était transformé au fil des deux derniers mois.

Ils finirent assis sur deux sofas qui se faisaient face dans la salle principale. Johnny jetait des coups d'œil intéressés autour de lui.

— J'ai un fort sentiment de déjà-vu, dit-il en posant les yeux sur l'escabeau mobile. Comment s'appelait cette librairie, auparavant ?

— *Bookends*, répondit Verity.

Le visage de Johnny s'illumina d'un sourire. Verity le lui rendit, parce qu'il y avait quelque chose dans cette version du sourire de Johnny, dans sa chaleur, dans sa façon de l'inclure dans son univers, qui lui donna automatiquement envie de sourire elle aussi. Mais soudain, à l'instar du soleil qui se cachait derrière les toits de Londres, le bonheur de Johnny s'évanouit.

— Je suis déjà venu ici, dit-il. Des tas de fois.

— À l'époque de *Bookends* ? se risqua Verity.

Le sujet semblait être tabou, et elle aimait être aussi respectueuse des limites des autres qu'elle espérait qu'on le soit des siennes.

— Nous faisions des contrôles d'orthographe tous les vendredis, à l'école, répondit Johnny. Si toutes mes réponses étaient justes, ma mère m'amenait ici choisir un livre. Ensuite, nous allions manger un gâteau au salon de thé. J'aimais beaucoup plus les sucreries, à l'époque.

Johnny avait les yeux dans le vague, comme s'il ne voyait plus *Au Bonheur des tendres* mais la librairie d'autrefois, qui contenait une gigantesque section de littérature jeunesse.

— Moi, on m'offrait une étoile dorée quand je réussissais mes dictées, avoua Verity, parce que Johnny venait de partager un souvenir intime et qu'elle avait curieusement envie de l'imiter. Une fois que j'avais obtenu dix étoiles, on me donnait 50 pence pour m'acheter des bonbons chez le marchand de journaux.

— Cinquante pence pour des bonbons, c'était une richesse incalculable quand on était gosses, hein ? observa Johnny avec un sourire.

Sa bonne humeur paraissait revenir, mais Verity secoua la tête.

— Oh, non, vraiment pas. Pas quand on a des sœurs, confia-t-elle tristement.

Les sœurs de Verity, qui n'obtenaient jamais, jamais dix étoiles, voulaient toujours participer à la composition du sachet de bonbons et s'incrustaient chez le marchand de journaux en se disputant entre elles.

Johnny éclata de rire lorsque Verity lui raconta que le marchand en avait eu tellement assez qu'il avait accroché un panneau sur sa porte : « Pas plus de deux sœurs Love dans la boutique en même temps ! »

Ce n'était pas si désagréable que dans ses souvenirs. Discuter avec un homme. Sortir avec lui. Même s'ils ne sortaient pas réellement ensemble. Ils n'étaient même pas amis ; mais ce n'était pas aussi affreux qu'elle se l'était imaginé.

— Tu lisais quoi comme livres, quand tu étais petit ? lui demanda-t-elle.

Ce dernier avoua avoir été obsédé par les Biggles.

— Un type qui travaillait ici me mettait de côté tous les romans de Biggles épuisés. Sa femme tenait le salon de thé. Elle faisait des crêpes délicieuses.

— Je pense que tu parles de mes parents, dit une voix.

Le cœur de Verity fit un bond dans sa poitrine, puis elle crut qu'elle allait fondre en larmes. Posy était à la porte.

— Mes parents géraient la librairie et le salon de thé, expliqua-t-elle.

— C'est vrai ? Ça remonte à une trentaine d'années, dit Johnny d'un ton dubitatif en se contorsionnant pour sourire à Posy.

— Mes parents ont repris la librairie il y a vingt-cinq ans et ma mère faisait les meilleures crêpes du monde ; il devait donc s'agir d'eux, insista Posy.

— Eh bien, ils doivent être très fiers de tout ce que tu as accompli, déclara Johnny.

C'était la plus gentille des choses à dire, dans ce genre de circonstances.

Verity s'était inquiétée de la venue de Johnny – sur son lieu de travail, son chez-soi, là où il allait rencontrer ses amis – mais il semblait parfaitement à sa place, comme un nouveau petit ami dont l'attitude aurait été absolument impeccable.

Sauf qu'il avait parlé des parents de Posy au présent. Sebastian, qui avait suivi Posy parce que ces deux-là ne supportaient pas de se retrouver séparés plus d'une minute, effleura la joue de sa femme. C'était un geste infime mais plein de tendresse qui fit à nouveau bondir le cœur de Verity. Il faut dire qu'elle ne parvenait pas à croire que Sebastian Thorndyke, entre tous, soit capable d'autant de douceur.

— Ça va, Morland ? s'enquit-il.

Posy acquiesça.

— Je vais bien, vraiment. (Elle sourit bravement à Johnny.) J'espère qu'ils seraient fiers de moi, mais tu sais, ils sont morts il y a presque huit ans.

Johnny cessa de respirer.

— Je suis désolé… (Il prit une grande inspiration.) Ma mère est morte il y a dix ans, quand j'avais vingt-cinq ans… j'espère qu'elle serait fière de moi, elle aussi. Tu sais, elle adorait cette librairie. C'était l'un de ses lieux préférés.

— Merci, répondit Posy.

Ensuite, personne ne sut plus quoi dire.

Même Sebastian était assez ému pour rester silencieux. Johnny contempla longuement les étagères. Posy en profita pour lever les pouces et articuler silencieusement : « Je l'adore ! » Puis Johnny reporta son attention sur eux et Posy lui adressa un sourire radieux.

— Fini de se planquer ici ! décréta-t-elle. C'est censé être une réception. Donc, on retourne faire la fête.

Évidemment, la première personne qu'aperçut Verity lorsqu'ils sortirent dans la cour fut Merry, qui venait d'arriver en compagnie de Dougie. Tel un missile thermoguidé traînant Dougie derrière elle, sa sœur se dirigea aussitôt vers l'endroit où Verity tentait de cacher Johnny derrière un arbre.

— Te voilà, Very ! s'écria Merry en faisant des clins d'œil lourds de sens à l'intention de Johnny.

— Je te présente ma sœur, Merry, dit Verity. Ne fais pas attention à l'étrange tic facial qui la défigure, s'il te plaît. Et voici Dougie, son petit ami.

Verity agita les doigts en direction de Dougie, qui remua les siens en retour. Il connaissait Verity depuis assez longtemps pour comprendre qu'agiter les doigts était bien plus acceptable pour elle qu'un câlin.

— Je vous présente Johnny, poursuivit Verity.

— Je sais qui c'est ! s'exclama Merry en désignant son œil. Je n'ai aucun tic facial. Je clignais de l'œil ! Pour que Johnny sache que j'étais dans le coup, mais ne t'inquiète pas, votre petit secret est en sécurité avec moi. Very, j'ai besoin de gâteaux, j'ai une gueule de bois monumentale. Dougie, alcool, file, fonce en chercher. Johnny, tu viens avec moi.

Et Merry entraîna un Johnny à l'air perplexe vers un banc qui venait de se libérer. Verity ne put rien faire d'autre que battre le record de vitesse terrestre pour aller chercher du gâteau et le rapporter à sa sœur qui, déjà, régalait gaiement Johnny de récits concernant la vie de famille des Love.

— Il n'y avait pas de place pour bouger quand nous étions tous à la maison en même temps, et le bon pasteur et l'épouse de notre bon pasteur affirmaient que la télévision pourrirait nos jeunes cervelles, ce qui est totalement ironique vu qu'ils sont maintenant tous les deux accros à *Un trésor dans votre maison*, et donc on devait trouver à s'amuser toutes seules. La plupart du temps, on faisait semblant d'être les sœurs Mitford, même si on se disputait toujours pour être Unity. Pas parce qu'on voulait être nazies, mais parce que celle qui jouait Unity devait se tirer une balle dans la tête puis marcher en titubant comme une cinglée. On jouait aussi à *Orgueil et Préjugés*. Tu sais que Verity connaît le livre par cœur ? Elle a une citation pour chaque occasion. Alors, et toi ? Tu as des frères et sœurs ? Où habites-tu ? C'est tellement bizarre que tu sois célibataire. C'est vrai, tu es incroyablement beau. Tout un tas de femmes refuseraient de te faire sortir de leur lit ne serait-ce que le temps de manger un cracker, mais bien sûr, ne te fais pas d'idées sur ma sœur, parce que hummmmmmmphhhh…

Le seul moyen de réduire Merry au silence était de lui fourrer un énorme morceau de gâteau dans la bouche. Verity ne réussit même pas à dire quoi que ce soit. Il n'y avait pas de mots. C'était à Dougie de protester, car parfois – d'accord, pas très souvent – Merry écoutait Dougie.

— Merry, cesse de te mêler des affaires des autres, intervint Dougie.

Merry parvint à avaler son morceau de gâteau fourré à la meringue à la framboise.

— Very ne fait pas partie des « autres » ! protesta-t-elle.

— Si, je fais partie des autres, rectifia Verity. Et je fais aussi partie de ta famille, alors tu devrais te montrer un peu plus respectueuse de ma…

— Tu as honte de ta famille !

Dougie roula des yeux avant de soupirer :

— Ça n'a aucun sens, Merry.

Johnny n'avait pas besoin d'être témoin de cette vieille querelle familiale ; Verity tira doucement sur son tee-shirt. Ils se crispèrent tous les deux lorsque les phalanges de Verity entrèrent en contact avec ce qui semblait être des muscles extrêmement fermes sous le coton brossé. Elle l'entraîna à l'écart.

— Ce n'est pas un peu malpoli ? interrogea-t-il. J'ai à peine dit deux mots à ta sœur.

— Merry est génétiquement prédisposée à ne percevoir ni les allusions ni les cajoleries, soupira Verity. Parfois, se montrer malpoli est le seul moyen de s'en tirer.

Ils quittèrent la cour pour bifurquer vers Rochester Street, où Verity s'arrêta.

— Je suis désolée pour ta mère, dit-elle. Elle avait l'air adorable.

Les yeux de Johnny se voilèrent de nouveau, comme lorsqu'il avait évoqué ses souvenirs alors qu'ils étaient assis dans la librairie silencieuse.

— Revenir dans cette librairie où j'ai passé tant de vendredis après-midi heureux avec ma mère, c'était étrange, triste, mais aussi assez merveilleux. Merci de m'avoir rendu ça. (Son sourire se fit plus épanoui.) Tu sais, pour un premier rencard, ça ne s'est pas trop mal passé, si ?

Il ne s'agissait pas vraiment d'un premier rencard. Techniquement, c'était plutôt le troisième. Et puis, ce n'était pas un vrai rencard, de toute façon. Et Verity ne pouvait pas réitérer pareille aventure. Son cœur ne tiendrait jamais le coup sous la pression.

— Alors, on s'en tient là ? demanda-t-elle d'une voix un peu désespérée. On était censés ne faire ça qu'une fois et je n'ai accepté que sous la contrainte !

Johnny sursauta comme si elle venait de le scandaliser.

— Oh, non, tu ne vas pas t'en sortir aussi facilement ! décréta-t-il en agitant un doigt dans sa direction. Tu m'as fait découvrir tes proches, maintenant, à moi de te faire découvrir les miens. Ce n'est que justice. Mes amis organisent une espèce de brunch chacun à leur tour le dimanche, et je suis sûr qu'ils adoreraient te rencontrer. À quelle heure est-ce que je passe te chercher demain ?

Verity résista à un besoin urgent de taper du pied.

— Très bien, très bien. Une occasion chacun, ensuite on est quittes et c'est terminé. D'accord ?

Johnny lui adressa un sourire patient, comme s'il se prêtait à ses caprices.

— Très bien, dit-il. Dix heures, ça te convient ?

# Chapitre 7

« ELLE AVAIT DU MAL À COMPRENDRE COMMENT ELLE POUVAIT ÊTRE UN OBJET D'ADMIRATION POUR UN HOMME D'UNE TELLE IMPORTANCE. »

L'aube du dimanche arriva vite, lumineuse. *Trop lumineuse.* Et elle arrivait bien trop tôt.

Verity entendait Nina ronfler tandis qu'elle-même essayait de faire un peu de yoga dans le salon pour apaiser son chi intérieur. Elle songea beaucoup au brunch. C'était un concept très vague et très confus, le brunch. Ni petit déjeuner ni déjeuner, il occupait une espèce de no man's land entre les deux et ne ressemblait jamais au brunch qu'avait vu Verity en regardant les rediffusions de *Sex and the City.* Omelettes aux blancs d'œuf absolument parfaites, avocat sur toasts de pain au levain et cocktails Mimosa. Chaque fois que Verity retrouvait Merry et ses amis pour un brunch, ça consistait toujours en un vulgaire saucisse-œufs au bacon arrosé d'alcool.

Verity fut saisie d'une faim de loup en songeant au bacon, mais elle ne mangea rien de plus substantiel que des galettes de riz, par peur d'offenser ses hôtes inconnus du brunch tournant. Il y aurait probablement un buffet, ce qui la mettrait dans une situation difficile. Elle aurait un verre dans une main et une assiette dans l'autre, et ne saurait pas quoi faire quand on la présenterait à un des amis de Johnny, alors qu'elle aurait eu besoin d'une main libre pour la poignée de main. À moins que les amis en question ne soient plutôt du genre à s'envoyer des bises en l'air. Ou pire, à se faire de vraies bises.

Mais il pouvait aussi s'agir d'un brunch assis. Même si Johnny se trouvait à côté d'elle, Verity le connaissait à peine, et la personne qui se trouverait de l'autre côté serait un inconnu.

Tous les scénarios envisageables étaient plus cauchemardesques les uns que les autres. En enfilant un haut lâche, drapé et orné d'oiseaux – un authentique vêtement de styliste déniché à l'*Oxfam* de Drury Lane, qui proposait toujours un large choix – et son jean *skinny* préféré, Verity fut surprise de ne pas se retrouver couverte d'urticaire. Elle assortit à sa tenue des baskets montantes en cuir argenté et à fermeture Éclair que Merry avait achetées sur Internet lors d'une vente flash, avant de se rendre compte qu'elles étaient trop petites d'une pointure.

Verity espérait que l'ensemble fasse branché, mais pas trop non plus. Ensuite, elle tenta de reproduire son maquillage de la veille au soir, mais le résultat ne fut pas très concluant.

Il n'était que 9 heures. Il lui restait encore une heure avant de rejoindre Johnny à contrecœur à l'angle de Rochester Street. Tout en mastiquant une autre galette de riz cette fois recouverte de beurre de cacahouètes pour se donner de l'énergie, Verity tapa donc le nom de Johnny sur Google.

Lancer une recherche sur lui n'était que justice puisqu'il avait déjà avoué avoir fait la même chose avec elle. En outre, leur bobard concernant les débuts de leur relation craignait vraiment, la veille. Verity n'avait pas envie de débarquer au brunch sans s'y être préparée et, oui, bon, d'accord… elle était curieuse. Être curieuse, ce n'était pas un crime.

Une fois qu'elle eut tapé son nom et son prénom, un lien vers la société de Johnny s'afficha en haut de sa page. « WCJ Architectes ». Oui, apparemment, Johnny possédait sa propre boîte. Le deuxième résultat contenait un article paru dans *The Guardian* au sujet de sa maison de ville de quatre étages à Canonbury, qu'il avait achetée en ruine et avait minutieusement ramenée à la vie.

« À l'époque où il étudiait l'architecture à Cambridge, Johnny passait ses vacances à travailler sur des chantiers de construction au lieu de les passer dans l'entreprise familiale. Il a repris celle-ci il y a cinq ans, à la retraite de son père. "En réalité, je suis plâtrier certifié, mais j'ai appris un peu de tout au fil des ans, depuis la maçonnerie et la menuiserie jusqu'à la plomberie et l'électricité."

Johnny mit cet ensemble de talents à profit en 2007, lorsqu'il obtint son diplôme d'architecte et déménagea à La Nouvelle-Orléans pour travailler avec Habitat for Humanity afin de construire de nouveaux logements pour les familles touchées par l'ouragan Katrina.

À présent installée à Londres, la société WCJ Architectes, sous son égide, s'est encore développée et s'est spécialisée dans la restauration passionnée de bâtiments datant du XIX$^{e}$ siècle jusqu'au milieu du XX$^{e}$ siècle, qu'elle dote de tout le nécessaire pour affronter les rigueurs de la vie au XXI$^{e}$ siècle. »

Cela n'était nulle part aussi apparent que sur les photos de la maison de Johnny, à Canonbury. Celle-ci était baignée de lumière naturelle et regorgeait de détails d'époque conjugués à un minimalisme contemporain, le tout dans des tons blancs et bleus.

*C'est bien trop grand pour un homme seul*, songea Verity. Le lieu devait pourtant être idyllique : tout cet espace, toutes ces pièces vides… Même avec un ou deux colocataires, on devait bénéficier de tout le calme et de tout le silence dont on avait besoin.

Verity examina avec attention une photo de Johnny prise dans sa cuisine claire et spacieuse. Les rayons de soleil rendaient ses cheveux presque blonds. Il portait un jean et une chemise blanche, et il était perché sur sa table de cuisine en acier bruni, les doigts enroulés autour d'une tasse ornée de dessins noirs et blancs que Verity avait convoitée chez *Liberty* avant de la reposer précipitamment sur l'étagère parce qu'elle coûtait plus de 40 livres. Évidemment, Johnny était extrêmement photogénique ; ses yeux étaient d'un bleu incroyable…

Verity se secoua et jeta un coup d'œil à l'horloge. Il ne lui restait plus que dix minutes avant d'aller retrouver Johnny, et elle avait la bouche enduite de galette de riz et de beurre de cacahouètes.

Verity arriva avec deux minutes d'avance à leur lieu de rendez-vous, mais Johnny s'était déjà assis. Il arborait un autre jean et un autre tee-shirt délavé, ce qui signifiait que par chance, elle n'avait pas fait de grossière erreur concernant le code vestimentaire. Il portait également un énorme bouquet de fleurs enveloppé dans du papier marron – les bouquets les plus sophistiqués et les plus chers étaient toujours présentés dans un modeste papier marron.

— Oh, mon Dieu ! s'exclama Verity en guise de bonjour.

Elle recula d'un pas lorsque Johnny se pencha pour l'embrasser, obligeant ce dernier à abandonner son projet.

— Étais-je censée apporter quelque chose, moi aussi ? J'aurais dû, n'est-ce pas ? C'est si grossier d'arriver chez quelqu'un les mains vides, surtout quand on vous invite à manger !

— Tout va bien. Les fleurs seront de notre part à tous les deux, la rassura Johnny. Nous ferions mieux d'y aller, sinon nous arriverons là-bas pour le déjeuner au lieu du brunch.

Il semblait savoir d'instinct que Verity détestait être en retard.

Le brunch avait lieu à Primrose Hill. Lorsqu'ils atteignirent Theobald's Road, Johnny héla un taxi.

— Veux-tu que nous descendions sur Great Portland Street pour traverser Regent's Park à pied ? proposa-t-il.

Verity acquiesça, même si traverser le parc à pied signifiait qu'ils devraient se parler en marchant.

Elle n'aurait pas dû s'inquiéter. Alors qu'ils prenaient place sur leurs sièges, le téléphone de Johnny se mit à biper. Il venait de recevoir un message. Ensuite, comme la veille, il resta scotché sur son téléphone. À peine avait-il envoyé un SMS qu'il en recevait un autre dans la seconde.

Il s'agissait peut-être d'une urgence architecturale. *Quelque chose en rapport avec un affaissement ou de la pourriture cubique*, songea Verity en regardant défiler par la fenêtre les rues familières de Londres où se pressaient les acheteurs du dimanche et les touristes équipés de sacs à dos et de chaussures confortables.

Même lorsqu'ils sortirent du taxi à Park Square Gardens et que Johnny repoussa d'une petite tape la main de Verity, qui tentait de lui donner un billet de 5 livres pour le trajet, puis lorsqu'ils entamèrent la longue balade qui les ferait traverser Regent's Park sur la promenade de Broad Walk en direction du zoo de Londres, Johnny resta rivé à son téléphone.

Inviter une fille à un brunch pour lui présenter tous ses amis et l'ignorer pendant toute la durée du trajet, ça révélait de sacrées mauvaises manières. Peter Hardy, océanographe, ne se serait jamais comporté de façon aussi grossière.

— Je suis sincèrement désolé, s'excusa Johnny comme s'il pouvait lire dans les pensées de Verity. (Il rangea son téléphone dans sa poche.) Maintenant, tu as toute mon attention.

Verity n'était pas certaine d'en vouloir.

— Oh, pas de souci, marmonna-t-elle.

Chaque pas qu'elle faisait semblait la rapprocher de son exécution. Non, ça faisait trop mélodramatique. Pas de son exécution, mais peut-être d'une courte séance de torture.

— Alors, hum… chez qui allons-nous, exactement ? demanda-t-elle.

— Maintenant que j'y pense, nous devrions nous préparer mieux qu'hier, répondit Johnny avec un petit rire contrit. Est-ce qu'on s'en tient à la version où nous nous sommes rencontrés parce qu'on nous avait posé un lapin à tous les deux ?

— Oui, parfait, approuva Verity qui n'avait pas de meilleure idée.

C'était Merry qui avait inventé la jolie rencontre entre Peter Hardy et sa sœur. Ce dernier avait laissé tomber un masque de scaphandre en haut des Escalator de la station de métro Angel et Verity était parvenue à le rattraper avant que le masque n'assomme quelqu'un.

— Alors, ce brunch… ce sont mes amis Wallis et Graham qui accueillent, aujourd'hui. Wallis est américaine, elle est avocate, a grandi dans un ranch pour touristes, et j'étais à l'école avec Graham. En fait, j'étais à l'école avec la plupart des gens qui assistent à ce brunch. Ils sont tous sympas. Pas du tout effrayants, c'est promis.

Johnny poursuivit en expliquant que lui et ses vieux potes se retrouvaient pour un brunch chaque troisième dimanche du mois en s'invitant à tour de rôle.

— Quand c'est à mon tour, je commande chez un traiteur et je n'arrive pas à faire cuire un œuf correctement, confessa Johnny. J'ai l'impression de ne pas faire honneur à mes amis.

— Je suis sûre que si, protesta Verity. Moi non plus, je ne parviendrais jamais à faire cuire correctement les œufs. C'est bien trop de stress.

— Je voulais te demander : combien de sœurs as-tu ? s'enquit Johnny avant que Verity ait pu réfléchir à une manière pleine de tact de l'interroger sur la durée de leur présence au brunch.

— Quatre, répondit-elle, mais j'ai souvent l'impression d'en avoir davantage.

— « Quatre » ? répéta Johnny avec un sifflement. Plus jeunes ou plus âgées ?

— Les deux. Je suis celle du milieu.

Verity rassemblait toutes les caractéristiques de l'enfant du milieu, si toutefois de telles caractéristiques existaient : elle était la plus silencieuse, la pacificatrice, la plus étrange.

— C'est pour ça qu'elles essayaient toujours de me refiler le rôle de Mary Bennet quand on jouait à *Orgueil et Préjugés*, expliqua-t-elle.

— Merry a mentionné un truc comme ça, dit Johnny en la regardant de biais tandis qu'ils longeaient le zoo et dépassaient l'immense volière. Quel est le souci avec Mary Bennet ?

— Tu n'as jamais lu *Orgueil et Préjugés* ? interrogea Verity, scandalisée.

Si Johnny avait été son véritable petit ami, le fait de n'avoir jamais lu *Orgueil et Préjugés* aurait été un cas inéluctable de rupture de contrat.

— Non, je ne crois pas. Ce n'est pas vraiment mon genre. Trop de bonnets. (Il leva les mains en signe de protestation.) Je t'en prie, arrête de me regarder comme ça ! On dirait que je viens d'avouer que je file des coups de pied aux chatons et que je frappe les chiots.

— C'est presque aussi affreux, décréta Verity.

Elle tenta ensuite de résumer brièvement l'intrigue d'*Orgueil et Préjugés*, et le rôle de Mary Bennet, tâche difficile puisqu'il s'agissait de son livre préféré.

— … alors, pour prendre ma revanche sur toutes ces années où j'ai dû jouer Mary, chaque fois que mes sœurs se disputent, ce qu'elles font tout le temps, je cite ses phrases les plus moralisatrices. « Mais il nous faut endiguer le flot de la méchanceté et recouvrir mutuellement nos plaies du baume de la consolation entre sœurs. » Ça les mouche comme rien d'autre, avoua Verity à la fin de sa tirade. Et toi, tu n'as pas de frères et sœurs ?

— J'étais un enfant unique et solitaire, répondit Johnny.

Ils quittèrent Regent's Park par Gloucester Gate, traversèrent la chaussée aux feux et entamèrent leur marche le long de Gloucester Avenue.

— Ce n'était pas si mal, reprit Johnny. J'avais des tas d'amis et mes parents étaient du genre rigolo. Ils étaient tous les deux architectes. Pour mes six ans, ils m'ont construit une cabane dans les arbres du jardin, en forme de bateau pirate. J'étais donc très populaire à l'école.

— Je suis vraiment navrée pour ta mère. Je sais qu'elle est décédée il y a longtemps, mais ça avait l'air d'être une personne formidable et chaleureuse.

Johnny baissa la tête. Même s'il était de profil, il eut soudain l'air si triste que Verity se sentit triste à son tour.

— Excuse-moi, je me tais, si tu n'as pas envie de parler d'elle.

— En fait, j'apprécie toujours d'en parler, parce que je ne veux jamais oublier combien elle était belle et douce. Et hier soir, en repensant à elle, en revenant à *Bookends*, je me suis souvenu que chaque fois que nous allions là-bas, elle achetait une romance. (Johnny fronça les sourcils.) Elle disait que c'était son cadeau parce qu'elle n'avait fait aucune erreur d'orthographe, elle non plus. Mon père la taquinait ; il se plaignait qu'il y ait déjà trop de romantisme dans sa vie. J'avais oublié tout ça, jusqu'à hier.

Verity comprit alors que si la mère de Johnny avait été encore de ce monde, elle aurait adoré la rencontrer. Celle-ci aurait approuvé la transformation de sa librairie préférée.

— Je suis certaine que ta mère a dû lire *Orgueil et Préjugés*, malgré la quantité de bonnets, dit-elle.

Johnny lui adressa un sourire plein de gratitude, comme s'il avait eu besoin d'un peu de légèreté. Les souvenirs des personnes que l'on avait aimées puis perdues, même s'il s'agissait de bons souvenirs, restaient toujours douloureux.

— Tu dois certainement avoir raison, acquiesça-t-il. Il faut que je pose la question à mon père. (Il poussa un soupir.) Même si ma mère me manque énormément, elle lui manque encore davantage. C'étaient vraiment des âmes sœurs.

Ils ralentirent le pas. Johnny raconta à Verity comment son père, William, et sa mère, Lucinda, s'étaient rencontrés alors qu'ils étaient étudiants à Cambridge. Ils n'avaient plus jamais passé une seule journée l'un sans l'autre jusqu'à la mort de Lucinda. William, le cœur toujours brisé, vivait à présent dans l'appartement au sous-sol de la maison de Johnny.

— Il n'est plus aussi désespéré mais ma mère était son seul et unique amour, alors je suppose que son cœur ne guérira jamais complètement, conclut Johnny.

*Il prend même soin de son père vieillissant. Pourrait-il être plus parfait ?* demanda une petite voix dans la tête de Verity. On aurait dit que cette voix était composée de toutes ses sœurs, de sa mère, de Mrs Bennet et également de Chandler Bing ; et elle s'exprimait si fort que Verity entendit à peine Johnny la remercier.

— Euh ? Merci ? Pourquoi ? s'enquit-elle.

— D'avoir posé des questions sur ma mère. De ne pas avoir ignoré le sujet parce qu'il était délicat. C'était très gentil de ta part, affirma-t-il avec douceur.

— Ce n'est pas parce qu'il est difficile de discuter de quelque chose qu'on doit le passer sous silence. Ma famille ne croit pas au fait de passer les choses sous silence. Je veux dire, tu as rencontré Merry…

— C'est ta sœur la plus tyrannique ?

Verity ne put s'empêcher d'éclater de rire.

— Pas la plus tyrannique. Sur l'échelle du caractère autoritaire, elle obtient à peu près sept. Cinq et demi si je la bourre assez de gâteaux avant.

Johnny eut l'air incrédule.

— Connie, notre sœur aînée, est la plus tyrannique, expliqua Verity. Sans conteste. Ensuite, ce sont Chatty et Immy, les cadettes. Elles sont jumelles et se partagent la deuxième place sur le podium.

— Quatre sœurs tyranniques. Je n'arrive même pas à imaginer ce que ça doit être.

— C'est d'abord très, très bruyant, lui apprit Verity.

Elle avait maintes fois rêvé d'être enfant unique. Surtout lorsqu'elle était coincée dans une maison en préfabriqué dotée de trois chambres – le presbytère originel avait été détruit par les bombes durant la Seconde Guerre mondiale et le diocèse devait encore le reconstruire –, et qu'elle n'avait donc nulle part où aller pour se tenir à l'écart de ses quatre sœurs et du vacarme sans nom qui les accompagnait. Le bon pasteur ne valait pas mieux. Il possédait une voix tonitruante parfaite pour les sermons, mais il continuait de tonitruer même lorsqu'il ne montait pas en chaire, en général en chantant une sélection de comédies musicales accompagné de sa femme. On ne pouvait même pas aller aux toilettes tranquille sans que quelqu'un tambourine à la porte en exigeant de savoir combien de temps vous alliez rester enfermée là-dedans.

— Toi, tu n'es pas bruyante du tout, observa Johnny.

— Il m'arrive de parler pour ne rien dire, avoua Verity, mais uniquement quand je me sens nerveuse.

— Tu n'as pas à te sentir nerveuse, la rassura Johnny en s'arrêtant, ce qui obligea Verity à s'immobiliser aussi.

Ils se tenaient à l'extérieur d'une immense maison recouverte de stuc et aux murs ornés d'une superbe glycine parfaitement assortie à la porte d'entrée, qui était peinte dans le même ton lilas.

— Nous voici arrivés, l'informa Johnny en soulevant le loquet du petit portail. Après toi.

# Chapitre 8

« C'EST SUR CE DERNIER POINT, OÙ ELLE CRAIGNAIT LE PLUS D'ÉCHOUER, QU'ELLE EUT LE PLUS DE SUCCÈS, CAR CEUX À QUI ELLE S'EFFORÇAIT DE PLAIRE ÉTAIENT DÉJÀ BIEN DISPOSÉS À SON ÉGARD. »

Bien qu'elle mourût d'envie de tourner les talons et de prendre ses jambes à son cou, Verity redressa les épaules et suivit Johnny dans l'allée jusqu'à la porte d'entrée lilas.

Johnny sonna. Verity parvint même à lui rendre le sourire encourageant qu'il lui adressa ; toutefois, le sien était aussi flétri qu'une laitue vieille d'une semaine.

Elle entendait des gens bavarder et rire, et des enfants crier, puis des pas se rapprochèrent de plus en plus jusqu'à ce que la porte s'ouvre sur une grande femme blonde et élégante dont le visage s'illumina.

— Johnny ! Tu es en retard !

La femme avait un léger accent américain. Elle posa le regard sur Verity, tressaillit légèrement, cligna des yeux, puis se ressaisit et sourit de nouveau.

— Tu as amené quelqu'un ? s'enquit-elle.

Il s'agissait d'une vraie question, pas d'un constat. Comme si Johnny n'avait pas jugé utile de prévenir ses amis – ceux qui voulaient le caser avec des divorcées aux faux seins – qu'il venait avec une femme à leur brunch rituel où chacun recevait tour à tour.

— Je te présente Verity, répondit jovialement Johnny. Tu me dis toujours que je peux venir accompagné…

— C'est le cas. Verity, je suis enchantée de te rencontrer. Je m'appelle Wallis. Je t'en prie, entre !

À peine Verity eut-elle posé un pied sur le seuil qu'elle se retrouva entre les bras de Wallis pour un câlin enthousiaste.

Personne ne lui avait parlé de câlins. Verity essaya de ne pas se raidir, mais le résultat fut plutôt décevant. Oh ! Wallis était-elle vraiment en train de lui caresser les cheveux ?

Oui, il semblait bien. Ensuite, elle prit la main de Verity et l'entraîna dans le couloir. Verity lança un regard peiné à Johnny. Celui-ci lui adressa un nouveau sourire encourageant. Ils parvinrent dans une immense cuisine de style campagnard littéralement remplie de gens qui piétinaient sur place en se servant parmi un large choix de fruits, de jus et de pâtisseries disposés sur l'îlot central. Des mets salés étaient également proposés sur une plaque chauffante, et la vue et l'odeur du bacon grillé firent soudain saliver Verity. Un grand type à l'air soucieux, aux commandes d'une poêle à frire, demanda d'une grosse voix si quelqu'un voulait de la ciboulette hachée dans son omelette.

D'autres personnes se servaient du café avant de franchir les portes ouvertes du patio pour s'éparpiller dans un immense jardin.

On aurait dit une scène tirée d'une publicité. « Ceci n'est pas un brunch ordinaire. C'est un brunch *Marks&Spencer.* »

*Au moins, personne ne semble nous prêter attention*, songea Verity quand soudain, Wallis la poussa devant elle.

— Les amis ! Les amis ! s'écria-t-elle d'une voix qui imitait parfaitement une corne de brume. Les amis ! Johnny est arrivé, et il a amené une copine ! Je vous présente à tous Verity !

L'intéressée baissa les yeux pour s'assurer qu'elle n'était pas toute nue, car elle avait fait un rêve angoissant tout à fait similaire à cette situation. Cependant, dans son cauchemar, on la balançait ensuite sur scène pour chanter *Thriller* avec les gestes de main appropriés. Non, c'était certain, elle ne rêvait pas ; elle aurait beau se pincer de toutes ses forces, ça ne la sauverait pas de cet enfer sur terre.

Elle avait espéré que les amis de Johnny ne seraient pas trop intimidants, qu'ils se montreraient polis, voire réservés vis-à-vis de l'intruse qui pénétrait dans leur cercle. Mais jamais, même dans ses rêves les plus fous, Verity ne se serait attendue à ce qu'ils lui tombent dessus avec autant d'effusion et d'enthousiasme.

— Regarde-toi ! s'écria une invitée en serrant Verity contre son giron. Quelle jeune femme charmante !

— Et Johnny, n'est-il pas charmant, lui aussi ? Ça nous fait tellement plaisir qu'il ait enfin rencontré quelqu'un de bien ! C'est sérieux ?

— Hé, ça doit être sérieux s'il l'amène au brunch.

Verity était cernée de toutes parts par des femmes dans la trentaine, toutes vêtues de manière décontractée pour le brunch : jeans, marinières, cheveux brillants dégageant un visage qui scrutait Verity.

— Ce n'est pas sérieux, chevrota-t-elle. Nous sommes juste amis, n'est-ce pas ? Non ?

Elle se retourna pour supplier Johnny de venir à son secours, mais celui-ci se tenait au milieu d'un groupe d'hommes habillés comme s'ils étaient tous actionnaires chez *Boden* et qui lui donnaient des tapes sur l'épaule en disant des trucs comme : « Sacré veinard ! » ou « Il était temps, mon salaud ! » Puis son téléphone sonna et il s'excusa pour prendre l'appel, abandonnant Verity à son triste sort.

Sauf que les amis de Johnny ne l'abandonnèrent pas, eux. On lui fournit un verre de prosecco mélangé à du jus d'orange, un bagel aux œufs brouillés à la cuisson impeccable – *« pas trop baveux, s'il vous plaît »* – avec une tranche de bacon, puis on la conduisit dans le jardin pour la faire asseoir à la place d'honneur sur la terrasse en bois tandis que les femmes disposaient leurs chaises en éventail autour d'elle.

— Alors, Verity, où as-tu rencontré Johnny ?

Verity bafouilla la réponse préparée à l'avance. Elle eut à peine le temps de goûter sa première fourchette d'œufs brouillés que quelqu'un gazouilla :

— Et tu habites dans le coin ?

— Bloomsbury.

— Bloomsbury ! Veinarde !

Roucoulements d'approbation. Verity jeta un coup d'œil au demi-cercle d'habitantes richissimes du nord de Londres. Elles n'étaient pas plus âgées qu'elle ; elles venaient simplement d'un milieu très différent du sien. Ça transparaissait dans l'assurance de leur maintien, l'aisance et la confiance que leur avait conférées leur éducation dans des écoles privées et une université moderne. Verity aurait été surprise qu'une seule d'entre elles ait fréquenté une école publique délabrée ou ait grandi dans un préfabriqué qui prenait l'eau près d'une banlieue défavorisée, parce que le vieil évêque avait une dent contre Mr Love depuis que ce dernier avait refusé de stigmatiser les mères célibataires et les homosexuels dans ses prêches.

Toutefois, être fille de pasteur vous dotait également de talents appréciables. Malgré tout son embarras, toute sa timidité, Verity avait passé son enfance à se mêler à toutes sortes de gens. Chaque fois qu'on frappait à la porte du presbytère, Mr et Mrs Love attendaient de leurs filles qu'elles se montrent prévenantes envers quiconque se tenait sur le perron, qu'il s'agisse d'une veuve éplorée, d'un jeune père venant faire état de sa fierté ou même de Billy, le marchand de fruits et légumes persuadé que le diable avait établi sa demeure dans son abri de jardin et qui venait toutes les semaines demander à Mr Love de pratiquer un exorcisme.

Verity savait donc que tout se passerait bien tant qu'elle réussirait à maîtriser sa nervosité et s'efforcerait de ne pas oublier de respirer.

— Je travaille dans une librairie et je vis au-dessus du magasin, expliqua-t-elle en retroussant les lèvres dans une expression proche du sourire. Autrement, je ne pourrais pas me permettre de vivre à Bloomsbury.

— Une librairie ! J'adore les librairies ! s'exclama Wallis.

Verity répondit à leurs questions concernant l'université qu'elle avait fréquentée, l'endroit où vivait sa famille – Mr et Mrs Love étaient à présent installés dans un presbytère de la plus pure tradition et à la construction anarchique, dans un adorable village situé dans l'est du Lincolnshire, depuis que l'évêque qui avait été l'ennemi juré de son père avait pris sa retraite – et ses projets pour l'été – incertains. Chacune de ses réponses fut accueillie par de grands sourires et des cris de ravissement, comme si elle divertissait l'assemblée avec une assiette en équilibre sur le nez telle une otarie de cirque, ou qu'elle venait de se lancer dans une interprétation absolument parfaite de *My Heart Will Go On*. Or, elle n'avait fait ni l'un ni l'autre : Verity était une simple fille assise face à un groupe de personnes qu'elle connaissait relativement peu et auprès de qui elle insistait sur le fait que Johnny et elle n'étaient que de bons amis.

Et où était donc Johnny, pendant que Verity subissait un interrogatoire en douceur ? Il faisait les cent pas au fond du jardin luxuriant, le téléphone collé à l'oreille.

— Johnny est un homme tellement merveilleux, déclara Lisa, l'une des invitées, en suivant le regard de Verity. On espérait toutes qu'il rencontre une femme tout aussi merveilleuse. Ça fait des années qu'il est célibataire.

— Nous avions pratiquement perdu espoir, n'est-ce pas ? gazouilla l'une des femmes les plus blondes. On a essayé tant de fois de le caser avec tout un tas de filles formidables, mais aucune ne lui allait. Et te voilà !

— Ce n'est que le début. Le tout début, insista Verity avec un sourire figé. On y va doucement. Très doucement. Je dirais que nous sommes plus amis qu'autre chose.

— Bien sûr, mais c'est vraiment un type génial, renchérit Lisa.

Les autres femmes s'accordaient pour décréter que Johnny avait l'étoffe des mecs géniaux lorsque le mec en question jeta un coup d'œil en direction de Verity. Celle-ci agita faiblement les doigts à son intention, en regrettant qu'il ne soit pas assez proche pour pouvoir le fusiller du regard afin qu'il comprenne le message : ce n'était pas cool d'abandonner sa fausse petite amie trente secondes après l'avoir présentée à ses amis. *Pas cool du tout.*

— Il mérite vraiment d'être heureux.

— Oh, je crois qu'il est plutôt heureux, grommela Verity.

Johnny conclut enfin son coup de fil, rangea son téléphone dans sa poche et traversa le jardin à grands pas.

— Désolé, désolé ! lança-t-il avec un sourire contrit. Je ne voulais pas t'abandonner.

Il rejoignit le groupe de femmes et prit place derrière la chaise de Verity, posant la main sur son épaule. Verity mourait d'envie de se tortiller pour se libérer, mais elle se força à rester immobile.

— J'espère que vous n'avez pas raconté toutes sortes d'anecdotes gênantes sur moi pour l'effrayer, dit Johnny.

— Elles m'ont raconté à quel point tu étais charmant.

Si Verity avait été Nina, ç'aurait été le moment où elle aurait battu des cils ; si elle avait été Posy, elle aurait joliment rougi ; mais comme elle était Verity, elle demeura simplement assise là avec son sourire angoissé, à se demander comment elle s'était fourrée dans un tel pétrin.

— J'aurais été plus charmant encore si je ne t'avais pas laissée affronter l'Inquisition espagnole toute seule, insista Johnny tout en souriant à la petite assemblée qui les dévisageait sans faire l'effort de masquer sa curiosité avide. Veux-tu que je t'éloigne de tout ça ?

Verity ne prit pas la peine de cacher son soulagement.

— Oui, s'il te plaît.

Elle s'extirpa de sa chaise, puis elle se souvint de ses bonnes manières.

— J'ai été ravie de vous rencontrer, dit-elle.

Verity avait cru que Johnny et elle s'en allaient. Elle avait l'impression qu'ils étaient là depuis des heures. Mais tandis que Johnny lui faisait traverser la cuisine, chaque invité demanda qu'on la présente. Ils finirent par croiser leur hôte, Graham, l'ami de Johnny qui avait préparé les œufs brouillés de Verity à la perfection.

Graham était aussi grand que Johnny ; ses cheveux châtain clair étaient striés de gris et son visage affable était obscurci par une paire de lunettes cerclées de noir.

— Johnny, dit-il d'un ton pressant, j'ai entendu des ragots complètement dingues selon lesquels tu te serais dégotté une superbe nana. Ça ne peut pas être vrai, hein ?

Johnny soupira avant de pousser doucement Verity devant lui.

— Je te présente Verity. Nous sommes juste amis. Ne l'effraie pas, s'il te plaît.

— Bonjour ! En fait, nous nous sommes déjà rencontrés. Enfin, vous m'avez préparé des œufs brouillés. Ils étaient délicieux, expliqua Verity avec autant de sincérité qu'elle put.

Mais, si elle était forcée de subir un autre câlin ou un autre interrogatoire, elle risquait fort de se mettre à pleurer. Par chance, Graham ne fit aucun des deux ; il se contenta de lui serrer la main avec solennité en déclarant qu'il était ravi de lui être présenté officiellement.

Johnny était peut-être aussi génial que ses amis l'affirmaient, finalement, car il remarqua l'expression implorante de Verity et s'excusa :

— Je crains qu'on ne soit obligés de partir. On a un autre impératif.

— « Un autre impératif », répéta Verity d'un air vague.

Ils se dirigèrent vers le couloir.

— Vous ne voulez pas dire « au revoir » à tout le monde ? demanda Graham avec un sourire narquois. Je suis certain que Wallis a au moins cinquante autres questions à poser à Verity.

— Je compte sur toi pour nous excuser, répondit Johnny d'un ton ferme.

Trois pas de plus, et ils se trouvèrent devant la porte, que Graham leur ouvrit. On échangea d'autres adieux – « Oui, j'étais ravie de vous rencontrer, moi aussi. Ça ne vous dérange pas de saluer tout le monde de notre part ?

Oui, je suis sûre que nous nous reverrons bientôt. » – puis ce fut la liberté.

*La liberté!* Verity faillit sauter par-dessus les marches pour dévaler la petite allée jusqu'à se retrouver dans la rue, à aspirer de grandes goulées d'air comme si elle venait de passer plusieurs jours enfermée dans un puits de mine.

— Tu vois ? Ce n'était pas si terrible, si ? s'enquit Johnny lorsqu'il l'eut rattrapée.

Verity était déterminée à lui raconter à quel point ça avait été horrible. À quel point elle avait souffert. *Une souffrance atroce, indicible.* Mais en réalité, est-ce que ça avait été si terrible que ça ? Insister sur le fait que ça avait été affreux, c'était se montrer bien peu aimable envers les amis de Johnny qui l'avaient accueillie à bras ouverts, même s'ils avaient posé des tas de questions.

Une chose la tracassait, tout de même.

— Quelle était la dernière fois que tu as fait rencontrer à tes amis une de tes conquêtes ? demanda-t-elle.

Ils marchaient en direction de Chalk Farm, mais Johnny s'arrêta net à la question de Verity. Ses lèvres remuaient comme s'il faisait le calcul. Il fronça les sourcils.

— Environ cinq ans. À quelques mois près. Bon sang ! Comment est-ce possible que ça fasse aussi longtemps ?

Verity le dévisagea discrètement à travers ses cils. Elle s'assurait que Johnny était toujours aussi beau que la dernière fois qu'elle l'avait regardé. Tout comme la fois d'avant. Et toutes les fois précédentes, d'ailleurs. Car Johnny était si beau, si agréable à contempler qu'elle ne s'en privait pas. Il était bien élevé, avait une conversation intéressante, savait bâtir des maisons à mains nues et pourtant, il était célibataire.

Ça n'avait absolument aucun sens. Cependant, il n'était pas célibataire par choix.

D'habitude, Verity esquivait les questions trop personnelles, qu'il s'agisse de les poser ou d'y répondre ; mais là, il fallait qu'elle sache. Sinon, elle risquait de devenir la première personne au monde à mourir – littéralement – de curiosité.

— Cette femme… la femme dont tu es amoureux mais avec qui tu ne peux pas être…

— S'il te plaît, Verity, est-ce qu'on peut éviter ce sujet ? l'interrompit Johnny avec un sourire gêné pour adoucir sa rudesse.

Mais il fallait qu'elle insiste.

— A-t-elle rencontré tes amis ? (Une autre pensée assaillit Verity.) Est-ce avec elle que tu parles toujours au tél… Oh ! Mais qu'est-ce que tu fais ?

Johnny s'était agenouillé pour lui prendre les mains. Pendant une affreuse seconde, elle sentit son univers basculer et crut qu'il allait la demander en mariage.

— Verity. Verity. Nous sommes arrivés jusqu'ici, nous avons rencontré nos amis respectifs…

Aussitôt, elle sut où il voulait en venir. Mais là, elle le laissait en plan. Cette histoire de fausse petite amie s'achevait là. Hors de question qu'elle se laisse de nouveau embarquer.

— Tout à fait, et c'était agréable, dit-elle. Mais nous étions d'accord sur le fait qu'il s'agissait d'une mesure temporaire pour que ces amis nous lâchent les baskets. Un marché valable une seule fois…

— Mais ça a si bien fonctionné ! Pourquoi s'arrêter à un week-end ? Je t'apprécie, et j'espère que tu m'apprécies aussi.

La voix de Johnny sembla vaciller. Il leva vers Verity des yeux aussi bleu-vert que tous les océans prétendument cartographiés par Peter Hardy.

*Que ferait Elizabeth Bennet ?* se demanda Verity comme elle le faisait en maintes occasions. *Elizabeth Bennet resterait forte. Déterminée. Elle aurait peut-être même une repartie cinglante.*

— Je t'apprécie vraiment, répondit précipitamment Verity parce que là n'était vraiment pas le problème. Mais rien de bon ne peut sortir de tout ça.

— Tu as tort. On peut en profiter un été entier, s'entêta Johnny. J'ai repoussé à la dernière minute ma réponse à toutes les invitations que j'ai reçues pour des mariages ou les quarante ans de mes amis parce que je redoute de m'y rendre seul. Une fois de plus. Mais si tu acceptais de m'accompagner pour la saison, ce ne serait pas un tel supplice. En fait, ce serait la solution parfaite.

C'était ridicule. Le projet de Johnny était ridicule, sauf que…

— Tu sais quoi… sous mon lit, fourrées dans une boîte, attendent sept invitations auxquelles je n'ai pas répondu. Des fêtes d'adieu, des pendaisons de crémaillère. Des fiançailles et les trente ans de certains amis. Je n'ai même jamais répondu au *Save the Date* de Connie pour son mariage, soupira Verity.

— Alors, c'est parti pour cet été. On se mettra sur notre trente et un, on se rendra à quelques fêtes, on dansera sur des tubes ringards des années 1980, dit Johnny d'un ton cajoleur.

Son raisonnement aurait pu fonctionner avec certaines personnes… dont Verity ne faisait pas partie.

— Ce sont de loin trois des activités qui m'enthousiasment le moins, répliqua-t-elle avec emphase pour que Johnny comprenne bien quelle rabat-joie elle était. Écoute, tout ça a été… Je ne sais même pas ce que ça a été… Comme je le disais hier, arrêtons tant qu'il en est encore temps.

Pour quelqu'un qui détestait mentir, Verity était déjà en train de planifier comment elle allait annoncer à Nina et Posy que Johnny et elle avaient rompu. Qu'il était encore trop tôt après Peter Hardy pour entamer une relation avec un autre homme. Elle accumulait les fausses relations comme les achats en période de soldes.

— Mais c'est déjà trop tard.

Johnny se leva et épousseta la poussière de son jean. Les muscles de ses bras se contractèrent de manière fort séduisante et Verity fut heureuse de la distraction.

— On s'est rencontrés combien de fois, jusqu'à maintenant ? poursuivit Johnny. Quatre fois. Donc, nous sommes en passe de devenir amis. Des amis qui sortent ensemble. Des amis qui s'entraident pour se tirer d'affaire. S'il te plaît, Verity ! Nous sommes faits l'un pour l'autre. Nous sommes tous les deux heureux d'être célibataires et tu travailles dans ce qui était la librairie préférée de ma mère, qui vend à présent son genre de littérature favorite. C'est un signe.

Johnny tenait manifestement Verity pour une bonne poire, alors qu'en réalité, elle était d'une tout autre trempe. Elle croisa les bras sur sa poitrine et fixa un regard de reproche sur Johnny.

— Est-ce que tu viens vraiment de jouer la carte de la mère décédée ? s'enquit-elle. Sincèrement ?

Johnny eut la décence de baisser les yeux et de danser d'un pied sur l'autre, mal à l'aise.

— Oh, bon. Je suppose que je vais devoir me résigner à rester à la table des célibataires en compagnie d'un groupe de gens avec qui je n'ai absolument rien en commun, sans autre option que de noyer mon désespoir dans l'alcool, soupira-t-il. Même si un buffet serait probablement pire, parce que je serais obligé de me mêler aux autres.

Il frissonna, et Verity l'imita aussitôt.

— Je déteste me mêler aux autres, déclara-t-elle.

— Devoir faire la conversation, c'est encore pire, non ? renchérit Johnny. Je déteste encore plus ça que le chutney.

Verity avait quant à elle un faible pour le chutney, mais elle n'en avait aucun pour l'échange de banalités.

— Je déteste encore plus ça que franchir le carrefour giratoire de Hangar Lane ou qu'entendre les gens dire « aller au docteur » au lieu d'« aller chez le docteur », ajouta-t-elle.

— Et pourtant, ces gens sont vraiment lamentables, approuva Johnny.

Il tendit une main vers Verity comme s'il envisageait de la toucher en signe de solidarité « anti-échange de banalités » ; puis il jeta un coup d'œil à son expression sévère et retira sa main.

— Simplement, on pourrait s'épargner l'obligation de faire la conversation, reprit-il. Et aussi les gens qui nous demandent d'un air inquiet : « Alors, tu as rencontré quelqu'un ? » Ou les divorcées pleines d'amertume et les colocataires douteux. Et les regards empreints de pitié, et les : « Je ne comprends pas pourquoi tu restes célibataire malgré tous tes atouts. »

Verity voyait très précisément ce que Johnny évoquait. Elle le comprenait et détestait ça. Peter Hardy lui avait été utile quelque temps, mais seulement virtuellement, bien que Merry ait désespérément tenté de convaincre sa sœur d'embaucher un acteur au chômage au moins une fois pour qu'il joue le rôle de l'océanographe fou d'amour. Merry avait même promis de payer la moitié de son cachet.

Toutefois, si Verity disposait d'un véritable faux petit ami en chair et en os, vêtu de superbes costumes, avec des yeux bleu-vert et un sourire irrésistible, elle n'aurait plus à se rendre seule à toutes les réjouissances. Ça lui épargnerait également de perdre un temps considérable à être présentée à des célibataires et à partager avec eux une conversation guindée alors qu'elle souhaitait juste que la mort les emporte de façon soudaine.

— J'oublie tout le temps à quel point la table des célibataires est atroce, marmonna-t-elle.

Comme s'il pressentait qu'elle vacillait, Johnny lui prit la main malgré son expression revêche.

— Je dois assister à une fête d'anniversaire pour les quarante ans d'un ami le week-end prochain, dit-il d'un ton mélancolique, les sourcils froncés comme s'il venait de lui annoncer qu'il lui restait six mois à vivre. Allez, Verity ! Un peu de compassion !

Verity avait de la compassion à revendre. Elle avait également une sœur aînée qui avait menacé de la placer à côté du vicaire de leur père à son mariage. Le Mr Collins de Jane Austen n'avait rien à envier à George, une plaie qui employait sans cesse un ton condescendant et faisait étalage de sa virilité. George avait déjà proclamé son intention d'épouser l'une des sœurs Love. Toutefois, si Verity arrivait accompagnée de Johnny...

Il n'y aurait jamais rien de plus entre Johnny et elle ; mais ils pouvaient être amis. Ça ne dérangeait pas le moins du monde Verity d'avoir des amis ; et selon Nina, une fois qu'on avait catalogué un homme dans ce rayon, plus rien ne pouvait arriver.

— Eh bien... Je suppose qu'un quarantième anniversaire, c'est une occasion spéciale, observa timidement Verity.

— Tout à fait, acquiesça Johnny. Très spéciale. Grosse fête à la campagne. Sous une grande tente. Pendant deux jours. Je nous réserverai deux chambres séparées, c'est promis. S'il te plaît, dis-moi que tu viendras. Ensuite, je te rendrai la pareille. Je n'ai pas encore rencontré tous tes amis, si ?

*Non.* Johnny n'avait rencontré que les amis de la librairie ainsi que les voisins : le charmant Stefan, propriétaire du traiteur suédois de Rochester Street, et sa compagne, l'adorable Annika. Verity avait de nombreux autres amis, qui abordaient tous la transition consistant à se mettre en couple et ne comprenaient pas pourquoi Verity ne faisait pas de même.

— Non, tu es loin de connaître tout le monde, répondit-elle lentement. Mais… une nuit là-bas ?

Ce n'était pas inscrit dans les conditions du contrat.

— Je peux m'agenouiller de nouveau à tes pieds, si ça fait la différence, déclara Johnny en se baissant déjà.

Verity lui saisit le bras. Ses doigts effleurèrent la peau tiède de Johnny et elle fut parcourue d'un léger frisson aussi inattendu qu'exquis.

— Non, ne fais pas ça ! protesta-t-elle, non pas à cause de ce petit frisson provoqué par le contact de leurs peaux ni même en raison de l'horreur que lui inspirait la table des célibataires.

Non. Ce qui la décida, ce fut la révélation soudaine que passer un peu plus de temps avec Johnny ne serait pas si terrible que ça. En fait, ce serait même plutôt agréable.

— Voyons comment on se sent après un faux rencard supplémentaire chacun, d'accord ? proposa-t-elle.

— D'accord, approuva Johnny. Marché conclu.

Il tendit la main. Verity n'eut d'autre choix que de le laisser entrelacer ses doigts aux siens et elle fut de nouveau parcourue par cet infime frisson, comme si elle se languissait du contact d'un homme.

Ce qui n'était absolument pas le cas. *Vraiment pas.*

# Chapitre 9

« CE N'EST LE PLUS SOUVENT
QUE NOTRE PROPRE VANITÉ
QUI NOUS INDUIT EN ERREUR. »

Le lendemain, à la nouvelle que Verity quittait la ville en compagnie d'un homme, le personnel d'*Au bonheur des tendres* resta sans voix. Toutefois, une fois le choc initial surmonté, ses amis se montrèrent d'un soutien sans faille. Peut-être un peu trop, d'ailleurs. Posy insista pour que Verity prenne son samedi, alors que cette dernière avait espéré que sa patronne refuse de la libérer des entraves de son emploi rémunéré. *Pas de bol.*

— D'ailleurs, prends autant de samedis que tu le souhaites ! avait offert Posy dans un élan d'enthousiasme.

Juste après avoir prononcé ces mots, elle avait toutefois jeté un coup d'œil alentour pour s'assurer que ni Nina ni Tom ne se trouvaient dans les parages pour entendre sa généreuse proposition.

— Ne te préoccupe pas des commandes sur le site, avait-elle ajouté. Sophie et moi, on s'en sortira.

— Ça ne m'inspire pas confiance du tout, avait répliqué Verity. Laisse-moi au moins t'élaborer un organigramme pour que tu saches comment passer les commandes.

— Pas besoin de ça ! décréta allégrement Posy. Ça ne peut pas être bien compliqué !

Retrouver un chaos total le lundi serait un juste retour des choses au vu de tous les mensonges de Verity. Comme elle aurait aimé dire la vérité à Posy et Nina ! Mais alors, elle aurait également dû confesser avoir inventé de toutes pièces Peter Hardy. Verity n'avait par conséquent pas d'autre choix que de continuer à mentir, même si elle se sentait affreusement coupable, surtout lorsque Posy et Nina se montraient aussi encourageantes quant à son « idylle » naissante. Pourtant, elles ne l'étaient pas autant que ses sœurs.

— Very sort avec un homme ! Elle va partir avec lui pour un court séjour, avait annoncé Merry à Connie, Immy et Chatty, les trois autres sœurs Love, lorsqu'elles s'étaient réunies toutes les cinq le mardi soir devant leurs écrans respectifs pour une visioconférence spéciale organisation de mariage.

Verity avait bousculé Merry, qui partageait son canapé et l'écran de son ordinateur portable.

— Ce n'est pas un court séjour et je ne sors pas avec un homme. D'ailleurs, ce n'est pas le sujet de la conversation !

— Oh, si, c'est la vérité, avait insisté Merry en bousculant à son tour sa sœur pour s'accaparer l'écran.

— C'est vrai ?! s'était écriée Connie en scrutant l'écran de son téléphone de si près qu'elles eurent toutes une vue splendide sur la coiffe ornée d'une voilette qu'elle s'était confectionnée à partir d'un rouleau d'essuie-tout.

— Notre petite fille est enfin devenue une femme ! avait ajouté Immy d'un ton affreusement condescendant pour quelqu'un qui avait deux ans de moins que Verity. Bravo, Very !

— Alors, c'est le troisième rendez-vous officiel ? Tu crois que tu vas coucher avec lui ? T'es censée faire ça au troisième rencard, non ? avait voulu savoir Chatty.

Verity avait pris son visage entre ses mains et poussé un grognement.

— Mon Dieu, pouvons-nous discuter des chemins de table ? avait-elle supplié.

Au moins, le soutien de Nina avait pris une forme concrète.

— Je te prêterai mon vanity-case spécial week-end, avait-elle proposé dès qu'elle avait entendu parler du projet de Verity. Il est vintage. Il a l'air bien plus coûteux que ce que je l'ai payé en réalité et fais-moi penser à te montrer comment faire un *smoky eye*.

Il n'avait pas fallu longtemps à Verity pour se sentir moins coupable. En gros, ça avait correspondu au moment où Nina avait commencé à faire référence à sa brève virée campagnarde comme à son « week-end cochon ».

— Ce n'est pas un week-end cochon ! s'évertuait à répéter Verity d'un air las – oh, si las. C'est juste une nuit à l'extérieur de Londres.

— C'est un troisième rencard, non ? S'il s'agit d'un troisième rencard, tu dois coucher avec lui. C'est la norme en la matière ! brailla Nina, car elle était à la caisse de la librairie tandis que Verity se trouvait dans les bureaux.

Tous leurs clients étaient donc au courant de son intimité.

— Tu as parlé du cinquième rencard en cas de circonstances atténuantes, rappela Posy à Nina. Verity est la fille d'un pasteur ; ça en fait sûrement partie.

— Après combien de rencards as-tu couché avec Peter Hardy, océanographe ? cria Tom du fond de la librairie où il remplissait les toutes nouvelles étagères. Cela dit, je dois avouer que je n'ai jamais eu l'impression que tu étais allée aussi loin avec Peter Hardy, océanographe.

— Taisez-vous tous et retournez à votre travail !

Ce fut la seule réplique que trouva Verity. Mais ce jour-là, Nina spéculait toujours sur l'opportunité d'une activité sexuelle au troisième rencard (« Tu n'as pas besoin d'aller jusqu'au bout, j'imagine, mais au moins jusqu'à la moitié. Le sexe oral, c'est la moindre des choses, non ? ») et Tom élaborait encore des théories sur l'absence, voire l'existence de Peter Hardy (« Très pratique qu'il soit éliminé de la scène, mais bon, je suppose que c'est l'avantage de sortir avec un océanographe puis de rompre avec lui. ») lorsque Wallis entra dans le magasin.

C'était l'une de ces occasions extrêmement rares où Verity se trouvait à la caisse. Elle n'avait accepté que sous la contrainte, uniquement parce que Nina avait pris sa pause-déjeuner et qu'elle continuait à se sentir coupable de tirer parti de la gentillesse de Posy.

— J'ai fini par te retrouver ! annonça triomphalement Wallis en s'approchant de Verity qui lui adressa un pauvre petit signe de la main.

Tom était le seul autre membre du personnel dans la boutique. Verity était certaine qu'il les espionnait lorsque Wallis se pencha au-dessus du comptoir pour lui saisir la main.

— Je suis si heureuse que Johnny et toi sortiez ensemble. Il est adorable, n'est-ce pas ? Nous, on le trouve tous adorable.

— Il a l'air très sympa, s'enhardit Verity.

— Et je suis tellement contente que tu viennes aux quarante ans de Lawrence ce week-end ! Tu vas rencontrer tout le monde ! poursuivit Wallis tout en jetant un coup d'œil à la librairie.

Ce devait être sa pause-déjeuner, à elle aussi, car elle portait un tailleur gris impeccablement coupé. Ses cheveux blonds étaient remontés en chignon. Johnny avait expliqué qu'elle était avocate.

— Tu sais, mon cabinet se trouve juste de l'autre côté de High Holborn, reprit Wallis, mais je ne savais même pas que cet endroit existait. C'est tellement charmant !

Mais Verity n'avait pas le temps de chanter les louanges d'*Au Bonheur des tendres*.

— Alors comme ça, tout le monde n'était pas présent dimanche ? glapit-elle.

— Pas même la moitié. Nous sommes en juin et beaucoup de gens quittent Londres pour l'été, n'est-ce pas ? (Wallis sourit.) Les veinards. Pas comme nous, pauvres salariés. Tu sais, maintenant que je suis ici, je ferais tout aussi bien de chercher des livres. Je dois encore trouver un cadeau pour le mariage de Rich et Carlotta. Tu y seras aussi, non ?

— Oh, je ne sais pas..., répondit Verity. C'est très difficile de prendre des congés. Tellement chargé. L'été. Les touristes. Complètement débordés.

Elle n'était même plus capable d'articuler des phrases complètes, dans sa panique à l'idée de devoir rencontrer « tout le monde ». Au moins, elle n'aurait pas à assister au mariage de Rich et Carlotta, deux parfaits inconnus, dans l'avenir. Un rencard de plus chacun pour Johnny et elle, c'était le marché, et bon sang, hors de question qu'elle se laisse convaincre d'en faire davantage !

— Posy ne t'a-t-elle pas proposé de prendre tous les samedis de congé que tu voulais ? lui rappela obligeamment Tom.

Inévitablement, Nina et lui avaient découvert la proposition de leur patronne et ils étaient furieux.

— Posy, la propriétaire, encourage activement la vie amoureuse de Verity, poursuivit Tom. Comme nous tous, d'ailleurs. Nous disposons de quelques beaux ouvrages en vitrine, par là-bas. Ils sont parfaits pour un cadeau. Laissez-moi vous les montrer.

Tom s'avança vers les deux femmes, arborant un de ses rares sourires sur son visage d'habitude si sérieux. Lorsqu'il posa la main sur le coude de Wallis, celle-ci jeta un coup d'œil en direction de Verity et battit des cils. Verity pouvait rarement le constater par elle-même, mais Tom faisait l'effet de l'herbe à chats sur toutes les clientes de plus de trente ans de la librairie.

L'épisode avait eu lieu le jeudi et on était à présent le dimanche matin. Verity se laissait transporter à travers les banlieues du nord de Londres dans la voiture de Johnny, parce que ce dernier possédait un véhicule et savait conduire, vu qu'il était un adulte mature, nanti d'un bon travail bien payé. Aucun des amis de Verity ne possédait de voitures ni n'en éprouvait d'ailleurs la nécessité. Sauf Sebastian, qui était riche comme Crésus. Probablement plus riche, même, en fait.

— Pas besoin d'être aussi anxieuse. Nous quittons Londres. Le soleil brille. Le champagne va couler à flots. Tout va bien, la rassura Johnny en lançant un regard oblique à Verity qui se cramponnait à sa ceinture sur le siège du passager, les jointures toutes blanches.

Merry l'avait gratifiée d'un discours d'encouragement similaire la veille au soir, lorsqu'elle était venue déposer la robe de soirée dont elles avaient payé chacune une moitié. Merry avait également dessiné un petit schéma sur un Post-it qu'elle avait collé sur le réfrigérateur.

Il y avait en effet quelque chose de magique dans le bleu et l'immensité du ciel, à mesure que les rangées de boutiques et les rues bordées de maisons cédaient la place aux champs verdoyants où paissaient vaches et moutons ou bien parsemés du jaune éclatant du colza. Puis l'odeur nauséabonde du fumier emplit la voiture et ils durent fermer les fenêtres à toute vitesse. Johnny avait allumé la radio, un quiz paisible sur Radio Four, pour qu'ils n'aient pas à discuter. Toutefois ils essayaient de deviner les réponses du jeu en se chamaillant et ils riaient, même.

Verity avait toujours l'impression de mieux respirer à la campagne. Lorsque Johnny quitta l'autoroute en annonçant qu'il connaissait un endroit où ils pouvaient s'arrêter pour manger – un pub de village dont on aurait dit qu'il servait régulièrement de décor bucolique pour les films d'époque –, Verity proposa même qu'ils se promènent un peu pour se dégourdir les jambes.

Peut-être tentait-elle juste de retarder le fait d'avoir à rencontrer « tout le monde », mais les petits chemins campagnards lui remontaient toujours le moral : le chant des oiseaux, le parfum des fleurs sauvages… Ça ne la dérangeait même pas d'avoir un compagnon pour la balade, d'autant que Johnny resta scotché sur son téléphone. Toutefois, le « bip » constant signalant l'arrivée d'un message fit grincer des dents Verity.

Cependant, lorsqu'ils finirent par discuter autour d'une assiette de fromages et de pickles si piquants qu'ils grimacèrent tous les deux avant de soupirer de plaisir, leur conversation fut plus guindée que les fois précédentes.

— Comment vont tes quatre sœurs ? s'enquit Johnny.

Certaine qu'il n'avait pas envie d'entendre parler de coiffure de mariage confectionnée en essuie-tout ni des convictions de Chatty et Immy au sujet du troisième rencard, Verity ne put que répondre qu'elles allaient bien.

Ensuite, elle prit des nouvelles de l'agence d'architecture de Johnny, ainsi que de son père. Les deux se portaient à merveille. Verity sentit sa bouche s'assécher et son cœur tambouriner dans sa poitrine tandis qu'elle cherchait désespérément quelque chose à dire. Hélas, les mots ne venaient pas.

— Oh, je ne t'ai pas parlé de Lawrence, si ? lança enfin Johnny avec autant d'aisance que si les quinze dernières minutes n'avaient pas été pénibles et embarrassantes. C'est le garçon dont on fête l'anniversaire. Enfin, je dis garçon mais il va avoir quarante ans, même si dans mon esprit il en a toujours dix-sept.

Il poursuivit en expliquant que Lawrence avait été quelques classes au-dessus de lui dans leur école chic de Londres ; il était capitaine de l'équipe de cricket à l'époque où Johnny était un jeune milieu de terrain intrépide. À la fête d'anniversaire des dix-huit ans de Lawrence, on avait défié Johnny de grimper sur le toit. Ce dernier était resté coincé entre deux cheminées et avait dû être secouru par les pompiers.

— … donc, si on nous propose un action ou vérité ce soir, ne me laisse surtout pas choisir l'action, implora-t-il.

— Choisir l'action serait peut-être plus sûr que de choisir la vérité, malgré tout, observa Verity. Vu que nous sommes plongés jusqu'au cou dans les mensonges et tout ça.

— Comme des agents en mission secrète, dit Johnny avant de froncer les sourcils. Même si je suppose que toutes leurs missions sont secrètes, sinon quel serait l'intérêt ?

Lorsqu'ils remontèrent dans la voiture pour la seconde partie du trajet, Johnny continua de divertir Verity par des récits de sa folle jeunesse dissolue. De ses cuites adolescentes et de ses tentatives de séduction des filles de l'école voisine, des rassemblements à Camden Town pour des fêtes et des pique-niques sur Primrose Hill. Tout ça sonnait de manière très exotique aux oreilles de Verity, dont l'adolescence avait été loin d'être folle et dépravée. Un jour, Connie avait réussi à persuader un garçon nommé Tim de l'emmener au cinéma, mais ce dernier n'avait pas franchi l'épreuve représentée par le bon pasteur.

— Farv a ouvert la porte, posé l'œil sur Tim, que Dieu n'avait pas franchement doté d'un beau visage, et il lui a cité le chapitre premier des Corinthiens, verset treize : « Quand je parlerais les langues des hommes et des anges, si je n'ai point la charité, je suis un airain qui résonne, ou une cymbale qui retentit. » À ce moment-là, Tim a tourné les talons et pris ses jambes à son cou et c'est la dernière fois qu'un garçon est venu chez nous, hormis pour déposer les objets de ses parents à la vente de charité de l'église, raconta Verity à Johnny qui siffla entre ses dents.

Ils roulaient sur des routes secondaires surplombées de lourdes branches, bordées de haies et de champs dont les verts se fondaient en un plaisant patchwork ; ils traversèrent de petits villages, tous plus pittoresques les uns que les autres, jusqu'à arriver à destination. Oakham Mount possédait tout ce qu'on pouvait désirer dans un village. Un pré communal, une épicerie et une église, que Verity data de l'époque médiévale bien qu'elle ait été affreusement rénovée au milieu de l'époque victorienne, où on lui avait ajouté des fioritures gothiques qui ne l'embellissaient vraiment pas.

Verity et ses sœurs avaient passé une partie considérable de leur enfance à être traînées d'église en église par le bon pasteur, et sa tête était donc farcie de connaissances qui l'accompagneraient toute sa vie au sujet des nefs, des fonts baptismaux et des porches de cimetière.

Le village possédait également une auberge extrêmement bien aménagée, le *Kimpton Arms*, parée de couleurs vives et de suspensions florales comme il sied à un établissement arrivé deuxième au concours du « plus joli pub de Grande-Bretagne » trois années de suite, selon ce qu'indiquait un tableau à l'extérieur. Johnny se gara sur le parking.

— C'est chez nous, annonça Johnny d'un ton désinvolte, comme si ça n'avait rien d'important. J'ai pensé que tu serais plus à l'aise ici que chez Lawrence ou dans le parc ; apparemment, il a loué des yourtes…

— Ici, c'est parfait, assura Verity parce que les yourtes, ça ressemblait beaucoup à du camping et qu'elle avait dormi un paquet de fois dans une tente pendant les grandes vacances pour visiter toutes les églises du pays. Je ne suis pas fan des réveils avec une limace dans les cheveux.

— Bien, bien.

Johnny sortit de la voiture et, avant que Verity ait eu le temps ne serait-ce que de détacher sa ceinture, il vint lui ouvrir la portière.

— Laisse-moi prendre tes sacs, proposa-t-il.

*On ne peut pas lui reprocher de ne pas avoir de bonnes manières*, songea Verity tout en suivant Johnny et ses bagages à l'intérieur du *Kimpton Arms. Ni de belles épaules*. Johnny avait vraiment de belles épaules.

Ils furent aussitôt accueillis par l'homme qui servait au bar.

— Appelez-moi Kenneth, dit-il lorsque Johnny lui expliqua qui ils étaient. Ou notre hôte, comme vous préférez. Je vais chercher ma bonne épouse.

Linda, la « bonne épouse » de Kenneth, avait une permanente et arborait un regard d'acier que Verity reconnut aisément : il appartenait à une femme qui faisait sans aucun doute partie de tous les comités possibles et imaginables qu'Oakham Mount pouvait offrir. Elle leur fit franchir une petite porte et monter quelques marches.

— D'habitude, nous n'aimons pas que les clients multiplient les allées et venues à n'importe quelle heure, mais comme vous êtes ici pour la fête de Mr Lawrence, nous pouvons faire une exception. Toutefois, nous souhaiterions que vous soyez de retour à vingt-trois heures trente au plus tard, déclara-t-elle d'une voix déterminée.

Verity ne doutait pas qu'elle les enfermerait à l'extérieur s'ils n'étaient pas rentrés avant le couvre-feu.

— J'ai besoin de sommeil pour être fraîche et dispose, ajouta Linda.

— Oh, je suis certain que vous garderiez toute votre fraîcheur même sans ça, déclara Johnny d'une voix légèrement traînante.

Verity lui lança un coup d'œil nerveux tandis que Linda minaudait en ouvrant la porte.

— Notre plus belle chambre, annonça-t-elle avec une petite révérence. Avec sa suite. La douche est un bijou à elle seule. Passez un bon séjour !

Et elle s'en alla dans un nuage de *Rive Gauche*. Verity se tourna vers Johnny, les poings sur les hanches.

— Leur plus belle chambre. « Chambre » au singulier. Tu avais dit… (Elle fit défiler les paroles de Johnny dans sa mémoire pour se souvenir de ce qu'il avait effectivement dit lorsqu'il l'avait suppliée de l'accompagner à cette fête, alors qu'elle savait très bien que c'était une grossière erreur.) Tu avais dit que tu réserverais deux chambres séparées.

— C'est ce que j'ai fait. Enfin, j'ai voulu le faire, mais il ne leur restait qu'une chambre et elle était équipée de deux lits simples…

Johnny tendit les bras pour désigner les deux lits surchargés de gadgets à motifs floraux, depuis les oreillers et les tours de lit jusqu'à un nombre alarmant de petits coussins.

— J'ai pensé que si je te l'avouais, tu refuserais de venir, ajouta-t-il.

Dans les innombrables romances que Verity avait lues, il arrivait très souvent que le héros et l'héroïne se retrouvent dans une même chambre, sans autre possibilité de logement. C'était presque un cliché. Peu importait qu'il s'agisse d'un relais de poste Régence ou d'un hôtel cinq étoiles contemporain ; ça arrivait tout le temps.

D'autres choses se passaient ensuite. On démasquait parfois un meurtrier et ça exacerbait les émotions. Ou bien un orage éclatait, et l'héroïne avait une peur panique du tonnerre et des éclairs, ce qui l'obligeait à se blottir dans les bras du héros parce qu'elle était terrorisée au lieu d'affronter la situation. On consommait de l'alcool. Un négligé ou une serviette glissait de quelques centimètres cruciaux, révélant un décolleté aguicheur ou une fesse mutine.

Pour résumer : quand un homme et une femme se retrouvaient coincés ensemble dans une chambre d'hôtel, une nuit d'amour torride s'ensuivait inévitablement.

*Mais pas ici. Pas ce jour-là. Non merci.*

— J'aurais effectivement refusé de venir, rétorqua Verity avec mauvaise humeur. On ne peut pas partager de chambre. Je te connais à peine et même si je te connaissais davantage, je ne partagerais pas ma chambre avec toi.

— Sincèrement, Verity, tu n'as pas à t'inquiéter de quoi que ce soit, répliqua Johnny avec assez de froideur pour éteindre tout fantasme exalté qu'aurait pu nourrir Verity. Je n'ai absolument aucune intention de te faire des avances et j'espère vraiment que tu n'envisages pas de flirter avec moi.

Verity n'eut pas à répliquer : « Dans tes rêves ! » car le téléphone de Johnny se mit à sonner. Il n'avait ni sonné ni bipé une seule fois pendant la seconde partie de leur trajet, ce qui devait constituer une sorte de record au cours de la courte période depuis laquelle Verity connaissait Johnny. Ce dernier consulta son écran et ses traits se crispèrent.

— Il faut que je réponde, l'informa-t-il en ouvrant la porte de la suite.

Avant qu'il ne la referme derrière lui, elle l'entendit demander :

— Ma chérie, est-ce que ça veut dire que tu n'es plus en colère ?

C'était cette autre femme. La femme dont Johnny était éperdument amoureux, à tel point que plus aucune autre n'existait. La femme avec qui il ne pouvait pas être pour quelque mystérieuse raison qu'il ne voulait surtout pas évoquer. La femme dont l'existence signifiait qu'il pouvait partager une chambre à deux lits ressemblant à la vitrine d'un antiquaire juste après une explosion, avec une femme qui n'était pas la femme de sa vie, sans que rien de sulfureux puisse arriver. Même si Verity paradait dans sa plus belle lingerie – sauf qu'elle ne possédait pas de lingerie, juste des soutiens-gorge et des culottes assortis de chez *Marks&Spencers*.

De toute manière, Verity n'avait aucune envie d'inattendu, elle non plus. C'était donc tout aussi bien qu'elle ne soit pas le genre de Johnny, comme il se faisait un point d'honneur de le lui rappeler à chaque occasion. *Par conséquent, quel mal y aurait-il à dormir dans la même chambre ? Aucun. Vraiment.*

Sa décision prise, tout en regrettant quand même un peu que la vie ne ressemble pas parfois plus à un roman sentimental, Verity déballa sa valise. De toute façon, être de ces femmes qui grisaient les hommes et leur faisaient vivre des passions vertigineuses devait être assez ennuyeux et prendre beaucoup de temps.

Lorsque Johnny sortit de la salle de bains avec un air de chien battu que Verity commençait à fort bien connaître, elle avait terminé de se changer – à la hâte, derrière la porte entrouverte de la penderie – et avait revêtu la robe de soirée dont elle était copropriétaire, un bout de tissu noir à pois blancs dans le style des années 1960.

— Je suis sincèrement désolé, murmura Johnny d'une manière qui commençait, elle aussi, à devenir étrangement familière à Verity.

Il croisa son regard dans la glace, face à laquelle Verity tentait de se maquiller en suivant les instructions de Nina.

— Il fallait que je réponde à ce coup de fil, poursuivit Johnny. Maintenant, écoute, à propos de la chambre…

— Je suis d'accord pour la partager, lança Verity d'une voix tendue car elle s'efforçait de tenir une conversation tout en essayant de se faire un *smoky eye*. Tu as été parfaitement clair à plus d'une occasion sur le fait que tu n'avais aucune vue sur moi.

— Je ne dis pas que tu n'es pas séduisante, car tu l'es, la rassura aussitôt Johnny. Séduisante, j'entends. Mais même ainsi, je ne ferais jamais…

— Ça n'a pas d'importance car tu en aimes une autre, l'interrompit Verity d'une voix plutôt criarde, parce qu'elle voulait mettre fin à cette atroce conversation aussi vite qu'il était humainement possible. Et moi, je me suis juré de ne plus jamais m'engager dans une relation amoureuse.

Johnny haussa aussitôt les sourcils.

— C'est vrai ? Parce que je me demandais pourquoi tu étais aussi déterminée à rester célibataire.

— Il n'y a pas de grand mystère. Certaines personnes sont plus heureuses seules et j'en fais partie, répondit Verity en manquant de s'enfoncer sa brosse de mascara dans l'œil à cause de la panique. Tu es prêt ? À quelle heure devons-nous être là-bas ?

# Chapitre 10

« Plus je vois le monde, plus il me déçoit, et chaque jour confirme ce que je pense de l'inconséquence du genre humain. »

La distance entre le *Kimpton Arms* et le lieu de la fête fut l'occasion d'une courte promenade à travers le village avant qu'ils empruntent une allée gravillonnée.

Verity s'était inquiétée que Lawrence, dont c'était l'anniversaire, et sa femme Catriona vivent dans un immense manoir ressemblant à celui de *Downton Abbey*, mais si la jolie maison individuelle était assez vaste pour avoir été autrefois celle d'une huile locale – un médecin ou un avocat –, elle n'était certainement pas celle d'un aristocrate possédant des terres.

Ils suivirent le son de la musique et le chemin indiqué par des ballons qui leur fit faire le tour de la demeure avant d'ouvrir un portail menant à un jardin. Celui-ci ressemblait moins à un jardin qu'à un parc de plusieurs hectares.

— Je suppose qu'on devrait se diriger vers la grande tente, dit Johnny.

Une immense marquise blanche trônait au milieu de la pelouse et les gens fourmillaient à l'entrée. Des gosses en tenue de soirée couraient tout autour. Quelques adolescents renfrognés se pressaient autour des serveurs qui se promenaient avec des plateaux de boissons.

Verity regarda avec envie les coupes de champagne, mais elle devait se ménager. Il n'était que 17 heures et comme le couvre-feu était prévu pour vingt-trois heures trente, il leur restait plus de six heures sur place. Elle n'avait pas envie d'être soûle avant même la tombée de la nuit. Verity n'avait jamais fini bourrée, mais ce n'était pas le moment de tenter ce genre d'expérience intime.

Tandis qu'ils se rapprochaient de la tente, elle s'aperçut que tous les yeux étaient rivés sur eux. Les personnes qui ne les regardaient pas au départ se voyaient décocher de petits coups de coude, on leur murmurait quelques mots à l'oreille et ils se retournaient à leur tour. Ça ressemblait beaucoup à cette scène qui revenait dans tous les westerns que connaissait Verity – bon, d'accord, elle n'en avait pas vu tant que ça –, quand le nouveau shérif pénètre dans le saloon d'une ville frontalière débauchée et que tout devient silencieux.

En revanche, à l'intérieur de la tente, un groupe continuait de massacrer *Music to Watch Girls By*. Un homme de petite taille à l'air jovial se détacha de la foule et agita la main.

— Johnny ! Qui t'a ouvert ?

— C'est Lawrence, marmonna Johnny à l'intention de Verity.

Ensuite, il tenta de lui prendre la main, mais elle replia les doigts.

— Je ne suis pas très démonstrative, expliqua-t-elle dans un murmure.

— Oh, moi, si. Démonstratif. Tactile. Excuse-moi, chuchota-t-il.

Puis ils rejoignirent Lawrence et Johnny ouvrit les bras, imité par son ami. Ils se donnèrent une accolade en se tapant dans le dos de manière enthousiaste comme le font les hommes entre eux, parce qu'ils sont aussi mal à l'aise d'entrer en contact les uns avec les autres que Verity l'était de toucher quiconque.

— Ta sale gueule m'a manqué ! s'exclama Lawrence lorsqu'ils se séparèrent. D'ailleurs, je crois que t'es encore plus moche que la dernière fois qu'on s'est vus.

— Et toi, tu as encore moins de cheveux qu'il y a quelques mois, répliqua Johnny avec un sourire en ébouriffant la tignasse brune incroyablement fournie de Lawrence. T'es presque chauve.

— Je ne comprends pas comment un type avec une tronche comme la tienne est parvenu à convaincre une aussi jolie jeune femme de passer du temps en sa compagnie. Tu as été obligé de la payer ? demanda Lawrence d'un ton taquin.

Il avait des joues roses, un visage bon enfant et le sourire facile ; Verity doutait donc qu'il y ait de la méchanceté derrière ses propos, mais Johnny cessa de respirer, l'air choqué.

— Je ne suis pas une escort-girl ; c'est juste que j'apprécie de passer du temps en compagnie de Johnny, même s'il n'est pas très agréable à regarder, hein ?

Ce fut l'une des trois uniques occasions de toute son existence où Verity avait réussi à trouver une réplique avec un peu d'esprit au bon moment.

— Je m'appelle Verity, ajouta-t-elle.

— Moi, c'est Lawrence, et je peux déjà affirmer que tu es beaucoup, beaucoup trop bien pour lui, dit Lawrence en prenant la main de la jeune femme pour l'embrasser.

Ce n'était vraiment pas le moment de l'informer qu'elle n'était ni tactile, ni démonstrative.

Au cours de l'heure suivante, Verity eut l'impression d'être câlinée, embrassée et caressée par à peu près toutes les personnes présentes. Elle avait mal aux joues à force de sourire tandis qu'on la présentait de nouveau à tous les gens qu'elle avait déjà rencontrés au brunch le dimanche précédent et qu'on la présentait pour la première fois à tous les autres.

Verity savait que son malaise provenait plus de son lamentable manque de sociabilité que de la manière chaleureuse dont elle était accueillie au sein du groupe d'amis de Johnny. Ceux-ci se montraient immanquablement polis et accommodants, mais aussi d'une insatiable curiosité. Verity ne parvenait plus à compter combien de fois elle avait dû faire le récit détaillé de la façon dont Johnny et elle s'étaient fait poser un lapin dans le même restaurant. Chaque fois, la réaction était la même.

— Il était temps ! disaient ses amis, ou bien ils prononçaient d'autres paroles ayant le même sens. Si un homme mérite d'être aimé par une fille bien, c'est notre Johnny.

Verity et Johnny n'étaient pas amoureux l'un de l'autre et elle n'était certainement pas une fille bien, vu qu'elle trompait actuellement tous ces gens ; ce fut donc un intense soulagement lorsque Johnny l'éloigna enfin de la foule qui s'était rassemblée autour d'eux.

— Viens, on va trouver un coin tranquille, dit-il une fois qu'ils eurent rempli leurs assiettes à un buffet si copieux qu'il faisait ployer la table sur laquelle il était disposé.

Verity était quasi certaine d'avoir l'air épuisée et les yeux hagards après avoir été le centre de l'attention générale aussi longtemps.

— Ça a été intense, compatit Johnny.

— Il y avait beaucoup de têtes nouvelles, admit-elle. Je ne pourrais même pas te répéter la moitié de leurs noms.

— Tu as de la chance : je connais un petit sentier au milieu des arbustes, l'informa Johnny en disparaissant soudain par une brèche dans la haie. Viens !

Verity le suivit sur un petit chemin sinueux bordé de buissons impeccablement taillés. Le sentier aboutissait à une mare où de gros poissons aux couleurs exotiques nageaient paresseusement. Derrière la mare se trouvait un joli pavillon d'été peint en vert menthe et décoré de banderoles, et sur son porche – car le pavillon était assez grand pour être doté d'un porche – était installé un banc en bois.

Verity ne put s'empêcher de pousser un énorme soupir de soulagement en s'y asseyant. Elle pouvait non seulement enfin reposer ses pieds, qui protestaient d'avoir été juchés sur des sandales à semelles compensées après des mois passés dans des chaussures plates, mais elle pouvait également reposer sa bouche. Rester simplement silencieuse. Ne pas dire un mot ni se voir adresser la parole.

— Alors, c'était…, commença Johnny, mais Verity leva une main en signe de protestation.

— Pas un mot de plus ! supplia-t-elle. S'il te plaît… juste pendant quelques minutes.

Johnny lui lança un regard légèrement offensé, mais il garda le silence tandis qu'ils picoraient dans leurs assiettes, buvaient du champagne et écoutaient la musique en sourdine du groupe qui jouait à l'autre bout du jardin, accompagné des oiseaux qui chantaient comme s'ils voulaient encore magnifier le soleil couchant.

C'était vraiment agréable, et Verity eut la sensation de respirer de nouveau. Toutefois, bien trop tôt, Johnny fit tinter son verre vide contre le sien.

— J'ai la permission de parler ? demanda-t-il avec une pointe d'amusement.

— Permission accordée, répondit Verity à contrecœur.

— On devrait probablement redescendre dans l'arène. Nous avons causé une telle agitation qu'on va forcément remarquer notre absence. Je m'attends à des tas de commentaires narquois au sujet de notre disparition dans les rosiers.

Alors qu'ils revenaient sur leurs pas pour regagner la maison, le téléphone de Verity bipa le premier. C'était Merry.

Comment ça se passe ?

Ça ne se passait pas mal, loin de là ; mais tout le monde s'était de nouveau retourné pour les dévisager tandis qu'ils franchissaient la porte du patio pour pénétrer dans le vaste jardin d'hiver, et Verity acquit la certitude que la seconde partie de l'interrogatoire de l'Inquisition allait débuter.

Elle n'avait pas vraiment de mots à sa disposition ; elle opta donc pour les émoticons.

— Je crois que les discours vont commencer, l'informa Johnny, ce qui convenait très bien à Verity parce que si les gens prononçaient des discours, personne n'essaierait de lui parler.

Ils se tinrent au fond de la pièce tandis que le frère cadet de Lawrence portait un toast en accumulant les plaisanteries bien grasses de rugbymen – le terme « scrotum » fut mentionné plusieurs fois –, ce qui fit grimacer Verity à plusieurs reprises. Par chance, elle n'eut pas à accorder toute son attention au discours, car Merry répondit à son SMS.

> Perturbée par ton usage inhabituel des émoticons. C'est si affreux que ça ? Tu as bu combien de verres ? Tu devrais peut-être en boire davantage ? Je peux emprunter la voiture de la mère de Dougie et venir te sauver si c'est aussi horrible.

L'idée était tentante, mais honnêtement, c'était loin d'être « si affreux que ça », décida Verity. Elle ne suivait que rarement les conseils de Merry, mais lorsqu'un serveur passa dans son champ de vision avec un plateau de boissons, Verity s'empara d'une autre coupe de champagne. Elle en prit également une pour Johnny.

— Pour les toasts, expliqua-t-elle parce qu'elle était censée être sa petite amie et qu'elle pouvait donc parfaitement faire ce genre de chose plutôt que de jouer les rabat-joie.

Les discours durèrent une éternité. Assez longtemps pour que Verity engloutisse deux autres coupes de champagne : pas assez pour être ivre, juste assez pour que le monde autour d'elle s'estompe dans un flou artistique. Lorsque Johnny l'abandonna parce que son téléphone sonnait et qu'il devait prendre « cet appel très important », elle fut même plutôt heureuse de rester en compagnie de ses amis du nord de Londres. Wallis leur avait tout raconté de sa visite au *Bonheur des tendres* et pendant plusieurs minutes, Verity répondit au pied levé aux questions concernant son travail dans une librairie qui ne vendait que des romances sentimentales. La discussion se transforma très vite en une conversation palpitante sur la meilleure adaptation d'*Orgueil et Préjugés*, qui était évidemment la version de la BBC, et non cette imposture dans laquelle Keira Knightley minaudait et Matthew Macfadyen portait une perruque vraiment affreuse.

— Colin Firth qui émerge d'un lac avec sa chemise blanche mouillée qui lui colle au corps... Tout est dit, décréta Verity comme elle l'avait déjà fait à maintes reprises, car elle avait souvent cette conversation avec ses sœurs ainsi qu'avec Posy et Nina.

Elle était immanquablement surprise de constater que certaines femmes demeuraient de marbre à la vue d'un jeune Colin Firth en chemise détrempée.

Verity avait déjà passé de pires samedis soir que celui-ci. En réalité, elle s'aperçut qu'elle s'amusait bien. Qui l'eût cru? Mais lorsque la discussion se porta sur la nouvelle série télévisée en vogue, elle fut heureuse de murmurer: « Excusez-moi » et de se retirer aux toilettes.

Elle aurait aimé y rester quelques minutes, juste pour reprendre des forces et se ressaisir, mais elle était consciente de la queue à l'extérieur. Elle s'accorda donc trente secondes pour s'assurer qu'elle allait bien, qu'elle avait encore un peu d'énergie et que 21 heures venaient de sonner: à présent, ils n'avaient plus que deux heures à tenir avant de pouvoir rentrer à l'auberge.

Parce qu'il était 21 heures passées et que le champagne avait coulé à flots comme s'il s'était agi d'eau gazeuse, la plupart des invités avaient dépassé le stade de la gaieté pour atteindre celui de l'ébriété. Sous la tente, les danseurs étaient de plus en plus démonstratifs. Tandis que Verity traversait la marquise pour tenter de retrouver Johnny, elle se sentit soudain seule et perdue, comme si elle ne disposait plus d'autant de batterie qu'elle ne l'avait cru.

Elle sortit de nouveau dans le jardin. Le soleil disparaissait derrière les arbres parmi lesquels étaient disséminés des lampions; Verity put donc constater très clairement que Johnny n'était nulle part en vue. Elle décida de revenir sur leurs pas, de retrouver la brèche dans la haie, et à partir de là, la mare et le pavillon d'été ; mais avant qu'elle en ait eu l'occasion, elle entendit des pas mal assurés se rapprocher d'elle. Une voix encore plus mal assurée lança :

— Youhou ! Copine de Johnny ! Stop ! Il faut que je te parle !

Verity leva les yeux au ciel avant de pivoter sur elle-même. On lui avait présenté cette femme un peu plus tôt, mais à ce moment-là, ses cheveux blonds n'étaient pas aussi ébouriffés, sa robe en dentelle vert menthe ne paraissait pas aussi froissée et son joli rouge à lèvres rose chair n'avait pas encore coulé.

— Je suis désolée, grimaça Verity. Je ne me souviens pas de ton prénom. Il y a eu tant de nouveaux visages et…

— Oh, aucune importance !

Verity fut soudain tirée en avant, si bien qu'elle manqua de s'écraser la tête la première sur le décolleté de l'autre femme. Elle se retrouva prisonnière d'une embrassade aussi chaleureuse que poisseuse et eut à peine le temps de contracter tous ses muscles qu'on la repoussait déjà. Toutefois, la femme ne lâcha pas les avant-bras de Verity, l'empêchant de prendre la fuite.

— Je voulais juste te remercier, expliqua-t-elle. C'est génial que tu sois là. Johnny est un homme tellement adorable ! J'ai moi-même tenté le coup avec lui quand nous étions plus jeunes, mais il était déjà fou amoureux d'elle. Tu arrives à croire qu'il a gâché tout ce temps à être amoureux d'elle ?

— « Elle » ? répéta Verity en songeant que tirer parti d'une femme complètement ivre pour obtenir des informations sur la mystérieuse dulcinée de Johnny, c'était vraiment mal.

Mal, mais il était également impossible d'y résister.

— Elle ! confirma la femme. En fait, je ne devrais probablement pas te le dire, à toi surtout, mais tu le sais, hein ? Johnny et toi avez discuté de ça, non ? Ça doit être sacrément sérieux entre vous s'il tient à ce que tu rencontres tout le monde. Tout ce temps où ils ont cru tous les deux que personne ne le savait ! Mais moi, je le savais, et c'était tellement pénible de faire comme si je ne savais pas. Tu ne peux pas imaginer le supplice que ça a été pour moi. Cette histoire de triangle amoureux datait déjà à l'époque où nous étions à Cambridge. Maintenant, ça relève carrément de la gériatrie.

Il y avait tant d'informations à assimiler ! Verity sentit ses neurones se court-circuiter dans son cerveau.

— De quel triangle amoureux parles-tu exactement ? demanda-t-elle.

Son interlocutrice éclata d'un rire faux.

— C'est un tel cliché, n'est-ce pas, quand une femme vient s'immiscer entre deux bons amis ? Mais quand Johnny est parti pour les États-Unis, après le décès de sa mère, on a tous pensé que c'était terminé. C'est vrai : c'était terminé, elle avait épousé Harry, bonté divine ! Puis Johnny est revenu et tout a recommencé. Si je sais tout ça, c'est parce que je les ai vus tous les deux de mes propres yeux, ces yeux-là… (La femme désigna ses yeux injectés de sang, au cas où…) Johnny sortait avec une fille merveilleuse à l'époque, une architecte comme lui, mais ça n'a pas duré et ce n'est pas étonnant, car je les ai vus, lui et Madame, se tenir la main au bar du *Stafford Hotel* à Mayfair. Et depuis ? Il n'est plus sorti avec personne, et maintenant il se pointe avec toi. Il faut vraiment que je te serre encore entre mes bras. Tout le monde te trouve géniale !

Verity avait encore tellement de choses à démêler.

— Ah bon ? C'est vrai ? s'étonna-t-elle.

— Bien sûr que oui, parce que c'est le cas, décréta Johnny derrière elle.

Verity se figea comme si ses entrailles venaient de se transformer en glaçons.

# Chapitre 11

« VOUS, VOUS POUVEZ POSER DES QUESTIONS AUXQUELLES JE PEUX, MOI, CHOISIR DE NE PAS RÉPONDRE. »

Verity osa enfin se retourner pour regarder Johnny, qui haussa simplement les sourcils à son intention en affichant un sourire fade. Impossible de savoir ce qu'il pensait – ni ce qu'il avait surpris de la conversation.

Il avança de quelques pas de manière à se placer à côté de Verity.

— Julia, je crois que Matthew te cherche, dit-il d'une voix douce, assortie à son sourire.

Julia hocha la tête.

— C'est la première fois en sept ans que je ne suis ni enceinte ni en train d'allaiter et je crois que j'ai un peu forcé sur le champagne, expliqua-t-elle.

Verity et Johnny lui prirent chacun un bras, et conduisirent Julia à travers le jardin jusqu'à la maison. Un homme blond au visage soucieux attendait dans le hall d'entrée en jouant avec son trousseau de clés.

— Oh, Julia, je savais que ça arriverait, observa-t-il tristement en apercevant la charge vacillante entre Verity et Johnny. Tu vas te sentir affreusement mal demain et ma mère vient déjeuner.

— Et merde ! s'exclama Julia en titubant vers son compagnon. Tu crois que je devrais l'appeler pour lui demander de ne pas se déplacer ?

— Vaut mieux pas. Elle ne t'a toujours pas pardonné ce que tu as dit à Noël dernier.

— Hé, elle m'avait provoquée et c'est vrai que sa farce était trop sèche…

Julia et Matthew, qui était apparemment d'une patience à toute épreuve, disparurent dans l'allée.

Johnny consulta sa montre.

— Il est 22 heures passées. Veux-tu rentrer à l'auberge ? Le temps qu'on dise « au revoir », on devrait être de retour juste avant le couvre-feu.

Verity hocha la tête mais ne fit pas un mouvement.

— Plutôt que de dire « au revoir »… on pourrait peut-être tout simplement s'éclipser ? suggéra-t-elle.

Johnny fronça les sourcils.

— « S'éclipser » ?

— Tu sais, en douce. On file à l'anglaise. On disparaît sans prendre la peine de passer une heure à annoncer à tout le monde qu'on va disparaître.

Verity était lessivée, à présent. Vidée. Elle se flétrissait à vue d'œil. Elle n'avait plus de batterie. Rester une heure supplémentaire avec un sourire scotché sur le visage pendant que les amis de Johnny, maintenant tous bourrés, plaisanteraient à leur sujet et sur ce que Johnny et elle feraient une fois seuls, c'était plus qu'elle ne pouvait en supporter.

D'ailleurs, s'ils s'éclipsaient, tout le monde tirerait la même conclusion et se figurerait qu'ils étaient partis s'envoyer en l'air, ce qui était hilarant vu les circonstances.

— Ce n'est pas un peu impoli ? s'inquiéta Johnny.

Ça l'était peut-être, mais ça ne l'était pas autant que d'obliger Verity à feindre une relation de couple sans lui préciser dans quoi elle s'engageait réellement.

— J'ai mal au crâne, insista-t-elle.

Ce n'était pas un mensonge. Elle sentait les pulsations annonciatrices battre dans ses tempes, celles qui survenaient toujours lorsque les gens tentaient de la divertir contre son gré.

— J'ai besoin de calme, expliqua-t-elle.

— Très bien, je détesterais te priver de calme…

Par hasard, ils croisèrent Lawrence en descendant l'allée. Johnny put donc lui annoncer leur départ et Verity le remercier pour cette formidable fête, et ils furent de retour au *Kimpton Arms* avant même que Ken ait eu le temps de prévenir les clients que le bar allait fermer. Verity abandonna Johnny au bar à échanger des civilités tandis qu'elle s'esquivait par l'escalier.

Quelqu'un était entré dans leur chambre pour rabattre les draps et déposer un Ferrero Rocher sur chacun de leurs oreillers – une petite attention inattendue.

Verity mourait d'envie de prendre un bain, mais Johnny remonterait bientôt et ce serait étrange de se retrouver nue de l'autre côté de la porte alors qu'il se trouvait dans la pièce voisine. *D'ailleurs, tout est étrange*, songea Verity en prenant sa douche la plus courte depuis qu'elle avait quitté le foyer familial et n'avait plus quatre sœurs qui faisaient valoir leur droit d'entrée dans la salle de bains en faisant couler l'eau dans la cuisine pour que celle-ci devienne froide, évinçant Verity par la même occasion.

Lorsque Johnny frappa à la porte de leur chambre, elle avait enfilé son pyjama rayé et était déjà au lit, les couvertures remontées jusqu'au menton. Ce soir-là, elle faisait de son mieux pour tordre le cou à tous les clichés des romances sentimentales. Même si, lorsqu'elle autorisa Johnny à entrer d'une voix voilée, elle était aussi nerveuse qu'une vierge effarouchée coincée dans une auberge isolée avec un inconnu au rire sardonique.

Johnny pénétra dans la pièce, lui adressa un sourire hésitant et se dirigea droit vers la salle de bains.

Verity l'entendit se brosser les dents avant de se gargariser et de recracher son bain de bouche. Elle entendit l'eau couler. Johnny farfouiller dans sa trousse de toilette. Chaque petit bruit du quotidien sonnait comme une intrusion, parce qu'il provenait d'un étranger.

Un homme qu'elle avait rencontré quelques semaines auparavant. Qu'elle avait revu une poignée de fois depuis, au sujet duquel elle était au courant de quelques détails – il avait étudié à Cambridge, il était architecte – mais qu'au fond, elle ne connaissait pas du tout. Et maintenant, elle voulait savoir tellement de choses ! C'était un besoin, en fait.

— Alors, de quoi parlait Julia exactement ? s'enquit-elle dès que Johnny sortit de la salle de bains.

Il portait un caleçon et un tee-shirt, et Verity détourna les yeux de ses longues jambes sveltes. Elle regrettait amèrement de ne pas être blasée : elle aurait considéré la situation comme une série d'anecdotes amusantes à raconter ensuite pour divertir ses sœurs.

Johnny plia ses vêtements et les posa sur une chaise avant de se glisser dans son lit. Ne l'avait-il pas entendue, ou était-il simplement déterminé à l'ignorer ?

— On éteint ? proposa-t-il.

Verity acquiesça dans un murmure et la chambre se retrouva plongée dans l'obscurité.

Elle ne parviendrait jamais à dormir. Pas maintenant, alors que sa tension raidissait tous ses muscles et lui donnait un mal de crâne lancinant. Elle allait être obligée de rallumer la lumière pour sortir de son lit et avaler deux comprimés et…

— Julia parlait de l'amour de ma vie.

*Bon.* En fait, elle allait peut-être rester là où elle était et écouter la confession chuchotée par Johnny.

— Dommage qu'elle ait épousé mon meilleur ami, ajouta-t-il.

— Ton « meilleur ami » ? répéta Verity d'une voix rauque.

— Yep, répondit Johnny en faisant claquer le « p ». Nous nous sommes disputés, je suis parti pour les États-Unis et elle l'a épousé par dépit. C'est lui qui lui a servi de pansement. Bref, c'est pour ça qu'on ne peut pas être ensemble.

— Elle ne peut pas demander le divorce ?

Verity croyait dans les liens sacrés du mariage – après tout, elle était fille de pasteur – mais elle était également convaincue que si deux époux étaient malheureux ensemble, il devait exister une porte de sortie.

Johnny soupira si bruyamment qu'elle s'attendit à ce que Linda frappe à la porte en leur demandant de se maîtriser.

— Non, répondit-il. C'est très compliqué.

— Pourquoi ? Ils sont catholiques ?

— Non.

On aurait dit qu'on venait de lui arracher ce mot de la bouche.

— Ils ont des enfants, alors ? s'enquit Verity. Ça, d'accord, ça compliquerait les choses.

— Non, pas d'enfants.

Verity ne voyait pas du tout où était le problème, dans ce cas. À moins que la théorie tordue de Merry ne se révèle juste…

— Oh, mon Dieu, elle a une maladie en phase terminale… ?

— Non !

Johnny semblait sur le point de craquer.

La migraine de Verity n'était plus lancinante ; à présent, elle lui martelait le crâne.

— Tu n'as jamais songé que ce serait peut-être plus facile de t'en tenir là et de trouver quelqu'un d'autre ? interrogea-t-elle. Quelqu'un qui ne soit pas marié ?

— Pourquoi sortirais-je avec une autre femme ? Mon cœur lui appartient déjà.

Johnny n'en avait pourtant pas l'air très heureux, à moins qu'il ne soit agacé par le fait que Verity refuse de changer de sujet ; mais celle-ci trouvait difficile de bien saisir tous les détails.

— Vous couchez ensemble, alors ?

Elle avait décidé qu'il valait mieux aller à l'essentiel. Parce que Johnny employait des tas de mots recherchés, mais le fond de l'histoire, c'était quand même qu'il entretenait une liaison avec une femme mariée, peu importait la manière dont il tentait de le déguiser.

Pendant quelques secondes, elle eut la certitude que Johnny la fusillait du regard dans l'obscurité.

— Non.

Ce « non » sembla s'éterniser dans son souffle. Il laissait également transparaître une légère exaspération.

— Ce qu'on partage… ce n'est pas une histoire de sexe. Si j'avais tant besoin de sexe, il serait facile de sortir et de dénicher une femme qui a aussi envie de s'envoyer en l'air sans faire de promesses, sans que ça ne nous engage à rien. De finir au lit ensemble pour une unique nuit torride qui nous satisferait sur le moment, comme si on grattait un bouton, mais qui nous laisserait aussi vides qu'avant.

*Sa voix…* C'était une voix que Tom Hiddleston aurait pu traîner en justice pour non-respect des droits d'auteur. Et cette voix parlait de sexe, de sexe sans engagement, ce qui conférait à la chose un aspect encore plus débauché et plus susceptible de faire grimper aux rideaux que toute autre forme de sexe, et ça provoquait toutes sortes de réactions chez Verity. Des réactions qui la faisaient se tortiller et rendaient son corps lourd, alangui tandis qu'elle s'imaginait Johnny dans un bar clandestin, adressant des regards sensuels et un sourire lascif à une femme avant de la ramener chez lui, tous deux s'embrassant, se frottant l'un contre l'autre à peine la porte refermée sur eux, arrachant leurs vêtements pour pouvoir être nus, libres, le corps svelte de Johnny au-dessus d'elle, et…

*Stop ! Assez !* Verity alluma brusquement la lumière et ferma les yeux face à l'éclat aveuglant, ce qui lui permit aussi de ne pas avoir à regarder Johnny.

— Migraine, marmonna-t-elle. Il faut que j'avale des médicaments.

C'était un exploit de se rendre de son lit à la salle de bains avec les paupières closes, mais Verity l'accomplit avec succès, même si, au passage, elle fit la connaissance du presse-pantalon Corby. Elle resta cachée quelques minutes dans la salle de bains après avoir pris deux comprimés d'Ibuprofène dans l'espoir que Johnny s'assoupisse, mais lorsqu'elle se sentit le courage de se faufiler dans la chambre, il était encore éveillé. Pire : il était assis sur le matelas, les bras croisés, les yeux fixés sur Verity qui regagna son lit à toute vitesse.

— Je n'avais pas compris que notre arrangement de ce week-end impliquait de se livrer nos âmes. À ton tour maintenant, ce n'est que justice, décréta Johnny d'un ton abrupt. Alors, c'est quoi, ton histoire ? Pourquoi as-tu juré de ne plus jamais t'engager ?

Verity lui tourna le dos pour grimper dans son lit ; elle en profita pour faire la grimace à l'idée que ses choix de vie sentimentale, ou plutôt son absence de vie sentimentale, arrivent soudain sur le tapis.

— Je te l'ai déjà dit : je suis trop occupée pour sortir avec quelqu'un.

— Je ne te crois pas, répliqua Johnny.

Verity ne supporterait jamais de raconter tout ça autrement qu'à la faveur de l'obscurité. Elle éteignit donc sa lampe de chevet.

Il était difficile de mettre des mots là-dessus. D'expliquer la situation à quelqu'un qui ne faisait pas partie de sa famille, qui ne la connaissait pas bien et n'avait pas travaillé avec elle assez longtemps pour comprendre ses marottes, ses petites manies.

— Eh bien... le truc, c'est que quand je le dis à voix haute, ça paraît très mélodramatique, mais la meilleure manière d'expliquer ça, c'est que... je suis une introvertie.

Il y eut un silence.

— Quand tu dis que tu es introvertie, qu'est-ce que ça signifie exactement ? demanda Johnny.

Verity perçut dans sa voix le doute et le scepticisme qu'elle avait déjà entendus maintes fois auparavant, en général juste avant que les gens ajoutent : « Bon sang, tu parles vachement, pour une introvertie ! »

— Ce n'est pas que je sois timide – pas vraiment – ni que je déteste les gens, parce que ce n'est pas le cas, c'est plutôt que je trouve le monde extérieur bruyant et épuisant. Par exemple, quand je dois affronter une situation nouvelle ou que je rencontre trop de personnes d'un coup, après un court moment, j'ai l'impression de me renfermer. Comme un ordinateur qui aurait trop d'onglets ouverts.

En pensant aux onglets ouverts, elle soupira. Être née à l'ère de la technologie était le fardeau de son existence.

— Le monde extérieur est tellement bruyant ! reprit-elle. Il y a les alarmes des voitures et celles des magasins, les sirènes qui hurlent, même les portiques des supermarchés font les difficiles en prétextant qu'il y a un objet suspect dans mon sac alors que ce n'est absolument pas le cas.

De l'autre côté de la pièce, Johnny éclata de rire.

— Ça, c'est vrai, acquiesça-t-il.

— Et puis il y a les gens. Tellement de gens, et aucun d'entre eux n'a de filtres ni de petite voix intérieure. (Verity était lancée, à présent.) Ils se sentent obligés d'exprimer la moindre pensée qui leur vient. Je ne peux même pas me promener tranquillement dans un parc pour récupérer sans que quelqu'un parle horriblement fort au téléphone ou écoute de la musique en se figurant que le reste du monde souhaite l'entendre aussi. Il y a des limites à ce que je peux supporter ! Je suis bien obligée de travailler, vu que je ne suis pas rentière. (Elle approchait de la fin de sa longue diatribe contre le vacarme de la vie moderne.) J'ai une grande famille très bruyante que j'adore, j'ai aussi des amis, mais des rencards, un petit ami, c'est trop.

Johnny ne dit rien pendant quelques minutes, comme s'il avait du mal à assimiler ces informations.

— Pourquoi un petit ami serait-il de trop ? finit-il par demander.

— Parce que si je sors avec lui, je n'aurai jamais assez de temps pour moi, répondit Verity d'une voix presque désespérée. Et le truc, c'est que ni les rencards ni le fait d'avoir un petit ami ne me manquent. Se tenir la main et se faire des câlins, ce n'est vraiment pas ma tasse de thé.

Mais il ne s'agit même pas du contact, c'est juste le fait de partager mes émotions avec quelqu'un dans l'intimité : je n'y arrive pas. C'est épuisant. Je crois que je me considère comme une île, en fait.

— Et tes quatre sœurs te considèrent aussi comme une île ?

— Non, elles pensent que lorsque je rencontrerai la bonne personne, les pièces du puzzle s'emboîteront.

— C'est possible, on ne sait jamais, approuva Johnny comme s'il n'avait pas écouté un traître mot de ce qu'elle venait de dire. Tu as bien dû avoir des petits amis, par le passé ?

— Bien sûr que oui ! s'indigna-t-elle.

Son célibat était un célibat choisi et non lié à une aversion pour l'autre sexe. Toutefois, Verity ne s'était pas non plus retrouvée dans l'obligation de repousser un nombre incalculable de prétendants potentiels. Pendant la plus grande partie de son adolescence, on l'avait vue comme l'une des cinq filles bizarres du pasteur local. Peut-être même la plus bizarre. Ensuite, lorsqu'elle avait quitté le giron familial et ses sœurs, elle avait déjà eu du mal à se faire des amis, sans mentionner un éventuel lien amoureux jusqu'à…

— Je suis sortie pendant trois ans avec ce garçon, Adam, que j'avais rencontré à l'université. Alors, ce n'est pas comme si j'avais renoncé à toute relation de couple sans savoir ce que j'allais manquer.

— Tu étais amoureuse de lui ? s'enquit Johnny d'une voix douce.

— Oui, je l'aimais, acquiesça Verity avec ardeur car elle ne pensait jamais à Adam sans émotion. Je n'aurais pas passé trois ans avec lui si je ne l'aimais pas, si ?

Trois ans à essayer que ça fonctionne, trois ans à essayer de laisser Adam entrer dans son intimité, trois ans à essayer de baisser la garde. Tout ce que Verity était parvenue à faire, c'était à le rendre malheureux. Elle voyait la lumière s'éteindre au fond de ses yeux chaque fois qu'elle le repoussait.

Elle n'avait plus envie d'être responsable du bonheur de quelqu'un – c'était beaucoup trop de pression. Mais c'était encore cent fois pire d'être responsable du malheur d'une personne.

— Si tu as déjà été amoureuse, je suppose que tu n'es pas une misanthrope ? interrogea Johnny.

Verity crut percevoir un soupçon d'amusement dans sa voix, comme s'il ne prenait pas au sérieux le fait qu'elle soit introvertie – ni, d'ailleurs, rien de ce qu'elle venait de lui dire.

— Vraiment pas, répondit-elle. L'introversion n'a rien à voir avec ça. Je n'ai pas envie de vivre dans une grotte comme un ermite ni de fuir tout contact humain. J'aime bien les gens. Il y en a que j'adore, sincèrement, mais… à petite dose, c'est tout, conclut-elle.

Elle en avait terminé. La conversation était close.

— Par exemple, je suis épuisée de discuter, là.

— Moi aussi.

Verity entendit Johnny remuer dans son lit et tapoter son oreiller.

— On devrait dormir, dit-il.

Ils se marmonnèrent un « bonne nuit ». Verity commençait tout juste à se détendre lorsque le téléphone de Johnny bipa. Il soupira et s'empara de l'appareil sur sa table de nuit.

— Alors, c'est la personne avec qui tu es tout le temps au téléphone ? demanda-t-elle.

— Ouais.

Il semblait distrait. Verity sortit la tête de sous les couvertures pour observer son visage illuminé par l'écran tandis qu'il répondait à son SMS.

— Je suppose que tu m'en veux de ne pas t'avoir informée avant du fait qu'elle était mariée, mais – et je dis ça le plus gentiment possible – sincèrement, ça ne te regarde pas, décréta Johnny.

Verity aurait dû être en colère contre lui, surtout avec sa dernière pique ; mais elle était trop fatiguée. Malgré tout, elle était un peu fâchée.

— Tu ne crois pas avoir tout fait pour que ça me regarde ?

— Pas vraiment, répondit-il d'un ton désinvolte sans quitter son téléphone des yeux. Si tu n'avais pas croisé Julia par hasard et qu'elle n'avait pas été bourrée, tu n'en aurais jamais rien su. (Il leva le regard d'un air las.) Bon, je vais éteindre mon téléphone jusqu'à demain matin. Est-ce qu'on peut essayer de dormir un peu ?

C'était précisément ce que Verity tentait de faire avant que le téléphone diabolique de Johnny bipe pour la énième fois à cause d'un message de l'amour de sa vie, qui était malheureusement marié à un autre – son meilleur ami, rien que ça. Par conséquent, même s'il ne couchait pas avec elle, Johnny entretenait un truc pas très clair avec la femme de son meilleur ami. Et, oui, c'était important, et mille fois oui, Johnny aurait dû informer Verity dès le début des raisons pour lesquelles il avait tant besoin d'une fausse petite amie.

Peu importait le comment et le pourquoi de la situation : une personne mariée était une personne interdite. C'était l'une des règles les plus fondamentales du monde des adultes.

# Chapitre 12

## « Impossible de savoir qui est vraiment quelqu'un au bout de deux semaines. »

Le lendemain matin, boudeurs et les yeux bouffis par le manque de sommeil, ils regagnèrent Londres presque en silence. Le précieux silence dont Verity avait tant besoin, sauf que celui-ci était si pesant qu'il en devenait assourdissant.

Enfin, et ce n'était vraiment pas trop tôt, Johnny s'arrêta à l'angle de Rochester Street.

Verity détacha maladroitement sa ceinture.

— Ne t'embête pas à descendre, dit-elle à toute vitesse. Tant que le coffre est ouvert, je peux me débrouiller.

Elle adressa un pauvre sourire à Johnny, qui le lui rendit. Ils étaient tous deux gênés par leurs confessions nocturnes. Verity croyait se souvenir d'avoir parlé d'elle comme d'une île. Qui était capable de faire ce genre de truc ? Elle, apparemment.

— Écoute, Verity…

Elle était déjà à moitié sortie de la voiture quand Johnny prit la parole pour la première fois depuis qu'ils avaient quitté l'autoroute à Brent Cross. Il lui avait alors demandé si elle avait encore besoin de la climatisation.

— J'aurais dû être honnête avec toi dès le départ, poursuivit-il. Je comprendrais si tu avais envie de rompre notre arrangement, mais j'espère vraiment que tu ne le feras pas. Je te dois encore un faux rencard.

— Ça va. Je vais bien. Sincèrement, tout va bien, le rassura-t-elle. (Elle finit de s'extirper du véhicule tant bien que mal, d'une manière atrocement inélégante.) Je te promets de garder le contact.

Elle croisait les doigts dans son dos ; ce n'était donc pas un mensonge. Elle avait beaucoup trop menti ces derniers temps, à commencer par le sujet Peter Hardy. Celui-ci avait généré son lot de complications, mais il n'avait rien de comparable avec Johnny et son triangle amoureux qui durait depuis des décennies.

Le lendemain, pendant la pause-gâteau du milieu de matinée, Verity déclara à Posy :

— J'ai donc décidé de ne plus revoir Johnny. Aucun de nous deux n'a l'esprit assez libre pour entamer une relation maintenant.

Depuis que Mattie avait ouvert le salon de thé, le personnel bénéficiait d'une pause-gâteau en milieu de matinée et d'une pause-biscuit en milieu d'après-midi, et tous les jeans de Verity devenaient de plus en plus ajustés.

— Quel dommage, soupira Posy.

Elles étaient assises dans le bureau. Elles étaient censées consulter les chiffres des ventes depuis le lancement de la librairie, mais tout s'arrêtait pour les pâtisseries.

— Tu vas vraiment t'en tenir là, alors ?

— Je crois, répondit Verity comme si elle réfléchissait encore à la question alors qu'elle avait déjà décidé avant même de refermer le coffre de Johnny qu'elle ne le reverrait plus jamais.

Si elle continuait dans cette imposture, elle cautionnait la liaison certes platonique mais lourde de textos de Johnny avec la femme de son meilleur ami. Et puis il y avait l'embarras atroce qui l'assaillait lorsqu'elle se souvenait de tout ce qu'elle avait confessé dans l'obscurité de leur chambre. Il était on ne peut plus évident que Johnny et elle devaient tout arrêter. Laisser tomber. Ne plus jamais se revoir ni se reparler. Même si Verity ne cessait pas de penser à ses bras musclés dans son tee-shirt.

— Nous sommes vraiment mal assortis, décréta-t-elle d'une voix ferme.

Posy arborait l'expression rêveuse et amoureuse qu'elle affichait si souvent ces dernières semaines.

— Tu ne devrais peut-être pas mettre un terme à ta relation avec Johnny aussi vite. Sur le papier, Sebastian et moi sommes vraiment mal assortis, et pourtant, regarde-nous.

Juste au cas où Verity n'aurait pas compris l'allusion, Posy agita sa main gauche devant son visage pour que son amie admire l'alliance en platine et la magnifique bague de fiançailles ornée d'un saphir dont Sebastian avait paré son annulaire.

— Très franchement, et surtout, ne le prends pas mal, j'essaie encore de me faire à l'idée que tu es en couple avec Sebastian, dit Verity.

— Bon sang, moi aussi. (Posy fit la grimace à son petit pain à l'orange et à la cardamome.) Mais il ne s'agit pas de moi. Je crois que tu devrais laisser une seconde chance à Johnny. Les types comme lui ne courent pas les rues.

— Je sais qu'il est beau, charmant et…

— … qu'il a de l'humour. Il a sorti une blague vraiment marrante sur P.G. Wodehouse lors de l'inauguration du salon de thé, lui rappela Posy. Comparé à l'horreur qu'était le dernier mec de Nina, Johnny joue vraiment dans une autre catégorie.

— Hé, j'entends tout ce que vous dites ! cria Nina du comptoir.

Il fallait vraiment qu'elles pensent à fermer la porte du bureau.

— Gervaise n'est pas une horreur, ajouta Nina. Il traverse une période difficile, c'est tout.

Gervaise était un artiste de cabaret qui se décrivait lui-même comme sexuellement souple, même si à ce qu'en voyait Verity, cette souplesse lui offrait simplement la liberté de tromper Nina avec d'autres femmes et d'autres hommes. Nina avait fini par le flanquer à la porte le week-end où Verity s'était absentée, mais Gervaise s'était pointé dans la cour le dimanche soir très tard pour hurler à leurs fenêtres qu'il allait s'immoler par le feu si Nina ne le reprenait pas.

— Tu crois qu'il pourrait s'immoler en silence ? avait interrogé Verity.

— Oh, Very, tu ne peux pas comprendre, avait tristement déclaré son amie. Une vie sans passion, c'est une vie à moitié vécue.

Ensuite, Nina avait ouvert la fenêtre pour crier à Gervaise de foutre le camp.

Posy avait raison. Comparé à Gervaise, Johnny était un prince charmant. Mais il était nanti d'un tel bagage…

— Je n'arrête pas de me demander : « Que ferait Elizabeth Bennet ? », expliqua Verity. Et Elizabeth Bennet serait bien trop intelligente pour…

— Répète ça ! exigea Posy.

— Je n'ai encore rien dit !

— On s'en fout, Very. Qu'est-ce que tu as dit au sujet d'Elizabeth Bennet ?

— Tu sais ce que je dis toujours au sujet d'Elizabeth Bennet, lui rappela Verity avec une pointe d'exaspération, car elle avait parfois l'impression que personne n'écoutait un mot de ce qu'elle racontait. Quand je dois affronter un problème difficile, je songe : « Que ferait Elizabeth Bennet ? » C'est surprenant, mais souvent, ça m'aide.

— Eh bien, ça ne m'étonne pas.

Les yeux de Posy scintillaient d'un éclat que Verity ne connaissait que trop bien ces dernières semaines.

— « Que ferait Elizabeth Bennet ? » C'est un coup de génie, Verity, s'exclama son amie. Ce serait dément sur un tote bag.

— Je refuse de te laisser commander un seul tote bag supplémentaire tant que nous n'avons pas vendu au moins la moitié de ceux que tu as déjà commandés, lui rappela Verity. Mais oui, lorsque nous serons prêtes à repasser commande, tu auras l'occasion de goûter à ma philosophie de vie.

Un peu plus tard ce jour-là, Verity reçut un mail d'Emma, la sœur de Dougie, concernant la pendaison de crémaillère qu'elle organisait le samedi soir.

Je te connais, Very, et je parie que tu songes à inventer une excuse pour te défiler. Si ça peut te consoler, je plaisantais quand je disais que j'avais loué un appareil à karaoké. Ce sera strictement interdit au karaoké, donc tu dois venir et il est hors de question que tu te pointes en annonçant que tu ne peux pas rester longtemps. D'ailleurs, amène ce Johnny dont Merry m'a parlé. J'ai hâte de le rencontrer.

Aussitôt, par réflexe, Verity réfléchit à une excuse en béton pour se dérober à ce samedi soir où il lui faudrait sortir en société. Puis elle s'interrompit, et se força à faire son introspection et même à chercher conseil auprès d'Elizabeth Bennet. Elle était une femme adulte ; il n'était pas normal qu'elle ait besoin d'un faux petit ami pour avancer dans la vie. Elle pouvait y arriver seule. En plus, techniquement, il ne s'agissait pas de la pendaison de crémaillère d'une maison mais de celle d'une péniche. Le compagnon d'Emma avait en effet hérité d'une maison flottante délabrée avec sa place de mouillage, et Verity était curieuse de voir leur nouvel espace habitable.

Le samedi venu, Verity était donc plus ou moins heureuse de se rendre à la fête en compagnie de Merry et Dougie, qui bénéficiait d'un rare samedi soir de liberté en tant que commis de cuisine.

Ils prirent le bus à Great Portland Street car la soirée de juillet était chaude et moite, puis ils décidèrent de traverser Regent's Park à pied pour gagner Regent's Canal – pratiquement le même chemin qu'avait pris Verity en compagnie de Johnny pour le brunch à Primrose Hill.

Elle n'avait pas eu de ses nouvelles depuis qu'elle était sortie de sa voiture le dimanche après-midi, presque une semaine auparavant. D'accord, elle avait dit qu'elle le rappellerait, mais si Johnny avait eu à ce point envie de la revoir et de donner suite à leur arrangement, il aurait tout aussi bien pu la joindre, lui. Il ne l'avait pas fait.

Et ça allait très bien à Verity. *Très bien, vraiment.* Elle n'éprouvait pas une once d'amertume.

Ce qui n'allait pas du tout à Merry, en revanche, c'était que Connie hésite encore au sujet du rôti de porc prévu pour sa réception de mariage.

— Si le vent souffle dans la mauvaise direction, la seule chose qu'on sentira, ce sera le cochon grillé, s'était lamentée Connie par Skype la veille, bien qu'il s'agisse de l'unique décision qu'elle ait prise parmi une liste longue comme le bras.

La solution proposée par Dougie était de distribuer des bonnets de douche aux couleurs de Constance (« Ouais, quand Madame aura choisi ses couleurs. ») de manière que les cheveux des invités n'empestent pas le rôti.

— On est obligés de porter des filets à cheveux au boulot, avait-il déclaré. Même si c'est davantage pour une question d'hygiène.

— Je suis étonnée qu'on ne t'oblige pas à porter un filet à barbe aussi. Ce n'est pas très hygiénique quand on travaille dans la restauration, avait répliqué Verity.

Depuis quelques mois, Dougie cultivait une barbe luxuriante, façon hipster. Celle-ci s'était révélée bien plus rousse que prévu et bien qu'elle ne soit pas encore assez longue, Dougie aimait tirer dessus lorsqu'il était en pleine réflexion. Et Merry affirmait que ça grattait affreusement quand ils s'embrassaient.

À présent, cette dernière gazouillait :

— Very, tu crois que Dougie devrait se raser la barbe ?

Verity n'eut même pas besoin de réfléchir.

— Mille fois oui, répondit-elle.

— Tu ne trouves pas que ça me donne l'air distingué ? s'enquit Dougie.

— Non, dit Merry avec lassitude, comme s'ils avaient déjà eu cette conversation de nombreuses fois auparavant. Ça te donne l'air d'un type qui essaie de cacher un menton fuyant. Or tu n'as pas le menton fuyant. D'après mes souvenirs, tu as un menton viril.

— Tu ne retrouves jamais de miettes dedans ? Ça se passe comment quand tu manges des spaghettis ? demanda Verity en scrutant les poils de Dougie pour voir si les restes de son petit déjeuner étaient toujours logés quelque part là-dedans.

Il se couvrit aussitôt la barbe de la main.

— Ne vous liguez pas contre moi ! protesta-t-il. Sincèrement, je m'attendais à mieux de ta part, Very. Tu es censée être la plus sensible.

— Elle est sensible, pas aveugle, riposta Merry. Et n'importe quel idiot peut constater que la barbe ne te va pas bien.

Merry et Dougie continuèrent de se chamailler à ce sujet durant tout le trajet jusqu'à Regent's Park Canal. Lorsqu'ils parvinrent à l'endroit où était amarré le *Scarlett O'Hara* – Emma aimait autant les romans sentimentaux que Verity –, ce fut pour découvrir qu'Emma avait instauré un système de rotation pour la visite du bateau car il était fort possible qu'il chavire si trop de personnes montaient à bord en même temps. Ce qui n'inspirait pas une confiance absolue dans la navigabilité du *Scarlett*. Verity et Merry décidèrent donc de rester sur la terre ferme de la berge du canal jusqu'à ce que les invités se retirent en masse dans le jardin d'un pub voisin.

Verity se rua sur une table dans un coin en compagnie de Merry et Dougie, qui avaient enfin cessé de se disputer au sujet de sa barbe et se chamaillaient maintenant pour savoir à qui c'était le tour de se rendre au bar.

— Very pourrait peut-être y aller ? suggéra Dougie d'un ton plein d'espoir.

Merry et Verity lui adressèrent toutes deux des regards emplis de pitié.

— Je ne vais jamais au bar, l'informa Verity. Trop de monde pour ma petite bulle personnelle.

— En revanche, Very paie toujours sa tournée, rappela Merry en toute loyauté.

Verity venait de s'emparer d'un billet de 20 livres dans son porte-monnaie lorsque Emma et Sean arrivèrent après avoir fermé le bateau.

— Ça va ? demanda Verity à Emma, dont les joues et le cou étaient ornés de grosses taches rouges. Tu ne couves pas quelque chose ?

— Je vais très bien, assura son amie.

Elle regarda Sean qui lui rendit son regard, puis ils sourirent tous les deux. *Un vrai sourire de connivence.*

Sean renifla.

— J'ai cru qu'il y avait une fuite dans le *Scarlett* mais en fait, quelqu'un avait juste renversé sa bière, expliqua-t-il.

— Mais on a déjà passé de pires samedis soir, déclara Emma en tendant la main. Regardez !

Une magnifique bague ancienne ornait le majeur de sa main gauche. Son éclat concurrençait le sourire qu'arborait Emma. Cette dernière rayonnait littéralement et les raisons en étaient parfaitement claires, ce qui n'empêcha pas Sean de préciser :

— J'ai demandé à Emma de m'épouser.

— Et j'ai répondu : « Oh, mon Dieu, oui ! »

Après ça, tout devint flou. Une trentaine de personnes affluèrent pour féliciter le couple et ce fut l'effusion. Ensuite, Merry se mit à sangloter parce que c'était elle qui avait présenté Emma à Sean, le mignon assistant de recherche du labo d'à côté, et Verity s'étrangla parce que Merry pleurait, puis les invités décidèrent que comme la paie venait de tomber, ils allaient tous se cotiser pour acheter quelques bouteilles de mousseux afin de célébrer la bonne nouvelle.

Le tourbillon s'apaisa un peu après qu'on eut porté les toasts, mais la plupart des filles restèrent groupées autour d'Emma pendant que Merry essayait sa bague et la faisait scintiller sous la lumière avant de demander de manière somme toute assez peu charitable :

— Vous allez fêter vos fiançailles ? Il faudra acheter des cadeaux ? Bon sang, je vais être fauchée avant la fin de l'été.

Verity allait devoir affronter une autre discussion avec Merry au sujet des pensées qu'on pouvait formuler à voix haute et de celles qu'il valait mieux garder pour soi. Ensuite, elle surprit le regard que Dougie posait sur Merry. Un regard songeur, même s'il était encore un peu hésitant, comme si Dougie n'envisageait pas de demander la main de Merry dans la seconde, mais qu'il y réfléchissait. Fortement.

Et soudain, Verity ressentit une pointe de jalousie pour quelque chose qu'elle ne connaîtrait jamais, mais qu'elle pouvait voir sur le visage de ses amis. Trois ans auparavant, après un court séjour désastreux à Amsterdam avec Adam, lorsque Verity avait sondé son âme en quête de solutions et avait décidé qu'elle n'était pas faite pour aimer, tout avait paru très clair. Simple. Précis. Mais beaucoup de choses s'étaient passées ces trois dernières années. Verity jeta un coup d'œil aux cinq tables que leur groupe avait annexées et cela confirma ses pires craintes. Allez savoir comment, tandis qu'elle s'évertuait à savourer sa solitude et à s'inventer des petits amis imaginaires, tous les gens qu'elle côtoyait s'étaient mis en couple. Ils étaient devenus la moitié d'un tout. Verity était la seule célibataire. La seule de sa connaissance, en fait. Même Posy, qui avait rarement manifesté un quelconque intérêt pour les petits amis, avait sauté l'étape des rencards pour se marier directement. On ne voyait jamais Nina sans un mec, même si ces derniers étaient parfois vraiment ignobles, et Tom ? Qui savait ce qu'il en était ? Il était tellement discret qu'à ce qu'en savait le personnel d'*Au Bonheur des tendres*, il pouvait très bien avoir une femme et quatre enfants planqués quelque part.

Et il y avait Verity. Heureuse d'être seule. Être seule ne signifiant pas être esseulée ; mais il y avait des moments, comme en ce samedi soir où elle était entourée des gens qu'elle chérissait le plus dans son cercle social, où elle se sentait vraiment seule au monde.

Son téléphone était posé sur la table devant elle. Il lui suffisait de s'en saisir pour taper un message.

Pendaison de crémaillère d'une maison flottante relocalisée au *Rutland Arms* à Primrose Hill, ça te tente ? Very

Verity connut ensuite soixante-cinq secondes d'affres, de tourments et de questionnements sur ce qui avait bien pu lui passer par la tête avant que son téléphone bipe.

Je serai là dans une demi-heure. Johnny.

Comme Johnny devait se sentir seul pour n'avoir rien de mieux à faire à vingt heures trente un samedi soir que d'accepter de retrouver une femme qui lui avait battu froid une semaine entière après qu'il lui avait confessé, sous la contrainte, ses secrets les mieux gardés ! *Sacrément seul, oui.*

Verity s'efforça de prendre l'air désinvolte en l'attendant. Elle ne prévint même pas Merry que Johnny allait venir, parce que celle-ci se serait saisie de cette révélation pour cuisiner sa sœur à mort au sujet de ce nouveau rebondissement. À la place, Verity se cramponna à son verre et hocha la tête avec un sourire radieux tandis qu'Emma envisageait l'hypothèse d'un mariage en hiver, jusqu'à ce que Merry émette un sifflement.

— C'est pas ton faux mec, Very ? marmonna-t-elle entre ses dents.

Verity leva les yeux et vit Johnny debout à l'entrée du jardin. Il portait un jean, un tee-shirt bleu ciel et arborait une expression interrogatrice, qui se mua en sourire lorsqu'il l'aperçut.

— Pourquoi ne m'as-tu pas avertie qu'il venait ? Les sœurs n'ont pas de secrets entre elles ! protesta Merry.

— Mais es-tu vraiment ma sœur ? Connie et moi, on pense toujours que tu as été trouvée sur les marches de l'église, et que Farv et Muv n'ont jamais eu le cœur de te le dire, siffla Verity.

Connie et elle avaient tourmenté Merry avec leur théorie d'enfant abandonnée pendant des années et ça restait l'un des meilleurs moyens de lui clouer le bec.

— C'était déjà pas drôle les mille premières fois où j'ai entendu cette histoire, grommela Merry.

Johnny rejoignit leur coin à l'écart et se fraya un chemin à travers la foule pour atteindre Verity. Il se pencha comme s'il allait déposer un baiser sur sa joue, se ravisa et opta pour le petit geste de la main spécial Verity Love.

— Salut, dit-il. J'avais abandonné tout espoir de te revoir.

— Excuse-moi, j'ai été très occupée, marmonna Verity.

Merry ricana dans son verre.

— Je ne savais pas si tu serais libre alors que je te prévenais aussi tard, ajouta Verity.

— Tu m'as eu avec « maison flottante ».

Johnny sourit et se passa une main dans ses cheveux épais qui retombèrent ensuite tout aussi savamment ébouriffés qu'à leur habitude. Bon nombre des filles présentes s'interrompirent pour l'admirer.

— Je ne peux pas résister à une maison flottante, expliqua-t-il.

— C'est sensass, comme maison flottante, s'enthousiasma Verity tandis que Merry toussotait « Prenez une chambre ! » dans son verre et qu'Emma se retournait avec un sourire.

— C'est trop gentil, Very, alors que ce n'est pas sensass du tout. Mais elle est quasi étanche, donc c'est déjà ça. (Emma tourna son attention vers Johnny et lui adressa un sourire encore plus radieux.) Tu dois être le nouveau petit ami de Verity. Bonjour. Je ne sais absolument rien de toi.

On fit les présentations et, bien que Johnny soit un peu plus âgé que les amis de Verity et qu'il soit mieux habillé qu'eux, même en jean et tee-shirt, il sembla s'intégrer aisément. Il insista également pour acheter deux bouteilles de champagne lorsqu'il apprit la nouvelle des fiançailles. Ensuite, il enseigna à Dougie et Sean comment porter un toast façon XIXe siècle, et ils ne cessèrent de mugir à intervalles réguliers : *« Champagne for my real friends, real pain for my sham friends ! »* jusqu'à ce qu'Emma donne une tape à Sean et tende les clés du bateau à Verity.

— Pourquoi n'irais-tu pas faire visiter la péniche à Johnny ? suggéra-t-elle en haussant les sourcils à l'intention de Verity d'une manière très subtile, que cette dernière choisit d'ignorer.

Verity fourra les mains dans les poches de sa robe à carreaux vichy tandis que Johnny et elle marchaient vers le mouillage. Pourquoi était-il toujours si difficile de trouver les bons mots ?

Johnny brisa le silence le premier, comme c'était toujours le cas.

— J'étais persuadé que tu me détestais, dit-il alors qu'ils descendaient prudemment les marches menant à l'eau. Je me suis répété la conversation que nous avons eue à l'hôtel des tas de fois et je me suis donné l'impression d'être soit un briseur de mariage sans cœur, soit un imbécile fou d'amour et bercé d'illusions.

— Oui, eh bien, moi, je suis certaine d'avoir eu l'air d'une recluse pleine d'amertume, ce que je ne suis pas. Enfin, si, mais seulement pendant une heure après le boulot, le temps que je décompresse, avoua Verity parce qu'elle ne voulait pas reparler de ce qui s'était passé le week-end précédent, même si elle pensait réellement que Johnny était un peu sans cœur et qu'il se berçait d'illusions de rester amoureux d'une femme aussi longtemps sans aucun espoir de délivrance.

Cependant, Verity n'était pas franchement en position de le juger.

— Nous avons tous les deux nos raisons de rester célibataires et d'avoir besoin d'une fausse moitié, dit-elle.

— Ça oui, acquiesça Johnny qui paraissait soulagé que Verity n'ait rien à ajouter concernant leurs défauts respectifs.

Ils avaient atteint le *Scarlett O'Hara*. Verity condescendit à laisser Johnny lui prendre la main vu qu'elle portait ses antiques mules Birkenstock, qui n'étaient pas très adaptées pour grimper à bord. Elle déverrouilla la porte et ils entrèrent.

— Je t'ai parlé de ma cabane en forme de bateau pirate dans les arbres ? demanda Johnny à Verity en jetant un coup d'œil à la cabine. Depuis, j'ai toujours rêvé de vivre sur un bateau.

— Une petite croisière ne me dérangerait pas, mais j'aurais du mal à me la couler douce toute l'année sur un bateau, déclara Verity du ton neutre qu'elle employait toujours lorsqu'elle plaisantait.

Johnny avait dû comprendre le jeu de mots, car il sourit.

La majeure partie de la cabine était occupée par une cuisine avec coin repas et salon, à laquelle venaient s'ajouter une petite chambre séparée et une salle de bains. L'endroit était habitable mais l'ensemble était décoré dans le style des années 1970, chic mais défraîchi : cuivre et acajou à perte de vue.

— Sean a hérité le bateau de son oncle qui y a vécu une quarantaine d'années, je crois. Apparemment, il y avait des nids de pigeons dans la salle des machines, expliqua Verity tandis que Johnny dégainait son téléphone.

Pour une fois, il n'avait à gérer aucun message urgent ni coup de fil : il désirait juste prendre des photos des aménagements intérieurs.

— On pourrait faire tant de choses ici ! s'exclama-t-il.

Ensuite, il se mit à évoquer un aménagement simple, épuré mais douillet, avec toutes sortes de moyens ingénieux pour gagner de la place.

— J'embauche deux étudiants stagiaires tous les ans, qui mènent à bien leur propre projet. Celui-ci serait parfait. Et leurs services seraient gratuits. Crois-tu qu'Emma et Sean seraient vexés si je proposais le *Scarlett O'Hara* ?

— « Vexés » ? Ils seraient ravis ! Emma te ferait probablement signer un contrat d'engagement juridique au dos d'un dessous-de-verre, répondit Verity qui savait que depuis qu'Emma avait décroché son diplôme d'avocate, cela lui était monté à la tête.

— Tout va bien ? s'enquit Johnny.

Il était accroupi en train d'examiner un placard installé au-dessous de la banquette d'angle quand il leva les yeux et s'aperçut que Verity oscillait légèrement en faisant la grimace.

— On dirait que tu vas chavirer, observa-t-il.

C'était une nuit calme, sans la moindre petite brise, mais Verity avait l'impression que le bateau tanguait comme au cours d'une tempête. Pas étonnant qu'elle ait l'estomac retourné.

— Je n'ai pas… le pied marin. Je pensais que ça irait sur une péniche à l'arrêt mais manifestement, ce n'est pas le cas. Il faut que je retrouve la terre ferme… euh, genre, tout de suite !

Verity pria en silence : *Mon Dieu, je vous en supplie, faites que je ne vomisse pas dans Regent's Canal ni ailleurs, en fait !* Johnny la fit sortir rapidement de la cabine et lui fit traverser le pont avant de la soulever littéralement pour la reposer sur la berge.

Elle s'effondra sur la marche en pierre, prit deux ou trois inspirations chevrotantes et attendit que son estomac cesse de bouillonner.

— Tu te sens mieux ? cria Johnny tout en verrouillant le bateau.

— Je crois, oui. On n'est pas trop faits pour les voyages, nous, les Love.

Les jumelles, Chatty et Immy, avaient le mal des transports dès qu'elles s'asseyaient trop à l'avant dans le bus.

Ils regagnèrent le pub pour rendre les clés, et faire part de la proposition de Johnny à Emma et Sean, proposition qui fut reçue avec une joie incommensurable. Verity songeait qu'ils devaient rester pour boire au moins un dernier verre, bien qu'elle commençât à faiblir – il y avait eu bien trop de stimulations sociales, et se retrouver à deux doigts de vomir avait tendance à lui faire cet effet-là – mais Johnny désigna le portail qui menait à la rue.

— Si tu en as assez, je te raccompagne, proposa-t-il.

Verity en avait effectivement assez. Elle en avait aussi ras-le-bol des petits sourires narquois de Merry chaque fois que celle-ci les regardait, Johnny et elle. Elles auraient une conversation à ce sujet-là aussi, un peu plus tard. Verity pinça sa sœur en représailles lorsque Merry lança : « Protégez-vous, hein ! » quand Johnny et Verity prirent congé.

— Que préfères-tu ? demanda Johnny une fois qu'ils furent sortis du *Rutland Arms*. Taxi, bus ou tu préfères marcher un peu ?

— Marcher, ça me fait toujours du bien, déclara Verity.

Et comme il était presque 22 heures, que Regent's Park était à présent fermé et qu'il valait mieux éviter Camden High Street le samedi soir, ils déambulèrent dans les petites ruelles.

Ils auraient certainement dû discuter de certaines choses, mais Verity ne savait pas vraiment par où commencer et Johnny ne semblait pas enclin à la conversation lui non plus tandis qu'ils traversaient Camden. Les rues étaient un peu moins chic, moins parfumées ; il y avait davantage de marchands de kebabs et d'épiceries de nuit, et plusieurs hordes de jeunes avinés qui titubaient vers eux.

Bien qu'elle ne soit pas du genre tactile, Verity fut soulagée lorsque Johnny lui offrit son bras. C'était un geste très galant, tout droit sorti d'une des romances Régence de Posy.

— J'adore marcher dans Londres la nuit. On remarque toutes sortes de détails que l'on manque quand les rues sont bondées, dit Johnny en désignant l'immeuble qu'ils venaient de dépasser, constitué d'une rangée de boutiques surmontées d'appartements. Tu vois la pierre, là-haut ? Elle indique l'année où le bâtiment a été érigé et qui en était le constructeur.

Johnny faisait revivre le Londres d'autrefois. Sur le mur d'une HLM impersonnelle, il montra à Verity une plaque commémorant Mary Wollstonecraft, écrivaine du XVIII^e^ siècle, féministe et mère de Mary Shelley, l'auteure de *Frankenstein*, qui avait vécu là. Lorsqu'ils traversèrent

Euston Road, il lui parla de l'arche d'Euston qui s'élevait à l'entrée de l'ancienne gare. Elle avait disparu depuis longtemps ; mais les parents de Johnny, qui étaient alors de tout jeunes architectes, avaient grimpé sur l'échafaudage qui entourait l'arche en compagnie d'un groupe d'amis avant sa démolition dans les années 1960 pour y accrocher une gigantesque banderole « Sauvez l'arche ! »

— Une campagne a lieu pour la reconstruire, surtout maintenant qu'on a retrouvé une grande partie de la pierre d'origine, expliqua Johnny. Mon père est fou de joie.

— Si jamais le bon pasteur et l'épouse de notre bon pasteur viennent me voir, il faudra que tu leur fasses la visite guidée, observa Verity avant de s'apercevoir qu'elle venait juste d'inviter Johnny à rencontrer ses parents.

Comme s'ils sortaient vraiment ensemble. Et même s'ils étaient réellement sortis ensemble, il était beaucoup, beaucoup trop tôt pour évoquer une éventuelle rencontre avec les parents. À l'instar du fait de coucher ensemble, il devait bien y avoir une norme concernant la rencontre avec les parents : trois mois de relation exclusive et un court séjour, par exemple.

— Avant que tu n'interprètes quoi que ce soit dans cette remarque parfaitement innocente, pour ta gouverne, je ne me fais pas d'idées, dit Verity.

— C'est bon à savoir, répliqua Johnny avec un sourire franc.

Puis son téléphone, qui était resté miraculeusement silencieux au cours des deux dernières heures, bipa impérieusement. Il le sortit de la poche arrière de son jean, consulta l'écran et son visage, si vivant et souriant même quand Verity avait suggéré qu'il fasse la connaissance de ses parents, se ferma et se crispa comme s'il s'efforçait de ne pas trahir ses émotions.

Ça ne regardait vraiment pas Verity ; sauf que s'ils poursuivaient leur arrangement, ce qui semblait être le cas, alors ça la concernait.

— C'est ton, euh, ton amie ? demanda-t-elle en essayant de paraître désinvolte, mais sa voix se brisa sur la dernière syllabe.

— Quoi ?

Johnny cligna des yeux et le charme fut rompu.

— Oui, dit-il.

— Alors, que pense-t-elle du fait que tu aies une fausse copine ?

À l'évidence, Verity avait passé trop de temps sur Skype avec ses sœurs récemment, car les questions personnelles et intimes étaient plutôt leur style.

— Ça la perturbe ? poursuivit-elle.

— Elle n'est pas franchement en position d'être perturbée, si ? Vu qu'elle-même est mariée, répondit tristement Johnny. De toute façon, nous sommes tous les deux convenus au début de l'été qu'il valait mieux se laisser un peu d'espace.

Verity n'était pas convaincue que téléphoner et envoyer des SMS tout le temps, surtout lorsque Johnny se trouvait en société, remplissait cette part du contrat, mais elle s'abstint de le mentionner. Après tout, sa devise dans l'existence vie était : « Qu'aurait fait Elizabeth Bennet ? » et non « Qu'aurait fait une de mes sœurs qui manquent considérablement de tact ? » Par conséquent, elle se contenta d'un :

— Oh, c'est vrai ?

— C'est l'idée. Je ne l'ai pas vue depuis des semaines. On devait se retrouver le soir où tu t'es pointée à ma table dans ce restau italien, en fait ; mais elle m'a posé un lapin. Non, je suis injuste. Elle a dit que nous avions besoin de prendre un peu de temps chacun de notre côté pour décider ce que nous voulions vraiment tous les deux, même si elle aurait pu me l'annoncer avant que je réserve une table pour deux et que je l'attende pendant presque une heure.

Verity ne pouvait s'empêcher de juger durement cette femme.

— Le fait que tu te sois fait poser un lapin a plutôt plaidé en ma faveur, j'imagine. (Elle lança un regard de biais à Johnny.) Même si tu aurais pu jouer le jeu et prétendre que tu étais Peter Hardy, ce qui nous aurait grandement facilité la vie à tous les deux.

— J'aurais pu, concéda Johnny. Mais alors, nous ne serions jamais devenus amis.

Verity se faisait rarement des amis uniquement grâce à ses propres mérites. Certes, Posy, Nina et Tom étaient ses amis, mais c'était la merveilleuse conséquence du fait de travailler ensemble, et ils étaient donc déjà avertis de ses marottes. Il y avait aussi les amis de ses sœurs, qui devenaient par défaut ceux de Verity – *liez-vous d'amitié avec une sœur Love et vous en avez une autre pour le même prix, comme un cadeau bonus à l'achat.* Encore une fois, le temps qu'elle devienne une amie à son tour, tous savaient dans quoi ils mettaient les pieds.

Ils longeaient Russel Square, à présent : *Au Bonheur des tendres* n'était plus qu'à cinq minutes de marche rapide.

— Mais sommes-nous vraiment amis, toi et moi ? se demanda Verity à voix haute. Je ne suis pas certaine de ce qu'on est, tous les deux, mais ce soir, si je me rappelle bien, c'était la première fois qu'aucun de mes proches ne m'a prise à part pour m'annoncer qu'il ou elle connaissait ce mec génial avec lequel il ou elle voulait me caser. Donc, je suppose que notre mensonge a ses avantages.

— Et comme tu es parvenue à ne pas te faire d'idées, je crois qu'on peut légitimement appeler ça un succès, déclara Johnny sans que Verity soit capable de déceler s'il plaisantait ou non. Sauf si tu es amoureuse de moi en secret, bien sûr.

— Nan, toujours pas, confirma-t-elle. Désolée de te décevoir.

— Je suis sûr que je vais m'en remettre, rétorqua Johnny en esquissant un sourire. Donc... Serait-ce un tel supplice si nous passions le reste de l'été à assister ensemble à diverses réceptions juste en tant qu'amis – parce que je te considère vraiment comme une amie à présent – et que nos proches croient que nous sortons ensemble ?

Verity réfléchit quelques instants. Elle était déjà allée à un brunch tournant et à une fête d'anniversaire qui avait nécessité une nuit sur place. Elle avait rencontré tout le monde. Elle avait affronté ses peurs, avait fait face à ses démons, et la Terre continuait de tourner.

— Ce n'est pas notre faute s'ils comprennent tout de travers, finit-elle par décider. Alors, ça ne compte pas vraiment pour un bobard.

— Oh, super ! dit Johnny d'un ton nonchalant. Parce qu'il y a un mariage le week-end prochain et quand Carlotta a appris que je fréquentais une fille, elle a insisté sur le fait que le plan de table n'était pas encore achevé et que je pouvais t'amener. (Johnny décocha un autre sourire insolent à Verity, comme s'il la défiait de se défiler.) J'ai bien essayé de lui dire « non », mais elle n'a rien voulu entendre.

Verity en fut un peu blessée. Était-ce la raison pour laquelle Johnny avait accepté aussi facilement de la rejoindre ce soir-là ? Parce qu'il avait besoin d'elle pour sa mission mariage du week-end suivant ? Mais elle ne pouvait pas avoir le beurre et l'argent du beurre. Elle avait évité Johnny toute la semaine, puis elle avait été bien contente qu'il n'ait rien d'autre à faire ce samedi soir pour servir de faire-valoir à sa propre solitude.

D'ailleurs, les amis se rendent service entre eux.

— Un « mariage » ? répéta-t-elle en s'efforçant de ne pas trop ressembler à la comtesse douairière de Grantham. Encore une nuit sur place ?

— C'est à Kensington, alors je pensais prendre un taxi pour rentrer, mais je suis certain qu'on peut trouver un hôtel dans le coin si tu tiens vraiment à y passer la nuit, répliqua Johnny d'un ton pince-sans-rire. Tu es partante, alors ?

Verity essaya vraiment de trouver une bonne raison de refuser, mais ni elle ni Elizabeth Bennet n'y parvinrent.

# Chapitre 13

## « C'EST UNE FEMME ÉGOÏSTE ET HYPOCRITE, QUE JE N'APPRÉCIE GUÈRE. »

Comme tout couple qui avait planifié son mariage un samedi de la mi-juillet aurait pu l'espérer, le jour se leva sous un soleil radieux et un ciel d'un bleu limpide, ce qui était de bon augure pour les photos de rigueur à la sortie de l'église.

Ce qui n'était pas d'aussi bon augure, en revanche, c'était que le mariage de Connie soit prévu à la fin du mois de septembre, une période où la météo pouvait être ensoleillée mais où il pouvait aussi tomber des cordes. Connie avait demandé au bon pasteur de passer un marché avec Dieu, mais Verity doutait que ça marche. Pas après toutes les fois où Connie avait délaissé Dieu ou avait blasphémé, comme l'expliquait Verity à Johnny tandis qu'ils se serraient dans un métro de la Central line – une manifestation de cyclisme avait lieu dans toute la ville et traverser Londres en taxi ne leur permettrait jamais d'arriver à temps. Ils étaient donc comprimés au milieu de tous les touristes et autres lécheurs de vitrine cramponnés aux sangles, qui leur lançaient de drôles de regards car Johnny était en queue-de-pie et gilet chic, avec une rose jaune à la boutonnière.

Lorsque Verity avait demandé quel était le code vestimentaire du mariage, Johnny n'avait pas répondu par un vague et typiquement masculin : « Oh, enfile juste une fringue sympa. » C'était un immense argument en sa faveur. Au lieu de ça, il avait déclaré :

— Je vais demander à une des filles.

Fidèle à sa parole, il était venu au rapport une heure plus tard pour informer Verity qu'elle devait porter « une tenue de cérémonie et quelque chose sur la tête. Pas obligatoirement un chapeau. »

Verity avait requis l'aide de Connie, qui ne lisait rien d'autre que des revues de mariage depuis six mois, ainsi que de Posy qui lui avait accordé le droit de farfouiller parmi toutes les robes que leur ancienne patronne, la regrettée Lavinia, avait amassées au cours des soixante-dix dernières années.

Verity arborait donc la tenue qui avait obtenu sa préférence : une robe des années 1950 à col bateau, manches courtes, jupe ample et cintrée à la taille, ornée de fleurs rouges, orange et rose pâle sur fond noir. C'était vraiment rassurant de porter un habit qu'avait autrefois revêtu Lavinia, un peu comme si, d'une certaine manière, celle-ci accompagnait Verity. Elle pouvait presque entendre sa voix lui chuchoter avec douceur : « Courage, ma chère », comme elle le faisait toujours lorsque Verity craquait au boulot.

Un bibi – un large bandeau de velours noir surmonté d'un voile en résille assorti – avait lui aussi été réquisitionné parmi les profondeurs de la penderie de Lavinia, et Verity portait aux pieds des escarpins à bout ouvert en daim noir qui promettaient de la torturer lentement pour le restant de la journée.

Quand Verity avait traversé la librairie ce matin-là, Nina avait émis un long sifflement et même Tom s'était figé avec le panini qui constituait son petit déjeuner habituel dans la main, ce qui devait être sa manière de reluquer une fille. Par la suite, Verity avait remonté Rochester Street d'un pas chancelant. Elle avait croisé Sebastian Thorndyke qui n'avait pas pris la peine de masquer sa surprise : ses yeux avaient failli lui sortir de la tête.

— Bon sang, qui aurait cru que la fille du pasteur pouvait se métamorphoser ainsi ? s'était-il exclamé.

Verity avait décidé qu'il valait mieux prendre ça comme un compliment. En réalité, c'était presque… agréable de se pomponner et de s'apercevoir que pour une fois, elle ressemblait à une version d'elle-même qu'elle n'avait entraperçue que dans ses rêves les plus fous ou les plus optimistes.

En arrivant avec Johnny à l'église de St Mary Abbots à Kensington, Verity n'eut pas l'impression de détonner ni de ressembler à une mocheté mal fagotée et mal à l'aise en société. Quiconque poserait le regard sur Johnny et la fille qu'il avait au bras – un contact autorisé à présent qu'ils se faisaient officiellement passer pour un couple – ne penserait pas qu'ils étaient affreusement mal assortis.

Ça allait être une belle journée, décida Verity de manière tout à fait inhabituelle en apercevant Wallis et en agitant la main dans sa direction. Ensuite, elle se tourna vers Johnny.

— Souviens-t'en, je risque la peine de mort si je ne récupère pas un exemplaire de chacun de ces objets : ordre de cérémonie, menu, marque-place.

Johnny s'arrêta près d'un banc du côté de l'allée alloué aux invités du futur marié et poussa Verity devant lui.

— Je ne suis pas expert en la matière, mais si ta sœur se marie en septembre, elle ne devrait pas avoir déjà commandé toutes les fournitures ? s'enquit-il.

— On pourrait le croire, hein ?

Johnny resta bouché bée, profondément choqué.

— Es-tu en train de me dire qu'elle n'a même pas encore envoyé les invitations ?

*Par où commencer ?* Verity leva les yeux au ciel.

— Elle a envoyé un mail pour que les gens réservent la date. Ensuite, Chatty – qui a un diplôme en art – devait dessiner les invitations, mais Connie est à la fois incroyablement tyrannique et incroyablement indécise. C'est un mélange exaspérant.

— Et son fiancé, que pense-t-il de tout ça ?

Alex avait déjà signalé à plus d'une occasion que ça ne le dérangerait pas de se pointer à l'église vêtu de son plus beau pantalon et de sa plus belle chemise avant de se replier dans le pub local.

— Il est convaincu que le secret d'une longue vie heureuse avec Connie, c'est de rester en dehors de tout ça, expliqua Verity.

Elle balaya la nef du regard.

— J'ai du mal à dire si c'est une sage décision ou une mauvaise, déclara Johnny.

Puis il sourit et lança un : « Bonjour ! » à une femme qui lui adressait de grands gestes frénétiques de la main, de l'autre côté de l'allée.

— Je ne sais absolument pas qui c'est, avoua-t-il. Oh ! Regarde ce chapeau, sur ta droite. On dirait que cette fille a une méduse couleur lilas posée sur la tête.

Ils passèrent dix minutes extrêmement productives à commenter l'étalage de chapeaux et à se demander si le témoin, dont le visage était rouge et luisant, allait ou pas s'évanouir, jusqu'à ce que l'orgue de l'église fasse soudain résonner une suite d'accords triomphale, manquant de provoquer une crise cardiaque à Verity. Ils se levèrent et se retournèrent au son de ce que tout un chacun nommait la « Marche nuptiale » – et que Verity appelait « le Chœur des fiançailles » de Richard Wagner–, qui accompagnait l'arrivée de la mariée. Celle-ci descendit l'allée au bras de son père radieux.

La future mariée (« Carlotta, père espagnol, mère anglaise, travaille pour le Centre national des arts ») était splendide dans sa robe sans bretelles en dentelle blanche, au corsage ajusté et à la jupe évasée, avec son voile en dentelle maintenu en place par un petit diadème. Le futur marié, Rich (qui était allé à Cambridge en même temps que Johnny et était négociant en vins) jeta un coup d'œil par-dessus son épaule à sa future épouse, chancela sur ses talons et écrasa une larme.

Verity était censée prendre des notes concernant les hymnes et le choix des lectures (un poème de Pablo Neruda et un récital émouvant de *We've Only Just Begun* par The Carpenters, lu par un ami acteur qui fit sangloter quelques invités).

En tant que fille de pasteur, Verity avait assisté à plus de mariages qu'Elizabeth Taylor et Cheryl Cole réunies ; elle n'en fut pas moins émue, de manière tout à fait inexplicable, par l'intimité de cet instant. Par Carlotta et Rich à la fois – deux étrangers à ses yeux – qui refoulaient leurs larmes en prononçant leurs vœux, les mains entrelacées. Verity fut bouleversée comme si c'était la première fois par la solennité, l'espoir, l'engagement qui résonnaient dans les mots qu'elle avait pourtant entendus à maintes reprises auparavant.

« De te garder et t'honorer
À partir de ce jour
Pour le meilleur et pour le pire,
Dans la richesse comme dans la pauvreté,
Dans la maladie comme dans la santé,
De t'aimer et de te chérir
Jusqu'à ce que la mort nous sépare. »

Ces paroles exprimaient quelque chose de beau ; quelque chose qui n'avait rien à voir avec le choix des couleurs de la fête ni celui des robes des demoiselles d'honneur.

Se marier, c'était s'engager à passer le restant de sa vie avec quelqu'un, essayer d'être la meilleure personne possible pour l'autre.

— Tiens, j'ai tout prévu, lui murmura Johnny à l'oreille en lui tendant un mouchoir. Ne t'inquiète pas. Il est propre. Mon père me disait toujours de prendre un mouchoir supplémentaire pour les mariages, en cas de larmes.

— Je ne pleure pas, chuchota Verity.

Elle cligna des paupières et cela suffit à déloger l'unique larme qui, manifestement, était suspendue aux cils de son œil gauche. Elle parvint à l'essuyer avant que celle-ci ne commette un quelconque dégât sur son maquillage.

— Oh, bon sang, je n'arrive pas à croire que je suis en train de pleurer au mariage de deux inconnus ! s'exclama-t-elle.

— Si ça peut te consoler, j'ai aussi apporté un mouchoir supplémentaire pour moi, déclara Johnny en se penchant encore un peu, si bien que Verity perçut son après-rasage frais et tonique à l'odeur exquise. Ne le dis à personne, mais je suis une vraie madeleine, moi aussi.

Verity le dévisagea. Pas avec ce que Posy désignait comme son « regard vide spécial Verity », mais avec un de ses proches cousins. Johnny lui fit un clin d'œil et le visage de Verity s'adoucit.

— Ton secret est bien gardé avec moi, dit-elle sans même tenter de cacher son sourire.

Johnny lui sourit à son tour et ils échangèrent un nouveau regard. Verity eut la sensation de faire l'expérience d'un autre moment privé, intime, entre elle et cet homme qui était, en quelque sorte, un ami.

— Je vous proclame mari et femme, déclara le pasteur en jubilant. Personne ne peut séparer ceux que Dieu a unis !

On prit ensuite les photos officielles à l'extérieur de l'église. Johnny fut appelé à la rescousse pour rameuter le troupeau et placer les gens. Verity fut heureuse de le regarder faire : il avait toujours le sourire et une plaisanterie aux lèvres. Il fit même un câlin aux deux plus jeunes garçons d'honneur qui s'étaient couverts de honte pendant la signature du registre : tandis qu'une femme entonnait *You Were Maint For Me* de *Singing in the Rain*, ils s'étaient roués de coups jusqu'à ce que la demoiselle d'honneur les sépare.

De temps à autre, Johnny jetait un coup d'œil pour s'assurer que Verity était toujours là où il l'avait laissée, c'est-à-dire adossée à un mur bien pratique pour soulager la pression de ses pieds déjà douloureux. Elle écrivit un SMS à Connie. Sa sœur aînée lui avait adressé sept messages de plus en plus désespérés quand son téléphone était éteint, pendant la cérémonie.

Les couleurs du mariage sont le vert menthe et l'argenté. Bouquet : plantes grasses vert pâle et roses blanches nouées avec un ruban argenté. Je t'envoie des photos. Cesse de me harceler. Biz. V

Elle venait d'envoyer son message à Connie avec, en pièces jointes, les photos des rubans ornant l'extrémité de chacun des bancs de l'église, celles des robes des demoiselles d'honneur et celles de l'ordre de cérémonie quand Johnny la rejoignit, un homme et une femme sur les talons.

— Verity ! Excuse-moi de t'avoir délaissée.

Jouer au berger rassemblant son troupeau avait dû être plus ardu que ça n'en avait l'air, car Johnny semblait fébrile. Deux taches rouges ornaient ses pommettes.

— Je voulais te présenter deux très vieux amis, poursuivit-il. Voici Harry et Marissa.

Very quitta aussitôt sa position avachie et se redressa comme si elle venait d'être convoquée chez le proviseur.

— N'insiste pas trop sur le « très vieux », dit l'homme à Johnny tout en s'avançant vers Verity.

Il était blond, moins grand que Johnny et très frêle, mais il y avait quelque chose chez lui qui attira l'œil et l'attention de Verity. À moins que ce ne soit la tension qui semblait faire crépiter l'air autour des deux hommes. Du moins, c'est ce que s'imaginait Verity.

— Enchanté de te rencontrer, Verity, commença Harry. Que diable fais-tu avec un voyou comme Johnny ?

— Je n'ai jamais rencontré de voyou aussi respectable, répliqua Verity d'une voix déterminée.

Elle s'y connaissait en voyous : tous les petits amis de Nina sans exception répondaient à ce critère. Et Johnny, même s'il était amoureux de l'épouse d'un autre, était loin d'en faire partie.

— D'ailleurs, nous ne faisons que passer du temps ensemble, n'est-ce pas ? ajouta-t-elle.

— Oui, confirma Johnny. Et voici Marissa, dit-il en désignant la femme qui se tenait derrière Harry. Elle mourait d'envie de te rencontrer.

L'air cessa de crépiter et sembla disparaître d'un seul coup, comme s'il avait été aspiré, qu'un énorme orage se préparait, que la pression montait et que toute l'atmosphère entrait en ébullition.

Devant Verity se tenait une minuscule blonde éthérée, la plus belle femme que Verity ait jamais vue. En fait, on aurait vraiment dit un ange avec ses grands yeux bleus, son minuscule nez retroussé et sa bouche couleur cerise aussi parfaite que celle d'une princesse de Walt Disney.

Pas besoin de faire un grand effort d'imagination pour se persuader que de minuscules animaux des bois l'aidaient à s'habiller chaque matin.

Éblouie par tant de beauté, Verity adressa un sourire timide à Marissa. Celle-ci ne le lui rendit pas. Elle jaugea Verity en la balayant du regard, terminant par ses pieds dont les orteils se recroquevillèrent nerveusement.

— Oh, ne faites pas attention à ce que dit Johnny, il exagère, déclara-t-elle sèchement à Verity qui ne parvenait pas à la regarder dans les yeux.

Elle jeta un coup d'œil à Johnny pour se rassurer, mais Harry et lui étaient en grande conversation et ne prêtaient pas garde aux deux femmes.

— Je me faisais la remarque que quel que soit l'endroit où je tournais le regard, la seule chose que je voyais, c'était ta robe. Ces fleurs sont extrêmement… vives, n'est-ce pas ? De qui est-elle ?

Verity ne possédait aucune tenue de couturier. Elle achetait ses robes dans de grandes enseignes ou des friperies, ses vêtements ne provenaient jamais de la minuscule boutique d'un styliste à la mode de Mayfair. Sauf cette robe-ci. Une fois de plus, Lavinia venait à sa rescousse.

— C'est une robe vintage, déclara Verity en essayant de prendre un ton désinvolte, comme si elle était tout à fait le genre de femme qui dégottait des trésors dans son *Oxfam* local. Elle appartenait à une amie très chère qui…

— Oh ! Une robe d'occasion ! Eh bien, elle n'en reste pas moins charmante, l'interrompit Marissa de son agréable voix pleine de modulations.

Maintenant, au lieu de se sentir fière de sa tenue et de son apparence, Verity avait l'impression de porter une robe aux couleurs tapageuses qui sentait probablement la naphtaline.

— En tout cas, je suis ravie de te rencontrer, Veronica.

— Je m'appelle Verity.

Celle-ci savait que sa poignée de main avait la mollesse d'un coureur amateur franchissant pour la première fois, clopin-clopant, la ligne d'arrivée d'un marathon, mais c'était exactement comme ça qu'elle se sentait. La poignée de main achevée, Marissa fit une grimace presque imperceptible en pliant et dépliant les doigts comme si la main de Verity avait été moite, ce qui, d'ailleurs, devait être le cas.

— Moi aussi, je suis ravie de te rencontrer, dit Verity.

— J'en suis certaine, répliqua Marissa dont le regard était fixé derrière Verity comme si elle cherchait désespérément une autre personne à qui parler. Oh ! Voici James et Emily. Harry, nous devons vraiment aller leur dire « bonjour » !

Et elle s'éloigna dans sa robe blanche immaculée, même si toute personne ayant un minimum de bonnes manières savait qu'on ne porte pas de blanc lors d'un mariage, à moins d'être la mariée.

— Je suppose que je ferais mieux de courir après mon boulet, marmonna Harry en suivant sa femme.

Il abandonna Johnny qui adressa un sourire contrit à Verity.

— Désolé, dit-il bien que ce ne soit pas sa faute si sa vieille amie Marissa était aussi désagréable.

— Elle est toujours comme…

— Je ne pensais pas que ça me prendrait une éternité de dénicher la mère de la mariée, poursuivit Johnny dont les excuses ne concernaient aucunement Marissa. Tu es restée toute seule longtemps ?

— Pas de souci. J'avais des tas de messages urgents de la part de Connie auxquels je devais répondre. Sincèrement, tout va bien, le rassura Verity.

Pourtant, elle était passée émotionnellement de l'état d'un coureur de marathon plus très frais à celui d'un ballon dégonflé, parce que les gens qui se montraient grossiers avec elle, surtout sans bonne raison, c'était l'équivalent d'un conflit. Or, Verity ne gérait pas très bien les conflits. En outre, ses pieds lui faisaient souffrir le martyre et elle vouait maintenant une haine féroce à sa tenue vestimentaire.

— Bien. Et au passage, je ne te l'ai pas dit avant, mais tu es superbe. Ta robe me rappelle un de ces tableaux de l'école hollandaise, déclara Johnny qui savait parfois exactement quoi dire au bon moment.

Verity sourit et son moral remonta en même temps que les coins de sa bouche.

— Moi aussi, ça me fait penser à ça ! s'exclama-t-elle.

Elle resta d'humeur enjouée pendant les quinze minutes de marche qu'il leur fallut pour longer Kensington High Street jusqu'au restaurant situé dans Holland Park, où avait lieu la réception. Ce fut un étrange cortège triomphal : les invités ainsi que la mariée, le marié et les demoiselles d'honneur se mêlaient aux touristes, accompagnés par des coups de Klaxon et des acclamations tandis qu'ils se rendaient vers leur destination d'un pas chancelant.

Verity fut cérémonieusement présentée aux deux garçons d'honneur qui s'étaient bagarrés : Rufus, le filleul de Johnny, et son petit frère Otto. Bien qu'elle affirme habituellement ne pas être douée avec les enfants, elle n'eut pas grand-chose d'autre à faire que de leur donner la main chaque fois qu'ils traversaient la chaussée, les écouter discourir avec maints détails sur *Doctor Who* et dire des choses comme : « Oh, c'est vrai ? » et « Je ne savais pas qu'on pouvait faire des trucs comme ça avec un tournevis sonique » à intervalles réguliers.

— Ils t'ont adorée, lui assura Johnny lorsqu'ils eurent enfin atteint le restaurant. Et pourtant, ces deux-là sont difficiles.

Johnny et elle se promenaient dans le jardin pendant qu'on prenait d'autres photos. Heureusement, des serveurs faisaient circuler des plateaux chargés de boissons.

— J'ai affronté pire, l'informa Verity tout en scrutant d'instinct la foule à la recherche d'une sylphide blonde en robe blanche.

Verity souhaitait maintenir autant de distance entre elle et Marissa que possible. Elle jeta même des coups d'œil dans les recoins en se rendant aux toilettes. Cependant, une fois parvenue à destination, elle ne songea plus qu'à soulager ses pieds meurtris de leurs instruments de torture. Elle enfila ses ballerines avant de foncer hors des toilettes et déboucha sur l'espace repoudrage de nez, où se tenait Marissa qui dissertait au milieu d'un petit groupe de femmes.

— Au final, nous sommes partis plus tôt que prévu. C'était bondé des gens les plus affreux. C'est officiel : la faune de banlieusards a totalement envahi Dubaï, disait-elle. Harry appelle ça « le Brooklyn du désert ».

Verity s'efforça de se faire aussi petite et discrète que possible en passant près de la petite troupe, mais elle fut arrêtée par une main sur son bras. La main appartenait à Elsa, que Verity avait rencontrée aux quarante ans de Lawrence.

— Bonjour, mon chou ! la salua chaleureusement Elsa en attirant Verity à l'intérieur de leur cercle. J'adore ta robe. Tu connais tout le monde ?

Verity ne connaissait aucune des autres femmes, excepté… Marissa, qui la dévisageait d'un regard vide, comme si elle ne l'avait jamais vue auparavant.

*Tout le monde n'a pas la mémoire des noms. Ni celle des visages*, songea Verity.

— Nous nous sommes rencontrées devant l'église, rappela-t-elle à Marissa dont le magnifique minois resta impassible. Je m'appelle Verity.

— Ah bon ? Je ne m'en souviens pas. Mais bon, ravie de te rencontrer, Vera.

Marissa se retourna vers le groupe avec un élégant mouvement d'épaules qui eut pour effet d'exclure totalement Verity du cercle.

— Bon, où en étais-je ? reprit-elle.

Tandis qu'elle quittait les toilettes, ce ne fut pas Elizabeth Bennet mais sa mère, Mrs Bennet, que cita Verity en grommelant furieusement entre ses dents :

— C'est une femme égoïste et hypocrite, que je n'apprécie guère.

Ce qui, quelque part, était un mensonge : l'aversion de Verity pour Marissa était bien plus forte que ça.

Johnny attendait Verity avec une autre coupe de champagne et l'informa qu'on leur avait demandé de prendre place à table.

— Et pas à la table des célibataires, dit-il en lui faisant traverser la piste de danse. Nous sommes à la table où on s'amuse bien, celle des couples sans enfants.

Verity n'était pas du genre à s'amuser à table, mais lorsqu'ils s'assirent, seules deux autres personnes étaient déjà installées, ce qui lui permit de se mettre dans l'ambiance en douceur. Jeremy et Martin, deux hommes aux traits superbement ciselés, se mariaient quelques semaines plus tard. Après toutes ces sessions Skype avec ses sœurs, Verity était devenue une experte en chemins de table, cotillons et autres aspects de l'organisation d'un mariage.

— Pourquoi des banderoles ? s'enquit Johnny qui essayait de suivre la conversation. Est-ce vraiment nécessaire ?

— C'est obligatoire si tu prévois un mariage dans le style campagnard, expliqua Jeremy. Est-ce que ta sœur a commandé des bocaux en verre ?

— Elle hésite encore, répondit Verity avec un soupir. En attendant, on accumule les tasses de thé vintage dénichées dans les brocantes, au cas où elle préférerait cette option.

La plupart de leurs compagnons de tablée arrivèrent – les joyeux couples sans enfants – et ce fut une effusion de : « Ravis de vous rencontrer » et de « Vous êtes un ami du marié ou de la mariée ? » tandis que les gens cherchaient leur nom sur les marque-places. Mais les deux derniers invités ne vinrent s'asseoir à côté de Verity que lorsque les serveurs apportèrent les hors-d'œuvre de noix de pétoncles poêlées entourées de pancetta sur une purée de petits pois.

*Harry et Marissa.*

— Tu as enfin été promu à la table des couples, Johnny ! lança Harry avec un sourire. Félicitations.

— Je le dois entièrement à ma douce Verity, déclara Johnny en passant un bras autour d'elle pour l'attirer vers lui et déposer un baiser sur sa joue.

C'était inattendu et extrêmement gênant de se retrouver pressée contre le flanc de Johnny. Elle pouvait sentir sa chaleur, ses muscles, et le parfum frais et épicé de son après-rasage. Mais il aurait été impoli de s'écarter de lui ; Verity resta donc figée jusqu'à ce que Johnny la libère.

— Je ne t'ai pas encore demandé comment était Dubaï ? dit-il à Harry.

— Chaud. Sablonneux. Marissa était ravie de l'excellente couverture du réseau, comme tu le sais.

Le ton de Harry était provocateur. Verity ne comprit pas pourquoi, une fois de plus, la tension crépitait entre les deux hommes, ce qui amena tous les autres convives à baisser les yeux sur leurs noix de pétoncles.

— Oh, Harry, ne sois pas si pénible ! s'exclama Marissa après une pause si longue que les ongles de Verity faillirent lui creuser des trous dans les paumes. Je suis très en colère contre toi, d'ailleurs, Johnny. Tu ne m'as même pas dit « bonjour », tu nous as juste conduits tambour battant auprès de ta jeune amie pour nous la présenter.

— Désolé pour mon manque de savoir-vivre. Bonjour, Marissa, dit Johnny d'un ton neutre en levant les yeux de son assiette pour regarder Marissa en face de lui.

Celle-ci arborait un sourire tendre, qui lui donnait l'air gracieuse et vulnérable.

— Tu vas bien ? lui demanda Johnny.

— Aussi bien que possible, répondit Marissa.

Bien qu'elle ait promis à Connie de prendre des photos des plats, Verity était paralysée par l'étrange atmosphère qui s'était instaurée autour d'eux.

Avec l'arrivée de Marissa et Harry, toute la gaieté et toute l'ambiance festive de leur tablée de fêtards s'étaient envolées. Elles avaient été remplacées par une discussion guindée sur la beauté des petites filles qui accompagnaient les demoiselles d'honneur, et un débat entre ceux qui avaient commandé le saumon et ceux qui avaient choisi le poulet.

Verity mourait d'envie de se lever, de marmonner qu'elle avait besoin de se repoudrer le nez et de disparaître pour ne plus jamais revenir. Elle songea même à taper subrepticement un SMS à Merry sous sa serviette de table pour que sa sœur l'appelle : Verity prétexterait alors une urgence requérant sa présence immédiate.

Au lieu de ça, elle resta assise, affligée, à jouer avec sa nourriture, jusqu'à ce qu'elle sente une main se poser sur sa cuisse. *Plus précisément, la main de Johnny. Pas dans un geste déplacé ni lubrique, mais réconfortant.* Il se pencha pour murmurer :

— Je suis désolé. J'ai l'impression que tu ne t'amuses pas. Est-ce que c'est vraiment horrible ?

— Un peu. Tout a l'air très tendu et je ne sais pas pourquoi, avoua Verity en s'inclinant encore plus près de Johnny pour laisser le serveur débarrasser son assiette.

Elle eut soudain envie de se rapprocher encore un peu plus pour poser la tête sur son épaule. C'était un désir sans précédent, mais très tentant.

Johnny balaya les mots de Verity d'un geste de la main.

— À mes yeux, tout se passe bien, répliqua-t-il. Je passe un excellent moment, mais je regrette que ce ne soit pas ton cas.

À peine eut-il prononcé ces paroles que Verity comprit comment avaient sonné ses propos. On aurait dit ceux d'une pleurnicharde rabat-joie. Elle se tortilla sur sa chaise pour faire face à Johnny, tournant ainsi le dos à Harry et Marissa. En levant les yeux vers son ami, elle s'aperçut qu'il fixait le regard sur quelque chose ou quelqu'un qui se trouvait derrière son épaule ; puis Johnny reporta son attention sur Verity. Il fronça les sourcils, et elle songea qu'il fallait vraiment qu'elle se ressaisisse.

— Je suis sûre que je vais bientôt recouvrer ma bonne humeur, assura-t-elle en s'emparant de son verre. Il y a tellement de trucs sympas, ici. Champagne à volonté, le dessert qui arrive, des tas de sources d'inspiration pour le mariage… oh, ça me rappelle qu'on doit prendre des photos de la table d'honneur !

Johnny la récompensa d'un sourire. Un de ses sourires radieux qui faisaient toujours sourire Verity à son tour.

— Comment est l'appareil photo de ton téléphone ? demanda-t-il. Tu peux zoomer d'ici ? Ou vaut-il mieux se lever et s'avancer l'air de rien ?

Au final, ils zoomèrent avec l'appareil photo du portable de Johnny parce que celui-ci disposait de davantage de pixels – même si Verity n'avait jamais bien compris à quoi servait un pixel. Johnny lui envoya les clichés. Pendant tout ce temps, Verity ne put s'empêcher de remarquer les yeux plissés de Marissa et le regard scrutateur de Harry.

Quelqu'un fit tinter son couteau contre un verre et toussa dans un micro, et le père de la mariée se leva pour prononcer le premier discours.

À leur table, tout le monde poussa un soupir de soulagement et sourit à la première blague franchement prévisible sur le fait de « perdre une fille, mais gagner un fils dont les parents ont une maison de vacances à Sainte-Lucie ».

Johnny disposa sa chaise plus près de Verity pour pouvoir voir la table d'honneur, ce qui leur permit de partager quelques regards entendus. Il fit même mine de s'arracher les cheveux pour la faire rire durant le discours du témoin qui dura vingt longues minutes. À deux ou trois reprises, elle sentit l'attention de Johnny s'égarer de nouveau, comme si son esprit se trouvait très, très loin ; il n'avait pas les yeux sur le marié qui chantait les louanges de son épouse radieuse, mais il les fixait sur quelque chose derrière l'épaule de Verity. La pièce était pleine d'amis à lui et de ses camarades de Cambridge ; peut-être scrutait-il la foule à la recherche de visages connus ? Peut-être l'un de ces visages appartenait-il à cette autre femme, l'amour de sa vie ? À cette pensée, le cœur de Verity se mit à battre plus vite.

— Ça va ? s'enquit Johnny.

Elle avait dû sursauter.

— Oh, regarde ! On apporte le dessert.

Et c'était vrai – une sélection de tartes miniatures : au citron, à la fraise et au caramel au beurre salé – puis les jeunes mariés s'emparèrent de la piste pour leur première danse sur *Someone To Watch Over Me* de Cole Porter. Verity prit quelques minutes pour répondre à Connie qui exigeait un compte-rendu.

Mariage ultra-chic, ultra-élégant, ultra-cher. Désolée de gâcher ta joie, mais aucune d'entre nous n'est chic ni élégante. En plus, tu imagines la tête de grand-tante Hélène si tu lui sers des noix de pétoncles sur une purée de petits pois à la menthe ? 😱

Verity venait de cliquer sur « Envoyer » et essayait de capter le regard du serveur qui brandissait une cafetière lorsque Harry demanda :

— Alors, Johnny, tu as l'intention de monopoliser la superbe Verity toute la soirée ?

Johnny se crispa.

— Je l'ai gardée pour moi, c'est vrai, répondit-il. Je ne vous ai même pas présentés correctement tout à l'heure. Very, Harry et moi étions à l'école ensemble.

— C'est vrai ? Existe-t-il quelqu'un avec qui tu ne sois pas allé à l'école ? interrogea Verity, car le champagne lui avait calmé les nerfs.

De plus, on aurait vraiment dit que Johnny était allé à l'école avec presque tous les mâles trentenaires de Londres.

— J'étais boursier, je vivais dans les quartiers pauvres, expliqua Harry en souriant. Johnny m'a pris sous son aile dès le premier jour, avant que quiconque ait pu me fourrer la tête dans les toilettes parce que j'étais un péquenaud.

Va savoir pourquoi, en dépit de tout, nous sommes restés amis depuis.

— Ils sont même allés à Cambridge ensemble. C'est là que je les ai rencontrés et que j'ai brisé leur amitié fraternelle, n'est-ce pas ? dit Marissa en faisant battre les cils de ses grands yeux bleus. Je m'en sens encore coupable.

Johnny esquissa un vague sourire.

— Tu sais que tout est oublié, Rissa. Impossible de rester longtemps en colère contre toi.

Verity n'était pas entièrement sûre d'être d'accord, mais Marissa gagnait peut-être à être connue. À moins qu'elle ne fasse simplement partie de ces femmes qui préfèrent la compagnie des hommes. En tout cas, elle préférait sans aucun doute celle de son mari, car elle battit des cils avant de se blottir contre lui comme un chat en demande d'attention. Harry déposa un baiser au sommet de son crâne avant de lever son verre à l'intention de Verity.

— Bon, on partage nos récits de vie, Verity ? proposa-t-il.

Verity ne put s'empêcher de se prendre de sympathie pour Harry. Il avait grandi dans une cité d'Islington, avait été le premier membre de sa famille à obtenir son bac, sans parler de ses autres diplômes. Après Cambridge, il avait travaillé en tant que courtier à la City et possédait à présent sa propre société d'investissement. Verity admirait toujours les gens qui avaient réussi grâce à leur dynamisme et leur détermination. Et à l'instar de Verity, Harry ne cadrait pas parfaitement dans le décor ultra-recherché de cette réception de mariage chic à Holland Parc ; sauf qu'avec lui, ne pas cadrer semblait être une vertu. Si Marissa était incontestablement une Caroline Bingley, Harry, qui posait des questions à Verity avant d'écouter attentivement ses réponses, lui rappelait Mr Gardiner, l'oncle bienveillant des sœurs Bennet qui avait réussi par ses propres moyens.

À l'inverse, Marissa était déterminée à faire douter Verity de tous ses choix de vie sans exception. Depuis le fait d'être l'une des cinq filles d'un pasteur et d'avoir grandi à Grimsby jusqu'à celui de travailler dans une librairie spécialisée dans la littérature sentimentale et de posséder un chat ayant des problèmes territoriaux. Chaque révélation que Harry soutirait à Verity était accueillie par un haussement de l'un des sourcils parfaitement dessinés de Marissa et un sourire narquois qui rendait sa jolie bouche moqueuse.

Johnny avait posé un bras sur le dossier de la chaise de Verity et sa main effleurait son épaule, comme s'il revendiquait ses droits sur elle. Il ordonna même à Harry de la laisser tranquille lorsque ce dernier lui demanda, avec un clin d'œil théâtral, son opinion sur les relations sexuelles hors mariage, « comme tu es la fille d'un pasteur et tout ça ». Mais Johnny finit par cesser d'effleurer l'épaule de Verity et ôter son bras du dossier. Ensuite, lorsque le couple voisin de Marissa se leva pour aller saluer des amis, il alla s'asseoir à côté d'elle.

Verity ne parvenait pas à comprendre ce qu'ils se disaient car les musiciens enchaînaient les tubes de la Motown hyper fort, mais elle vit parfaitement la réaction de Marissa aux paroles de Johnny. La créature méprisante au regard vide avait disparu pour céder la place à sa jumelle aux yeux de biche qui se mordillait la lèvre inférieure et dévisageait avidement Johnny comme si son seul souhait était de l'admirer ainsi pour le restant de ses jours.

*Et Johnny ?* Il avait les yeux plongés dans les siens. Il déglutit une fois, comme s'il avait un nœud dans la gorge. Il détourna le regard. Contempla de nouveau Marissa, et ils échangèrent un sourire. Un sourire secret, triste et c'est à ce moment-là que Verity comprit. Elle eut l'impression de se faire heurter par un semi-remorque et fut stupéfaite de ne pas être catapultée à l'autre bout de la salle ; mais elle resta là, figée sur sa chaise, cramponnée à son siège, incapable de bouger.

# Chapitre 14

« IL Y A PEU DE GENS QUE J'AIME RÉELLEMENT, ET ENCORE MOINS DONT JE PENSE DU BIEN. »

C'était Marissa. Marissa était l'autre femme. Celle dont Johnny était amoureux. Celle avec qui il ne pouvait pas être pour la raison très simple mais aussi très compliquée qu'elle était l'épouse de son vieil ami d'enfance.

Et pourtant, Marissa donnait toutes les apparences d'une femme follement amoureuse, elle aussi – et pas de son mari. Pas étonnant que Johnny ne parvienne pas à cesser de l'aimer quand Marissa le regardait comme un dieu.

— … et ma grand-mère, que Dieu la bénisse, lit une romance par jour et trouve encore le temps de nettoyer sa maison de fond en comble, dit Harry, obligeant Verity à reporter son attention sur lui. Elle aime plus particulièrement les sagas.

— Oh, n'est-ce pas le cas de tout le monde ? Tu devrais l'amener à la librairie, suggéra Verity d'un air distrait. Il y a également un salon de thé. Excellents gâteaux. À ce propos, il faut vraiment que je prenne une photo de ce dessert pour ma sœur. Tu veux bien m'excuser ?

Ce n'était pas la sortie la plus adroite, mais Verity s'en moquait. Elle prit deux clichés du gâteau, une pièce montée de trois étages d'un blanc immaculé décorée d'une superbe vigne grimpante, puis elle fila sur la petite terrasse où ils avaient bu un verre auparavant.

Celle-ci était à présent déserte, à l'exception d'un couple de fumeurs rebelles. Verity s'assit sur un banc et inspira profondément pour se calmer. Que ferait Elizabeth Bennet à sa place ? Elle demanderait conseil à sa sœur Jane. Sans aucun doute.

Ah, comme Verity aurait eu besoin des sages conseils d'une Jane Bennet ! Mais Merry allait devoir faire l'affaire.

La situation était si grave que Merry écouta le résumé de Verity presque sans faire de commentaires.

— Tu crois que je peux partir ? interrogea Verity une fois qu'elle eut terminé de décrire son illumination concernant la vie amoureuse de Johnny. J'ai pris mon sac avec moi. Je pourrais traverser le parc en courant et prendre le métro avant qu'on remarque mon absence.

— Very, c'est hors de question. Tu assistes à un mariage chic à Londres. Ton cul sur une chaise coûte probablement une centaine de livres aux mariés.

— Je pourrais les rembourser par Paypal, argumenta Verity, un peu désespérée. C'est juste que cette situation est insupportable. Je suis en compagnie d'un homme qui a envie d'être avec une autre femme…

— Ouais, mais tu savais quel marché tu passais avec lui, fit remarquer Merry.

Elle se montrait extrêmement calme et responsable face à la situation fâcheuse dans laquelle se trouvait sa sœur, ce qui ne réconfortait pas Verity comme ça l'aurait dû.

— De toute façon, cette fille a l'air infâme, ajouta Merry.

— Je confirme ! Elle l'est. Si je reste plus longtemps, je vais finir par ne plus apprécier Johnny parce que franchement, comment puis-je apprécier un garçon qui a aussi mauvais goût en matière de femmes ?

— Ça me fait beaucoup de bien de constater que tu as toi aussi de vilaines pensées, comme nous tous, jubila Merry avant de redevenir plus sérieuse. Enfin, si tu veux vraiment mon avis…

— Oh, oui !

— Il va juste falloir que tu te soûles, Very.

Merry avait parlé d'un ton résolu. L'alcool était sa réponse à tout.

— Personne ne peut traverser ce que tu traverses en restant sobre, insista-t-elle.

Et donc, Verity se soûla. Pas assez pour perdre toute inhibition, parce qu'il n'existait pas assez d'alcool sur terre pour ça, mais assez pour se laisser entraîner parmi le petit groupe de femmes qui dansaient en faisant tournoyer leur pochette sur *Islands in the Stream*.

Verity essayait de tourner le dos à la table où Marissa et Johnny étaient encore en grande conversation. Ils étaient les deux derniers installés là, tous les autres s'étant dispersés pour danser ou rôder aux alentours du buffet de fromages que l'on était en train d'installer. Johnny et Marissa étaient assis assez près l'un de l'autre pour que leurs genoux se touchent et ils étaient penchés l'un vers l'autre.

Verity ne les observait pas particulièrement, mais Wallis ne cessait pas de lui prendre les mains pour la faire virevolter et il était donc très difficile de ne pas assister au tête-à-tête de Johnny et Marissa sous tous les angles possibles.

Ce fut un réel soulagement lorsque la musique changea pour un morceau un peu plus lent et que Harry tapota l'épaule de Verity.

— Tu crois que Johnny m'en voudra de lui voler une danse ? s'enquit-il.

— Je crois que je suis épuisée, répondit Verity.

Danser au milieu d'un troupeau de femmes, c'était une chose ; danser avec une autre personne, un homme qu'elle connaissait à peine, c'était comme demander à Verity si elle avait envie de marcher pieds nus sur des charbons ardents. Elle tenta de sourire mais n'y parvint pas vraiment.

— En fait, j'allais me chercher à boire, ajouta-t-elle. Danser sur du Beyoncé, ça donne soif.

— Je vois ce que tu veux dire. Je meurs toujours de soif après avoir exécuté la chorégraphie de *Single Ladies*, répondit Harry avec un sourire.

Verity sourit à son tour et laissa Harry l'éloigner de la piste de danse. Ils se dirigèrent vers le bar.

Ce n'était probablement pas une bonne idée de continuer à se siffler du champagne comme s'il s'agissait d'un simple mousseux. Verity opta donc pour un soda au gingembre avec un tas de glaçons, et Harry et elle se hissèrent sur des tabourets pour avoir une vue d'ensemble sur la pièce.

Tous les clichés étaient présents. Les mauvais danseurs. Les bambins gavés de sucre qui veillaient bien plus tard que leur heure de coucher habituelle et couraient dans tous les sens en criant. Les femmes qui ôtaient leurs talons et retrouvaient d'anciens amis. *Et Johnny et Marissa.*

Ils étaient seuls tous les deux, plongés dans leur conversation, et n'avaient d'yeux que l'un pour l'autre, comme si personne d'autre n'existait dans la pièce.

*Quel foutoir.* Verity poussa un soupir exactement au même moment que Harry. Elle se tourna vers lui, surprise. Était-il au courant ? Oh, mon Dieu, devait-elle l'informer ? Toutefois, ce qui se passait entre Johnny et Marissa était une évidence pour quiconque avait des yeux.

— Je serais toi, je ne me ferais pas de souci pour ça, dit soudain Harry. (Il désigna sa femme et son meilleur ami.) C'est toujours comme ça.

— « Toujours » ? ne put s'empêcher de répéter Verity, complètement dépassée par les événements.

— J'ai bien peur que oui. Ils ont tous les deux un peu trop bu, et ils soupirent l'un pour l'autre comme Roméo et Juliette. Rien de grave. Sincèrement.

Ce que beaucoup de gens semblaient oublier, c'était que Roméo et Juliette mouraient tous les deux à la fin. Verity se retrouvait de nouveau en proie aux affres de l'indécision, car elle ignorait ce que Harry savait exactement. Était-il au courant des coups de fil, des SMS incessants, par exemple ?

— Tu crois vraiment que ce n'est rien ? s'enquit-elle.

— Rien, sinon beaucoup de SMS et de brassage d'air, la plupart du temps, déclara Harry, ce qui répondit à certaines des préoccupations immédiates de Verity. Ne laisse pas cette histoire t'éloigner de Johnny. Quand il n'est pas en train de se languir de mon épouse, c'est un chouette type. Un des meilleurs. Alors, si les choses devenaient sérieuses entre vous deux… C'est sérieux ?

Harry paraissait plein d'espoir.

Verity détestait jouer les messagers de malheur.

— Nous ne sommes qu'amis, expliqua-t-elle. Des amis qui se voient de temps en temps.

Elle pointa l'index et le majeur vers ses yeux, puis vers Johnny. Elle avait vraiment trop bu.

— Des amis qui se voient, c'est tout, insista-t-elle.

— Quel dommage, dit Harry d'une voix accablée, comme s'il avait espéré que Verity soit la solution à tous ses malheurs conjugaux. Il mérite vraiment de rencontrer une femme qui le rende heureux.

Une fois de plus, ils jetèrent un coup d'œil à la table où Johnny avait à présent l'air d'implorer Marissa. Il avait écarté les mains en signe de supplication et semblait lui parler d'un ton insistant tandis qu'elle secouait la tête.

— Alors que ces deux-là ne se rendraient pas heureux, poursuivit Harry. Pas même une journée. Ça n'a jamais été le cas, même à l'époque où ils sortaient ensemble.

Harry changea de position de manière à ne pas être obligé de contempler la source de ses frustrations. Verity ne fut que trop heureuse de se retourner, elle aussi : elle n'aurait pas supporté une seconde de plus d'observer le moment d'intimité que partageaient Johnny et Marissa.

— Pourquoi tolères-tu ça ? demanda-t-elle à Harry.

Ce dernier ne paraissait en effet pas du tout du genre à tolérer les SMS, les soupirs amoureux ni le fait qu'un autre homme soit épris de sa femme.

— Parce que je l'aime, répondit aussitôt Harry comme s'il n'avait même pas besoin d'y réfléchir. Et crois-le ou pas, Marissa m'aime aussi. Écoute, es-tu certaine qu'entre Johnny et toi, ça ne pourrait pas aller plus loin ?

— Je te l'ai déjà dit…, répondit Verity en secouant la tête. Ce n'est pas ce genre de relation.

— Comment serait-ce possible, alors qu'il est convaincu d'être encore amoureux de Marissa ? (Harry lança un coup d'œil désespéré à leur table.) Il faut dire qu'elle l'encourage, ce pauvre con. Elle adore être l'objet de son attention ; le côté mélodramatique, je ne suis pas très doué pour ça, alors Rissa doit aller chercher ailleurs, là où elle peut, mais elle se sent coupable. Et moi aussi. Je me suis détesté pour ce que nous avions fait à Johnny. C'est pour ça que je n'ai jamais mis le holà. Que je ne l'ai jamais arrêté, lui…

Verity se plaqua les mains sur les oreilles.

— Je n'ai pas besoin d'entendre ça, glapit-elle. Ça ne me concerne pas.

Enfin, bon, ça la concernait tout de même un peu.

— Quand tu dis que tu te sens coupable…, reprit-elle.

Il était difficile de réfléchir après autant de champagne et toutes les émotions qui lui embrumaient le cerveau. Qu'avait donc dit Johnny au sujet du mari de son grand amour ? Qu'il avait été un pansement.

— Parce que tu as raflé sa petite amie et que tu… quand ils étaient…

— C'est moi, le salaud qui a piqué la copine de son meilleur ami, juste après la mort de sa mère, en plus, pour ajouter à sa souffrance, déclara Harry avant d'esquisser un sourire ironique. Ça sonne toujours aussi horriblement quand je suis obligé de le formuler à voix haute, mais à ma décharge, ça ne s'est pas exactement passé comme ça.

— Ça y ressemblait quand même beaucoup, décréta Johnny juste derrière Verity.

Celle-ci sursauta, et elle sursauta à nouveau quand Johnny posa une main sur sa taille alors qu'il n'y avait aucune nécessité de jouer les amoureux à ce moment précis.

— Vous aviez rompu ! Et ce n'était pas comme toutes les autres fois où vous l'aviez fait. Tu avais quitté le pays, répliqua Harry sans aucune animosité mais avec une infinie lassitude, comme s'ils avaient emprunté ce chemin un nombre incalculable de fois.

— Oui, car, comme tu viens de le mentionner, ma mère venait de mourir, rétorqua Johnny avec hargne.

On aurait dit qu'à l'inverse de Harry, il n'avait toujours pas digéré le fait que son meilleur ami avait épousé sa copine derrière son dos, même si l'événement remontait à des années.

— Je ne vais pas m'excuser d'avoir osé passer vingt minutes à discuter avec Rissa, poursuivit-il. Nous partageons une amitié, une relation qui remonte à des années et qui n'a rien à voir avec toi, Harry. Elle n'est pas ta propriété.

— Tout à fait, approuva Harry dont la lassitude avait disparu et qui commençait à bouillonner.

Verity le voyait à l'éclat de ses yeux, à la crispation de ses mâchoires.

— Marissa est une femme libre, renchérit-il. Elle fait ce qu'elle désire, et pourtant, après tout ce temps, la seule chose qu'elle ne désire pas, c'est toi, mon pote. Marrant, hein ?

Verity avait la désagréable impression d'être invisible.

— On peut te faire confiance pour réduire les choses à leur plus bas dénominateur commun, répliqua Johnny.

Verity n'avait jamais entendu ce ton acerbe chez lui auparavant, et elle ne l'appréciait pas beaucoup.

— Tout ne se résume pas au sex…, poursuivit-il.

— Ça suffit ! intervint Verity sèchement. Ça suffit, tous les deux. Toi ! lança-t-elle en désignant Harry. Va retrouver ta femme et toi…

Elle se tortilla pour se libérer de l'emprise de Johnny, puis gigota de nouveau pour pivoter sur son tabouret et lui faire face. Il était tout rouge.

— Toi, tu restes ici avec moi.

Harry feignit de se mettre au garde-à-vous avant de s'éloigner en se pavanant. Johnny, au moins, eut la grâce d'avoir l'air totalement décontenancé.

— Tu ne peux même pas entrevoir la complexité de tout ça, décréta-t-il d'un ton las. Alors, inutile de me faire la leçon sur mes mauvaises manières. Tu ne peux rien dire que je n'aie pas déjà entendu, en général par le biais de ma propre conscience.

— Je ne te ferai pas la leçon, promit Verity.

De toute façon, par où aurait-elle bien pu commencer ?

— Mais j'aimerais comprendre, ajouta-t-elle. S'il te plaît.

Johnny la dévisagea longuement d'un regard dur. Elle dut passer l'examen, car il finit par hocher la tête.

— Très bien, dans ce cas, dit-il avant de s'asseoir sur le tabouret que Harry venait de libérer. Si tu es installée confortablement, je vais t'expliquer.

Un jour, il y avait dix-sept ans de ça, Johnny avait rencontré Marissa, au cours de sa première journée à Cambridge. Les bras chargés de cartons, il gravissait l'escalier étroit et tortueux de l'un des bâtiments universitaires tandis que Marissa le descendait. Ils étaient entrés en collision. Les cartons de Johnny ainsi que leur contenu s'étaient dispersés et, alors qu'ils se penchaient tous les deux pour ramasser un exemplaire de l'*Histoire universelle de l'architecture*, ils s'étaient cogné la tête et avaient vu des étoiles.

Un coup de foudre, selon Johnny, exactement comme son père et sa mère le premier jour de leur arrivée à Cambridge. Aux yeux de Verity, toutefois, ce qu'avaient expérimenté Johnny et Marissa ressemblait plus à une légère commotion cérébrale qu'à la décharge électrique de l'amour.

Les trois années suivantes à Cambridge n'avaient été qu'une suite de clichés de l'amour fou : promenades en barque sur la Cam, balades à vélo, minuscule appartement surplombant la rivière, week-ends à Londres avec les parents de Johnny qui adoraient tous les deux Marissa, le tout interrompu par de féroces disputes qui les amenaient régulièrement à rompre, avant de s'apercevoir qu'ils ne pouvaient pas vivre l'un sans l'autre et donc à se remettre ensemble rapidement.

— Parce que l'amour n'est pas un long fleuve tranquille. Dans la réalité, c'est compliqué et douloureux, expliqua Johnny.

En fait, il avait bien plus de points communs avec Nina que ce que s'était imaginé Verity : elle aussi était une grande adepte des scènes où on brisait la porcelaine et des réconciliations sur l'oreiller.

Lorsqu'ils avaient obtenu leurs diplômes à Cambridge, il restait encore quatre ans d'études à Johnny avant de devenir architecte. Marissa et lui emménagèrent dans un autre minuscule appartement, cette fois à Ladbroke Grove, où l'amour fou continua, parsemé de disputes, de séparations et de retrouvailles.

Durant tout ce temps, Harry était présent lui aussi. Se satisfaisant de tenir la chandelle ou, quand il sortait lui aussi avec une fille, de former un second couple. Mais ses aventures ne duraient jamais longtemps et chaque fois que Johnny et Marissa rompaient, Harry reprochait à son ami d'être un vrai crétin et le prévenait que s'il ne recouvrait pas rapidement la raison, un autre homme risquait de lui ravir Marissa.

Puis, au cours de la dernière année de son troisième cycle, on avait diagnostiqué un cancer du sein de stade trois chez la mère de Johnny, Lucinda. Le cancer était passé au stade quatre de façon fulgurante. Johnny était prêt à tout laisser tomber : son travail, ses examens, mais sa mère ne voulait pas en entendre parler.

— Marissa a été un ange, se souvint Johnny d'une voix rauque comme s'il était encore douloureux pour lui de parler de tout ça. Elle venait souvent s'asseoir avec ma mère pendant sa chimiothérapie et plus tard, quand maman a arrêté le traitement et est rentrée à la maison, Marissa passait le soir. Ma mère, et mon père aussi, ça leur plaisait que Marissa et moi soyons tombés amoureux de la même manière qu'eux, et au même endroit, en plus.

— C'est vrai que c'est romantique, ces similitudes…, murmura Verity, qui le pensait réellement.

— Je lui ai demandé de m'épouser, tu sais, avoua Johnny, les bras croisés, la tête rejetée en arrière comme s'il était en train de se confesser aux étoiles en fibre optique qui scintillaient au-dessus d'eux sur un velours noir. Elle a accepté, alors au moins, ma mère a su avant de mourir qu'elle n'avait pas à s'inquiéter à ce sujet. J'avais trouvé une femme que j'aimais et qui m'aimait en retour. Elle a au moins eu ça.

— Je suis désolée, murmura Verity.

Elle tendit une main et enroula ses doigts autour du poignet rigide de Johnny. C'était une tentative de réconfort dérisoire, mais elle ne savait pas quoi faire d'autre, ni quoi dire.

— Ce n'est pas ta faute, Very, répondit-il en la regardant avec un petit sourire triste. Ce qui s'est passé ensuite était entièrement la mienne. Marissa voulait se marier tout de suite, elle affirmait que c'était ce que ma mère aurait voulu, mais c'était trop tôt. Mon père était dévasté, il souffrait tellement. Ça ne me paraissait pas sain de sauter sur le bonheur et de nier la tristesse que nous ressentions tous. Nous nous sommes disputés. Ça marchait comme ça, entre Marissa et moi. On se disputait. On se réconciliait. Mais la perdre elle, en plus de tout le reste, et rester à Londres…

Il secoua la tête avant de poursuivre :

— Il y avait des souvenirs de ma mère partout, et mon père et moi avions besoin de prendre un peu de temps, de nous éloigner de tout ça. Ça se passait environ un an après l'ouragan Katrina et nous avons décidé de partir pour La Nouvelle-Orléans pour offrir nos services aux gens qui avaient vraiment tout perdu. Construire des logements et faire une bonne action. Et pendant que j'étais parti…

(Johnny secoua de nouveau la tête.) Eh bien, tu peux remplir les blancs toute seule.

Chose parfaitement impossible pour Verity, parce que Harry affirmait que Marissa et lui n'avaient pas été capables de résister lorsqu'ils étaient tombés fous amoureux l'un de l'autre. Alors que Johnny croyait que Marissa avait épousé Harry dans un accès de dépit et que son amour pour lui n'avait pas changé, qu'il était toujours aussi intact, absolu. La vérité résidait probablement quelque part entre les deux, et ne pourrait être découverte qu'auprès de la personne qui se trouvait au centre de tout cela : Marissa, à qui il faudrait demander son impression sur le vif. Ce qui n'arriverait jamais, pas au cours de cette vie-là en tout cas. En outre, même si elle ne connaissait Marissa que depuis quelques heures, Verity avait la certitude que le témoignage de cette fille ne serait pas fiable.

À moins qu'elle n'ait mal jugé Marissa. Celle-ci était peut-être une personne merveilleuse, et d'ailleurs, elle ne savait pas que Verity était une fausse petite amie. Si l'homme qui avait été amoureux de vous au cours des dix-sept dernières années s'amenait soudain avec une minette accrochée à ses basques, ça devait forcément faire un choc. Cela faisait si longtemps que Johnny était amoureux de Marissa qu'il devait avoir une bonne raison pour ça, et cette raison ne pouvait pas résider dans le fait que Marissa était une monstrueuse peau de vache.

— Je suis désolée, répéta Verity.

Ces deux mots étaient tout ce qu'elle pouvait dire.

— J'ai essayé de ne plus être amoureux de Marissa, avoua Johnny. Je suis sorti avec quelqu'un, il y a quelques années, une autre architecte. Je commençais même à songer qu'on pouvait arriver à quelque chose, tous les deux, mais je me berçais d'illusions. Quand mon père est tombé amoureux de ma mère, ça a été terminé. Son cœur était pris. Il n'a jamais regardé d'autre femme. Il n'en a pas envie, car aucune ne lui arriverait à la cheville. Et je suis bien le fils de mon père ; je suis tombé amoureux de Marissa il y a toutes ces années et aucune autre femme ne peut prendre sa place.

Verity aurait aimé dire tellement de choses à Johnny ! Mais en tant que fausse petite amie et observatrice temporaire, ce n'était pas son rôle. Elle déclara donc simplement :

— On dirait qu'ils vont couper le gâteau.

En suivant Johnny pour regagner leur table, elle vit ses épaules s'affaisser et sa tête se baisser, et tout ce qu'elle pensa fut : *Quel gâchis pour un homme aussi formidable.*

# Chapitre 15

## « Rares sont celles parmi nous qui ont la force d'aimer sans qu'on les y encourage. »

On était au milieu du mois de juillet, durant la première semaine des vacances scolaires. Verity avait prédit que la librairie et le salon de thé seraient tous deux bondés de mères, grands-mères et marraines qui feraient une halte bien méritée après avoir traîné les enfants à travers le British Museum, mais elle s'était lourdement trompée.

Au lieu de ça, les cieux avaient décidé de déverser des torrents de pluie et, à l'exception des plus dévouées lectrices de romances, la boutique était en grande partie restée vide.

— Tant qu'il ne pleut pas pendant des lustres, en fait, c'est plutôt agréable, avoua Posy tandis que Verity, Nina, Tom et elle étaient allongés sur les trois canapés de la pièce principale pour leur pause-thé du milieu de matinée. Comme autrefois, n'est-ce pas ?

— Ah, oui, avant, quand nous n'avions pas de clients, dit Tom qui avait les mains derrière la tête et les jambes étendues devant lui. Maintenant, je suis obligé de bosser sans arrêt. Ça ne me dérange pas, hein ! ajouta-t-il aussitôt.

— J'aime bien quand il y a du monde, la journée passe tellement plus vite, déclara Nina en s'emparant d'un autre sablé sur l'assiette que Mattie avait apportée avec leur thé et leur café.

Celle-ci leur avait interdit d'ouvrir une boîte de café lyophilisé ou de thé en sachets en sa présence.

— Même si presque plus aucun homme ne vient à la librairie, ces temps-ci, déplora Nina.

— Sauf Sebastian, fit remarquer Posy parce qu'elle n'avait pas mentionné son mari depuis au moins cinq minutes. De toute façon, Nina, souviens-toi que nous avions instauré une règle : il t'est interdit de sortir avec les clients depuis Dan le Désespéré.

Dan le Désespéré avait été un client fidèle à l'époque où les lieux s'appelaient encore *Bookends*, jusqu'à ce que Nina accepte deux rencards avec lui puis décrète qu'il était trop mièvre à son goût et le largue. Après ça, Dan le Désespéré était venu tous les jours, non pas pour acheter quoi que ce soit, mais pour s'asseoir sur un canapé et contempler Nina en menaçant de casser la figure à tout homme qui osait s'approcher du comptoir où Nina enregistrait les achats. Lavinia avait été contrainte de le bannir à vie.

Verity sirotait son thé tout en regardant par la fenêtre ruisselante de pluie.

— Ça, c'était un sacré soupir, Verity, observa Posy. Tu es restée terriblement silencieuse, ces derniers jours. Bien trop calme, même selon tes propres critères. Je commençais à croire que tu avais fait vœu de silence jusqu'à ce que je t'entende ordonner à Merry de la fermer au téléphone.

— Tout va bien, dit Verity.

Elle n'ajouta rien jusqu'à ce que Tom toussote d'une manière pleine de sous-entendus. Verity fut obligée de cesser de contempler ses genoux pour lever les yeux et elle constata que tous les regards étaient tournés vers elle.

— Vraiment, tout va bien, insista-t-elle. J'ai dû me montrer très sociable au mariage, samedi, et maintenant j'ai épuisé mon quota de prises de parole pour le mois.

Verity avait également l'impression d'avoir vidé toutes ses réserves d'énergie. Pas seulement à cause de tout ce dont elle avait été témoin : la rencontre désagréable avec Marissa, la conversation à cœur ouvert avec Harry, la confession si triste de Johnny, mais aussi à cause des efforts qu'elle faisait pour donner du sens à tout ça.

— Very, tu ne donnes pas l'impression d'aller bien. On dirait plutôt que tu vas fondre en larmes, dit Nina avec gentillesse. Et hier soir, tu es allée te coucher dès que nous sommes montées.

— Enfin, pour être francs, on a souvent l'impression que tu es sur le point de t'écrouler, observa Tom en se penchant pour scruter le visage de Verity qui était assise sur le canapé d'en face. Certaines filles ont des têtes de garce au repos ; toi, tu as tout le temps l'air de broyer du noir.

— Hé ! Tu n'es pas autorisé à traiter les femmes de garces ! s'écria Nina en prenant un malin plaisir à donner un coup de poing dans le bras de Tom.

— Je n'ai traité personne de garce. C'est juste une expression. Tu le sais bien.

Ils se disputèrent quelques minutes et inévitablement, Posy prit le parti de Nina parce que Tom était le seul homme de l'équipe, à temps partiel en plus, et qu'il était donc important qu'on lui rappelle sa place dans l'ordre hiérarchique.

Il leur fallut un moment pour s'apercevoir que la clochette installée au-dessus de la porte afin de signaler l'arrivée d'un client avait retenti. Ce n'était pas le problème de Verity, qui allait probablement se réfugier dans la tranquillité des bureaux, là où personne ne se souciait qu'elle ait la tête qu'on fait habituellement lors d'un week-end pluvieux au bord de la mer.

Nina s'extirpa des profondeurs du canapé.

— Bienvenue *Au Bonheur des tendres*. Vous cherchez quelque chose en particulier ?

Verity tournait le dos à la porte : elle ne pouvait donc voir leur visiteur. Elle entendit une voix masculine inconnue, au timbre agréable et cultivé, déclarer :

— Je cherche une jeune femme du nom de Verity.

Posy et Tom écarquillèrent les yeux de façon spectaculaire, et en pivotant sur elle-même, Verity vit un homme de haute taille, vêtu d'un costume couleur crème. Il devait avoir la soixantaine – mais une soixantaine fort bien conservée – et avant que Nina ait pu faire un geste en direction de Verity, l'homme l'aperçut et son regard s'illumina comme s'il savait que sa quête venait de prendre fin.

En dépit de sa gêne habituelle – ou de ce que ses quatre sœurs nommaient sa « rabat-joititude » –, Verity était intriguée, peut-être même un peu troublée. Devait-elle de l'argent à quelqu'un ? Quelqu'un la poursuivait-il en justice ? Pourtant, elle avait mené une existence absolument irréprochable ! Elle se leva.

— Bonjour ? lança-t-elle nerveusement.

— Bonjour !

L'inconnu s'avança vers elle à grands pas, une main tendue, si bien que Verity se retrouva à échanger une poignée de main ferme mais pas oppressante.

— Je suis William. Quel plaisir de vous rencontrer !

— Je suis Verity et, euh… je suis ravie aussi. Excusez-moi, nous sommes-nous déjà rencontrés auparavant ? (Ce genre de situation ne lui était pas totalement étrangère.) Êtes-vous un paroissien de mon père ? À moins que vous ne soyez un de ses camarades de l'école de théologie ?

— Je crains de ne jamais avoir été appelé par le Seigneur, répondit William.

Il prit Verity par le bras pour l'entraîner avec douceur dans la première salle adjacente tandis que ses trois collègues se dévissaient le cou et tendaient l'oreille afin de ne rien manquer.

— Je m'excuse de débarquer ainsi. Je suis le père de Johnny. Non ! Il ne sait pas que je suis ici, ajouta aussitôt William en voyant l'expression horrifiée de Verity.

— Hum, euh... pourquoi êtes-vous venu, alors ? s'enquit-elle.

— Je me suis dit que j'allais faire d'une pierre deux coups pendant que j'étais en ville. Vous savez, j'ai croisé Wallis la semaine dernière... une fille adorable. Elle a chanté vos louanges, et ensuite, j'ai discuté avec le jeune Harry hier...

Verity dut s'accrocher à l'étagère la plus proche pour se soutenir.

— Vous avez parlé à Harry ? Ça vous arrive souvent ?

William hocha la tête. Elle voyait la ressemblance avec Johnny, à présent. Non seulement dans la taille et la stature élancée, mais aussi dans les pommettes saillantes et le bleu-vert océanique de leurs yeux.

— Oh, oui. Harry me prodigue des tas de conseils sur la manière d'investir ma pension de retraite. Et bien sûr, je le connais depuis qu'il a onze ans. Johnny et lui étaient copains comme cochons et trouvaient toujours des bêtises à faire. Mais hier, pendant que nous discutions, eh bien, vous imaginez ma surprise lorsqu'il m'a annoncé que mon fils fréquentait, je cite, « une fille géniale » alors que Johnny n'en avait pas touché un mot à son cher père qui l'adore.

Personne n'avait jamais décrit Verity comme une « fille géniale » auparavant. C'était plutôt le genre de compliment que Nina recevait de la part de ses admirateurs.

— Était-ce une surprise ? demanda Verity.

— Une énorme surprise, précisa William. En cinq ans, je n'ai jamais entendu ne serait-ce qu'une allusion à une petite amie. Pas une seule fois. Pas depuis Katie. Une jeune femme adorable, mais hélas, ça n'a pas marché.

William secoua la tête tristement, puis il croisa le regard de Verity et son visage s'égaya visiblement.

— Oh, je ne me qualifierais pas exactement de petite amie, marmonna Verity dont les joues étaient aussi rouges que l'exemplaire de collection de *Madame Bovary* exposé sur l'étagère contre laquelle elle était appuyée. Johnny et moi sommes juste amis.

— Amis comme dans *Sexe entre amis* ? interrogea William, plein d'espoir, tandis que Verity se demandait si elle n'allait pas s'évanouir. Parce que qui sait où cela peut vous mener ? Je ne rajeunis pas et je serais très heureux s'il y avait ne serait-ce qu'une infime chance que j'aie des petits-enfants avant d'être totalement décrépit.

Verity songea qu'elle risquait d'avoir besoin de sels très vite.

— Juste amis, répéta-t-elle comme une démente. Nous n'en sommes qu'au début de notre relation. Au tout, tout début.

Verity ne supportait pas la déception qu'elle lisait sur les traits de William. Il lui fallait changer de sujet dans la seconde, voire encore plus vite que ça.

— Y avait-il autre chose ? demanda-t-elle. Vous avez parlé d'une pierre deux coups. Quel est l'autre coup ?

— Juste pour votre information, je ne suis pas de ceux qui parlent d'un « coup » quand ils désignent une femme, mais je cherche un cadeau pour une « amie » à moi.

William mima des guillemets avec ses longs doigts. Il était difficile de résister au pétillement de son regard.

— Quel genre de cadeau ? s'enquit Verity en espérant pouvoir ramener William dans la salle principale où étaient disposées davantage de vitrines pleines de présents et où elle pourrait se décharger sur Nina, bien que cette dernière ne soit pas franchement d'une discrétion parfaite.

Elle soutirerait des informations concernant Johnny à William et...

— Un cadeau pour une femme qui m'est très chère. Un livre, évidemment. Je ne sais pas ce qu'elle a lu ou pas. Elle a des goûts assez classiques mais là encore, elle peut parfois se montrer éclectique.

William se gratta la tête. Il avait une magnifique crinière de cheveux blancs comme la neige qui commençait seulement à se dégarnir très légèrement, ce qui était de bon augure pour Johnny, qui serait probablement toujours amoureux de Marissa quand il aurait la soixantaine.

*Les livres.* Le terrain était plus sûr. Et il existait un roman qui garantissait toujours de faire plaisir à son destinataire.

— *Orgueil et Préjugés*, assura Verity.

— Elle doit l'avoir déjà lu. Tout le monde l'a lu, non ?

— Pas Johnny, répliqua Verity en saisissant sa chance. C'est pour ça que nous ne sommes qu'amis. Je ne pourrai jamais aimer un homme qui n'a pas adoré *Orgueil et Préjugés*.

Les yeux de William pétillèrent un peu plus.

— Je vais le lui faire lire immédiatement ! décréta-t-il.

Verity se détourna pour cacher son sourire, car elle était certaine que cela ne ferait qu'encourager William.

— Nous avons quelques éditions splendides à offrir, dit-elle en s'emparant de deux volumes sur l'étagère. Celle-ci est reliée en tissu avec le motif de l'année de sa première parution. Les gardes sont magnifiques.

— Oh, c'est vraiment superbe, approuva William en lui prenant l'ouvrage des mains. Et vous pensez réellement que ce ne sera pas un problème si elle l'a déjà ?

— Je possède actuellement sept exemplaires d'*Orgueil et Préjugés*, confessa Verity parce qu'il y avait quelque chose chez William, dans l'éclat de ses yeux et son sourire, qui vous donnait envie de vous confier à lui.

Il aurait fait un merveilleux pasteur, s'il en avait eu la vocation.

— Celui que j'ai depuis mes douze ans, expliqua Verity ; un autre pour le jour où le premier finira par tomber en miettes, un exemplaire de collection, et quatre à refiler aux gens que je rencontre et qui ne l'ont pas encore lu. Je suis certaine que votre amie a lu *Orgueil et Préjugés*, qu'elle l'a adoré, et si elle l'a adoré, ça ne la dérangera pas d'en posséder un autre exemplaire.

William médita sur ses paroles. Verity entendit Posy s'exclamer dans la salle principale :

— Je n'arrive pas à y croire ! Verity est en train de vendre des livres là-dedans. Ça doit être l'Apocalypse !

— Je vais le prendre, décida William.

— Parfait.

Ils en avaient terminé. Verity esquissa un pas en avant vers l'arche qui menait à la salle principale, certaine que William allait la suivre, mais ce dernier posa une main sur son bras.

— Oh ! là, là, c'est plutôt embarrassant, dit-il.

Sept mots qui ne présageaient jamais rien de bon.

Verity s'arrêta et fit une prière silencieuse.

— Qu'est-ce qui est embarrassant ? demanda-t-elle en grinçant des dents.

— Mon amie, Elspeth… En réalité, c'est bien plus qu'une amie. Peut-être un peu comme Johnny et vous…

— Oh, non, nous ne sommes vraiment qu'amis ! protesta Verity d'un ton un peu désespéré.

William lui tapota le bras comme s'il n'en croyait pas un mot.

— Votre secret est en sécurité avec moi, déclara-t-il d'un air de conspirateur. Et j'espère que mon secret sera en sécurité avec vous, parce que, juste ciel… je ne sais vraiment pas par où commencer.

— Vous n'avez pas besoin de m'expliquer quoi que ce soit, dit Verity, complètement désorientée.

Cette Elspeth, la chère amie de William, n'entrait pas du tout dans le cadre que Johnny avait posé lors du mariage. Il avait affirmé que William vouait une telle dévotion à son épouse qu'il avait juré de ne jamais regarder une autre femme, tant il avait été dévasté après sa mort. Verity ne blâmait pas du tout William d'avoir rompu son serment, mais cela signifiait-il que… ?

— Vous n'en avez pas parlé à Johnny.

Ce n'était pas une question, il s'agissait d'un simple constat.

— Il n'est pas au courant, pour Elspeth, ajouta-t-elle.

— Je crains que non.

Le pétillement avait disparu des yeux de William, qui semblait soudain si abattu que Verity n'eut envie que d'une chose : qu'il se sente mieux.

— J'étais si triste quand la mère de Johnny, Lucinda, est morte. Triste est même un euphémisme, si je veux être sincère. J'avais le cœur brisé, j'étais un homme brisé, et pendant une éternité après ça, j'étais inflexible sur le fait que je n'aimerais jamais plus. Que je n'en aurais jamais envie. Et je suis encore convaincu que je n'aimerai jamais personne comme je l'ai aimée elle, mais il existe différentes formes d'amour, n'est-ce pas ?

— Je le crois, répondit Verity. Ce serait vraiment injuste que nous n'ayons qu'une occasion d'aimer. Ma mère dit toujours : « Les cœurs brisés font les meilleurs navires. » (Verity fronça les sourcils.) En général, elle prononce cette phrase quand l'une de mes sœurs vient de rompre avec un de ses copains. On a le droit de retrouver l'amour. La vie serait une aventure trop solitaire si ce n'était pas le cas.

Manifestement, les propos de Verity touchèrent William, car il lui prit la main et la serra doucement. Verity elle-même fut émue par ses propres paroles, même si celles-ci allaient à l'encontre de tout ce qu'elle professait : que l'on pouvait parfaitement vivre heureux sans aucune forme d'attachement amoureux.

— J'espère que le fait que vous fassiez partie de l'existence de Johnny signifie qu'il est en train de changer de point de vue sur l'amour, déclara William de manière plutôt alarmante. C'est probablement ma faute s'il attache autant de prix à l'idée d'un unique grand amour, de l'âme sœur parfaite, tels les cygnes qui s'accouplent pour la vie.

— Ce sont les cygnes ? s'enquit Verity pour gagner du temps. Je croyais que c'étaient les manchots.

— Peut-être aussi les homards. Lucinda et moi répétions sans cesse à Johnny combien nous avions de la chance de nous être trouvés l'un et l'autre. Que c'était le destin. (Apparemment, il était impossible de dissuader William de discuter des théories de son fils sur l'amour.) Il a donc jeté son dévolu sur Marissa, j'ai cru comprendre que vous l'aviez rencontrée au mariage… ?

— Oui, confirma Verity sans réussir à s'empêcher de retrousser les lèvres.

Malgré tout, elle était loin de faire concurrence à la façon dont les narines de William se dilatèrent à l'évocation de Marissa.

— C'est une fille plutôt agréable, un peu trop irascible à mon goût, déclara-t-il. Mais Johnny s'obstine depuis toujours à croire qu'elle est la seule femme faite pour lui alors qu'à l'évidence, ce n'est pas du tout le cas. Dieu merci, elle est revenue à la raison et a épousé Harry à la place. Ils sont bien mieux assortis, mais je me suis toujours demandé si Johnny n'en pinçait pas encore pour elle.

William frissonna à cette pensée. Le fait qu'il n'appartienne pas au fan-club hystérique de Marissa le rendit encore plus sympathique aux yeux de Verity.

— Elle n'est pas et n'a d'ailleurs jamais été ce dont mon garçon a besoin, décréta-t-il.

— Votre garçon serait mort de honte s'il savait que nous parlons de lui ainsi, fit observer Verity avec douceur, parce que cette conversation devait cesser sur-le-champ.

À part discuter de sexe – *oh, mon Dieu, quelle horreur !* –, Verity ne voyait pas comment la situation pouvait devenir plus embarrassante.

— Vous me connaissez à peine, poursuivit-elle. Et je connais à peine Johnny. Sincèrement, nous nous fréquentons uniquement en tant qu'amis, depuis quelques semaines.

— Mais vous avez rencontré tous ses copains et vous êtes une jeune femme tellement charmante ! protesta William.

Verity mourait d'envie de le cuisiner davantage, de mettre son nez dans toute cette histoire, de demander ce que Lucinda avait réellement pensé de Marissa puisque apparemment, selon Johnny, sa mère l'avait considérée comme la belle-fille parfaite, mais ça aurait été une violation absolue de…

quelque chose. *L'intimité de Johnny. La mémoire de Lucinda. Les confidences entre époux.* Elle tendit l'édition reliée de tissu d'*Orgueil et Préjugés* devant elle comme un talisman protecteur – ce qui était souvent le cas.

— À présent, désirez-vous que je vous fasse un papier cadeau ? Nous avons de magnifiques cartes peintes à la main auxquelles vous aurez peut-être envie de jeter un coup d'œil.

Une main ferme posée sur le dos de William, Verity le guida vers la salle principale où Posy, Nina et Tom s'animèrent brusquement, sortant des livres des étagères avant de les y remettre au hasard. Verity comprit ainsi qu'ils venaient de passer les dix dernières minutes à épier sans vergogne sa conversation.

# Chapitre 16

## « On m'a rapporté une information des plus alarmantes, il y a deux jours. »

La visite de William, suivie par le soleil qui décida de faire une apparition le lendemain, sortit Verity de sa torpeur. Si elle déambulait toujours avec sa tête de rabat-joie, c'était parce qu'elle avait mal pour Johnny. Il était si malheureux alors que tant de gens souhaitaient son bonheur ! William, la plupart de ses amis, et même Harry, bien qu'à l'évidence la motivation de Harry prenne sa source ailleurs. Il préférait sans doute que Johnny trouve le bonheur avec une femme qui n'était pas la sienne.

Pour prouver qu'elle n'éprouvait aucun ressentiment après toutes ces atrocités au mariage, Verity envoya un SMS à Johnny afin de lui faire savoir qu'elle quittait la ville pour le week-end, même s'ils n'avaient aucun projet ensemble.

Vais chez mes parents en mission organisation mariage. Avec mes quatre sœurs. Prie pour moi ! T'appelle semaine prochaine.

Elle décida ensuite que la semaine suivante, bien que cette idée lui déplaise et qu'ils ne soient pas réellement en couple, Johnny et elle auraient une sérieuse discussion pour savoir où tout cela allait les mener et examiner les attentes des autres. En l'état actuel des choses, Verity était convaincue que Johnny regrettait d'avoir confié ses secrets les plus intimes à une presque inconnue. Elle ne serait pas surprise du tout qu'il ne la joigne plus jamais. Ce qui faisait souffrir encore davantage son pauvre petit cœur et…

— Hé ! La fille du pasteur !

Verity cessa de méditer sur la situation lorsque quelqu'un fit brusquement claquer ses doigts sous son nez. C'était Sebastian, qui savait très bien comment s'appelait Verity et qui savait aussi, car Posy le lui avait dit à plusieurs reprises, qu'on ne devait pas claquer des doigts sous le nez des gens.

— Tu n'es pas payée pour rêvasser ! lança-t-il.

— Je ne rêvassais pas, je réfléchissais ! siffla Verity en fixant ostensiblement les yeux sur l'écran de son ordinateur, sur lequel, par chance, était affiché un tableau, et non la page Pinterest de Connie spéciale mariage.

Elle tapa même comme une brute sur son clavier des mots au kilomètre qu'elle dut effacer ensuite.

— … et j'ai dû appeler un serrurier parce que Morland avait raison, personne ne parvenait à trouver les clés, et même ça, ça n'a pas suffi à la satisfaire…

Sebastian jacassait sur Dieu sait quoi. Comment Posy parvenait-elle à le supporter ? Elle était elle aussi un vrai moulin à paroles, mais au moins, elle parlait de choses intéressantes, comme les livres ou les trucs rigolos qu'avait faits Sam et…

— Tu n'as pas écouté un seul mot de ce que j'ai dit, hein ? interrogea soudain Sebastian. Parfois, je me demande pourquoi je me casse la tête.

— Je suis très occupée, expliqua Verity en se remettant à marteler son clavier. Avais-tu quelque chose de particulier à me demander ?

Sebastian poussa un grognement agacé. Peut-être aurait-elle dû se montrer un peu plus aimable. Après tout, Sebastian avait épousé Posy. Cette dernière semblait plutôt l'apprécier et c'était elle, au final, qui versait le salaire de Verity.

— Excuse-moi, c'est juste que ces tableaux sont très importants, ajouta-t-elle.

Elle leva les yeux et vit que Sebastian se pinçait l'arête du nez.

— Je t'ai déjà dit que ton mec était dehors, répliqua-t-il. Il faut que tu ailles le distraire, que tu lui apportes une tasse de thé ou autre, parce qu'il donne des idées à Morland et moi, je vis dans la terreur des idées de Morland et… Où vas-tu ?

Verity était déjà debout à la porte du bureau.

— Johnny est « dehors » ? Et d'ailleurs, ce n'est pas mon mec et pourquoi ne m'en as-tu rien dit ?

Elle n'attendit pas la réponse de Sebastian mais elle entendit une petite explosion, comme s'il venait de se consumer spontanément.

La petite ruelle grouillait de monde, si bien qu'il était difficile de se souvenir que même par une magnifique journée d'été comme celle-ci, elle était autrefois déserte. Les gens étaient assis sur les bancs et une queue s'étirait à l'extérieur du salon de thé – Verity avait hâte que la mairie leur accorde enfin l'autorisation de disposer quelques tables et chaises à l'extérieur.

Mais Johnny ne se trouvait pas parmi la foule de la ruelle. Verity resta immobile quelques instants, jusqu'à ce qu'elle aperçoive deux personnes qui sortaient de l'un des locaux de l'autre côté de la cour. Elle dut y regarder à deux fois.

Les boutiques de l'autre côté de la cour étaient condamnées et vides, et c'était déjà le cas quand Verity avait commencé à travailler à la librairie, cinq ans auparavant.

Autrefois, les bâtisses qui tombaient aujourd'hui presque en ruine avaient hébergé un fleuriste, un marchand de thé et de café, une mercerie et une boutique de timbres. Le local d'où venaient de sortir Johnny et Posy en s'époussetant était à l'époque l'officine d'un apothicaire. Même Posy ne se souvenait pas de l'avoir vue ouverte un jour, alors qu'elle avait vécu dans cette ruelle presque toute sa vie. Cela dit, il n'était pas surprenant que l'officine ait mis la clé sous la porte vu qu'elle n'avait même pas daigné rejoindre le XXe siècle, et encore moins le XXIe siècle, en se renommant tout simplement « pharmacie ».

— Very ! cria Posy.

La jeune femme s'avança vers eux.

Johnny sourit sans cesser d'épousseter son costume. Posy ne cessait pas de se tapoter les cheveux. Un étrange sentiment noua les tripes de Verity. Un sentiment très proche de la jalousie à l'idée atroce et bouleversante que Posy et Johnny aient fait des choses dans l'ancienne officine, des choses qui auraient froissé leurs vêtements et après lesquelles ils auraient eu besoin de remettre de l'ordre dans leur apparence.

En approchant, Verity vit les traces de poussière sur le joli visage de Posy.

— Beurk ! Tout est si poussiéreux et si nauséabond là-dedans ! Et je crois qu'une chauve-souris s'est accrochée dans mes cheveux, dit son amie.

— Je suis certain qu'il ne s'agissait que de toiles d'araignées, la rassura Johnny en passant à son tour la main dans ses cheveux. Même si je n'exclurais pas les rats. Bonjour! ajouta-t-il à l'intention de Verity qui tentait d'afficher un sourire accueillant, mais légèrement confus.

— Bonjour. Apparemment, je suis censée te distraire pour que tu ne donnes pas des idées à Posy, mais je n'en ai aucune intention.

Lorsqu'il s'agissait de prendre parti, Verity choisissait toujours le camp de Posy.

— C'est quoi, comme genre d'idées ? s'enquit Verity.

— Oh, Very ! Tu devrais aller voir à l'intérieur ! Sauf que tu ne peux pas vraiment, parce qu'il n'y a pas d'électricité et que les fenêtres sont condamnées, et on pense que l'une des poutres du plafond est vermoulue, expliqua Posy, surexcitée. Mais… mais… la boutique possède encore nombre de ses aménagements intérieurs d'origine.

— Les armoires sont magnifiques, renchérit Johnny avec un regard tendre et nostalgique. C'est exquis. Et il y a tellement de bouteilles et de bocaux, et même de vieilles balances démodées, et diverses tailles de mortiers et de pilons.

— Rasoir ! Si je vous laissais faire, tous les deux, vous préserveriez tout ça comme une sorte de musée pour antiquités poussiéreuses de commerces inefficaces, intervint Sebastian qui ne parvenait jamais à rester éloigné de Posy trop longtemps, même lorsque celle-ci le fusillait du regard.

— Ce n'est pas ce dont j'ai envie ! protesta Posy. Je disais simplement qu'au lieu de démolir l'ensemble comme un philistin capitaliste, tu… nous devrions réfléchir à d'autres options. Tu pourrais restaurer les boutiques, les louer, puis faire la même chose avec les appartements au-dessus…

— Il y a des « appartements » au-dessus ? répéta Verity, stupéfaite. Pourquoi sont-ils vides depuis si longtemps ?

— Lavinia avait pour habitude de laisser ses amis, des artistes miséreux, vivre ici ; mais ensuite, ils ont tous vieilli et sont morts, expliqua Sebastian.

Lorsqu'il évoquait sa grand-mère, qui lui avait légué l'ensemble des bâtiments à l'exception de la librairie, sa voix se faisait tendre et son visage perdait son expression hautaine habituelle.

— Je suppose que Morland s'attend à ce que je les loue gratuitement aussi, ajouta-t-il.

Verity se trémoussa, car Posy refusait de discuter l'éventualité que Nina et elle paient un loyer pour l'appartement qui se trouvait au-dessus d'*Au Bonheur des tendres*. « Lavinia nous a laissés habiter là gratuitement, Sam et moi. Alors, je ne fais que perpétuer son souvenir », insistait Posy chaque fois qu'elles évoquaient le sujet.

— Tu pourrais les louer sans fixer un loyer exorbitant, dit celle-ci. Comme lieux de vie et de travail pour de jeunes artisans.

Sebastian feignit d'étouffer un bâillement.

— Ce serait vraiment dommage de raser la totalité des bâtiments, intervint Johnny avant que Verity ait eu le temps de le prévenir de ne pas s'interposer entre Posy et Sebastian quand ceux-ci se disputaient.

En fait, mieux valait se tenir bien à l'écart et, si possible, enfiler une tenue de protection.

— Je ne suis pas certain qu'il s'agisse à l'origine d'écuries, comme tu le disais, poursuivit-il. Et selon moi, ces bâtisses datent du début du XVIIIe siècle. Ça vaudrait peut-être le coup de vérifier auprès du cadastre.

— Oh ! Je parie qu'on peut les faire classer en grade 2 ! s'exclama Posy, triomphante.

— Il faudrait me passer sur le corps ! rétorqua Sebastian.

— Ça peut s'arranger !

Verity eut la sensation désagréable – et ce n'était pas la première fois – que contrairement à elle qui aurait fait n'importe quoi, même un détour de plus d'un kilomètre, pour éviter tout conflit, Posy et Sebastian adoraient être en désaccord. Nina partageait cette théorie.

— Je ne crois pas qu'il s'agisse d'une dispute, Very, avait observé Nina deux semaines auparavant, alors qu'elles étaient toutes deux tapies dans l'escalier tandis que Posy et Sebastian se querellaient férocement à propos de deux sacs en plastique remplis de livres que Posy avait l'intention de rapporter chez elle. Je pense qu'il s'agit de préliminaires.

Tandis que les jeunes mariés se tournaient autour, Verity attrapa Johnny par la manche de son costume.

— Il vaut vraiment mieux ne pas interférer, expliqua-t-elle avant de s'asseoir sur un banc qui venait de se libérer. Qu'est-ce qui t'amène dans cette partie de la ville ?

— Je me suis dit que nous pourrions discuter d'un tas de choses embarrassantes qu'il serait plus simple de ne pas aborder, répondit Johnny en plongeant ses yeux dans les siens.

Bien qu'en grande partie, Verity ne pense pas être personnellement responsable de cette prétendue gêne, il lui restait difficile de ne pas se tortiller sous le regard de Johnny. Il avait vraiment pris le soleil, ces dernières semaines, et son bronzage rendait ses yeux incroyablement bleus.

— Comme samedi dernier, poursuivit-il. Tout a été assez intense. Je ne te blâmerais pas si tu étais très en colère contre moi.

— Je n'étais pas en colère, dit Verity qui n'avait pourtant pas desserré les dents sur le trajet du retour du mariage. Je ne m'attendais pas à rencontrer Marissa…

— Je ne savais pas que Harry et elle seraient là.

— Et je ne m'attendais pas à ce que tu m'abandonnes, ajouta Verity d'une voix contrariée car elle se souvenait de la manière dont Johnny et Marissa étaient demeurés assis ensemble pendant une éternité, à quelques centimètres l'un de l'autre, comme si le reste du monde – et particulièrement Verity – n'existait plus.

— Je ne t'ai pas abandonnée, protesta Johnny. Tu as quitté la table et n'es jamais revenue. Alors, que penses-tu de Marissa ?

La définition que Merry avait donnée de Marissa, à savoir « salope sournoise », après leur conversation du dimanche paraissait tout à fait adéquate, mais Verity ne l'avouerait jamais à Johnny. Elle croyait en ce qu'elle appelait la solidarité féminine, et que Merry et Nina décrivaient quant à elles comme : « les nanas d'abord, les mecs après ». Verity n'avait pas envie de faire partie de ces femmes qui critiquaient leurs congénères ; ça donnait une mauvaise image.

— Je n'ai pas vraiment eu l'occasion de beaucoup lui parler, répondit-elle d'un air vague.

— Eh bien, quand j'ai discuté avec Marissa le lendemain, elle a affirmé t'avoir trouvée fascinante, l'informa Johnny.

Verity avait de la peine à le croire, mais elle félicita mentalement Marissa de réussir l'exploit de ne jamais rien faire de mal aux yeux de Johnny.

— Tu as discuté avec Marissa le lendemain ? demanda-t-elle.

*De moi ? Juste après t'être disputé avec Harry ?* Contrairement à Johnny, Verity était déterminée à ne pas aborder les sujets gênants ; elle espérait toutefois que son ton incrédule serait éloquent.

— Je parle avec Marissa presque tous les jours, répondit Johnny d'une voix égale. Est-ce vraiment si étrange, maintenant que tu sais ce qu'elle représente pour moi ?

— Eh bien, non, admit Verity.

Enfin, ce n'était pas une surprise, mais ça restait étrange. Toute cette histoire entre Johnny, Harry et Marissa était bizarre. Ça défiait la raison et l'entendement.

— Mon père trouve que tu es, je le cite, « une fille épatante ». Il a également employé le mot « merveilleuse » à plusieurs reprises, ainsi qu'« intelligente, cultivée, douce » et quoi d'autre ? Ah, oui : s'il avait trente ans de moins, il serait fou amoureux de toi.

Johnny changea de position sur le banc et posa sa main de façon à presque toucher celle de Verity, qui se trouvait sur le siège entre eux deux.

— Je suis vraiment désolé, s'excusa-t-il. Je n'avais aucune idée que mon père était au courant de ton existence, sans parler du fait qu'il soit venu t'embêter au boulot. Apparemment, il faut que je remercie Harry et Wallis pour ça.

La seule évocation de William fit sourire Verity.

— Il ne m'a pas embêtée.

— Il est également très déçu que je n'aie jamais lu *Orgueil et Préjugés*, ajouta Johnny avec un de ses sourires réticents. Il a exigé que je répare cette erreur immédiatement.

— Oh, tu n'es pas obligé de le faire, le rassura Verity.

— Il semble penser que si je le fais, entre toi et moi, c'est une affaire conclue, et qu'il peut d'ores et déjà s'imaginer des hordes de petits-enfants déchaînés et aux joues rebondies.

Johnny secoua la tête comme si rien ne pouvait être plus éloigné de la vérité, ce qui ne dérangea pas du tout Verity. Elle le savait, de toute manière.

— Il est plein de bonnes intentions, poursuivit Johnny, mais…

— Il est plein de bonnes intentions, c'est vrai, et tout ce qu'il souhaite, c'est ton bonheur. Ce n'est pas une si mauvaise chose qu'un père veuille ça pour son fils, déclara Verity. C'est juste que vous n'êtes pas d'accord sur ce qui te rendra heureux.

Johnny était persuadé que Marissa était la réponse à tous ses vœux et William pensait que Verity était ce qui manquait dans la vie de son fils. Il s'agissait d'une énorme incompréhension. Et ensuite, il y avait l'affaire de cœur de William.

— T'a-t-il dit autre chose ? demanda Verity d'un ton désinvolte bien que les mots aient du mal à sortir. Il t'a parlé des autres raisons pour lesquelles il traînait dans une librairie qui ne vend que de la littérature sentimentale ?

— Il m'a parlé d'Elspeth, si c'est ce que tu veux dire, répondit Johnny.

Il se pencha, les coudes sur les genoux, le menton entre les mains, le regard fixé sur Posy et Sebastian qui se disputaient toujours ; il était donc impossible pour Verity de voir autre chose que son profil, ce qui ne lui fournissait aucune indication quant à la manière dont il avait pris l'existence de cette histoire. Histoire qui, par ailleurs, semblait faire partie de la vie de William depuis un bon bout de temps.

— Ça ne me pose pas de problème, poursuivit Johnny. Ça m'a surpris, certes, et ça m'a peut-être même un peu blessé qu'il pense que ça puisse me déranger.

— Il s'inquiétait que tu puisses croire qu'il aimait moins ta mère, s'aventura Verity tout en douceur. Que tu sois attaché à cette idée romantique que chacun ne rencontre qu'un grand amour, comme les manchots ou les cygnes.

— Mon père n'est pas amoureux de cette femme. Ne nous emportons pas. Ils sont juste amis, répliqua Johnny d'un ton qui mettait Verity au défi de le contredire – ce qu'elle décida de ne pas faire. Toutefois, il m'a parlé de ta théorie selon laquelle les gens qui ont perdu un amour sont mieux armés pour le suivant. Je ne savais pas que tu étais une incorrigible romantique.

— Oh, pas tous ceux qui ont perdu un grand amour, marmonna Verity.

Johnny avait perdu Marissa contre Harry des années auparavant, mais il se languissait toujours d'elle. Si quelqu'un était désespérément romantique, c'était bien lui. Verity se creusa la cervelle pour trouver un sujet qui les ramènerait vers des eaux moins troubles.

— Bref, pour ce que ça vaut, mon père est fou de toi, ajouta Johnny. Il va t'envoyer un mail pour t'inviter à dîner de manière que nous rencontrions tous les deux cette Elspeth. Il a même parlé d'un double rencard. (Johnny éclata de rire, mais celui-ci sonna plutôt faux aux oreilles de Verity.) Tu imagines ?

— Pas vraiment, répondit-elle.

Pourtant, elle aurait aimé passer du temps avec William, en d'autres circonstances – mais pas quand ce dernier s'attendait à ce que Johnny accueille « cette Elspeth » à bras ouverts avant de mettre un genou à terre pour demander Verity en mariage.

— D'habitude, c'est ma famille qui ne cesse de se mêler de ce qui ne la regarde pas. Mais cela ne signifie pas que j'aie trouvé ton père indiscret, expliqua Verity.

— En fait, c'est l'autre raison de ma présence ici.

À présent, Johnny l'observait avec une expression amusée et les yeux pétillants. Verity constata de nouveau la ressemblance entre le père et le fils.

— J'ai reçu un mail de la part de ta mère. Du moins, je crois qu'il s'agit de ta mère. Elle a signé : « l'épouse de notre bon pasteur ».

Verity faillit s'étrangler.

— Pardon ?

— Je te conseille de rester assise, suggéra Johnny.

— Bon sang, encore une catastrophe ! geignit Verity. Pourquoi diable Muv t'enverrait-elle un mail ? Comment a-t-elle pu obtenir ton adresse ?

— Elle l'a obtenue grâce à Merry qui a dû la trouver sur le site Internet de l'agence, j'imagine, répondit posément Johnny.

Verity, quant à elle, avait l'impression que son cœur tambourinait si fort dans sa poitrine qu'on pouvait l'entendre.

— Je vais assassiner ma sœur, promit-elle d'une voix qui aurait tout à fait pu passer pour celle d'une meurtrière. Lentement et de façon très douloureuse.

Johnny secoua la tête comme s'il refusait d'être complice.

— Bref, ta mère m'a invité pour le week-end. Apparemment, le bon pasteur a hâte de me montrer ses ruches pendant que vous, mesdames, serez occupées à organiser le mariage. Est-ce que me montrer ses ruches est une sorte d'allégorie religieuse ?

— Non ! Mon père adore l'apiculture. Il a installé des ruches au fond du jardin et deux autres dans l'école primaire locale. Quand il commence à parler de ses abeilles… (Verity soupira) je ne sais pas ce qui est le pire, planifier le mariage avec mes quatre sœurs et l'épouse de notre bon pasteur, ou le bon pasteur en train d'expliquer qu'il compte introduire une reine dans une de ses colonies. Heureusement que tu peux esquiver. Je téléphonerai à Muv pour présenter tes excuses et tout le reste.

— Oh. Tu ne veux pas que je rencontre tes parents ? demanda Johnny, les sourcils froncés, ce qui adoucit Verity jusqu'à ce qu'elle se souvienne d'un détail important.

— Tu n'as pas besoin de les connaître. Nous sommes juste amis, comme Merry ne le sait que trop bien, alors je ne comprends pas pourquoi elle s'en mêle, elle aussi !

— Tu as déjà rencontré ma famille, alors je ne vois pas pourquoi je ne rencontrerais pas la tienne, argumenta Johnny comme si une quelconque réciprocité était nécessaire !

— Je n'ai rencontré que ton père. Là, il est question d'une maisonnée entière, soupira Verity. Maman, papa, mes quatre sœurs au complet, peut-être même deux cousines. (Elle finit par ne plus avoir assez de doigts pour tenir le compte.) Et probablement deux ou trois paroissiens égarés venus discuter des fleurs de l'église et qui finiront par rester la semaine entière parce que leur chaudière est détraquée.

— Mon père est ma seule famille, lui rappela Johnny. Ma mère et lui étaient tous les deux enfants uniques, issus de couples qui s'étaient mariés assez tard. Il n'y a jamais eu que nous deux, depuis aussi longtemps que je me souvienne.

Il avait parlé d'une voix blessée et fronçait de nouveau les sourcils. Verity eut un aperçu du petit garçon qu'il avait dû être autrefois, avec des grands-parents âgés et sans frères ni sœurs ni cousins pour galoper ou jouer sur son bateau pirate…

— Écoute, c'est juste que j'ai l'impression de mentir en te présentant aux miens, tenta d'expliquer Verity. Tu ne les connais pas. Si je te ramène à la maison, ils vont se faire des films.

Verity arbora une expression lasse.

— Ils sont capables d'écrire des milliers de scénarios, soupira-t-elle.

— Mais il ne s'agit pas d'un mensonge. Tes sœurs connaissent déjà la vérité et nous n'avons jamais raconté à personne que nous étions en couple, insista Johnny.

Verity ne comprenait pas pourquoi il prenait toute cette peine. S'il croyait être invité à un agréable week-end à la campagne dans un presbytère à la construction anarchique, en compagnie d'une famille au charme excentrique sur le plateau de l'East Lincolnshire, il ferait mieux d'y réfléchir à deux fois. En fait, il était invité à une version de l'Apocalypse.

— Nous avons laissé croire aux gens que nous étions en couple. Il s'agit d'un mensonge par omission. Si mentir est montré du doigt dans les dix commandements, c'est qu'il y a une raison, décréta Verity sur un ton bien trop semblable à son goût à celui de Mary Bennet, sa grande ennemie.

— En fait, c'est faux, rétorqua Johnny avec suffisance. « Tu ne mentiras point » ne fait pas partie des dix commandements.

Soudain, Verity ne ressentit plus autant de compassion pour son enfance solitaire.

— Vraiment ? Tu veux réellement t'engager sur ce terrain avec moi ? Une authentique fille de pasteur ? s'indigna-t-elle. Le commandement dont tu parles est : « Tu ne porteras pas de faux témoignage contre… »

— Oh, bon sang, prenez une chambre, tous les deux ! s'exclama Sebastian en les rejoignant à grands pas. Je vous mets en garde : ne commencez pas à vous disputer avec une de ces mégères de libraires, dit-il à Johnny. Vous l'aurez épousée avant d'avoir eu le temps de comprendre ce qui vous arrive. Ouch !

Posy n'eut même pas l'air contrite d'avoir tapé sur le crâne de son grossier mari.

— Tu m'as suppliée de t'épouser, siffla-t-elle. J'ai des témoins.

Verity détestait se quereller avec quiconque, sauf s'il s'agissait de l'une de ses sœurs. Dans ce cas, la dispute était non seulement nécessaire, mais également à peu près aussi utile que d'aboyer à la lune. Elle n'avait aucune envie de se disputer avec Johnny, surtout si ça la menait au mariage.

— Écoute, su tu veux vraiment venir ce week-end, tu peux, dit-elle.

À peine ces mots furent-ils sortis de sa bouche qu'elle les regretta.

Johnny souriait si fort qu'assis là dans son costume, avec sa cravate desserrée et le premier bouton de sa chemise défait, il ressemblait à un mannequin tout droit sorti de l'éditorial mode de *GQ. Maudit soit-il!*

— J'ai hâte d'y être, déclara-t-il. Tu es encore un mystère à mes yeux, Verity. Je suis impatient de récolter quelques indices supplémentaires.

Verity regrettait de ne pas être encore plus énigmatique : elle n'aurait dans ce cas jamais accepté cette histoire de faux petit ami, surtout pour terminer dans un tel pétrin.

— Très bien, rétorqua-t-elle, mais ne va pas dire que je ne t'avais pas prévenu. Et tu ferais mieux d'emporter des boules Quies et un Taser, parce que tu en auras besoin.

# Chapitre 17

« IL FAUT BIEN DISCUTER UN PEU, VOUS SAVEZ. CELA PARAÎTRAIT BIZARRE DE RESTER TOUS DEUX TOTALEMENT MUETS PENDANT LA DEMI-HEURE OÙ NOUS SOMMES ENSEMBLE. »

Le samedi suivant, Johnny passa prendre Verity, puis Merry, qui éjecta aussitôt sa sœur du siège du passager (« Tu sais que je suis malade si je m'assieds à l'arrière ») et ne reprit pas son souffle pendant la demi-heure suivante. D'abord, elle informa Johnny sur les goûts et les aversions du bon pasteur et de l'épouse de notre bon pasteur, que Johnny veuille en être informé ou non ; puis elle passa à ses sœurs lorsque Johnny lui demanda si Immy était bien le diminutif d'Imogen et Chatty celui de Charlotte.

— Mon Dieu, non ! Very ne t'a-t-elle rien raconté à notre sujet ? Comme c'est mal élevé de sa part ! Nous sommes si incroyablement fascinantes ! Nous devons toutes notre prénom à une vertu, même si Farv et Muv disent qu'ils n'auraient pas dû se donner cette peine puisque aucune d'entre nous n'est un tant soit peu vertueuse. À l'exception de Verity, bien sûr.

— Alors, tu ne t'appelles pas Merry ? se risqua à demander Johnny lorsque Merry cessa enfin de parler – mais uniquement pour se fourrer un autre bonbon dans la bouche. Je me posais la question.

— C'est Mercy[1], répondit Merry avec mépris comme si Johnny était un véritable crétin parce qu'il n'avait pas été capable de deviner ça tout seul. Connie se nomme en réalité Constance, on surnomme Patience Immy parce qu'elle est tout le temps im-patiente et Charity est devenue Chatty[2] parce qu'elle ne se tait jamais.

Johnny croisa le regard affligé de Verity dans le rétroviseur.

— Puisque tu en parles, je vais t'abandonner à la station-service de Birchanger Green si tu ne la boucles pas pendant au moins un quart d'heure, menaça Johnny.

Merry se contenta de sourire avant de se lancer dans un long récit concernant la guerre psychologique qu'elle menait contre une femme de son département, au boulot, qui ne cessait de lui envoyer des mails de pétition agressifs au sujet de l'état du réfrigérateur du personnel.

Finalement, trois heures dans une voiture en compagnie de Merry était un bon moyen de désensibiliser Johnny en vue du supplice qui l'attendait.

Comme d'habitude, son téléphone bipait constamment comme pour concurrencer la logorrhée de Merry, et lorsqu'ils atteignirent la station-service de Birchanger Green, Johnny s'empara aussitôt de son portable, et lança un billet de 10 livres à Verity en lui demandant d'aller lui chercher un café et un muffin.

---

1. En anglais, « mercy » signifie « miséricorde ». (*NdT*)
2. En anglais, « chatty » signifie « bavarde ». (*NdT*)

— Ma chérie, l'entendit-elle dire alors qu'elle s'éloignait. C'est la première occasion que j'ai de t'appeler.

Verity espérait que *Costa Coffee* servait des philtres de désamour : elle en verserait deux ou trois dans le café au lait de Johnny. Elle espérait aussi y trouver des ampoules de Valium liquide à ajouter au cappuccino de Merry. Mais sa sœur ne cessa de parler que lorsqu'ils quittèrent l'A16 à Louth, ce qui plongea le GPS dans une telle panique qu'il tenta de les rediriger vers l'autoroute, et Johnny finit par s'exclamer :

— Un peu de pitié, Merry ! Peux-tu te taire avant que je devienne cinglé ?

Merry ne parvint même pas à se taire en silence. Elle poussa des soupirs et des râles tandis qu'ils grimpaient à flanc de collines avant de redescendre dans les vallées du plateau du Lincolnshire pour traverser de petits villages, tous plus mignons les uns que les autres, jusqu'à arriver à Lambton. L'endroit disposait d'un pré communal et de sa mare, d'un bureau de poste ainsi que d'une épicerie, d'un pub, de l'hôtel *Lambton Inn* et d'une église, qui avait été reconstruite en brique et en pierre avec très peu de fioritures au milieu du XVIIIe siècle, bien que personne ne puisse dire ce qui était arrivé à l'ancien bâtiment. En face de l'église, de l'autre côté de la rue, se trouvait le vieux presbytère, bâti une centaine d'années plus tard : une maison en briques rouges à deux étages dans le style gothique, avec tous les ornements qui manquaient à l'église, y compris des fenêtres à meneaux et une tourelle hexagonale qui surplombait la pelouse.

L'ensemble se situait à presque quarante kilomètres et tout un monde du préfabriqué comprenant trois chambres en bordure d'une cité tentaculaire de Grimsby, où Verity et ses sœurs avaient grandi. Tandis que les pneus faisaient crisser le gravier de l'allée, Verity se demanda – et ce n'était pas la première fois – si sa vie aurait été différente si elles avaient disposé d'un peu plus d'espace pour respirer, à l'époque. De la place pour vagabonder et s'étaler plutôt que d'être entassées les unes sur les autres, sans autre choix que de se chamailler et se liguer entre elles. Verity n'aurait peut-être pas été la seule enfant calme.

— Oh, mon Dieu ! Je suis autorisée à parler, maintenant ? s'enquit Merry en cherchant de l'air de manière théâtrale comme si Johnny lui avait enjoint de cesser de respirer.

Verity reconsidéra son opinion. Si elles avaient bénéficié d'une chambre chacune et d'un immense jardin pour jouer de manière qu'il y ait davantage de distance entre elles et donc une réelle nécessité de crier, ses sœurs auraient peut-être été encore plus bruyantes qu'elles ne l'étaient déjà, ce qui semblait tout bonnement impossible.

— J'apprécie d'admirer une jolie tourelle, observa Johnny en coupant le moteur et en prenant le temps de jauger le vieux presbytère du regard. On dirait qu'il a été bâti par S.S. Teulon. C'était un architecte très célèbre de l'époque victorienne.

Merry s'était déjà extirpée de la voiture ; Johnny et Verity se trouvaient donc seuls.

— Il n'est pas trop tard pour faire demi-tour, dit-elle sans plaisanter. Nous pourrions être de retour à Londres pour 22 heures.

— Hors de question, répliqua Johnny d'un ton ferme avec un sourire rassurant. Ne serait-ce que parce que je meurs d'envie de visiter la maison.

Verity offrit à Johnny une dernière chance de se défiler.

— Es-tu certain d'être prêt pour ça ? lui demanda-t-elle en déverrouillant la porte d'entrée car bien entendu, Merry ne savait pas où étaient passées ses clés.

— Nous parlons de vingt-quatre heures sur le plateau du Lincolnshire : qu'est-ce qui pourrait être plus agréable ? répondit Johnny.

Pourtant, par les fenêtres ouvertes, Verity pouvait déjà entendre trois sources de musique différentes, les aboiements d'un chien, des cris d'enfants et ce qui ressemblait à une équipe de rugby en train de dévaler l'escalier en chaussures à crampons.

Puis elle ouvrit la porte et le bruit se transforma en véritable cacophonie. Même Phil Spector aurait supplié à genoux qu'on lui donne des boules Quies. Dans la pièce sur leur droite, la télé était allumée et trois enfants que Verity n'avait jamais vus sautaient du canapé au fauteuil en hurlant.

— Attention aux cartons, prévint Merry tandis qu'ils progressaient centimètre par centimètre le long du couloir au milieu de piles de boîtes et d'un tas vacillant de sacs à linge d'où se déversaient de vieux habits, des jouets cabossés, des livres écornés et tout un assortiment d'objets qui auraient trouvé leur place chez un brocanteur.

— Ça doit être pour la vente de charité.

En jetant un coup d'œil à la porte suivante, qui menait à la salle à manger, ils virent une petite fille de neuf ou dix ans en train de taper comme un sourd sur le piano.

— Bonjour ! Bonjour ! Qui es-tu ? s'enquit Merry.

La fillette se retourna. Elle avait un air rebelle, le nez retroussé et un regard féroce.

— Madison, répondit-elle. Et toi, t'es qui ?

— Très bien. On avance, décréta Verity.

Ils progressèrent jusqu'à la grande cuisine au fond du presbytère, où le bon pasteur et l'épouse de notre bon pasteur se tenaient debout, leur tournant le dos, en train d'éplucher joyeusement des légumes devant l'évier tout en chantant *America* de *West Side Story*.

— Farv ! Muv ! s'écria Merry, et leurs parents se retournèrent.

— Oh, bonjour ! dit Dora Love d'un air vague, comme si elle n'était plus très sûre de qui ils étaient ni de ce qu'ils fabriquaient dans sa cuisine.

C'était le genre de femme toujours un peu en désordre. Même fraîchement repassés, ses vêtements semblaient froissés. Son chignon décoiffé dont s'échappaient des mèches de cheveux blond cendré concurrençait tous les chignons décoiffés qu'avait tenté d'élaborer Verity ; mais sa mère avait des yeux bruns incroyablement chaleureux dans lesquels ne se lisait jamais rien d'autre que de la gentillesse.

— Quelle vision de la beauté se trouve sous mes yeux ! entonna Ken Love d'une voix de baryton parfaite pour prononcer les sermons et faire chanter l'assemblée des fidèles.

Il dépassait sa femme d'une tête, ses habits étaient tout aussi froissés et il avait les cheveux en bataille d'un savant fou. Aux yeux d'un étranger, Mr Love pouvait paraître impressionnant, mais Mr Love était également fermement convaincu qu'il n'existait pas d'étranger, c'étaient uniquement des amis que l'on n'avait pas encore rencontrés. Il finissait donc en général par inviter ledit étranger à dîner au presbytère.

— Deuxième fille ! Troisième fille ! Venez donner un baiser réconfortant à votre père ! Et qui est ce beau gars ? Est-il venu demander la main de l'une d'entre vous ?

— Pas la mienne, répondit Merry en écartant Verity de son passage pour pouvoir être la première à profiter des embrassades exubérantes du pasteur. Peut-être celle de Verity.

— Ignore-la, conseilla Verity à son père tout en tendant la joue gauche pour qu'il y dépose un baiser, puis en tendant la joue droite à sa mère pour qu'elle lui inflige le même traitement. Je vous présente Johnny, mon ami. Il est architecte. Il sait qui a conçu le presbytère.

— Oh ! Ton ami ! Johnny ! Oui, je suis ravie que vous ayez pu venir ! s'exclama Dora Love en saisissant la main de Johnny. Et je suis tellement enchantée que Very et vous passiez du temps ensemble.

Le bon pasteur détailla Johnny de pied en cap. Ce dernier se soumit à l'examen avec un sourire patient jusqu'à ce que Ken hoche la tête.

— « J'exercerai sur eux de grandes vengeances, en les châtiant avec fureur. Et ils sauront que je suis l'Éternel, quand j'exercerai sur eux ma vengeance », dit-il en guise de salut. Ézekiel 25 :17. Sois gentil avec notre Verity. Nous l'aimons beaucoup.

C'était la première fois qu'un petit ami de Verity était accueilli par un verset de la Bible ; mais bon, son seul autre petit copain avait été Adam et avant qu'elle l'amène rencontrer ses parents, elle avait prévenu son père qu'il n'avait pas la force intérieure pour affronter une telle chose.

À l'époque, Verity avait été terrifiée que les forces combinées de tous les Love réunis n'anéantissent Adam avant même qu'il ait ôté son manteau. Ça n'avait pas été le cas, mais ils l'avaient incontestablement épuisé mentalement. Adam avait à peine prononcé deux phrases complètes au cours du week-end désastreux qu'il avait passé au presbytère.

Johnny était fait d'un bois moins tendre, car il se contenta de baisser la tête pour signifier qu'il avait pris acte de la menace implicite du bon pasteur.

— Je l'aime beaucoup, moi aussi, répondit-il.

Même si Johnny avait dit ça de manière amicale puisque Verity et lui étaient effectivement amis, curieusement, le cœur de la jeune femme fit un bond dans sa poitrine. Puis Johnny tendit un sac en provenance du très chic traiteur *Ottolenghi*, à Islington, et une bouteille de vin qui paraissait avoir coûté bien plus de 6 livres, prix le plus élevé que Verity ait jamais payé pour une bouteille de vin.

— Merci de m'avoir invité, déclara-t-il.

— Ce sont des gaufrettes au chocolat ? s'enquit Merry en essayant de s'emparer du sac de chez *Ottolenghi* – mais son père l'en empêcha. Tu as trouvé celles au caramel au beurre salé ?

— Renonce, diabolique enfant ! menaça le bon pasteur.

— Au fait, à propos d'enfants diaboliques, qui sont les marmots en train d'anéantir le salon et le piano ? s'enquit Merry.

Verity regardait Johnny qui observait la cuisine. Le soleil de la fin d'après-midi filtrait par la grande fenêtre près de l'évier.

Avec son buffet gallois de chez *Aga* rempli de vaisselle disparate, sa table en pin brossé et son canapé affaissé enseveli sous une collection de couvertures élimées où roupillaient Picasso et Dali, leurs deux chats isabelle, la cuisine était le cœur du presbytère.

Il y avait toujours quelque chose qui mijotait sur les plaques, un gâteau en train de cuire dans le four, la bouilloire qui sifflait pendant qu'on offrait aux paroissiens des conseils ou une oreille compatissante, une épaule sur laquelle pleurer et/ou une part de gâteau.

— Les gosses viennent du village voisin. Leur maman a dû être emmenée à l'hôpital à cause d'une appendicite proche de la péritonite et leur père travaille sur une plate-forme pétrolière au milieu de la Mer du Nord, mais il se joindra à nous un peu plus tard dans la soirée, répondit Dora Love en fronçant les sourcils. Ce sont des enfants adorables, mais je ne cesse d'oublier leurs prénoms.

— Il n'y a pas de place pour dormir, alors ? demanda Verity, pleine d'espoir. Parce que nous pourrions juste repar…

— Il y a plein de place. Les enfants ont fait leur antre de ma salle de couture, Merry et toi pouvez prendre la chambre bleue, Chatty et Immy sont dans leur ancienne chambre et lorsque nous avons échangé des mails, Jimmy a assuré que ça ne le dérangeait pas de dormir sur le vieux lit de camp de votre grand-père, répliqua Mrs Love avec calme. Ce qui me rappelle que nous devons le descendre du grenier.

— C'est Johnny, la corrigea Verity. Et franchement, Johnny est un invité, il devrait donc avoir un lit correct. Il peut s'installer dans la chambre bleue et Merry peut dormir sur le canapé du salon. Moi, je prendrai le lit de camp.

— Dormir sur le canapé ? Avec mes maux de dos ? se lamenta Merry.

— Le lit de camp ne me dérange pas, intervint Johnny.

Au même instant, un brouhaha se fit entendre à la porte de derrière et deux femmes firent irruption, suivies d'un énorme golden retriever qui tenta de sauter sur le canapé de la cuisine. Il fut tenu à distance par les deux chats qui s'étaient réveillés, et s'étaient transformés en monstres sifflants et crachants.

— Pauvre Alan, dit Verity.

Au cours des six ans durant lesquels « Pauvre Alan » avait occupé la place de résident canin du presbytère, ses résidents félins l'avaient toujours traité avec dédain et, dans le cas de Picasso et Dali, avec une franche hostilité. Mais Pauvre Alan ne le prenait pas personnellement. À présent, il venait d'apercevoir Merry et Verity : il bondit vers elles en agitant la queue avant d'être fauché dans son élan par les jumelles.

— Chatty ! Immy ! hurla Merry assez fort pour percer plusieurs tympans avant d'être engloutie dans une étreinte fraternelle. C'est si bon de vous retrouver ! Où est Connie ?

— À la ferme. Une urgence bovine, un truc comme ça.

Immy fit une grimace pour suggérer l'horreur que lui inspirait une urgence bovine.

— Tant qu'elle n'est pas obligée de mettre la main dans une vache, ça devrait aller, ajouta Chatty dont le visage se tordit de dégoût.

Chatty et Immy se ressemblaient assez pour que la plupart des gens croient qu'elles étaient de vraies jumelles, jusqu'à ce qu'elles restent assez longtemps l'une à côté de l'autre pour qu'il devienne évident que Chatty était plus grande, et qu'Immy avait une petite fossette sur le menton et des cheveux filasse plutôt que simplement blonds. Les deux sœurs se tournèrent vers Verity avec la même expression machiavélique.

— Hé, Very, tu nous embrasses ? demanda Immy en s'avançant vers sa sœur aînée, laissant Chatty fermer la marche.

Verity n'eut même pas le temps de réagir avant d'être enveloppée dans un double câlin. Ses joues furent couvertes de bisous baveux – pas en témoignage d'affection, mais dans l'unique dessein de la tourmenter.

Elle supporta l'assaut le temps de compter jusqu'à dix, puis elle pinça le bras de ses deux sœurs pour que celles-ci la relâchent en poussant des cris indignés.

— Pas cool, Very ! protesta Chatty.

— Pas cool du tout, approuva Immy.

Verity arbora son sourire le plus angélique, parce qu'elle aussi savait parfaitement comment torturer ses cadettes.

— « Mais il nous faut endiguer le flot de la méchanceté et recouvrir mutuellement nos plaies du baume de la consolation entre sœurs », récita-t-elle de sa voix la plus prude.

Les trois sœurs Love grognèrent en chœur. Merry consulta ostensiblement l'horloge sur le micro-ondes.

— À peine dix minutes que nous sommes là et Very cite déjà *Orgueil et Préjugés*, dit-elle. Je pense qu'il s'agit d'un record personnel.

Johnny avait observé toutes ces espiègleries entre sœurs d'un air perplexe, mais lorsque Verity croisa son regard, il sourit. Elle roula des yeux en direction de ses sœurs avant de lui rendre son sourire.

— Qui est-ce ? s'enquit Chatty derrière elle.

— C'est ton fameux jeune homme, Very ? demanda Immy.

Cette dernière tournait le dos à leurs parents ; elle gratifia donc Johnny d'un clin d'œil théâtral – les sœurs de Verity étaient toutes affreusement prévisibles.

— Plus très jeune, je le crains, répliqua Johnny avec une grimace contrite.

Chatty et Immy sourirent.

— On l'aime bien, annonça Immy. Il peut rester.

— Bien sûr qu'il peut rester, mais maintenant, j'ai besoin que vous sortiez tous de la maison, décréta Mrs Love. Il faut que je nourrisse les enfants qui ne mangent que des nuggets de poulet et des frites, et votre père n'a toujours pas écrit son sermon pour demain. Il était censé l'avoir terminé jeudi dernier.

— Un gars de Hull avait des problèmes pour réunir deux colonies d'abeilles, alors je me suis senti obligé d'aller lui prêter assistance, protesta le bon pasteur. Je me demande si je ne devrais pas faire un sermon *ex abrupto*. Ça doit être très libérateur.

— Faire quoi ? grogna Merry.

— Improviser, expliqua Verity tandis que Mrs Love secouait la tête.

— La dernière fois que tu as improvisé, ton sermon a duré presque deux heures et tous les rôtis du dimanche étaient immangeables au village.

Dora Love donna une tape affectueuse sur les fesses de son mari.

— File dans ton bureau. Pas de dîner pour toi tant que tu n'auras pas terminé. (Elle chassa ses quatre filles et Johnny d'un geste de la main.) Allez au pub. Et emmenez Pauvre Alan avec vous, ajouta-t-elle car celui-ci venait une fois de plus d'essayer de sauter sur le canapé de la cuisine où il s'était fait attaquer par un Picasso furieux.

— Désolée, s'excusa Verity auprès de Johnny tandis qu'ils sortaient du presbytère vingt minutes à peine après leur arrivée. J'ai tellement honte qu'on ne t'ait même pas proposé une tasse de thé ni offert une occasion de t'asseoir.

— Aucun souci, la rassura Johnny. Ça va me faire du bien de me dégourdir les jambes après tout ce temps au volant.

— Tu ne vas pas pouvoir te les dégourdir beaucoup, l'informa Chatty. Le pub n'est qu'à une minute d'ici. (Elle fit un clin d'œil à Johnny.) Very, est-ce qu'il sait qu'on sait ?

Verity songea qu'elle avait dû faire quelque chose de très mal dans une autre vie, voire dans celle-ci – s'inventer de faux petits amis, par exemple – pour mériter tout ça.

— Eh bien, s'il ne le savait pas, maintenant il est au courant, répondit-elle.

— Au courant de quoi, exactement ? s'enquit Johnny.

Verity ne parvenait pas à comprendre comment il réussissait à conserver une voix calme et à ne pas faire de grimaces.

— Que Verity et toi êtes juste « amis », expliqua Immy en mimant des guillemets avec un sourire narquois. Même si Farv et Muv ne croient pas un mot de ces âneries. Ils prient, littéralement, pour que vous soyez amoureux.

— Nous ne sommes peut-être pas amoureux, mais nous sommes amis, déclara Johnny en lançant un regard de biais à Verity.

— Oui, juste amis, confirma-t-elle.

— Ne vous inquiétez pas, vous pouvez être naturels avec nous, dit gentiment Chatty. Vous n'êtes pas obligés de faire semblant de bien vous aimer si vous n'en avez pas envie.

— Mais on s'aime bien ! se récrièrent Johnny et Verity à l'unisson.

Immy arbora de nouveau son petit sourire narquois, et Chatty et Merry se poussèrent du coude. Même Pauvre Alan avait l'air de se moquer d'eux.

— Ouais, mais vous ne vous « aimez » pas vraiment, répliqua Merry en mimant à son tour des guillemets.

Verity roula des yeux si fort que ce fut un miracle qu'elle ne se fasse pas mal.

— Eh bien, c'est sûr que toi, Merry, je ne t'« aime » pas beaucoup, là tout de suite, rétorqua Verity d'un ton acerbe.

Merry fit la moue, et Chatty et Immy s'étranglèrent de rire comme deux petits cochons fous de joie.

— Si tu veux vraiment te dégourdir les jambes, pourquoi ne pas nous promener un peu avant d'aller au pub ? suggéra Verity à Johnny qui acquiesça avec gratitude. Vous n'êtes pas invitées, ajouta-t-elle à l'intention de ses trois sœurs. Sauf Pauvre Alan, et c'est uniquement parce qu'il ne sait pas parler.

Verity et Johnny se dirigèrent vers un portail dans le mur en pierre qui bordait la pelouse. Pauvre Alan ouvrait le passage en trottinant gaiement.

— Je suis tellement désolée, répéta Verity.

Elle craignait d'être obligée de prononcer ces mots de nombreuses fois au cours des prochaines vingt-quatre heures. Et Johnny n'avait même pas encore rencontré Connie.

— Pas beaucoup de secrets entre sœurs ? s'enquit Johnny tandis qu'ils traversaient le chemin pour franchir un second portail qui les mènerait à un sentier musardant à la lisière du plateau.

— Pas avec mes sœurs à moi, confirma Verity. Même si je ne leur dis pas tout, elles devinent toujours quand je leur cache quelque chose et elles réussissent systématiquement à m'extorquer la vérité à force d'obstination.

— Ça doit être épuisant.

— Oui, vraiment.

Verity se risqua à jeter un coup d'œil à Johnny pour voir à quel point il était agacé, mais il n'avait pas l'air contrarié le moins du monde.

— Eh bien, je suggère que nous nous en tenions à la version « nous sommes juste amis », sauf si on nous interroge sous serment. Ça te va ? proposa Johnny.

— Tout à fait.

— Si tu veux, nous pouvons marcher en silence un moment.

Avant que Verity ait pu demander à Johnny comment il savait qu'elle avait envie de ne plus entendre un seul mot pendant au moins une demi-heure, il pressa le bout de son doigt sur son arcade sourcilière.

— J'ai remarqué que quand tu es sur le point de faire ta Greta Garbo, un petit muscle se met à tressauter, ici.

C'était la vérité. Quand la vie moderne et son cortège de bruits et de chaos commençaient à épuiser Verity, un tic faisait tressauter son sourcil juste au-dessus de sa paupière gauche, exactement comme à ce moment-là.

— Et tu ne me parles plus que par monosyllabes, ajouta Johnny. C'est un autre signe. Alors je vais me taire, maintenant.

Si Verity avait réellement été à deux doigts de faire sa « Greta Garbo », elle aurait souhaité être seule, de préférence dans une pièce insonorisée et à la lumière tamisée. En l'état actuel des choses, elle se satisfaisait d'être à l'extérieur. La moiteur avait disparu maintenant qu'ils étaient plus au nord et une charmante petite brise faisait bruire les feuilles. L'air était délicieusement frais : Verity le respira à pleins poumons.

Verity adorait Londres. Elle adorait l'anonymat de la grande ville. Elle adorait ses amis et son petit appartement qu'elle habitait gratuitement, ainsi que la vie qu'elle s'était construite là-bas. Mais elle se demandait sincèrement si, tout au fond de son cœur, elle n'était pas une fille de la campagne.

Les herbes hautes qui bordaient le chemin venaient caresser ses jambes nues et Pauvre Alan courait joyeusement après un papillon paresseux qui voletait de fleur en fleur : Verity sentit s'envoler toute la tension accumulée au cours des trois dernières heures dans la voiture en compagnie de Merry qui ne cessait de jacasser.

Tout aurait été parfait à l'exception d'un léger détail : Johnny. Ou plutôt son téléphone, qui bipait régulièrement pour annoncer l'arrivée de messages. Verity aurait parié au moins 5 livres que ceux-ci provenaient de Marissa. Les « bip » étaient peut-être une manifestation céleste : le Seigneur avait placé Johnny sur le chemin de

Verity pour qu'elle le libère du boulet de Marissa qui l'entraînait vers le fond. Après tout, Verity appartenait à la famille Love ; ce qui signifiait, même si ça lui faisait mal de l'admettre, que fourrer son nez partout était inscrit dans ses gènes.

Les « bip » se muèrent en sonnerie. Rien de bien fantaisiste, juste le classique « brrrrrr brrrrrr », mais c'était aussi malvenu qu'une épidémie de varicelle dans une école primaire.

— Désolé, s'excusa Johnny comme il l'avait déjà fait tant de fois auparavant pour exactement la même raison. Il faut que je prenne ce coup de fil.

Il n'y était pas obligé. Ce n'était pas comme s'il y avait une urgence que seul Johnny pouvait résoudre.

— Marissa ? Qu'y a-t-il ? Tu sembles contrariée. Quoi ? Pardon ? Ça coupe. Je n'ai presque pas de réseau. Et merde !

Johnny dévia à gauche, son téléphone à bout de bras comme s'il tenait une baguette de sourcier.

C'était peut-être l'une des autres raisons pour lesquelles Verity adorait la campagne. Lorsqu'elle rendait visite à ses parents, le réseau mobile était quasi inexistant, à moins de sortir une chaise, de la placer à l'endroit le plus au nord du jardin du presbytère et de grimper dessus.

Elle marcha jusqu'à arriver à un pont de pierre. Là, elle attendit Johnny qui finit par apparaître, tout rouge et l'air contrit.

— Je suis tellement déso…

Verity n'avait pas besoin d'en entendre davantage.

— Ton portable. Il est assuré ?

— Pardon ?

Johnny l'observait comme si elle parlait une langue inconnue.

— Euh, oui. Pourquoi ?

Verity ne se découragea pas.

— Et tu sauvegardes tes données régulièrement ?

— Oui. De toute manière, à peu près tout est téléchargé sur le Cloud, répondit Johnny en fronçant les sourcils. Pourquoi ?

Verity croisa les bras.

— Parce que je songe sérieusement à balancer ton téléphone là-dedans. Voilà pourquoi.

Ils regardèrent tous deux en direction du pont sous lequel un petit ruisseau coulait sur des galets.

— Si tu faisais ça, je doute qu'il fonctionne encore ensuite, même si je le mettais dans un sac de riz pendant une semaine, dit Johnny d'un ton grave.

— Je ne vais pas le faire, mais j'ai beaucoup pensé à détruire ton portable, avoua Verity. Parce que – même si je ne veux vraiment pas me mêler de tes affaires – tu as mentionné toi-même que Marissa et toi étiez censés faire une sorte de pause, mais ça… (elle désigna l'iPhone de Johnny, sa porte ouverte vers Marissa) ça anéantit tous vos efforts.

Ce fut au tour de Johnny de croiser les bras et de gratifier Verity d'un regard qui aurait effrayé une femme moins coriace.

— Tu ne comprends pas, répliqua-t-il sèchement. C'est compliqué.

— Ça ne me semble pas si compliqué que ça, marmonna Verity. Elle est mariée depuis je ne sais combien d'années, et pas à toi.

Elle n'avait pas le courage de prononcer ces mots plus fort, ni d'ajouter que Johnny serait encore célibataire sur son lit de mort s'il continuait à s'accrocher au mince espoir que Marissa retourne un jour avec lui.

— Tu as l'air d'être une véritable experte en amour, observa Johnny avec une pointe d'amertume tandis qu'ils faisaient demi-tour pour revenir sur leurs pas.

— Pas une experte, loin de là, rétorqua sèchement Verity.

— Et ce type que tu as rencontré à la fac ? Alan ?

— Adam !

Comme toujours, au seul fait de prononcer son prénom à voix haute, les mains de Verity devinrent moites.

— Que vient-il faire dans cette histoire ? demanda-t-elle.

— Tu as dit que tu étais amoureuse de lui, lui rappela Johnny.

Verity pria pour qu'il change de sujet. Elle n'avait aucune envie de penser à Adam, encore moins d'en parler.

— J'étais vraiment amoureuse de lui et c'est pour ça que quand notre histoire a pris fin, j'ai su qu'il valait mieux tourner la page. Pas de regrets, pas de reproches, surtout pas de SMS, expliqua-t-elle d'une voix déterminée. De toute manière, c'est de toi que nous parlons, pas de moi.

— Alors comme ça, tu as vécu une unique relation de couple dont tu t'es remise rapidement ? Ça ne ressemble à aucune des histoires d'amour que je connais, répliqua Johnny comme si Verity ne pouvait absolument rien comprendre aux affaires de cœur passionnées, ce qui était totalement faux.

Elle portait encore toutes les cicatrices affectives de cette unique relation, et même si elle était restée résolument célibataire depuis, elle s'y connaissait en amour. Après tout, elle avait lu *Orgueil et Préjugés* des centaines de fois et Johnny pas une seule ; s'il l'avait fait, il aurait su aussitôt, comme Verity lors de sa première rencontre avec elle, que Marissa était une Caroline Bingley jusqu'au bout des ongles.

D'ailleurs, il n'y avait pas qu'*Orgueil et Préjugés* et les innombrables romances que Verity avait lues. Elle était également entourée de couples s'aimant ardemment. Le bon pasteur et l'épouse de notre bon pasteur étaient très attachés l'un à l'autre. Il y avait aussi Connie et Alex, Merry et Dougie, Sean et Emma, et même Posy et Sebastian. Alors, Verity n'avait peut-être vécu qu'une relation amoureuse, mais elle n'avait pas oublié à quoi ressemblait l'amour et apparemment, Marissa et Johnny n'étaient pas près de partir ensemble dans le soleil couchant de sitôt.

Le toit à pignons du presbytère entra dans leur champ de vision juste à l'instant où le téléphone de Verity se mit à biper à son tour.

On entame la deuxième tournée. Dépêchez-vous !
Biz. Merry

Verity décida de laisser tomber le sujet Marissa/Johnny pour le moment. C'était sa toute première tentative de se mêler de ce qui ne la regardait pas ; or, si elle devait en croire ses sœurs, il fallait épuiser sa victime jusqu'à ce qu'elle soit si affaiblie qu'elle consente à faire n'importe quoi pour mettre fin à l'interrogatoire. En outre, Verity détestait entrer en conflit avec les gens et il apparaissait qu'elle détestait particulièrement être en conflit avec Johnny. Elle n'avait pas envie de voir ses traits se crisper autant que sa voix.

— Écoute, on devrait tout simplement se dire que nous ne sommes pas d'accord en ce qui concerne nos conceptions de l'amour, tu ne crois pas ? suggéra-t-elle. Ça ne vaut vraiment pas la peine d'argumenter là-dessus.

Johnny l'observa d'un air incrédule.

— Je pense au contraire que ça en vaut vraiment la peine ! rétorqua-t-il.

Verity fut sauvée par son téléphone qui bipa de nouveau. C'était un SMS de Nina, qui lui avait envoyé une photo de Gourgandine assis sur ses pattes arrière écartées comme un ivrogne, avec un verre de vin rouge et les restes d'un kebab devant lui.

Reviens vite, maman. Tatie Nina est en train de me corrompre. Bisous, Gourgandine (Mr)

Verity s'étrangla de manière fort peu féminine, complètement hilare. Elle se risqua à montrer son écran à Johnny qui restait silencieux, le visage grave. Elle faillit pousser un soupir de soulagement lorsqu'il sourit.

— Allons-nous devoir rentrer au galop à Londres pour sauver ton chat d'une vie dans le vice ? s'enquit-il.

C'était une idée tentante, mais la perspective d'un gin tonic au *Lambton Inn* l'était aussi.

— Je crois que Gourgandine s'en sortira. Et si ce n'est pas le cas, je le mettrai en cure de désintoxication féline lundi. En parlant de ça, on va au pub ?

Dès qu'ils apparurent à la porte du jardin du café, avec un verre de gin tonic et un sachet de chips au vinaigre chacun, ils furent accueillis par un cri à leur déchirer les tympans.

— Very ! Viens embrasser ta grande sœur !

— Ça, c'est Connie, dit Verity à Johnny tandis que sa sœur aînée redressait son mètre quatre-vingts du banc où elle était juchée pour agiter frénétiquement les bras.

— La tyrannique ? s'enquit Johnny du bout des lèvres alors qu'ils s'approchaient.

Verity sourit aux nombreuses personnes qui se retournaient pour lui dire « bonjour ». Tout le monde se connaissait à Lambton, et être l'une des cinq filles du pasteur, même l'une de celles qui vivaient dans la lointaine capitale et ne venaient pas aussi souvent qu'elles le devraient, conférait un statut de célébrité à Verity.

— Oui, confirma-t-elle alors qu'ils atteignaient la table et les bancs où les sœurs Love et Alex, le fiancé de Connie, étaient assis en compagnie de…

*Quelle horreur!* George, le vicaire de son père.

George portait un bermuda, des chaussettes beiges et des sandales noires. Il ne leva pas les yeux car il était en train d'expliquer à Immy, dont le visage restait figé, qu'être professeure d'arts plastiques, c'était très bien mais que ça ne servait à rien dans la vraie vie.

Verity entendit Immy marmonner entre ses dents à l'intention de Chatty :

— J'ai un excellent crochet du droit. Tu crois que ça sert, dans la vraie vie ?

Ensuite, Verity n'entendit plus rien car Connie s'était emparée d'elle et la serrait si fort qu'une fracture de la cage thoracique n'aurait pas été impossible.

— Very ! Ça fait trop longtemps ! s'exclama Connie sans lâcher sa sœur – elle testait la théorie selon laquelle plus elle la pressait fort, plus Verity se tortillerait entre ses bras.

Verity soupçonnait depuis longtemps ses sœurs de tenir un carnet concernant la durée pendant laquelle on pouvait la forcer à faire un câlin. Et voilà qu'elle entendit Merry déclarer :

— Plus d'une minute ! C'est un nouveau record ?

— Lâââche-moi ! s'écria Verity en luttant pour recouvrer la liberté avant de donner un coup de poing dans le bras de Connie. Prête pour la mission organisation de mariage ? Tu es en mode prise de décisions ?

— On aura tout le temps pour ça demain, décréta Connie en secouant ses boucles blond vénitien.

Connie avait le visage pointu, mais ses traits étaient adoucis par ses cheveux indisciplinés et le sourire qu'elle arborait presque toujours. Celui-ci fit une apparition remarquée tandis qu'elle détaillait Johnny de haut en bas ; ce dernier avait été réquisitionné par Immy pour la sauver du *mansplaining* de George.

— Oh, mon Dieu, Very ! C'est Johnny ? Tu n'as jamais dit qu'il était si beau ! s'exclama Connie.

— Chhhh !

Verity claqua des doigts sous le nez de sa sœur. Lorsque Johnny se détourna d'Immy, l'aînée des sœurs Love affichait un sourire innocent et serein.

— Je m'appelle Connie, se présenta-t-elle. Tu dois être Johnny. J'ai tellement entendu parler de toi !

Johnny ne cilla pas.

— Moi aussi, j'ai beaucoup entendu parler de toi, répliqua-t-il. As-tu pris ta décision concernant les couleurs de ton mariage ?

— J'ai réduit le choix à une sélection de quatre couleurs. Enfin, peut-être six. Ou sept. Tout va bien se passer, assura Connie.

Pourtant, avec une cérémonie prévue moins de deux mois plus tard, tout risquait de plutôt mal se passer… sauf si Connie s'engageait dans les préparatifs avec la même ardeur qu'elle s'était engagée auprès d'Alex, modeste agriculteur, lorsque ce dernier lui avait demandé sa main.

— Bien, reprit-elle. Assieds-toi à côté de moi, Johnny, pour que je puisse te poser des tas de questions très intimes. Va-t'en, Very.

Connie poussa sa cadette sans trop de douceur.

— Je t'avais prévenu que c'était la plus tyrannique, dit Verity en bousculant Connie à son tour.

Elle ne s'éloigna pas mais alla s'installer de l'autre côté de Johnny pour pouvoir discuter avec Chatty et épier la conversation de Connie, qui ne fut pas aussi indiscrète et provocatrice que l'aurait cru Verity.

Connie avait surtout envie de consulter Johnny sur la probabilité qu'il pleuve fin septembre – comme si Johnny était un météorologue enthousiaste et qu'il était familier du microclimat du Lincolnshire.

— Mes sœurs sont tellement pessimistes et sinistres à ce sujet ! Elles insistent sur le fait qu'il va pleuvoir, mais j'ai vérifié la météo de la fin du mois de septembre sur Internet et il ne pleut pas tant que ça, expliqua-t-elle à Johnny, qui devait regretter son impatience à rencontrer les proches de Verity.

— Il faudrait peut-être prévoir un plan d'urgence en cas de pluie ? suggéra-t-il. Une grande tente dans le jardin de tes parents, par exemple, même si tu t'y prends un peu tard pour réserver.

— La ferme ! gémit Connie comme si Johnny était un membre de sa famille et non un invité. Je suppose qu'il y aura toujours une grange libre, mais toutes celles de la ferme sont pleines de rats ou de machines cassées qui datent de la Première Guerre mondiale.

Verity fit la sourde oreille aux propos de Connie : elle avait déjà entendu ce discours un millier de fois. Elle reporta son attention sur Chatty qui avait été rejointe par Immy. Celles-ci murmurèrent à l'unisson, totalement surexcitées :

— Johnny est tellement séduisant ! Tu es vraiment certaine de ne pas être ne serait-ce qu'un tout petit peu amoureuse de lui ?

Verity jeta un bref coup d'œil pour s'assurer que Johnny écoutait toujours Connie – et maintenant également Alex – puis elle répondit :

— Écoutez, je suis capable de l'apprécier sur le plan esthétique, j'ai des yeux, mais je suis juste… je suis juste…

— Une imbécile incapable de reconnaître un truc bien quand elle le tient ? suggéra gentiment Immy.

— Je ne le tiens pas du tout. Johnny ne m'appartient pas, répliqua Verity.

Elle marqua une pause et dut s'armer de tout son courage pour ne pas faire grincer ses molaires.

— Son cœur est pris par une autre, ajouta-t-elle.

— Par cette Marissa, marmonna Chatty d'un ton lugubre. Tu es allée voir son Instagram ?

— Tu y es allée, toi ?

— Il n'y a que les Kardashian pour prendre plus de selfies qu'elle, répondit Immy d'un ton méprisant – à l'évidence, elle aussi avait participé à la recherche Instagram concernant Marissa. Elle est allée à Dubaï…

— Je sais…

— Vingt-sept photos en Bikini, toutes avec le hashtag *« thigh gap »* ! s'exclama Chatty. Elle a la trentaine, non ? Je m'attends à ce hashtag de la part de certaines ados à qui j'enseigne, pas de la part d'une femme adulte.

— Elle est très intelligente, insista Verity sans trop savoir pourquoi elle prenait la défense de Marissa. Elle est allée à Cambridge.

— Qui est allé à Cambridge ? C'est de moi que vous parlez ? demanda Johnny.

Comme Verity avait pivoté sur son banc pour faire face à Immy et Chatty, elle lui tournait le dos : par chance, il ne pouvait donc pas la voir rougir de honte.

— Non, nous parlions de quelqu'un d'autre, répondit Chatty en dardant sur Johnny son plus bel œil aguicheur. Mais passons à l'essentiel : Verity t'a-t-elle raconté les pires moments embarrassants de sa vie ? Ça nous attristerait vraiment de constater qu'elle te cache des choses.

Comme Verity lui tournait toujours le dos, Johnny ne put voir le regard meurtrier qu'elle lança à ses deux sœurs cadettes. Toutefois, il avait dû percevoir la rigidité de ses épaules et de sa nuque car il lui tapota doucement le bras.

— Eh bien, elle m'a raconté que vous faisiez semblant d'être les sœurs Mitford et que vous jouiez aussi aux sœurs Bennet, mais je n'ai pas lu *Orgueil et Préjugés*, alors…

— Argh ! Quel monstre es-tu ?! demanda Immy.

Elle n'attendit pas la réponse avant de poursuivre :

— Verity t'a-t-elle aussi raconté comment on jouait aux puritaines qui dénonçaient les sorcières ?

— Nous n'avions pas de télé, expliqua Verity en pivotant pour que Johnny puisse lire la souffrance dans ses yeux. Il fallait bien trouver un moyen de s'amuser.

— On a aussi inventé nos prénoms de puritaines, se remémora Chatty. Immy était L'Impatience est un détestable péché.

— Et Chatty était La Charité va toujours aux moins méritants, lança Merry de l'autre bout de la table. Je suis encore fière de celui-là.

Johnny observa les cinq sœurs avec jubilation.

— Et le nom puritain de Connie, c'était quoi ? questionna-t-il.

— Une Constante source de chagrin, récita Verity, les mains jointes comme pour une prière tandis que Merry poussait des cris de joie.

— La ferme, Véritable Tracas pour tous ceux qui la connaissent ! (Connie fusilla Merry du regard.) Quant à toi, Dieu est sans merci…

— En réalité, j'ai toujours trouvé Dieu plein de compassion, intervint Mr Love en s'asseyant à la table voisine avec une pinte de bière. J'espère sincèrement que ce délicieux voyage parmi vos souvenirs ne se terminera pas avec Immy et Chatty attachées à la corde à linge pendant que les trois autres chantent : « Brûlez les sorcières ! Brûlez les sorcières ! » au lieu de montrer l'exemple. (Il s'interrompit pour boire une gorgée de bière rafraîchissante.) J'ai terminé mon sermon. Je me suis dit que le retour de l'enfant prodigue était d'actualité, puisque vous êtes toutes les cinq à la maison pour le week-end.

— Où est Muv ? demanda Connie. Tu ne l'as pas laissée toute seule affronter tous ces gosses, hein ?

— Leur père est arrivé juste au moment où j'achevais mon sermon. Apparemment, on a dû l'évacuer par pont aérien de la plate-forme pétrolière. De toute manière, votre mère va nous rejoindre bientôt. Elle traquait une poupée Barbie errante la dernière fois que je l'ai aperçue... Ah ! La voilà !

Mrs Love, qui paraissait encore plus agitée et plus ébouriffée qu'auparavant, pénétra dans le jardin du pub avec un verre de vin rouge si large qu'il aurait pu servir de seau.

— J'ai demandé à Jean si elle avait quelque chose à grignoter. Elle va nous préparer des œufs et des frites, annonça-t-elle. J'ai déjà cuisiné le repas du soir pour les enfants. Hors de question que je fasse le repas deux fois dans la même soirée.

— Personne n'attend cela de toi, ma chérie, dit Mr Love en lançant un regard plein de tendresse à sa femme. Et les expériences passées ont démontré qu'il valait mieux que je ne prépare jamais le repas du soir.

— Quand nous étions petites, Muv est partie pour Newcastle pour rendre visite à notre mamie et papa a dû s'occuper de nous, expliqua Merry à Johnny. Il a oublié qu'il avait mis les saucisses sur le gril et elles ont été carbonisées. Bien sûr, nous ne nous en sommes rendu compte qu'après avoir éteint la friteuse qui avait pris feu.

— Un jour, mon père a décidé de cuisiner un curry thaï. Il a oublié que le scotch bonnet était le plus fort de tous les piments, mais j'ai réussi à refouler ce souvenir, dit Johnny. Même si j'attends toujours de recouvrer mes papilles gustatives.

— À propos de scotch, j'ai plusieurs amis apiculteurs en Écosse, intervint le bon pasteur qui trouvait toujours un moyen de rediriger la conversation vers l'apiculture. Par chance, ils sont installés à Moray, qui dispose de plusieurs distilleries de whisky.

— Les deux grandes passions de papa dans l'existence : les abeilles et le whisky pur malt ! s'exclama Connie.

Jean, la propriétaire, et David, son fils adolescent qui aimait à se définir comme le seul gothique du village, apportèrent leurs assiettes.

Verity était certaine que Johnny n'était pas habitué à ça quand il partait pour un week-end à la campagne : des œufs, des frites et une conversation animée où tous criaient les uns par-dessus les autres en discutant de la séparation de l'Église et de l'État, de *Real Housewives : Berverly Hills* – l'obsession de Connie et de l'épouse de notre bon pasteur – et de la coordinatrice des langues vivantes, qui vivait une liaison tumultueuse avec le responsable pastoral dans l'école où Immy et Chatty enseignaient toutes les deux. Pourtant, si Johnny souffrait mille morts et aurait préféré se trouver n'importe où ailleurs que dans le jardin du pub du *Lambton Inn*, il faisait vraiment bonne contenance.

En fait, il était même extrêmement souriant, ce qui lui donnait l'air encore plus beau que d'habitude. Au cours de la discussion, Connie, Merry, Immy et Chatty adressèrent chacune à leur sœur un signe en levant le pouce furtivement.

Même l'épouse de notre bon pasteur croisa le regard de Verity et lui fit un clin d'œil.

C'était fort embarrassant, et Verity aurait été morte de honte si Johnny avait surpris quoi que ce soit; mais la plupart du temps, elle se sentit apaisée, bien que le niveau sonore autour des deux tables qu'ils avaient réquisitionnées devienne de plus en plus assourdissant. Elle se trouvait avec sa famille; une famille exaspérante, bruyante et excentrique. En dépit de leurs taquineries et de l'habitude que les siens avaient de monter le volume à fond, Verity était heureuse d'être rentrée chez elle – non pas parce qu'ils avaient atteint leur destination après un long trajet sur l'autoroute, mais parce qu'elle se trouvait avec les six personnes dont elle partageait l'ADN et une longue, très longue histoire. Six personnes qui connaissaient le meilleur et le pire chez Verity, acceptaient la jeune femme et l'aimaient sans condition. Si elle réussissait à dénicher toutes ces qualités chez un homme qui aurait également la capacité de lui faire manquer un battement de cœur avec un simple sourire, alors elle reconsidérerait peut-être le fait de renoncer à toutes ces histoires d'amour romantiques, songea-t-elle.

Évidemment, cet homme fictif ne pourrait jamais être Johnny. Pas quand son cœur était déjà pris et qu'il avait prévenu Verity à maintes reprises de ne pas tomber amoureuse de lui. Mais en l'observant s'intégrer impeccablement à sa famille de fous – écouter patiemment le bon pasteur jacasser sur ses abeilles, tenir tête à ses sœurs, et même rire à l'une des plaisanteries bien grasses de George –, Verity ne comprit pas pourquoi elle s'était tellement inquiétée à l'idée de lui faire rencontrer les siens en le ramenant chez elle.

# Chapitre 18

« TÂCHEZ DE NE PAS VOUS TOURMENTER INUTILEMENT. BIEN QU'IL FAILLE SE PRÉPARER AU PIRE, RIEN NE PERMET D'AFFIRMER QU'IL EST INÉVITABLE. »

Johnny était toujours de bonne humeur le lendemain, bien qu'il ait passé la nuit dans la salle de couture de l'épouse de notre bon pasteur sur le lit de camp ayant appartenu au père du bon pasteur à l'époque où il était scout, c'est-à-dire avant la Seconde Guerre mondiale. Le lit était en toile, à laquelle étaient attachés différents bouts de métal rouillé : il était légèrement moins confortable que si on décidait de dormir par terre. Mais tous les canapés du presbytère étaient bien trop petits pour accueillir le mètre quatre-vingt-dix de Johnny et ce dernier avait catégoriquement refusé d'échanger sa place avec Verity pour dormir dans un lit convenable.

Il ne fut pas gêné non plus par le petit déjeuner de fortune, composé de pain grillé et de confiture de groseilles parce que les enfants avaient vidé la maison de tout aliment un tant soit peu plus appétissant.

— Ça ne me dérange vraiment pas d'aller à l'église, déclara-t-il également à Verity lorsque celle-ci lui expliqua une nouvelle fois qu'il n'avait pas besoin de le faire par simple politesse. Je ne peux pas affirmer être un fervent croyant, mais ça m'intéresse de voir ton père à l'œuvre.

— Prends garde : il a tendance à s'éterniser un peu, le prévint Merry qui était assise en face d'eux de l'autre côté de la grande table, en train de mastiquer sa tartine. Beurk ! Cette confiture est rance. Pas étonnant qu'il en reste tant de pots dans le garde-manger.

— Si je m'ennuie, ce qui n'arrivera pas, j'en suis sûr, je pourrai toujours étudier l'architecture, les rassura Johnny.

Et lorsque Mr Love épilogua un peu trop longtemps au sujet du fils prodigue, le regard de Johnny eut effectivement tendance à se fixer sur les élégantes colonnes aux lignes épurées de la nef, tandis que la partie féminine de l'assemblée semblait quant à elle avoir rivé son attention sur la physionomie du jeune homme. Quand il se passa une main dans les cheveux, certains des membres les plus frivoles du Women's Institute poussèrent même un soupir.

Le sourire bon enfant de Johnny ne s'estompa qu'après le déjeuner, lorsque Mr Love lui tendit une blouse de travail blanche et un grand chapeau de la même couleur équipé d'un voile.

— Je suppose que tu ne sais pas si tu es allergique aux abeilles, n'est-ce pas ? s'enquit le bon pasteur.

Le sourire de Johnny s'effaça un peu plus.

— Je l'ignore. Je suis allergique aux mangues. Pensez-vous que cela puisse me rendre plus sensible aux piqûres d'abeilles ?

Mr Love donna une tape qu'il devait juger réconfortante dans le dos de Johnny.

— Il est extrêmement improbable que tu te fasses piquer, mais deux précautions valent mieux qu'une, répondit-il. À présent, filons aux ruches avant que l'attaque ne commence.

— Quelle attaque ? demanda Johnny en haussant la voix pour se faire entendre par-dessus les deux carillons accrochés à la porte d'entrée tandis que le pasteur le poussait vers la porte de derrière.

Oh ! Comme Verity aurait aimé leur courir après ! Mais au lieu de ça, elle s'assit à la table de la cuisine tandis que Connie entrait avec Sue, la mère d'Alex, Jenny, la sœur d'Alex, et :

— … Marie, la meilleure amie de Jenny.

Tout le monde connaissait Marie ; mais celle-ci n'était qu'une connaissance, pas vraiment une amie. Les raisons de sa présence à une réunion « mission organisation de mariage » exclusivement familiale restaient donc discutables.

— Que fabriques-tu ici, Marie ? interrogea Merry qui ne répugnait jamais à poser les questions délicates.

— J'ai vu tous les épisodes de *J'ai dit oui à la robe*, expliqua Marie en s'installant à la tête de la table de la cuisine. J'ai même vu tous ceux de *J'ai dit oui à la robe : futures mariées* et *J'ai trouvé la robe* – vous avez besoin de moi. Et en plus, ma Kayleigh sera enfant d'honneur. C'est Jenny qui l'a dit.

Jenny, qui ne parlait que quand on lui adressait la parole et ce dans le plus doux des murmures, haussa les épaules et secoua la tête comme si elle n'était pas de taille à lutter contre la volonté de fer de sa meilleure amie. Verity ne pouvait que compatir.

— Connie n'a même pas encore décidé si elle aurait des enfants d'honneur, siffla Chatty à l'intention de Verity. Elle a affirmé qu'elle préférerait avoir Pauvre Alan comme « chien d'honneur ».

— Eh bien, essaie d'annoncer ça à Marie et Kayleigh, grommela Verity tandis que Marie sortait quelque chose du sac en plastique qu'elle avait apporté.

— Une poupée de paille, déclara-t-elle avec satisfaction. Comme centre de table. Jenny m'a dit que tu voulais faire dans le rustique.

On aurait dit que la poupée était possédée par un esprit maléfique. Mrs Love, qui entrait dans la cuisine avec sa boîte à couture, eut un mouvement de recul, alarmée.

— Qu'est-ce que cette chose fait dans la maison ? s'écria-t-elle. Tout le monde sait que ça porte malheur !

— Je suis la fille d'un pasteur, Marie, observa Connie. Je ne peux pas employer de symbole païen comme centre de table. Non.

Les sœurs Love et leur mère échangèrent un regard en haussant les sourcils. Un « non » catégorique de la part de Connie ? Cela signifiait-il qu'elle allait prendre des tonnes de décisions fermes et définitives rapidement ? L'espoir faisait vivre.

Le silence retomba et Mrs Love sortit une carafe du réfrigérateur.

— C'est la première cuvée de ma boisson à la fleur de sureau, annonça-t-elle. Nous avions évoqué l'idée d'en faire la signature de ton cocktail de mariage.

Chatty et Immy bondirent de leurs chaises pour aller chercher des verres afin que tout le monde puisse goûter l'élixir doré concocté chaque année par Mrs Love. Connie fronça les sourcils.

— J'ai dit ça ? interrogea-t-elle.

— Oh, oui, confirma Merry en acceptant un verre coupé d'eau de la part de Chatty.

Elle en prit une timide gorgée avant de pousser un soupir d'approbation.

— Je crois que c'est la meilleure de toutes tes cuvées, Muv. Je suggère qu'on mélange ça avec du vin mousseux, ou de la limonade pour ceux qui ne boivent pas d'alcool, et le travail est fait.

— Je vote pour, gazouilla Verity.

Si elles parvenaient à se débarrasser d'une tâche de la liste au cours des cinq premières minutes, ça se présentait bien.

— Oserais-je te demander si tu as établi une liste de courses pour les boissons comme tu avais dit que tu allais le faire afin que le frère d'Alex puisse s'occuper des achats de gros ?

C'était bien pratique : le frère d'Alex gérait plusieurs vergers dans le Kent, et il avait proposé de faire la traversée de la Manche dès que Connie et Alex lui auraient précisé la quantité exacte de caisses de cava – bien moins cher que le prosecco –, de bière et de vin blanc dont ils avaient besoin. Si on en jugeait par l'expression aux abois de Connie, elle n'avait rien fait de tel.

— Je n'en ai pas encore eu l'occasion, se justifia-t-elle, puis son visage s'illumina. De toute façon, nous ne sommes que fin juillet. On a encore largement le temps. Des mois et des mois.

— Deux mois, rectifia Chatty.

— Même pas deux mois, ajouta Immy. La seule chose que tu aies faite, c'est réserver l'église et encore, c'est uniquement parce que le bon pasteur s'en est chargé pour toi.

— On dirait que tu n'as pas vraiment envie de te marier, intervint Sue, la mère d'Alex.

Sue était l'archétype de la femme d'agriculteur ; comme si Duncan, le père d'Alex, l'avait dénichée dans un casting plutôt qu'à un bal de jeunes agriculteurs. Elle avait le visage rose, les membres robustes et était d'habitude très souriante, sauf à ce moment précis où elle soulevait son postérieur considérable en faisant la grimace.

— Tu ne trouveras pas mieux que notre Alex, jeune femme. Alors si tu retardes l'organisation du mariage dans l'espoir qu'un homme plus en accord avec tes désirs apparaisse, mieux vaut cesser de bercer mon pauvre garçon de faux espoirs.

— Ça n'a rien à voir ! Je ne ferais jamais une chose pareille. Je l'aime ! (Saisie d'une sincère angoisse, Connie haussa les sourcils si fort qu'ils se rejoignirent presque au milieu de son front.) Je me contenterais sans problème de l'aimer sans toute cette absurdité de mariage, mais apparemment, ce serait donner le mauvais exemple de la part de la fille aînée du pasteur local.

— Et un mauvais exemple pour tes quatre sœurs cadettes qui te considèrent comme leur modèle spirituel, intervint Merry en se signant.

Connie lui donna un coup de coude en souriant et la tension se dissipa.

— Bien, alors, Connie, Rome ne s'est pas construite en un jour et un mariage ne peut pas se planifier en un après-midi. Mais au moins, choisis tes foutues couleurs pour la cérémonie. (Chatty s'empara de son sac à main et en sortit une poignée de nuanciers du *B&Q* local.) Pas de vert, poursuivit-elle. Tu te maries à la campagne, il y aura assez de vert comme ça. Pas de jaune. Immy et moi, on est affreuses en jaune.

Elle écarta quelques nuanciers, ce qui en laissait malgré tout un sacré paquet à consulter pour Connie.

— Orange, c'est gai, suggéra Mrs Love qui fut aussitôt huée par ses filles et l'amie de Jenny, Marie.

— Rose, décréta cette dernière. Notre Kayleigh adore le rose. C'est sa couleur préférée.

Comme si ça réglait le problème. Ce qui n'était absolument pas le cas.

— Rose ? cracha Merry avec une grimace horrifiée. On ne fait pas dans le rose. On n'a jamais fait dans le rose. Familialement, nous sommes catégoriquement contre le rose.

— En fait, Posy a utilisé du rose fuchsia comme couleur de contraste dans la librairie et le rendu est plutôt joli, intervint Verity.

Ses quatre sœurs la fusillèrent du regard.

— C'était juste une info ! se récria-t-elle.

— Et le bleu ? proposa Immy. Un joli gris-bleu.

— Beurk, trop basique ! s'écria Chatty en roulant des yeux. Que dirais-tu d'un beau gris argent ?

— Trop terne !

— On ne peut pas habiller notre petite Kayleigh et les autres enfants d'honneur en gris. Elles ressembleraient à des nonnes et ton père fait partie de l'église anglicane.

— Est-ce que tu vas te marier en blanc, Connie ?

— Oui ! Ou peut-être en ivoire. J'ai aussi vu une robe en satin couleur champagne chez *Monsoon* que j'ai beaucoup aimée. Sauf qu'elle était censée m'arriver à la cheville et qu'en fait, elle s'arrêtait à mi-mollet.

— Mais champagne, ça ressemble juste à un blanc sale, non ?

*Ça va prendre des heures*, songea Verity. Il était 14 heures à présent et elle souhaitait partir à 16 heures ; mais il était évident que d'ici là, rien n'aurait été décidé. Elle jeta un coup d'œil à sa mère dans le vain espoir que celle-ci intervienne avec douceur pour botter les fesses de tout le monde, comme elle le faisait en de très rares occasions, mais Mrs Love lui adressa un sourire vague et continua de raccommoder un accroc dans une taie d'oreiller.

Verity fit glisser son regard vers la fenêtre derrière elle pour contempler le jardin dans toute sa splendeur éclatante et quelque peu exubérante. Au fond du jardin se trouvaient les ruches de son père. Elle pouvait voir Johnny et le bon pasteur vêtus de leurs combinaisons blanches et de leurs chapeaux d'apiculteurs, accompagnés par Pauvre Alan dans sa tenue protectrice faite sur mesure assortie d'une collerette. Le bon pasteur avait commandé cette dernière après un incident comprenant de multiples piqûres d'abeilles qui avaient fait gonfler Pauvre Alan comme un ballon.

Tout le monde était d'accord pour dire que ce qui faisait le charme de cet équipement de protection, c'étaient les quatre bottines qui recouvraient les pattes de Pauvre Alan et lui donnaient la démarche d'un chien mort-vivant. Il progressait d'ailleurs actuellement comme un zombie dans les buissons pendant que les deux hommes observaient l'intérieur de l'une des ruches. Verity espérait que son père n'était pas en train de demander à Johnny quelles étaient ses intentions à son égard. Ou pire, en train de l'interroger sur sa comédie musicale préférée de Rodgers et Hammerstein, un autre des sujets de prédilection de Mr Love – surtout parce qu'il pouvait ensuite entamer le chorus de *I'm Gonna Wash That Man Out Of My Hair* de *South Pacific.*

Le père de Verity sortit l'un des cadres de la ruche. Une nuée d'abeilles tournaient au-dessus, et Verity vit Johnny hocher la tête et montrer quelque chose du doigt. Il était peut-être réellement intéressé par les abeilles, le miel et tout le reste ? D'après ce qu'elle savait de lui, même si le sujet l'ennuyait mortellement, Johnny ferait semblant d'être intéressé par politesse. Verity et lui étant amis, Johnny ne voulait pas offenser sa famille. Alors qu'un homme comme

Sebastian aurait probablement bâillé au nez de son père en braillant : « Rasoir ! » le plus fort possible.

Pour l'instant, le bon pasteur gesticulait frénétiquement, ce qui signifiait qu'il était en plein flux oratoire. Un jour, il s'était tellement animé pendant son sermon au sujet de la multiplication des pains qu'il avait envoyé voler son livre de cantiques tout droit dans les fonts baptismaux. Bien sûr, Verity n'aurait échangé les siens pour rien au monde, mais parfois, elle aurait aimé qu'ils soient juste un peu moins…

— Et tu veux dire qu'on a passé une année entière à acheter des tasses de thé vintage dans des brocantes juste pour que tu décides à la dernière minute de prendre des bocaux ?!

— J'ai dit que j'y réfléchissais sérieusement. Il faut bien que j'aie plusieurs options !

Apparemment, pendant que Verity n'y prêtait pas attention, la Troisième Guerre mondiale avait été déclarée.

— Le moment des différentes options est largement dépassé ! Maintenant, c'est le moment de prendre des décisions !

— Je ne choisirais pas forcément des choses qui cassent, avec notre Kayleigh et les autres petits qui courent partout. On devrait acheter des flûtes de champagne en plastique.

— Oh, la ferme, Marie ! (Cette dernière remarque avait été criée à pleins poumons par Jenny, d'habitude toujours silencieuse mais paraissant maintenant aussi contrariée que tout le monde.) Ferme-la ! Personne ne t'a rien demandé !

— Je ne me tairai pas !

Pendant ce temps, Connie, Chatty et Immy se chamaillaient au sujet des tasses de thé vintage et des bocaux, et Merry affirmait à Sue que « personne n'aime le plum-pudding, alors si j'étais toi, je ne me casserais pas la tête à en faire un ». Sue était de nouveau en train de soulever son énorme derrière en soufflant comme un dragon furieux et…

— Ça suffit ! Ça suffit, vous toutes ! s'écria Verity en bondissant sur ses pieds. Ce n'est pas comme ça qu'on organise un mariage dans le respect des autres !

— Hors de question que je respecte les autres quand leurs décisions sont nulles ! répliqua Connie en jetant un regard féroce à ses deux sœurs cadettes.

Verity s'était attendue à tout ça.

Elle s'y était attendue et s'y était préparée avec l'aide de Pippa, la directrice de projet de Sebastian qui les avait soutenues pour relancer la librairie avec le minimum de crises ainsi qu'un sacré paquet de citations ambitieuses et de stratégies de gestion holistiques.

Verity tendit donc une main au-dessus de la table pour s'emparer de la poupée de paille. Quand Pippa avait employé une technique similaire, elle avait utilisé une balle lestée qui lui avait servi en même temps de gadget antistress ; mais nécessité fait loi.

— Ceci… Ceci est un symbole de communication et de coopération. Vous ne pouvez parler que si vous avez en main la poupée de la vérité !

— Mon Dieu, Very, tu as pris de la drogue ?

Verity brandit la poupée de paille devant elle comme s'il s'agissait d'une grenade.

— As-tu la poupée de vérité entre les mains, Merry ? Je ne crois pas, alors tais-toi ! gronda-t-elle de sa voix la plus effrayante.

C'était la voix qu'elle devait employer lorsque Nina transgressait la règle cardinale qui conditionnait leur vie commune en essayant d'engager la conversation avec Verity alors qu'elles quittaient la librairie pour monter à l'appartement, au lieu d'attendre au moins une demi-heure que Verity récupère de sa journée de travail. C'était également la voix qu'elle avait employée avec Posy lorsqu'elle l'avait surprise en train de commander des tote bags supplémentaires.

Ses quatre sœurs en furent réduites à un silence choqué, bouche bée. Sue remua son imposante poitrine, Jenny fit un signe de victoire et Mrs Love eut l'air légèrement perplexe. Marie se leva.

— Hors de question que je reste ici pour me faire insulter, annonça-t-elle avant de quitter la pièce en rejetant la tête en arrière et en claquant la porte.

— Personne ne lui a demandé de…, dit Merry avant que Verity secoue la poupée de paille dans sa direction.

— Tais-toi ! répéta-t-elle.

Puis, tout en tenant fermement la poupée, elle se leva de sa propre chaise pour gagner le garde-manger où elle avait caché son arme secrète. Verity avait espéré ne pas en arriver là, mais lorsqu'elle avait expliqué la situation à Pippa, celle-ci avait décrété qu'il valait mieux anticiper le pire scénario.

« En échouant à bien te préparer, tu te prépares à échouer », l'avait-elle avertie.

Sauf qu'avec un mariage prévu dans moins de deux mois, l'échec ne faisait pas partie des options.

Par conséquent, la poupée de paille sous le bras, Verity apporta le chevalet de conférence à feuilles mobiles qu'elle avait emprunté au boulot.

— Ça fait des mois que nous passons la plupart de notre temps libre sur Skype et WhatsApp au sujet de ce mariage, dit-elle à ses sœurs. Des heures et des heures de discussion sur tous les sujets, des couleurs au rôti de porc, et quand je repense à nos conversations, il y avait des tas de bonnes idées, des tas de fois où nous étions d'accord sur des trucs. J'ai tout réuni ici.

— C'est vrai ? Ça a dû te prendre des heures ! intervint Connie, en totale infraction avec les règles que Verity venait d'établir. Mais je ne me souviens pas de beaucoup de points d'entente.

— C'est parce que tu as décliné tout ce sur quoi nous autres l'étions, haleta Verity qui se débattait avec le chevalet de conférence.

Posy avait raison quand elle affirmait qu'essayer de faire tenir ce machin debout, c'était comme tenter de retenir les vagues.

— Et c'est… Bon sang ! Pourquoi ce truc refuse-t-il de… ? pour ça que si tu ne prends pas de décision dans les soixante secondes, on passe au vote. La majorité l'emporte.

— Tu ne peux pas faire ça ! protesta Connie en serrant les poings. C'est mon mariage. Je refuse qu'on piétine mes sentiments. Nous ne sommes pas dans une dictature !

— Connie, je ne joue pas au dictateur, je fais ça parce que je t'aime profondément, se récria Verity. Et aussi parce que j'ai peur que le jour J nous soyons obligées d'aller faire une virée en Caddie chez *Tesco* pour nourrir les invités pendant que tu hésites encore quant au choix des couleurs.

Connie refusait d'entendre raison.

— Je n'aurais jamais attendu ça de toi, Very, déclara-t-elle – car personne ne pouvait blesser autant une fille que sa propre sœur. De la part de Merry, sans problème, des jumelles peut-être, mais pas de toi.

Le chevalet de conférence était enfin installé. Verity put donc se tourner vers son aînée et brandir la poupée dans sa direction. Mais celle-ci lui fut aussitôt arrachée par Chatty.

— Ne t'en prends pas à Very. Rien de tout ça n'est sa faute, et d'ailleurs, Connie, si tu te renseignes, tu découvriras que le vote fait partie des fondements de la démocratie.

Alors, par où on commence, Very ? On peut débuter par les robes de demoiselles d'honneur, s'il te plaît ?

Verity hocha la tête et fit tourner les feuilles jusqu'à la page où elle avait déjà collé des photos des trois robes de chez *ASOS* sur lesquelles s'était porté l'avis général. Depuis, elles attendaient que Connie choisisse entre une ligne Empire, une silhouette années 1950 ou une robe longue aérienne. La poupée de paille fut arrachée à Chatty par Immy qui exigea :

— Lance le chronomètre, Very. Connie, tu as une minute pour te décider.

— Je vous déteste toutes ! grogna Connie en s'empoignant les cheveux tout en plissant les yeux pour observer les tenues. La robe longue, alors ! Non ! Very et Merry n'ont pas la bonne longueur de jambes pour une robe longue. Peut-être la robe Empire ? Elle est plutôt flatteuse, à moins qu'elle ne fasse trop robe de future maman ? Hummm.

Observer Connie essayer de prendre une décision équivalait à écouter quelqu'un croquer des glaçons ou faire crisser ses ongles sur un tableau noir. Verity serra les dents. Au vu des mâchoires crispées autour de la table, elle constata qu'elle n'était pas la seule. Connie hésitait toujours alors que cinquante secondes s'étaient déjà écoulées. *Cinquante-cinq, cinquante-six, cinquante-sept, cinquante-huit, cinquante-neuf…*

— Donne-moi ça, intervint Merry en s'emparant de la poupée de paille. Mesdames, la robe dans le style des années 1950 avec la taille cintrée dont nous avons parlé il y a des mois de ça. Toutes celles qui sont pour, levez la main droite !

Toutes les mains droites se levèrent, sauf celle de Connie qui était toujours cramponnée à ses cheveux. Elle gémissait comme si elle souffrait atrocement. Verity espérait sincèrement qu'elle n'était pas aussi inefficace à la ferme quand arrivait la saison du vêlage ou qu'il fallait commander la nourriture des animaux.

Merry ignora totalement le tourment de sa sœur aînée.

— Si on continue comme ça, on aura fini en un rien de temps, dit-elle. Maintenant qu'on a commencé bien tranquillement, choisissons une fois pour toutes ces fichues couleurs.

À peine plus d'une heure plus tard, l'organisation du mariage était terminée. Verity avait du mal à y croire. Des bouquets au menu, des invitations à l'ordre de cérémonie, l'essentiel était bouclé, sans cris. À l'exception de ceux de Connie, qui s'était tellement gravé dans l'esprit qu'il fallait prendre des décisions à la vitesse de l'éclair qu'elle hurlait ses préférences, depuis le gâteau de mariage jusqu'aux chaussures des demoiselles d'honneur, avant que quiconque ait eu l'occasion de risquer une opinion.

La poupée de paille était en lambeaux. Elle avait été mise en pièces par les sœurs Love qui se l'étaient arrachée des mains, et Verity avait l'impression d'être en lambeaux, elle aussi. Elle s'assit sur le canapé, avec un chat de chaque côté et une compresse froide sur le front.

— Tu as les yeux vitreux, Very, l'informa Merry en approchant son visage si près du sien que leurs nez se touchèrent. Tu es complètement surmenée ?

Oui, Verity était totalement surmenée. *Hyper stimulée. Vidée, en fait.*

— Plus de paroles, parvint-elle à gémir. Plus de discussions.

La porte de la cuisine s'ouvrit, et le bon pasteur, Johnny et Pauvre Alan entrèrent, de retour du jardin.

— Je propose que nous donnions au jeune Johnny deux pots de notre meilleur miel, déclara Mr Love d'une voix plus tonitruante que jamais aux oreilles de Verity.

— Il faudrait qu'on se sauve si on veut rentrer à Londres à une heure raisonnable, dit Johnny, et même sa voix aux douces modulations sonna comme mille grincements de violon.

Il plissa les yeux en apercevant la silhouette avachie et abandonnée de Verity qui était assise, les paupières closes, et se pinçait l'arête du nez avec son pouce et son index.

— Tu as une migraine ? Tu saignes du nez ? s'inquiéta-t-il.

— Pire que ça, murmura Merry. On l'a démolie.

Mrs Love prit Johnny à part.

— Elle a simplement besoin de calme. Merry, ma chérie, tu es incapable de rester silencieuse, n'est-ce pas ? Pourquoi ne rentres-tu pas à Manchester avec les jumelles ? Tu pourrais prendre le train de là-bas demain.

— Ne fais pas ça, dit Verity.

Cette solution obligerait Merry à perdre un maximum de temps, surtout un dimanche après-midi, où une grande partie du trajet inclurait probablement un car de remplacement. Pourtant, en prononçant ces paroles, Verity ne voyait pas comment elle allait affronter l'incessant bavardage de sa sœur pendant tout le trajet jusqu'à Londres. La simple pensée de Merry en train de lire chaque pancarte d'autoroute qu'ils dépasseraient lui fit baisser la tête si bas que son menton toucha sa poitrine. Même le ronronnement en stéréo de Picasso et Dali mettait ses nerfs à vif.

— Je vais bien. Sincèrement. Je fais juste ma rabat-joie, murmura-t-elle.

— Tu ne serais pas toi-même si tu n'étais pas un peu rabat-joie, déclara affectueusement Connie avant de prendre congé en même temps que Sue et Jenny.

— Votre Very est une fille adorable, mais il faut qu'elle mange du fer, décréta Sue avant que Constance ne claque la porte derrière elles, parce que aucune des sœurs de Verity, ni ses parents d'ailleurs, n'était physiquement capable de fermer une porte doucement.

Verity grimaça puis se releva. Elle se sentait aussi flageolante qu'un poulain nouveau-né.

— Nous devrions y aller, dit-elle à Johnny.

Mrs Love était occupée à charger les bras de ce dernier de petites boîtes en métal.

— Quelques petites douceurs pour le trajet, expliqua-t-elle.

Merry, qui était plongée dans une conversation avec Chatty et Immy, leva les yeux au ciel.

— C'est un trajet de trois heures maximum, dit-elle. Il y a assez de nourriture là-dedans pour qu'ils tiennent plusieurs jours.

— « Ils » ? répéta Johnny en jetant un coup d'œil à Verity, qui rassemblait le reste de ses affaires aussi lentement que quelqu'un qui serait sorti d'une énorme opération chirurgicale. Tu ne viens pas avec nous ?

— Je pars pour Manchester avec Chats et Im. J'avais posé un jour de congé pour demain avant que tu ne proposes si gentiment de m'emmener, répondit Merry en battant langoureusement des cils.

— Oh, vraiment ? C'est moi qui te l'ai proposé, hein ? Ce n'est pas exactement comme ça que je m'en souviens, répliqua-t-il avec un sourire ironique.

À n'importe quel autre moment, Verity aurait été impressionnée par la capacité de Johnny à tenir tête à l'une de ses sœurs. Des hommes plus faibles s'y étaient essayés en vain. Adam avait rencontré Merry deux fois avant de trouver toutes les excuses possibles pour ne plus jamais avoir affaire à elle, et Merry était un ange comparée à Connie ou aux attaques en duo de Chatty et Immy.

Pourtant, à cet instant précis, rien ne pouvait impressionner Verity. Elle prit congé et s'excusa plusieurs fois de suite de mettre fin au week-end de façon aussi abrupte, puis elle se retrouva sanglée au siège de la voiture de Johnny et ils laissèrent derrière eux les lieux qui avaient été le témoin de son humiliation.

# Chapitre 19

## « Jusqu'à cet instant, je ne me connaissais pas moi-même. »

Heureusement, Johnny ne lui demanda pas si elle allait bien. Il lui lança certes quelques coups d'œil anxieux, mais en règle générale, il garda les yeux rivés sur la route. Verity tenta d'ignorer le bourdonnement exaspérant de l'air conditionné et le ronronnement du moteur, qu'elle percevait par-dessus les rugissements dans sa tête. Elle avait l'impression d'être écorchée vive, à l'intérieur comme à l'extérieur ; et bien que Johnny n'ait pas prononcé un mot, se trouver enfermée dans un espace confiné en compagnie d'une autre personne était aussi insoutenable pour ses nerfs à vif que de se tenir au milieu d'une foule bruyante.

Verity se concentra sur sa respiration en comptant jusqu'à cinq. Elle était si occupée à fléchir les doigts et les orteils au rythme de son souffle qu'il lui fallut un moment pour s'apercevoir qu'ils ne roulaient plus. Johnny s'était arrêté sur une aire de repos.

— Nous avons largement le temps de rentrer à Londres, dit-il. Alors, si tu as envie d'être un peu seule quelques instants et d'aller te promener, il y a une pancarte qui indique un chemin, là-bas.

— Oui. (Verity hocha la tête pour exprimer son accord face à cette proposition inattendue mais extrêmement bienvenue.) Oui, s'il te plaît.

Munie d'une bouteille d'eau, et de l'un des sandwichs au jambon et aux cornichons de Mrs Love, Verity se mit en route sans même un regard en arrière. Elle suivit les panneaux jusqu'au chemin, qui ressemblait davantage à un sentier grossièrement défriché au milieu d'un bois dense. À n'importe quel autre moment, elle se serait peut-être inquiétée des dangers d'une promenade en solitaire, mais être agressée par un fou furieux armé d'une hache et tapi dans les broussailles ou se faire piquer par des taons n'avait aucune importance à cet instant.

Ce qui avait de l'importance, c'est que très vite, Verity parvint à un ruisseau bordé d'un somptueux carré d'herbe touffue parsemée de trèfles, qui semblait attendre qu'elle s'y installe pour soulager ses pieds. Elle s'allongea sur le dos, les bras et les jambes en étoile, ferma les paupières et se détendit. Elle commença par le sommet du crâne en imaginant qu'un balai éponge imaginaire la lavait de tout le stress, toutes les tensions et tous les bruits parasites qui s'accrochaient encore à elle.

Elle ne s'interrompit pas avant d'avoir atteint ses orteils. À ce moment-là, elle se sentit enfin propre, calme et de nouveau elle-même. Le psychologue qu'elle avait consulté à l'université décrivait toujours ça comme une opération similaire au fait de recharger un téléphone totalement à plat. Le silence restaurait le calme et l'équilibre dont Verity avait besoin pour prendre part activement à la vie en société.

Elle avait commencé à voir un psy après le signalement d'un professeur qui avait remarqué qu'elle était parvenue à passer les deux premiers trimestres de sa première année sans prononcer un seul mot pendant ses cours ou séminaires.

Elle avait également été signalée par le conseiller de résidence de sa cité universitaire, un étudiant de troisième cycle en éducation physique incroyablement agaçant que tout le monde surnommait Banjo à l'exception de ses parents qui, eux, l'appelaient Paul.

Lorsque Verity était arrivée à l'université de Manchester et avait vu sa minuscule chambre aussi étroite qu'une cellule de prison, elle avait été ravie : pour la première fois de son existence, elle disposait de son propre espace. Elle ne partageait plus sa chambre ni chacune de ses possessions avec ses sœurs. Elle s'était plongée dans sa solitude comme d'autres se consacraient à boire l'équivalent de leur propre poids en vodka au bar de l'association étudiante. Mais tout le monde suivait Banjo, qui était un grand adepte des tenues tape-à-l'œil et des beuveries dans la salle commune avant de « sortir se bourrer la gueule ». Trois choses dont Verity avait une sainte horreur. Lorsque Banjo et le professeur Rose l'avaient tous deux signalée au centre médical universitaire – le terme « dépression » avait circulé –, Verity avait aussi pris le centre en horreur.

Suivre une psychothérapie signifiait qu'elle devait parler d'elle-même – encore un truc dont Verity n'était pas une grande fan. En revanche, elle s'était prise d'admiration pour son psychologue, un Espagnol aux yeux limpides, à la voix et aux manières douces prénommé Manuel. Secrètement, au fond d'elle-même, Verity s'était toujours demandé si quelque chose clochait chez elle pour qu'elle ait aussi souvent envie d'être seule et au calme. De se renfermer quand le monde autour d'elle – en règle générale, ses sœurs – rugissait. De se sentir toujours un peu mélancolique quand le bon pasteur évoquait ses parents très stricts, fermement convaincus qu'on devait voir les enfants mais ne jamais les entendre et qui restaient inflexibles sur le fait que le dimanche, après le déjeuner, le silence devait régner jusqu'aux vêpres.

Peut-être souffrait-elle réellement de dépression. Verity avait l'habitude d'être considérée comme la plus bizarre parmi cinq filles déjà très bizarres, et cette étrangeté avait peut-être pour origine une cause clinique.

« Selon moi, tu es introvertie, lui avait dit Manuel au cours de leur troisième séance, quand Verity avait enfin expliqué, de façon hésitante, qu'après trop de temps passé avec des gens, elle se sentait comme un vieux robot tout cassé qui refusait de se rallumer. Certaines personnes trouvent la vie plutôt accablante ; il n'y a pas de mal à ça. »

Manuel était inflexible sur le fait que l'introversion n'était pas un problème en soi, mais il recommanda à Verity d'établir des frontières avec le monde extérieur trop bruyant. Ainsi, lentement, une fois qu'elle eut compris qu'elle disposait d'un endroit calme et silencieux où se réfugier, Verity commença à quitter sa petite chambre. Elle se fit des amis, même si ceux-ci avaient plutôt tendance à aller au cinéma ou partir pour de longues balades qu'à vider trois *shots* de vodka pour 2 livres au bar de l'association. Elle s'inscrivit à un cours de yoga et apprit tout un arsenal de techniques de méditation qui aidaient toujours à la remettre d'aplomb – à peu près comme elles venaient de le faire maintenant.

Verity ouvrit les yeux et s'aperçut que Johnny marchait lentement vers elle. Il s'arrêta et haussa les épaules, comme pour demander si sa présence était inopportune. Verity lui fit signe d'approcher.

— On doit y aller ? s'enquit-elle.

— Nous avons encore un peu de temps, répondit-il en venant s'asseoir sur l'herbe à côté d'elle. Tout va bien ?

— Oui.

Elle n'ajouta rien, même si elle aurait probablement dû s'excuser davantage ; mais Johnny s'étendit sur le dos. Après quelques secondes, Verity l'imita.

Aucun d'entre eux ne parla et ils ne se touchèrent pas non plus, bien que leurs mains ne soient qu'à quelques centimètres l'une de l'autre. Au lieu de ça, ils regardèrent les nuages traverser un ciel d'un bleu incroyablement limpide, et écoutèrent le gazouillis joyeux d'un oiseau et le bouillonnement du ruisseau. Verity ne parvenait pas à se souvenir de la dernière fois qu'elle s'était trouvée en compagnie de quelqu'un avec qui elle se sentait aussi à l'aise dans le silence.

Une telle personne était une perle rare. Elle avait cru qu'avec Adam, elle pourrait partager des silences complices, mais elle s'était lourdement trompée.

Verity essayait de ne pas penser à Adam – c'était toujours une déchirure – mais dernièrement, elle y songeait beaucoup. Après tout, il était la raison pour laquelle elle avait fait vœu de célibat et il était bien naturel qu'à présent qu'elle avait un faux petit ami, ses pensées reviennent sans cesse sur sa dernière vraie relation.

Ainsi, une fois qu'ils eurent regagné la voiture et repris la direction de l'autoroute, Verity s'entendit dire :

— Maintenant, tu as vu à quoi je ressemblais dans mon pire état.

Johnny lui adressa un sourire décontracté.

— Crois-moi, ton pire état n'est rien comparé à celui d'autres personnes, la rassura-t-il.

Son téléphone se trouvait dans le vide-poche près du levier de vitesse. Il avait dû le mettre sur silencieux et Verity lui en serait éternellement reconnaissante, mais il s'illuminait toutes les deux minutes avec l'arrivée d'un nouveau SMS. On pouvait aisément supposer que certains d'entre eux provenaient de Marissa. Comment était-elle dans son « pire état » ? Peut-être la Marissa du mariage, prise au dépourvu par l'arrivée de Johnny avec une autre femme, était-elle la pire de toutes. Peut-être était-elle absolument merveilleuse le reste du temps.

Pourtant, Verity ne pouvait que s'inquiéter de son pire état à elle.

— Mais tu comprends maintenant pourquoi j'ai décidé que les relations de couple, les petits amis, tout ça n'était simplement pas fait pour moi ? Quand j'étais avec Adam… ça a été un désastre. J'ai fini par le traiter vraiment mal.

— Toi ? Verity Love ? se moqua Johnny. Je te connais depuis quelques semaines maintenant et je ne peux pas t'imaginer en train de maltraiter quelqu'un.

— Pourtant, c'est le cas. Vraiment. Le truc, c'est que je croyais qu'Adam était comme moi. Taiseux. Introverti. Mais en fait, il était juste timide et une fois à l'aise avec moi, il ne cessait jamais de parler. Pas comme mes sœurs, qui ne requièrent pas la participation de leur public.

— J'avais remarqué ça, observa Johnny. Le monologue d'une demi-heure de Merry sur Coldplay…

— Et le pire, c'est qu'elle n'aime pas Coldplay !

— … à l'aller en était la preuve.

Verity et Johnny échangèrent un regard exaspéré dans le rétroviseur.

— Mais Adam voulait mon avis sur tout. Et parce qu'il était timide, il avait constamment besoin d'être rassuré aussi. Toutes les heures il fallait faire un bilan de l'état de notre relation.

À ce souvenir, Verity secoua la tête. Adam voulait toujours savoir ce qu'elle pensait alors que la plupart du temps, elle pensait à des choses très terre à terre comme ce qu'elle allait manger au dîner ce soir-là ou si elle avait assez de linge sale pour faire une lessive de couleurs sombres.

« On est bien ensemble, hein ? » lui demandait fréquemment Adam.

Il désirait aussi tout le temps lui tenir la main, la toucher ou la câliner. Toujours à se blottir contre elle. Verity avait eu l'impression qu'il aurait été grossier et malpoli de lui rappeler sans cesse qu'elle n'était pas une fille tactile. Il se vexait systématiquement, comme si quelque chose clochait affreusement dans leur relation s'ils n'étaient pas constamment l'un contre l'autre.

Adam et elle s'étaient rencontrés à l'université, mais ils n'étaient sortis ensemble qu'en se retrouvant plus tard, à Londres. Ils étaient entrés en collision en flânant parmi les étals des bouquinistes à l'extérieur du cinéma du BFI South Bank. Au début, lors des premiers mois de leur relation tâtonnante, ils avaient eu l'impression d'être des âmes sœurs ; mais lorsque les mois s'étaient mués en une année, Verity s'était aperçue qu'ils s'étaient mal compris. Car, exactement comme elle avait pris la timidité d'Adam pour une nature tranquille, Adam avait pris la nature tranquille de Verity pour de la timidité. Il s'était imaginé qu'elle avait passé sa vie à se sentir solitaire comme lui et malgré le nombre de fois où elle avait essayé de lui expliquer qu'avoir envie d'être seule et se sentir esseulée étaient deux choses très différentes, Adam n'avait jamais compris.

— Pour lui, nous étions deux personnes qui n'auraient plus jamais besoin d'être seules parce que, à partir de cet instant, nous pouvions passer chaque heure de la journée ensemble, dit-elle à Johnny. J'ai suivi une psy quand j'étais à la fac, pour apprendre à mieux gérer le stress de la vie moderne. Mais les besoins d'Adam outrepassaient toutes les techniques que j'avais apprises pour établir des frontières.

— Vous étiez donc extraordinairement incompatibles. Ça arrive, répliqua Johnny en changeant de file. Ça arrive même sacrément souvent. Tu ne peux pas laisser une seule relation ratée t'aigrir face à toutes celles à venir.

— Non, tu ne comprends pas. J'ai été horrible avec lui. (Y penser suffit à faire frissonner Verity.) Il tentait juste de me rendre heureuse. Pour mes vingt-cinq ans, il m'a fait une surprise en m'emmenant quelques jours à Amsterdam. Et quand j'ai vu les billets glissés dans ma carte d'anniversaire… eh bien, toute personne normale aurait été ravie.

— Si tu n'étais pas ravie, je suis certain que c'est simplement parce que tu n'aimes pas les surprises, ce qui n'est pas franchement un crime, dit prudemment Johnny.

Mais Verity secoua la tête.

— Non, ce n'était pas ça, rétorqua-t-elle tandis que son moral s'effondrait presque autant que lorsqu'elle avait aperçu ces fameux billets d'avion. J'ai essayé de faire semblant d'être enchantée, mais en réalité, j'étais horrifiée à l'idée de passer quarante-huit heures avec Adam sans aucun endroit où me retrouver seule en dehors de quelques pauses-pipi. Quarante-huit heures en compagnie d'Adam, c'était comme passer deux semaines avec quelqu'un d'autre.

Le premier jour du week-end, Verity avait fait de son mieux pour vivre le moment présent. Elle tenait la main d'Adam et répondait : « C'est génial. Tout est génial. Merci beaucoup ! » chaque fois qu'Adam lui demandait comment elle allait, si elle était heureuse et si elle appréciait son cadeau d'anniversaire.

Elle tint vingt-six heures complètes. Puis, le lendemain matin, Adam insista pour se blottir contre elle pendant qu'elle se brossait les dents et pour lui tenir la main pendant qu'elle faisait son choix au buffet du petit déjeuner. Mais lorsqu'il s'enquit trois fois en l'espace de vingt minutes : « Alors, tu es contente de ton cadeau d'anniversaire, hein ? », quelque chose lâcha à l'intérieur de Verity. Comme si un énorme élastique en caoutchouc avait retenu la pagaille vibrante qui régnait en elle, lui crispait les mâchoires, faisait tambouriner son cœur et lui donnait l'impression que des millions d'araignées microscopiques rampaient sur sa peau. Adam avait tiré tant de fois sur cet élastique qu'il ne fallait pas être surpris que celui-ci finisse par céder.

« Non ! Je ne suis pas contente ! Tu me prends la tête avec tes sempiternelles questions et ton besoin de me toucher tout le temps ! avait-elle crié d'une voix suraiguë. Je ne supporte pas qu'on me touche et je ne veux plus entendre un seul mot sortir de ta bouche parce que je les ai déjà tous entendus ! Je ne veux plus en entendre un seul ! Bon sang ! Je ne parviens pas à respirer quand tu es là ! »

— Ça ne m'a fait aucun bien de m'ôter ce poids de la poitrine, expliqua Verity à Johnny qui n'avait rien dit durant sa honteuse confession mais qui, de temps à autre, avait cherché son regard et lui avait adressé un petit sourire compatissant. C'était affreux. Ces paroles m'ont échappé parce que j'y avais été contrainte et forcée, et elles étaient vraiment méchantes. De toute façon, je n'aurais pas dû me sentir aussi oppressée. Adam ne faisait rien d'atroce. Il m'avait juste emmenée en week-end pour fêter mon anniversaire.

— Je sais que tu dis avoir été amoureuse de lui, mais pas une fois tu n'as prononcé le mot « amour », observa Johnny d'un ton désinvolte. Est-ce que tu l'aimais au début et ça s'est estompé par la suite ?

— Je ne sais pas pourquoi tu ne cesses de me demander si j'étais amoureuse. Bien sûr que je l'étais ! affirma Verity sur la défensive. Sinon, je n'aurais pas fait autant d'efforts pour que ça marche.

Adam avait déclaré sa flamme au bout de quelques semaines. Verity l'avait imité – il aurait été grossier de ne pas le faire – et au début de leur relation, elle avait été heureuse. Elle s'était même imaginé, au cours de ces premiers jours grisants, qu'elle avait peut-être trouvé l'âme sœur. Mais lorsque le doute s'était insinué, elle avait refusé de lui céder la place. Si elle ne réussissait pas à aimer Adam qui partageait tant de centres d'intérêt avec elle, et était aussi doux et gentil que Charles Bingley, alors elle craignait que quelque chose ne cloche sérieusement chez elle.

Après l'accès de colère de Verity dans cette chambre d'hôtel miteuse à Amsterdam, Adam n'avait tout d'abord plus rien dit – pas un seul mot. Ça aurait dû être un soulagement. Sauf que ce ne fut pas le cas. Adam avait ressemblé à un personnage de dessin animé une nanoseconde avant qu'une enclume lui tombe sur la tête. Ensuite, il avait cligné des paupières et une larme solitaire avait roulé sur sa joue qu'il avait frottée furieusement.

— Excuse-moi, avait hoqueté Verity.

Mais Adam avait levé une main pour la faire taire.

Toute sa vie, Verity avait été accro au silence. Elle y avait aspiré, elle l'avait recherché. Mais celui qui s'était instauré entre Adam et elle dans cette chambre d'hôtel était si pesant qu'il lui semblait hurler, et déchirer l'air de ses griffes et de ses dents. Verity avait contemplé le sol, honteuse, la mort dans l'âme après ce qu'elle venait de dire ; et lorsqu'elle avait trouvé le courage de relever la tête, Adam l'avait dévisagée comme si tout son amour s'était envolé. Pire, comme si tout cet amour s'était transformé en haine.

— Tu ne mérites pas mon amour, avait-il déclaré dans un chuchotement.

Verity aurait souhaité qu'il parle plus souvent ainsi. Mais elle n'avait pas su prendre soin de ce qu'elle souhaitait.

— J'aurais tout fait pour toi, avait poursuivi Adam. Mais ce n'est jamais assez bien.

— Ce n'est pas ça…

— J'ai essayé encore et encore, mais j'ai toujours su que tu ne m'aimais pas comme je t'aime, moi. Tu ne m'as jamais vraiment laissé t'approcher. Tu m'as toujours tenu à l'écart.

Adam avait froncé les sourcils, l'air concentré, tandis qu'il tentait d'expliquer exactement ce qui clochait chez Verity.

Elle-même était curieuse de le découvrir, parce que, en dépit de la psychothérapie, de la méditation et des techniques de pleine conscience, elle soupçonnait toujours que sa manière d'être n'était pas la bonne.

— Tu es tout simplement incapable de ressentir les émotions comme les autres, avait assené Adam.

— Je ressens des choses ! avait protesté Verity, même s'il fallait bien reconnaître que les choses qu'elle ressentait étaient assez discrètes.

Pas d'extase, ni d'accès de rage, ni de chagrins incommensurables. Verity était extrêmement modérée ; mais ça ne faisait pas d'elle une…

— Tu es une personne cruelle, Verity, avait décrété Adam avec mauvaise humeur. Après ça, je ne pourrai jamais refaire confiance à une femme. Tu as gâché toutes mes chances d'avoir de nouveau une relation normale avec une fille.

Puis Adam était sorti. Et loin de ne rien éprouver, Verity avait ressenti quantité de choses. Elle avait pleuré toutes les larmes de son corps. Des larmes de colère. Des larmes de tristesse. Des larmes d'injustice face à ce dont Adam l'avait accusée.

Toutefois, lorsque les larmes eurent séché, quand Verity s'aspergea le visage d'eau froide, ce furent la culpabilité et le dégoût d'elle-même qui prirent le relais. Quelque chose clochait effectivement chez elle : elle avait tant besoin d'espace qu'il n'y avait tout simplement plus de place pour personne.

Bien qu'Elizabeth Bennet soit son modèle et *Orgueil et Préjugés* sa bible, Verity avait toujours eu l'horrible intuition de ne pas être le genre de personne capable d'éprouver une passion intense. À présent, elle savait que c'était la vérité.

Trois années s'étaient écoulées. Verity avait vieilli, avait gagné en sagesse et s'était accoutumée à la triste vérité que les histoires d'amour n'étaient pas faites pour elle. C'était le domaine de femmes comme Nina et Posy, qui exprimaient toujours ce qu'elles ressentaient, tandis que Verity préférait garder ses sentiments en lieu sûr, là où personne ne les malmènerait encore. Parce que Adam lui avait brisé le cœur dans une chambre d'hôtel à Amsterdam, et que son cœur n'avait jamais véritablement guéri.

— Adam a fini par revenir à l'hôtel, mais il refusait toujours de me parler. Et lorsque nous sommes partis pour l'aéroport pour le vol du retour, nous avons dû nous asseoir l'un à côté de l'autre et c'était l'horreur. (Verity frissonna de nouveau.) Il n'était même plus en colère, il paraissait juste affreusement malheureux, et c'était ma faute, alors j'ai décidé que les relations amoureuses, c'était terminé. Ça ne servirait qu'à faire souffrir quelqu'un d'autre, ou à me rendre malheureuse en essayant de lui faire plaisir. D'une manière ou d'une autre, ça ne se finirait pas bien.

— Tu ne penses pas que cet Adam et toi n'étiez tout simplement pas faits l'un pour l'autre ?

Les lèvres de Johnny semblèrent se retrousser lorsqu'il prononça le prénom de l'homme auquel elle avait fait du mal, et Verity était presque certaine qu'il ne s'agissait pas du fruit de son imagination.

— Il me paraît incroyablement en manque d'affection, si tu veux mon avis, ajouta Johnny.

— Eh bien, c'était peut-être le cas, concéda Verity (Merry avait surnommé Adam « le pot de colle »). Malgré tout, ce n'est pas si déraisonnable d'avoir envie de tenir la main de l'autre, de flirter, de donner et recevoir de l'affection, si ?

— Penses-tu que ton Elizabeth Bennet et… comment s'appelle-t-il déjà… ?

— Oh, arrête ! Tu connais son nom, ou alors tu tentes délibérément de me faire marcher ? demanda Verity qui, de manière incroyable, sentit un sourire se former sur ses lèvres. C'est Darcy. Fitzwilliam Darcy.

— Qui peut bien porter un prénom comme Fitzwilliam, hein ? Mais à ce que j'ai entendu dire de ce bouquin, Elizabeth Bennet et lui ne passaient pas leur temps à se déclarer leur amour toutes les cinq minutes ni à se permettre des démonstrations d'affection en public.

— Certainement pas !

Verity était frappée d'horreur à cette idée. Ni Lizzie ni Darcy ne pouvaient être décrits comme des gens câlins.

— Même quand ils dansaient ensemble, ils se touchaient à peine, poursuivit-elle avant de pousser un petit soupir. Je crois vraiment que j'aurais été bien mieux adaptée à la vie sous la Régence anglaise.

— En dehors de la probabilité de mourir très jeune d'une maladie qu'on soignerait facilement avec la médecine moderne, répliqua Johnny avec un sourire ironique. Nous arrivons près d'une station-service. Veux-tu t'arrêter prendre un thé ? On dirait que c'est la seule chose que ta mère n'ait pas préparée pour le trajet.

—Oui, s'il te plaît.

Verity avait partagé ses secrets les plus sombres avec Johnny. Elle ne savait toujours pas pourquoi : elle n'avait même pas mis ses sœurs dans la confidence. Elle avait tellement honte de ce qui s'était passé et était si habituée à porter ce fardeau sur ses épaules comme un cilice qu'elle refusait que quelqu'un essaie de l'aider à se sentir mieux – ce que ses sœurs, par contrat tacite, étaient tenues de faire.

Mais Johnny avait écouté et bien qu'il n'y fût pas obligé par contrat, il l'avait soutenue. Il n'avait pas jugé ses actes trop sévèrement. N'avait pas détourné le visage avec dégoût. Il avait même plaisanté au sujet d'*Orgueil et Préjugés*. Et parce qu'elle s'était livrée et avait accordé sa confiance à quelqu'un comme elle n'avait jamais su le faire avec Adam, en récompense, Verity s'aperçut que le monde ne venait pas de s'effondrer juste parce qu'elle avait laissé ses émotions s'exprimer sincèrement. D'ailleurs, ce cilice métaphorique ne la démangeait vraiment plus autant qu'avant. Si Verity décidait un jour qu'elle avait envie d'une relation amoureuse, elle aurait de la chance si elle trouvait un homme comme Johnny. *Pas Johnny lui-même, bien sûr, puisque…*

Verity coula un regard vers le téléphone de Johnny qui était resté inactif pendant au moins dix bonnes minutes. *Quel dommage que Marissa ait mis le grappin sur Johnny !* Car ses amis avaient raison : il était vraiment trop adorable pour être abandonné à un néant amoureux et Verity devait essayer de le dépêtrer tout doucement de Marissa. Faire un effort significatif pour lui dénicher quelqu'un d'aussi adorable que lui. Elle connaissait des tas de filles formidables. *Peut-être Mattie, ou même Pippa.*

— Eh bien… merci de m'avoir parlé d'Adam, dit Johnny alors qu'ils dépassaient une pancarte indiquant qu'ils se trouvaient à cinq kilomètres de la prochaine station-service. Je donnerais tout pour te convaincre que tu ne peux pas juger toutes les relations amoureuses sur la base d'une seule qui s'est mal passée. Je suis persuadé que quelqu'un t'attend, une personne qui ne te bousculera jamais et ne te tiendra pas la main sans ta permission.

— Oh, je t'en prie, arrête ! supplia Verity. Nous nous entendions si bien !

Leurs regards se croisèrent à nouveau. Cette fois, Johnny arborait un sourire amusé mais peut-être aussi légèrement frustré.

— Cela dit, tu m'as fait comprendre que j'avais peut-être besoin d'espace, moi aussi, avoua-t-il.

Pendant quelques secondes atroces où son cœur faillit cesser de battre, Verity crut que Johnny était en train de la larguer. Que son faux petit ami rompait avec elle parce qu'elle était aussi nulle dans les fausses relations de couple que dans les vraies. Qu'il avait été écœuré par ses révélations, en réalité.

— Oh, je n'avais pas compris que tu avais besoin d'espace, coassa-t-elle.

— Si, parce que tu avais raison quand tu affirmais que tous ces textos et le fait d'appeler Marissa toutes les deux minutes ne nous permettaient pas de prendre de la distance, expliqua Johnny. (Le cœur de Verity tambourina une dernière fois énergiquement dans sa poitrine avant de recouvrer sa régularité habituelle.) Il faut au moins que je voie à quoi ressemble la vie sans elle, tu ne crois pas ?

Verity ne répondit pas, car on aurait dit que Johnny s'adressait plus à lui-même qu'à elle.

— Bon. J'ai pris ma décision, décréta-t-il. Je me sèvre de Marissa pendant un mois. Pas de coups de fil, pas de SMS, pas de tweets, pas de like sur ses photos Instagram. Il y a des centaines de manières de s'empêcher de prendre du recul, et j'arrête tout.

— Le sevrage, c'est un peu drastique, observa Verity avec un calme olympien tandis qu'en son for intérieur elle sautait en l'air. Mais bon, on dit que le meilleur moyen de cesser de fumer, c'est de ne pas s'embêter à tourner autour du pot avec des patchs ou des chewing-gums mais d'arrêter tout simplement, non ?

— Tout à fait, approuva Johnny en prenant la bretelle d'accès qui menait à la station-service. Nous sommes le 23 juillet, et je ne veux pas entendre parler de Marissa jusqu'au 23 août.

— Peut-être que d'ici là, tu ne voudras plus rien avoir à faire avec elle. Je ne dis pas qu'elle est horrible, bien sûr, ajouta promptement Verity. Mais tu t'apercevras peut-être qu'elle ne correspond plus à ce que tu désires. Que tu as envie de passer à autre chose.

— Peut-être. Mais d'abord, je la mets de côté pendant un mois, et si j'ai l'air d'être sur le point de craquer, tu as l'autorisation de jeter mon téléphone dans l'étendue d'eau la plus proche. (Johnny se gara sur une place de parking et coupa le moteur.) Marché conclu ?

— Marché conclu.

Ils se serrèrent la main. Une poignée de main ferme, entre amis. Et s'ils restèrent les yeux dans les yeux assez longtemps pour commencer à se sentir embarrassés, c'était parce que la journée avait été longue et que Verity était encore affectée par son trop-plein d'émotions, et que Johnny… Johnny avait à l'évidence trop pris le soleil.

# Chapitre 20

## « Un abîme infranchissable semblait désormais les séparer. »

Après sa conversation à cœur ouvert avec Johnny dans la voiture, Verity s'était aperçue que si elle devait retenir quelque chose de bon de son affreuse rupture avec Adam, c'était bien la leçon de vie qu'elle avait reçue. Pas seulement en s'étant juré de renoncer à toute vie de couple, mais aussi en apprenant qu'il fallait poser des limites claires dès le départ : les gens en attendaient alors beaucoup moins d'elle socialement.

Par conséquent, tandis que le tourbillon étourdissant des fêtes et des cérémonies de l'été se poursuivait, les soirs où elle ne sortait pas, Verity se couchait à 21 heures. Elle ratait même le quiz du *Midnight Bell*, au grand désarroi de Tom et Nina car Verity était capable de répondre aux questions concernant des saints obscurs et les jours fériés, et qu'elle n'était pas mauvaise non plus en géographie, en apiculture et sur les œuvres complètes d'Enid Blyton – même s'il fallait bien avouer que les deux dernières catégories surgissaient rarement.

— Vous ne pouvez pas espérer que je me montre sociable toute la journée et tous les soirs de la semaine, décrétait Verity sans aucun remords. Je suis obligée de passer beaucoup de temps à faire la conversation à des inconnus et à ingurgiter des pâtisseries que je n'ai vraiment pas envie de manger. Ça fait beaucoup trop pour moi.

Ça n'empêchait pas les gens de s'attendre à ce qu'elle se montre un peu sociable malgré tout. Surtout Nina, qui avait refusé de lire son mémo (un vrai mémo que Verity lui avait envoyé par mail) et qui essayait fréquemment de la convaincre qu'un petit verre au *Midnight Bell* ne la tuerait pas. Même si un petit verre avec Nina se transformait souvent en session de quatre heures, comme Verity ne le savait que trop bien.

Ils étaient en train de fermer la librairie un jeudi après-midi, presque deux semaines après la visite au presbytère : deux semaines au cours desquelles Verity avait assisté à un mariage, un trentième et un quarantième anniversaire, et quelques sorties sans précédent dans la semaine. En provenance du salon de thé, on entendait la porcelaine et les couverts tinter tandis que Mattie, Sophie et Paloma faisaient la vaisselle. Tom balayait le sol sans grand succès, Verity faisait la caisse, Posy rangeait les nombreux livres sortis des étagères et Nina, qui avait gagné des billets pour une représentation de *Grease* à Somerset House lors d'un concours sur Twitter, essayait de rameuter les troupes.

— Ce sera marrant ! insista-t-elle. On pourrait s'habiller en Pink Ladies. Je sais que ça fait un peu court pour les délais, mais tout le monde possède un truc rose dans sa garde-robe, non ?

Au début, Verity était trop occupée à faire des additions sur sa calculatrice pour répondre, mais elle entendit Posy expliquer :

— En temps normal, j'aurais adoré, mais ce soir, c'est l'anniversaire de nos dix semaines et Sebastian a prévu quelque chose.

— Vous fêtez chaque semaine ? s'écrièrent en chœur Nina et Tom, incrédules.

— C'est un truc entre nous, marmonna Posy.

Verity leva les yeux pour vérifier que Posy avait bien les joues en feu.

— Bref, c'est un truc entre Sebastian et moi, reprit-elle. Il est vraiment bien plus romantique que ce qu'on pourrait croire.

— Sans vouloir t'offenser, Posy, je préférais Sebastian quand il était affreusement grossier, dit Nina avec dédain.

À ses yeux, le romantisme n'arrivait pas à la cheville d'une passion enflammée suivie d'un bon gros chagrin.

— Il reste affreusement grossier aussi, la rassura Posy, mais Nina s'était déjà tournée vers Verity.

— Tu viendras, hein, Very ? demanda-t-elle en battant des cils – les vrais et les faux. Si Posy préfère jouer la fille fade et passer la soirée avec son mari, on pourrait proposer à Merry de nous accompagner à la place. On ferait des Pink Ladies sensationnelles, surtout si tu me laisses t'attacher les cheveux.

Verity fit la grimace. Non pas à l'idée de se déguiser en Pink Ladies, vu que ça n'arriverait jamais, mais au souvenir de ses sœurs en train de chanter sur la bande sonore de *Grease* d'un vieux vinyle. Connie et Merry en venaient toujours aux mains pour savoir laquelle d'entre elles serait Rizzo. Inutile de préciser que Verity se retrouvait toujours dans le rôle de Jan ou de Marty. Quoi qu'il en soit, sa réponse était « non ».

— Désolée, mais je ne peux pas. J'ai autre chose de prévu ce soir, s'excusa-t-elle.

— Toi et ce Johnny, vous êtes scotchés l'un à l'autre, grommela Nina.

— Tu ne voyais pas aussi souvent Peter Hardy, océanographe, commenta Tom avec le petit sourire qu'il décochait chaque fois qu'il mentionnait l'ancien faux petit ami de Verity.

Ensuite, il fit faire deux ou trois jolis mouvements à son balai, sans vraiment dépoussiérer quoi que ce soit.

— Où ton nouveau petit copain t'emmène-t-il ? Fiançailles ? Pendaison de crémaillère ? Peut-être un petit dîner à deux ?

— Pour information, Peter Hardy partait souvent océanographier, répliqua pompeusement Verity qui n'était pas certaine que le verbe « océanographier » existe vraiment. Je ne vois pas Johnny ce soir : ça fait trois soirées d'affilée que je sors et j'ai besoin d'un peu de solitude. J'ai besoin de retrouver ma routine et surtout de ne parler à personne. Et au passage, balayer le sol, ce n'est pas étaler les saletés dans toute la pièce.

Ils finirent par s'en aller tous les trois. Posy partit vers sa félicité de jeune mariée. Nina, avec un Tom réticent sur les talons, avait, quant à elle, persuadé Mattie et Paloma de profiter des deux autres billets.

Verity était impatiente de gravir les marches branlantes qui menaient à l'appartement où Gourgandine l'attendait, avide de compagnie et de nourriture. Depuis l'ouverture du salon de thé, Verity avait pris l'habitude de fermer à clé la porte de l'appartement à la suite d'un incident au cours duquel Gourgandine avait fait irruption dans le salon de thé, et avait réussi à hisser dans les airs son derrière grassouillet assez haut pour atterrir sur les genoux d'une dame et se servir dans ses scones. La dame l'avait pris avec beaucoup de mauvaise humeur et avait menacé d'appeler la mairie. Depuis, Gourgandine était confiné dans ses quartiers.

À présent, il miaulait son indignation en dessinant des huit entre les jambes de Verity, avant de s'éloigner en râlant dès qu'il se souvenait d'être furieux contre elle. Comme toujours, la furie de Gourgandine dura le temps pour Verity d'ouvrir une boîte de nourriture pour chats. Pendant que son félin tyrannique était occupé, elle saisit l'occasion de se débarrasser des soucis de sa journée de travail en faisant un peu de yoga, jusqu'à ce que Gourgandine vienne s'allonger sur le dos sur son tapis alors qu'elle essayait de faire des salutations au soleil.

*Il est curieux que les besoins affectifs d'un animal domestique, qu'il s'agisse de Gourgandine ou de Pauvre Alan, soient bien plus faciles à affronter que ceux d'un être humain*, songea Verity en prenant sa douche tandis que Gourgandine, qui avait peur de l'eau, miaulait plaintivement à la porte de la salle de bains.

Ils partagèrent un dîner frugal composé de halloumi grillé et de salade puis Verity entreprit de lire son livre, une réécriture moderne d'*Orgueil et Préjugés* qui n'arrivait pas à la cheville de la demi-douzaine d'autres réécritures modernes d'*Orgueil et Préjugés* qu'elle avait lues précédemment.

C'était une soirée ennuyeuse, même à ses yeux. Elle fit une lessive. Se vernit les ongles de pied. Rangea sa chambre. Avala un second dîner de Pringles au vinaigre et un sachet de bonbons, ce qui était exactement ce dont elle avait besoin après deux week-ends surchargés et tout un tas de fêtes en semaine.

À 21 heures, elle se sentit assez zen et détendue pour se connecter à WhatsApp et y retrouver Connie. Mais avant d'en avoir eu l'occasion, elle entendit un bruit provenant d'en bas. Elle jeta un coup d'œil furtif par la fenêtre pour voir si les voisins encapuchonnés avaient escaladé le portail électrique installé la semaine précédente, mais il n'y avait personne sur le banc.

Elle entendit un autre bruit, comme si on agitait le portail, sauf qu'elle ne pouvait pas voir aussi loin par la fenêtre. Alors qu'elle se demandait, légèrement paniquée, quelle était la meilleure chose à faire, son téléphone se mit à vibrer.

C'était un SMS de Johnny.

Désolé de te déranger si tard. Je suis au portail, mais je peux m'en aller si tu préfères être seule.

Verity réfléchit quelques secondes : préférait-elle être seule ? Il apparut que non. Elle répondit :

Code du portail : 2811813

C'était la date de la première publication d'*Orgueil et Préjugés*. Une date dont tout le monde ne se souviendrait pas, mais qu'on pouvait rechercher si on oubliait le code.

C'était aussi bien que Verity ait bénéficié de trois heures de solitude pour rendre l'appartement vaguement présentable à un visiteur. Elle fourra le reste de Pringles et de bonbons dans un placard de la cuisine, et retira ses soutiens-gorge et culottes humides mis à sécher dans la salle de bains.

On toqua bien trop rapidement à la porte de la librairie. Verity dévala l'escalier.

Johnny lui fit signe à travers la vitre. Elle se hâta vers la porte et la déverrouilla.

— Que se passe-t-il ? s'enquit-elle.

Il devait bien y avoir un motif à la visite de Johnny. Ils étaient peut-être amis, mais pas le genre d'amis qui débarquaient sans prévenir. Verity n'avait aucun ami de ce genre, car ils la connaissaient tous trop bien.

— Je passais juste dans le coin, répondit Johnny nonchalamment.

Bien que la nuit soit chaude et moite, il portait un costume ; il avait desserré sa cravate et ouvert le premier bouton de sa chemise. Peut-être avait-il assisté à une réunion qui s'était terminée tard. Même ainsi, il était délicieusement débraillé ; tout ce qui lui manquait, c'était que quelqu'un lui ébouriffe les cheveux pour compléter son air d'abandon un peu louche. Verity se secoua mentalement. Voilà ce qui arrivait quand on lisait une des romances Régence adorées de Posy.

— En fait, c'est un mensonge, rectifia Johnny. Je ne me trouvais pas dans le coin jusqu'à ce que je vienne de Clerkenwell jusqu'ici.

— OK. Viens, entre, proposa Verity avant de s'apercevoir à quel point elle devait paraître peu aimable et peu accueillante. J'ai du gin en haut et une bouteille de la boisson à la fleur de sureau de ma mère, alors on peut se préparer un cocktail. Ou du vin rouge si tu préfères. J'ai aussi des Pringles au vinai… Mon Dieu ! Gourgandine ! Attrape ce chat !

Gourgandine avait suivi Verity jusqu'en bas et tentait une sortie éclair maladroite à travers la cour pour atteindre le paradis sur terre qu'était *No Plaice Like Home*. Verity doutait qu'il soit capable de se faufiler entre les barreaux de leur nouveau portail, mais elle n'avait pas envie de tester sa théorie. Ni d'être obligée d'appeler les pompiers si Gourgandine restait coincé.

La catastrophe fut évitée par Johnny qui doubla aisément le félin qu'il souleva délicatement, comme s'il manipulait de la lave en fusion.

— La fameuse Gourgandine. Elle est gentille ?

— C'est un mâle et il est affreusement gentil, répondit Verity en suivant Johnny dans la librairie. Gourgandine n'est pas convaincu d'être un chat. Il se prend pour un chien d'appartement.

— Pourquoi s'appelle-t-il Gourgandine ? demanda Johnny tandis que le chat en question se tortillait d'extase entre ses bras.

— Parce que c'est un vrai gigolo et que je croyais que c'était une femelle, expliqua Verity.

Gourgandine s'agita encore et encore jusqu'à se retrouver sur le dos, blotti entre les bras de Johnny, remuant frénétiquement les pattes avant.

— Il veut que tu lui caresses le ventre, l'informa Verity.

— Je ne suis pas vraiment fan des chats, dit Johnny en montant l'escalier. Avec un chien, on sait à quoi s'en tenir. Sauf avec les chihuahuas. Je ne ferai jamais confiance à un chihuahua.

— Quand nous habitions à Grimsby, deux chihuahuas, Lola et Fée Clochette, régnaient en maîtres dans le parc local. Notre vieux labrador, John Bunyan, en avait une peur bleue. (Verity s'arrêta à la porte du salon, scruta rapidement la pièce à la recherche de preuves compromettantes, et décida qu'il était sans danger d'y introduire un visiteur.) Assieds-toi. Tu as déjà mangé ?

— Oh, ne te tracasse pas…, répondit Johnny.

Ce n'était pas un « oui » ; par conséquent, Verity décida d'interpréter sa réponse comme un « non ».

— Une seconde, dit-elle.

Elle revint quatre minutes plus tard avec un assortiment disparate de restes d'halloumi grillé et de salade dans du pain pita, une sélection de biscuits et pâtisseries du jour – courtoisie de Mattie –, et une bouteille de vin rouge un brin plus cher et de meilleure qualité que le vin rouge que Nina et elle utilisaient pour la cuisine.

Johnny était assis sur le canapé. Gourgandine était étalé dans un joyeux abandon sur ses genoux, jambes écartées, dos cambré tandis que Johnny lui caressait le ventre. Le chat ne bougea pas d'un poil lorsque Verity posa son plateau chargé sur la table basse. Il n'existait qu'une chose au monde que Gourgandine préférait à la nourriture : les attentions d'un homme, et il bénéficiait présentement de toutes celles de Johnny.

Ce dernier adressa un sourire décontracté à Verity et hocha la tête lorsqu'elle lui présenta la bouteille, puis il reporta son attention sur Gourgandine. Ses longs doigts dessinaient des cercles sur le ventre soyeux du chat qui ronronnait si fort que Verity craignit qu'il explose.

— Oh, tu aimes ça, hein ? demanda Johnny à Gourgandine qui ronronna de plus belle. Et quand je fais ça ? (Il chatouilla le dessous de son menton quelques instants avant de lui frotter de nouveau le ventre.) Tu adores vraiment ça. Peut-être un peu trop. Devrais-je arrêter ?

Johnny immobilisa un instant ses doigts, jusqu'à ce que Gourgandine donne un coup de tête contre sa main pour que Johnny continue de lui prodiguer ses soins.

— Tu es insatiable, petit dévergondé.

Verity sentit ses membres se transformer en gelée à une vitesse alarmante, et elle renversa le vin sur la table au lieu de le verser dans le verre.

— Ça suffit ! déclara-t-elle d'un ton un peu désespéré, car certaines parties de son corps endormies depuis des années étaient en train de se réveiller. Si tu continues, Gourgandine va exiger de repartir avec toi.

— Oh, impossible, expliqua Johnny d'une voix traînante à Gourgandine qui levait vers lui ses yeux verts emplis d'adoration. Le chat roux d'à côté te croquerait pour son petit déjeuner. Oh, c'est un repas à mon intention ? Tu crées un dangereux précédent, Very. Je pourrais m'habituer à ce genre de traitement.

— C'est fait avec des moyens de fortune, s'excusa-t-elle.

Encombré par le chat qui refusait de quitter ses genoux, Johnny avança une main vers l'assiette que Verity lui tendait.

— Désolée pour le désordre, au passage. (Elle leva les yeux et fit la grimace.) Et pour les trous au plafond. L'électricité vient d'être refaite. Les ouvriers passeront faire le plâtre un jour, mais on ne sait pas trop quand.

En jetant un coup d'œil à la pièce, Verity la vit avec l'œil d'un architecte salué par la critique. Johnny se moquait probablement que Nina et elle se soient donné un mal fou à choisir les livres exhibés dans les étagères enchâssées de chaque côté de la cheminée. Ou que le minibar des années 1950 en forme de proue de navire soit la possession la plus précieuse de Nina, même s'il jurait avec le canapé et les fauteuils à l'imprimé fleuri William Morris qui avaient autrefois appartenu à Lavinia.

La pièce n'était pas chic, et se révélait définitivement miteuse.

— Superbe cheminée ! déclara Johnny avec enthousiasme. Influence Art nouveau sur les carreaux. Je dirais fin édouardien, même si le bâtiment est plus vieux, n'est-ce pas ?

— Je n'en ai aucune idée, avoua Verity.

Pendant que Johnny dînait, elle lui parla de lady Agatha Drysdale, l'arrière-grand-mère de Sebastian, à qui ses parents avaient offert la librairie dans l'espoir de la détourner de son engagement auprès des suffragettes.

— Elle s'est enchaînée aux barreaux à l'extérieur de Buckingham Palace et a été envoyée à la prison de Holloway pour troubles à l'ordre public. Je suppose que c'est d'elle que Sebastian tient son tempérament.

Après avoir mangé, Johnny demanda à visiter les lieux. Verity pouvait difficilement refuser, même si elle le fit attendre quelques instants pendant qu'affolée, elle faisait à toute vitesse le tour de l'appartement pour vérifier qu'elle n'avait vraiment rien laissé traîner de compromettant.

Contrairement à d'autres personnes, Merry par exemple, Johnny ne fit aucun commentaire sur les tissus d'ameublement de Verity et Nina, ni sur leurs bibelots, mais il poussa des « oh ! » et des « ah ! » devant les corniches et les architraves. Il retint son souffle en apercevant l'antique chauffe-eau dans la cuisine et joignit les mains de ravissement lorsqu'il vit le cordon de sonnette dans le style des anciens majordomes, installé de manière que lady Agatha puisse convoquer le personnel de la boutique. Pendant que Johnny regardait dans les coins et passait ses mains sur les moulures, Verity eut tout le loisir de l'observer, lui.

Il y avait un homme chez elle. Johnny était dans son appartement. Dès que Verity prit conscience de l'énormité de la chose – avoir un homme qui n'était ni son père ni un électricien ni Tom (bien que Tom ne compte pas vraiment comme un homme) chez elle –, elle ne sut plus quoi faire d'elle-même. Ni de sa bouche ni de ses mains, qui tressautaient nerveusement.

Que faisait donc Johnny là ?

— Il y a tellement de petites excentricités dans ce bâtiment ! Je pense qu'il date du XVIII^e^ siècle à l'origine et que beaucoup de choses ont été rénovées lorsque c'est devenu une librairie, expliqua-t-il en tâtant la croisée de la fenêtre. Des rénovations pas très habiles, malheureusement.

J'ai déjà compté au moins dix problèmes sérieux concernant la santé ou la sécurité. Veux-tu que je m'entretienne avec…

— Pourquoi as-tu fait tout le trajet de Clerkenwell jusqu'ici ? l'interrompit Verity.

Elle savait déjà que l'appartement était un piège à rats, mais c'était un piège à rats dont elle ne payait pas le loyer. D'ailleurs, Posy et Sebastian allaient bientôt faire quelque chose concernant l'antique chauffe-eau. Verity ignorait quoi, mais dans l'immédiat, ce n'était pas important.

— Parce que nous sommes des amis qui sortent ensemble en société, mais je ne pensais pas que nous étions des amis du genre à passer l'un chez l'autre à l'improviste, poursuivit-elle.

— Tu es plus que bienvenue si tu as envie de passer chez moi, répliqua Johnny d'un ton désinvolte, bien qu'ils aient déjà établi les frontières de leur amitié/fausse relation de couple.

Il soutint le regard de Verity de ses yeux calmes ; mais celle-ci était une experte – une vraie championne – dans l'art de soutenir le regard de ses sœurs. Ce fut donc Johnny qui cligna des paupières et détourna les yeux le premier.

— Alors, quelle est la véritable raison de ta venue ? insista Verity avec douceur.

Johnny poussa un grand soupir accablé.

— Je suis en train de flancher, expliqua-t-il. Marissa.

Si son soupir en disait déjà long, les trois syllabes du prénom de sa bien-aimée contenaient quant à elles les œuvres complètes de Shakespeare, avec mention spéciale aux tragédies.

— Oh !

Ce fut au tour de Verity de soupirer. La situation n'était pas totalement inattendue. Johnny s'était montré agité ces deux dernières semaines, de cette même agitation dont avait été témoin Verity quand Dougie avait cessé de fumer un peu plus tôt dans l'année. Même manière de gigoter, même tapotement incessant des doigts, même regard dans le vague chez Johnny, bien que ce dernier soit probablement en train de s'imaginer Marissa devant lui plutôt qu'un paquet de Marlboro.

— Tu n'as pas encore vraiment craqué, si ? s'enquit Verity.

— J'y ai songé. Elle a appelé. Envoyé des SMS. Utilisé tout un tas de réseaux sociaux pour entrer en contact.

Il sortit son téléphone de sa poche arrière.

Verity croisa les bras.

— Lui as-tu répondu ?

C'était un véritable effort de garder une voix calme et posée alors qu'elle ne se sentait pas calme et posée du tout.

— Non. Ce dimanche-là, au retour de chez tes parents, je l'ai informée que j'allais faire silence radio pour que nous puissions prendre du recul comme nous en étions convenus. Ça n'a pas eu l'air de la tracasser du tout. Alors que moi, ça m'a beaucoup perturbé.

Johnny n'essayait même pas de paraître calme et posé. Dès qu'il avait commencé à parler de Marissa, ses épaules s'étaient affaissées et sa voix était devenue rauque, comme s'il s'avouait déjà vaincu.

— Ça a été dur. Je me suis senti fébrile. Je ne cessais pas de penser qu'un seul petit texto ne ferait pas de dégâts, mais je suis resté fort.

— Tu as été très fort, l'encouragea Verity car après tout, elle avait été en première ligne pour constater son état fébrile et s'était inquiétée que Johnny cède bien avant la fin du mois. Il ne reste plus qu'une quinzaine de jours. Ça sera fini avant que tu aies le temps de dire « ouf ».

— Il s'est écoulé presque deux semaines sans un coup de fil, sans un texto. Elle n'a même pas liké un seul de mes tweets, ce qui était un peu blessant, expliqua Johnny comme s'il n'avait pas entendu les paroles d'encouragement de Verity. J'avais fait une blague vraiment drôle sur Donald Trump, même si ce n'est que mon humble avis. Et puis, hier soir, l'assaut a commencé.

Johnny alluma son téléphone qui se mit à biper frénétiquement comme s'il y avait un incendie, puis il le tendit à Verity pour qu'elle puisse constater qu'il avait quinze messages vocaux, vingt-sept SMS, tous de Marissa, et Dieu sait combien de mails, de tweets et d'alertes WhatsApp.

— Crois-tu qu'il y ait une urgence ? Qu'elle ait besoin de me parler ? demanda-t-il à Verity d'un ton un peu désespéré.

— Même s'il y avait une véritable urgence, elle a Harry, lui rappela Verity.

En règle générale, Johnny était affable et doux – pas de cette horrible manière obséquieuse qu'ont les hommes qui portent des mocassins en peau de serpent et se croient charmants parce qu'ils appellent toutes les femmes « chérie », qu'elles veuillent ou non coucher avec eux.

Non, Johnny était le genre d'homme qui pouvait rencontrer vos parents, et même vos quatre sœurs, sans rien faire qui puisse vous embarrasser. Mieux que ça : il serait accepté et accueilli par vos proches sans même tenter de se faire bien voir une seule fois. Et un quart d'heure plus tôt, quand Verity s'était lamentée au sujet du robinet de la salle de bains qui gouttait et dont Posy jurait qu'il avait fui durant les vingt-cinq années où elle avait vécu là, Johnny avait déclaré avec assurance que si Verity possédait une clé anglaise, il pouvait le réparer. D'une certaine manière, sur le papier, Johnny était presque trop parfait.

Lorsque Connie et Alex s'étaient fiancés et que Merry avait demandé à Connie comment elle avait su qu'Alex était l'homme de sa vie, Connie avait répondu simplement :

« Il fait ressortir le meilleur de moi-même. »

Or, Marissa ne faisait pas ressortir le meilleur chez Johnny. Elle faisait ressortir son manque d'assurance, sa tristesse, et elle les exposait à la lumière pour que tout le monde puisse les contempler avant de déclarer d'un ton compatissant : « Pauvre Johnny. »

— Tu comprends pourquoi je suis ici, n'est-ce pas ? interrogea Johnny.

Il desserra sa cravate déjà lâche avant de se fourrer les mains dans les poches.

— C'était soit venir ici, soit appeler Marissa et me perdre encore moi-même, voire pire, ajouta-t-il.

— Qu'est-ce qui peut être pire que de te perdre toi-même ? s'enquit Verity qui aimait toujours savoir à quoi s'en tenir.

Johnny secoua la tête.

— Je pourrais sortir, prendre une cuite et draguer une fille pour pouvoir oublier Marissa une nuit.

— Et ça marche ?

— Pas vraiment.

Ça devait être bien plus facile d'oublier quelqu'un, de le détacher complètement de sa vie, à l'époque où l'on n'attendait pas des gens qu'ils soient joignables vingt-quatre heures sur vingt-quatre. Verity observa de nouveau le téléphone. Pour un homme très en vue et un architecte reconnu, c'était étrange que la seule personne à chercher à joindre Johnny soit Marissa.

— Ce n'est pas ton seul téléphone, si ? dit-elle lentement.

— C'est mon portable spécial Marissa, répondit Johnny.

Il eut aussitôt un mouvement de recul en constatant la manière dont sonnait sa réponse.

— Eh bien, ça simplifie les choses, déclara Verity.

Elle longea le couloir qui menait à sa chambre. Johnny la suivit jusqu'à la porte et la regarda glisser l'objet maudit dans le tiroir supérieur de son bureau démodé qu'elle ferma à clé.

— Ça te va ? Si tu préfères, je peux aussi le faire tomber dans les toilettes et tirer la chasse d'eau ?

Johnny contempla le tiroir fermé avant de secouer les épaules comme un homme qui se défait d'un fardeau.

— Je n'ai jamais eu personne à qui me confier avant que tu entres dans ma vie, avoua-t-il. On dirait que tu me comprends mieux que je ne me comprends moi-même.

Verity aurait juré voir les soucis de Johnny s'envoler. Il étira les bras au-dessus de sa tête et sa chemise remonta, dévoilant une bande de peau. Verity détourna aussitôt les yeux et regretta son geste : elle venait d'apercevoir la pile de culottes et de soutiens-gorge humides sur son lit, là où elle les avait posés en vrac après les avoir retirés de la salle de bains.

— Je peux y arriver. Je peux me passer de Marissa pendant un mois et ensuite… et ensuite…

— Et ensuite ? le pressa Verity.

— Et ensuite, on verra, conclut Johnny. Nous nous rendrons peut-être compte qu'être séparés est trop douloureux et que nous sommes faits pour être ensemble. Vraiment. Rien que nous deux.

Tous les tracas qui avaient quitté Johnny s'étaient envolés à travers la pièce pour atterrir sur les épaules de Verity, qui vacilla sous leur poids. Ce n'était pas du tout le plan ! Le plan, c'était que Johnny s'aperçoive qu'il pouvait parfaitement se passer de Marissa. Il serait alors libre de rencontrer une personne capable d'apprécier réellement sa perfection et sa seule faiblesse…

— On verra, marmonna-t-elle.

Verity se sentit soudain aussi épuisée que si elle avait accompagné Nina pour l'un de ses « petits verres » qui se serait transformé en cuite monumentale. Elle se rapprocha de Johnny pour l'inciter à partir avec douceur, mais ce dernier s'avança aussi. Deux pas qui le firent pénétrer dans la chambre de Verity. Il vint se placer à côté d'elle et lui prit la main.

Elle leva la tête vers lui, les yeux écarquillés, tandis qu'il portait sa main à ses lèvres pour y déposer un baiser assez long pour qu'elle sente sa peau frémir.

— Merci, Very, murmura-t-il. Tu es une véritable amie dans les moments de doute.

— C'est à ça que servent les amis.

Ça semblait être la meilleure chose à dire, mais Johnny ne lui lâchait pas la main et il avait plongé son regard dans le sien comme s'il allait…

« Boum ! »

« Bam ! »

« Bang ! »

— Wella… wella… wella ! Uh !

Ils s'écartèrent tous les deux en sursaut lorsque la porte de la librairie s'ouvrit à la volée avant qu'on la claque encore plus fort. Nina chantait avec beaucoup d'enthousiasme mais un manque cruel de justesse.

Puis on entendit des « clomp clomp clomp » dans l'escalier.

— Very ! Tu aurais dû venir ! Tom a essayé de nier, mais il connaissait les paroles de toutes les chansons. Il faut qu'on le chambre à ce sujet demain. Oh !

Nina apparut à l'angle, et elle aperçut Verity et Johnny qui se tenaient devant la porte de la chambre, l'air embarrassés.

— Je ne savais pas que vous aviez prévu de passer la soirée ici. Juste tous les deux. Dans l'intimité.

L'un des plus grands talents de Nina était sa capacité à conférer aux mots et aux expressions les plus innocents une ambiguïté atroce.

— Johnny était en train de s'en aller, répliqua Verity en désignant l'escalier. N'est-ce pas ?

— Ah bon ? Apparemment, oui, confirma Johnny.

Il se tourna vers Verity et fit un geste pour lui saisir de nouveau la main, mais celle-ci la glissa derrière son dos – tout en se détestant de faire ça.

— Bon, on se voit demain, alors.

— Vous deux, hein ! Ça fait combien de soirs dans la semaine ? Ça devient sérieux, on dirait, décréta Nina en les contournant. Je meurs d'envie d'une tisane. Tu en veux une tasse, Very ?

Verity reconduisit Johnny à l'extérieur. Ils traversèrent la librairie obscure, au milieu de tous les livres bourrés d'amoureux maudits qui luttaient contre toutes sortes d'obstacles afin de parvenir à leur happy end. *C'est tout ce que je souhaite pour Johnny,* songea Verity, *un happy end avec une autre femme que Marissa, parce qu'il le mérite vraiment.*

Verity opterait pour une forme différente de happy end, quant à elle. Le sien impliquerait l'ouverture d'un refuge pour chats de l'autre côté du bâtiment, et elle finirait ses jours entourée de romans sentimentaux et de félins. Il existait de pires manières de vivre.

— Tu vas bien ? s'enquit Johnny tandis qu'elle déverrouillait la porte de la librairie. Tu es devenue particulièrement silencieuse.

— Oh, je vais très bien. (Verity ressuscita un sourire sorti du tréfonds de ses entrailles.) Je me demandais juste comment j'allais m'habiller demain soir. Il s'agit de l'ouverture d'un restaurant, n'est-ce pas ?

— Oui. Un ami inaugure un restau éphémère pendant un mois avec pour thème Hawaii sur un parking de Dalston. Je n'ai pas très bien compris pourquoi.

Johnny et Verity échangèrent un regard de confusion partagée quant au concept des restaurants éphémères et celui de servir de la nourriture sur un parking de Hackney.

— Très bien, je ne mettrai rien de très chic, alors.

— Bonne idée, approuva Johnny en franchissant la porte.

Il s'arrêta puis pivota et posa une main sur le bras de Verity. Il se pencha pour déposer un baiser sur sa joue, bien que jusqu'à ce soir-là ils se soient toujours dit « bonjour » et « au revoir » en agitant brièvement les doigts.

— À demain. Je passe te chercher à 19 heures.

Autre échange de regards, assez long pour que ça compte comme un moment hors du temps.

— Hum, il faut que tu appuies sur le bouton de droite pour ouvrir le portail, dit Verity qui exterminait les moments hors du temps depuis 1989.

— OK.

Johnny s'éloigna à grands pas à travers les anciennes écuries. Verity resta clouée sur place, la main sur sa joue frémissante, là où l'avait embrassée Johnny.

# Chapitre 21

## « Juste ciel ! Est-ce que les ancêtres de Pemberley doivent subir un tel affront ? »

C'était vraiment dommage que l'organisation du mariage de Connie soit presque achevée – il subsistait encore un point d'interrogation au sujet des bocaux en verre et des tasses de café vintage – car les semaines suivantes, Verity devint une experte mondiale en mariages. Elle aurait pu participer à *Mastermind* avec les mariages comme sujet de prédilection.

En réalité, son nouveau savoir ne s'étendait pas seulement aux mariages mais aussi à toutes sortes de réceptions. Chaque week-end d'août ainsi que quelques soirs de semaine, Verity et Johnny avaient assisté à des mariages, des anniversaires, des garden-parties et des fêtes données par des amis qui plaquaient leur boulot et le loyer exorbitant de leur appartement miteux pour aller faire le tour du monde en sac à dos.

Ils avaient mangé du bœuf en croûte. Du poulet en croûte. Du saumon en croûte. Et une espèce de truc bizarre en forme de champignon en croûte. Les amis de Verity ne donnaient pas dans les trucs en croûte, mais préféraient gaver leurs invités de friands à la saucisse. Ou de friands à la saucisse végétale et même, une fois, de friands à la saucisse végane, sans gluten et sans lactose qui avaient goût de carton, de colle et de désespoir.

Ils avaient bu du champagne à l'occasion, mais surtout du prosecco. Du prosecco/jus d'orange. Du prosecco/jus de pêche. Du prosecco/jus de grenade. Mais pas de prosecco/boisson à la fleur de sureau, comme Verity fut heureuse de le rapporter à Connie pour que sa grande sœur puisse dormir sur ses deux oreilles : aucun Londonien distingué n'avait volé son cocktail de mariage.

Verity et Johnny avaient dansé – enfin, en ce qui concernait Verity, il s'agissait davantage d'un timide balancement d'un pied sur l'autre sur Abba, Burt Bacharach et le groupe de ska punk du meilleur ami du petit frère de Dougie.

Ils avaient posé pour des photos avec des perches à selfies, dans des Photomaton affublés de chapeaux ridicules et d'accessoires de farces et attrapes, et même pour un véritable « portrait de soirée » où un photographe les avait pressés de se rapprocher encore et encore.

— Embrasse-la, mon pote ! avait-il exhorté Johnny.

Ce dernier avait pris Verity par la taille et celle-ci avait dû l'imiter pour que Johnny n'ait pas l'air d'enlacer une planche de bois en robe de soirée.

— Tu n'es pas obligé de m'embrasser, avait-elle sifflé juste au moment où le photographe beuglait :

— Allez, ne soyez pas timides !

Johnny lui avait relevé le menton de la main en fronçant les sourcils.

— Il vaudrait probablement mieux que je t'embrasse pour sauver les apparences et nous sommes en train de créer une queue, avait-il fait remarquer de manière plutôt raisonnable. Ne t'inquiète pas, j'ai l'haleine fraîche.

— Oh, bon, d'accord, vas-y, dans ce cas, avait-elle murmuré d'un air gêné.

Son cœur tambourinait si fort dans sa poitrine que Verity était certaine qu'on pouvait l'entendre par-dessus la musique de *Blame It on the Boogie* qui résonnait sur la piste de danse. Johnny avait baissé la tête, Verity avait retenu son souffle, et à l'instant précis où les lèvres de Johnny allaient entrer en contact avec sa bouche tremblante, il y avait eu un flash et le photographe avait hurlé un « C'est dans la boîte ! » triomphant. Ils s'étaient écartés l'un de l'autre.

Verity n'était jamais autant sortie en société de toute son existence ; et pourtant, elle était parvenue à ne pas s'effondrer une seule fois. Bien sûr, à une ou deux reprises, elle avait eu besoin de se rendre aux toilettes des dames pour recharger ses batteries quelques minutes. (Après ce baiser manqué, elle s'était passé les poignets sous l'eau froide et s'était sérieusement fait la morale au sujet des jeunes hommes indisponibles, même si ceux-ci étaient beaux et charmants).

Mais quand Johnny sortait avec Verity, quand il grignotait des petits-fours et retrouvait ses amis, au moins, il n'était pas obsédé par Marissa, même si parfois, lorsque Verity lui jetait un coup d'œil, il semblait hagard et perdu. Puis il s'apercevait qu'elle l'observait et il lui rendait son regard en souriant, avant de lancer une plaisanterie pour la faire sourire à son tour.

Verity n'avait aucun doute : ces dernières semaines avaient été loin d'être faciles pour Johnny. Pourtant, son mois de sevrage sans Marissa était terminé depuis trois jours et il n'avait toujours pas réclamé son téléphone. Verity s'était inquiétée pour le week-end qui venait de s'écouler car elle n'avait pas du tout vu Johnny : Connie, Chatty, Immy et leurs amies étaient venues à Londres pour fêter l'enterrement de vie de jeune fille de Connie. Verity savait parfaitement que le diable se chargeait d'occuper les gens désœuvrés – surtout les hommes libres le week-end et ayant à leur disposition un forfait illimité sur leur portable. Mais par chance, l'un des filleuls de William et sa famille étaient en visite et Johnny avait promis de les escorter d'une attraction touristique à l'autre, ce qui ne lui avait laissé aucun temps libre pour se languir de Marissa.

Johnny avait en effet envoyé à Verity une série de selfies angoissés du London Eye, de Buckingham Palace, Hyde Park, Madame Tussauds et M&M's World. Sur la plupart des clichés, il était en train de se faire attaquer par des enfants en bas âge.

Le week-end de Verity n'avait d'ailleurs pas été si calme que ça, lui non plus. L'enterrement de vie de jeune fille avait débuté de façon plutôt convenable. Alors qu'elles réquisitionnaient les tables des clients, Posy avait insisté pour qu'elles utilisent les salles du salon de thé afin d'organiser un apéritif dînatoire en fin d'après-midi, le samedi, une fois que tout le monde serait réuni. Mattie avait approuvé.

— Vous aurez besoin de vous remplir l'estomac avec un max de sucre.

Bien entendu, lorsque les sœurs Love apprirent que Posy n'avait pas eu le temps de célébrer son propre enterrement de vie de jeune fille, elles lui avaient proposé de rejoindre celui de Connie en tant qu'invitée d'honneur, en compagnie de Nina, Mattie et Paloma, la nouvelle barista. Les choses avaient dégénéré rapidement après l'orgie de sucre. Il y avait eu des cocktails – un nombre incalculable de cocktails –, des danses, d'autres cocktails, un kebab – ce qui était fort peu judicieux – accompagné d'une sauce piquante, et à

3 heures du matin le dimanche, Verity s'était retrouvée avec une vingtaine d'autres filles à disputer un match de foot animé dans Coram Fields, jusqu'à ce qu'une voiture de police s'arrête et leur enjoigne à toutes de rentrer chez elles.

Ces mêmes vingt autres filles avaient donc regagné l'appartement au-dessus de la librairie pour y passer quelques maigres heures de sommeil, puis était venu le moment du brunch qui, comme d'habitude, incluait de la friture et davantage d'alcool. Pas de verdure en vue.

À 18 heures le dimanche soir, après s'être assurée avec Merry que tout le monde était monté dans un train pour regagner les East Midlands, Verity avait l'impression de s'être fait rouler dessus par un semi-remorque. Même Merry avait perdu un peu de son entrain.

— Bon sang, avait-elle marmonné d'une voix hébétée. Je n'ai plus aucune batterie. C'est comme ça que tu te sens après avoir passé quelques heures au sein de notre famille aimante mais bruyante ?

— Oui, avait répondu Verity en posant la tête sur l'épaule de sa sœur alors qu'elles étaient assises dans le bus de la ligne 73. S'il te plaît, plus un mot, à présent.

Se coucher de bonne heure n'avait pas revigoré Verity. Le lundi, elle se terra dans son bureau, esquivant toute tentative de conversation jusqu'à ce qu'elle reçoive un SMS de l'adorable Stefan, le propriétaire du traiteur suédois. Ils se rendaient toujours à la banque ensemble pour que Stefan – un mètre quatre-vingt-dix de muscles et de gènes vikings – protège Verity d'éventuels agresseurs.

À présent, tandis qu'elle rentrait d'un pas épuisé au *Bonheur des tendres*, Verity espérait que les deux dernières heures de la journée s'écouleraient dans le silence. Elle avait prévu de s'échapper furtivement dans son bureau pour régler quelques tâches administratives simples.

La librairie grouillait de monde, ce qui lui fit chaud au cœur mais lui fit également baisser la tête lorsqu'elle franchit la porte. Malgré le tee-shirt gris et rose estampillé *Au Bonheur des tendres* que les forçait à porter Posy, Verity avait découvert que si elle traversait la boutique d'un pas pressé, comme si elle était en retard pour une réunion importante, et qu'elle ne croisait le regard de personne, les gens l'évitaient.

Elle fonça donc à travers la salle principale, esquivant les clients qui feuilletaient les livres. Elle se trouvait à deux pas du comptoir lorsqu'on lui saisit le bras.

*Laissez-moi tranquille!* cria-t-elle intérieurement. Elle fut obligée de se retourner avec un pâle sourire, qui s'évanouit instantanément lorsqu'elle constata que ce n'était que Tom qui l'avait arrêtée au passage.

— Pas maintenant, Tom, supplia-t-elle. S'il y a besoin de passer une commande, ça peut attendre jusqu'à demain.

— Ce n'est pas une commande, l'informa Tom.

Contrairement au reste du personnel, Tom ne portait pas de tee-shirt *Au Bonheur des tendres* mais arborait sa chemise habituelle, ainsi qu'un nœud papillon et un cardigan. Comme il convenait à quelqu'un qui besognait sur sa thèse depuis des années, il préférait s'habiller à la manière d'un universitaire distrait et vieillot. Les supplications de Posy concernant son précieux tee-shirt que devait mettre tout le personnel avaient été fermement ignorées – chose que Verity n'aurait jamais osé faire.

— Une amie à toi est assise sur le canapé. Elle attend depuis des heures, expliqua-t-il.

Verity fronça les sourcils, ce qui accentua son mal de crâne, dernière séquelle de sa gueule de bois. Elle avait fait la fête avec toutes ses amies, le samedi soir précédent ; par conséquent, ce que fabriquait l'une d'entre elles sur un canapé d'*Au Bonheur des tendres* défiait son entendement. Elle jeta un coup d'œil derrière Tom et aperçut une frêle silhouette blonde étalée sur le Chesterfield en cuir marron affaissé comme s'il s'était agi d'une somptueuse chaise longue. Verity faillit vomir le bagel au saumon fumé qu'elle avait mangé à midi.

Elle se recroquevilla derrière Tom. Peut-être que si elle se servait de lui comme bouclier humain jusqu'à avoir atteint la sécurité de son bureau...

— Youhou ! Valérie ! Te voilà !

Si le sourire dont Verity avait gratifié Tom était déjà pâle, la grimace qu'elle fit en croisant le regard de Marissa était si dénuée de vie qu'on aurait pu la déclarer mort-née.

— Oh, salut, dit Verity qui se rapprocha en traînant des pieds.

— Pourquoi ne t'assieds-tu pas auprès de Marissa pendant que je vais chercher une théière et des scones avec de la crème ? (La foule s'était écartée pour révéler Posy, qui était assise sur le canapé d'en face.) Nous avons bien bavardé en t'attendant. Mince, j'ai l'impression que nous nous connaissons depuis des années.

— Moi aussi ! déclara Marissa avec un enthousiasme que Verity avait du mal à partager, étant donné que Marissa s'était montrée nettement moins enthousiaste lors de leur première rencontre à elles deux. Est-ce que je peux avoir un simple thé vert, sans scones à la crème ? Ce n'est pas le jour où je me permets de faire des écarts à mon régime.

— Oh, je comprends ce que tu veux dire ! dit Posy en se levant, bien qu'on l'entende souvent proclamer : « moi, je fais des écarts tous les jours » – le plus souvent lorsque Mattie apportait une assiette de gâteaux.

— Viens t'installer à côté de moi, enjoignit Marissa à Verity en tapotant la place auprès d'elle sur le canapé.

Ça ressemblait plus à un ordre qu'à une proposition et Verity ne voyait pas bien comment elle pouvait refuser.

— Alors, raconte-moi. Comment vas-tu depuis la dernière fois ? s'enquit Marissa.

— Bien, marmonna Verity en s'asseyant.

Marissa portait un jean blanc assorti à un joli haut plissé couleur vert d'eau et des sandales à lanières. Ses vêtements étaient impeccables, sa peau hâlée scintillait, ses cheveux blonds étaient soyeux et lumineux, comme s'ils sortaient d'une publicité pour un shampooing. À côté d'elle, Verity avait l'impression d'être une énorme baleine maladroite. Même s'il fallait bien avouer que c'était un complexe propre à Verity et que ça n'avait rien à voir avec Marissa.

— J'irais mieux si tu te rappelais mon prénom, en fait, expliqua-t-elle. C'est Verity.

Marissa eut l'élégance de détourner le regard et de rougir légèrement.

— Excuse-moi, dit-elle.

De près, elle sentait délicieusement bon ; la pivoine, et quelque chose d'un peu plus vif qui tranchait.

— Je suis nulle pour me souvenir des prénoms. Parfois, j'appelle même Harry Gerry. Ça le met affreusement en colère. Je n'aurais probablement pas oublié ton prénom si je t'avais vue davantage cet été. J'espérais que nous puissions apprendre à nous connaître, devenir amies. Tous les gens que je connais sont tombés sous ton charme.

*Ah bon ? C'est vrai ?*

— Je suis restée dans le coin, l'informa Verity.

Johnny avait probablement choisi de les faire assister à des fêtes où il savait que Harry et Marissa ne viendraient pas. Puis Verity songea au téléphone spécial Marissa planqué dans un tiroir fermé à clé à l'étage et la rougeur qui empourpra son visage n'eut absolument rien de délicat.

— Les amis de Johnny se sont tous montrés extrêmement accueillants, ajouta-t-elle.

Le seul fait de prononcer le prénom de Johnny en présence de Marissa lui donnait l'impression de commettre un crime.

— C'est parce que tout le monde est incroyablement heureux de voir Johnny en couple, expliqua Marissa.

Petite Sophie arriva avec son thé vert, une tasse de thé fort pour Verity, et des scones à la crème que cette dernière n'osa pas approcher de sa bouche. Marissa gratifia Sophie d'un sourire éblouissant qu'on aurait dit tout droit sorti d'un filtre Instagram.

— Merci, ma chérie. J'adore ton petit tablier. Il est adorable.

Mattie était encore plus intraitable que Posy : elle insistait pour que Paloma et Sophie portent des robes noires et un petit tablier blanc dans le style des *nippies* qui faisaient le service dans les *Lyon's Corner Houses*. Sophie avait boudé des semaines à ce sujet, mais là, elle adressa un sourire radieux à Marissa avant de regagner le salon de thé.

Marissa se retourna vers Verity.

— Alors, où en étions-nous ?

— À mes commandes urgentes et ma dernière levée du courrier, marmonna Verity d'un ton désespéré.

Mais Marissa lui tapota le bras de sa main impeccablement manucurée.

— Aucune importance ! répliqua-t-elle avec la désinvolture d'une personne qui n'avait jamais eu à remplir un bon de commande en urgence avant la dernière levée du courrier. Alors, Johnny et toi ? Ça a l'air de bien se passer. Tu l'accapares tellement !

Marissa poussa un soupir mélancolique. Verity se sentit aussitôt coupable, jusqu'à ce qu'elle se souvienne que

Marissa était une femme mariée et que Johnny était libre d'être accaparé par qui il le souhaitait. Elle en fut réduite à convoquer Elizabeth Bennet alors qu'elle n'avait pas eu besoin de le faire depuis des semaines. Pas Elizabeth Bennet quand celle-ci réglait ses comptes avec lady Catherine de Bourgh, mais Elizabeth Bennet qui refusait de laisser Caroline Bingley lui marcher sur les pieds, ça oui.

— Johnny est formidable, déclara Verity qui n'avait pas besoin de mentir puisque c'était la vérité. Il est tellement facile à vivre, gentil et drôle ! Nous sommes allés à des tas de mariages, des tas de fêtes, et c'est vraiment la personne à côté de qui on a envie d'être assise pendant qu'on écoute un énième discours de témoin.

Verity dut se mordre la lèvre inférieure pour s'empêcher de devenir lyrique en expliquant comment les coins de ses yeux se plissaient lorsqu'il lui souriait ou qu'ils échangeaient un regard peiné parce qu'ils allaient encore devoir manger un truc en croûte. Comment elle pouvait entrer dans une église, sous une grande tente ou dans un pub d'East London au bras de Johnny en se sentant toujours à sa place. Ça lui donnait d'ailleurs aussi l'occasion de toucher les muscles de ses avant-bras – Johnny avait vraiment de splendides avant-bras ; mais ça, ça devait être les séquelles de sa gueule de bois et le fait de se trouver aussi près de scones à la crème sans pouvoir en manger un seul qui lui causaient un léger accès de délire.

— Bref, Johnny et moi, ça va, résuma-t-elle.

Marissa lui reprit la main.

— Tout ce que je souhaite, c'est le bonheur de Johnny, murmura-t-elle et ses yeux d'un bleu étincelant – un bleu gentiane, parce que avoir des yeux d'un bleu ordinaire n'aurait pas suffi à Marissa – s'embuèrent soudain de larmes.

Sincèrement, je ne pourrais pas être plus heureuse pour vous deux.

— Oh, ce n'est encore que le début de notre relation, balbutia Verity qui ne parvenait pas à détourner le regard de Marissa, dont la lèvre inférieure s'était mise à trembloter.

— Tu sais que Johnny et moi, nous avons une histoire. Une très longue histoire. Harry affirme qu'il t'a raconté comment nous étions tombés amoureux, lui et moi, et comment nous nous étions mariés dans le dos de Johnny, confessa Marissa en baissant la voix sur un ton de conspiratrice. Une partie de moi se sentira toujours affreusement honteuse d'avoir fait ça.

Verity hocha la tête. Elle pouvait comprendre cela, et elle devait bien admettre que Marissa avait un sacré courage de se confier à elle ainsi, malgré la difficulté qu'elle devait éprouver à évoquer un moment aussi douloureux de son passé.

— Mais on ne choisit pas de qui on tombe amoureux, la réconforta Verity. Tu n'as pas pu t'empêcher de tomber amoureuse de Harry, n'est-ce pas ?

— Tout à fait, approuva Marissa. Et j'aime encore plus Harry maintenant qu'à l'époque. Mais une fois marié, on ne peut s'empêcher de considérer l'autre comme acquis, et ce que nous partagions Johnny et moi était si intense que je suppose que ça a toujours été plutôt agréable, valorisant même, qu'il soit toujours un peu épris de moi. Est-ce très mal ? demanda-t-elle à Verity en écarquillant ses grands yeux bleus, le visage troublé.

Verity commençait à comprendre quel était le problème avec Marissa. Pourquoi Harry l'avait choisie elle malgré son meilleur ami. Pourquoi Johnny était encore si obstinément amoureux d'elle. Pourquoi Posy et Petite Sophie étaient instantanément tombées sous le charme.

Car lorsque Marissa vous regardait, vous attirait dans son univers et se confiait à vous, il était aisé de croire que vous étiez la personne la plus importante sur terre. C'était grisant. Verity se sentit succomber – Marissa sentait vraiment merveilleusement bon – mais elle resterait forte, bon Dieu ! *Pardon, Seigneur, d'invoquer ton nom en vain.* Verity lui envoya une prière silencieuse, mais elle avait des circonstances atténuantes, après tout.

— Es-tu en train de me dire que tu n'es plus amoureuse de Johnny ? demanda Verity. Que tu ne partages pas ses sentiments ?

Marissa sourit comme si Verity venait de lancer une blague. *Une blague pas très rigolote.*

— Oh, c'est la chose la plus touchante que j'aie entendue ! lança-t-elle avec un rire cristallin forcé. Johnny et moi sommes de fidèles amis, rien de plus. Enfin, en tout cas de mon côté. Mais je crois savoir ce qui se passe, là.

Elle secoua légèrement la main inerte de Verity.

— Et que se passe-t-il ? interrogea cette dernière, totalement confuse.

Elle n'avait jamais eu de « fidèle ami » de cette sorte et elle ne savait donc pas quel était le protocole dans ce genre de situation ; mais ça n'impliquait certainement pas de bombarder son « fidèle ami » d'autant de SMS et de coups de fil que le faisait Marissa. Surtout si Marissa pensait qu'il s'était trouvé une nouvelle petite amie.

Marissa inclina son délicieux visage et adressa un sourire dégoulinant de compassion à Verity.

— Je suppose que tu te crois amoureuse de Johnny. Et que tu te dis que parce qu'il est si formidable, si intelligent, si beau, tout le monde doit l'être aussi. Mais non, Vera, je ne suis pas amoureuse de Johnny. Je pense que Harry aurait son mot à dire si je l'étais.

— Mais lors du mariage à Kensington, Harry a dit que…

— Harry dit des tas de choses, l'interrompit Marissa en arborant une moue gracieuse, comme si lesdites choses ne la concernaient pas le moins du monde. Je ne pourrais pas être plus heureuse que Johnny ait enfin trouvé une fille charmante avec qui passer du temps. Bien sûr, il y a eu cette Karen, il y a quelques années…

— Tu parles de Katie ?

Verity ne savait pas si elle devait se sentir soulagée ou offensée que Marissa ne se souvienne pas non plus du prénom de la seule autre femme qu'on ait vue avec Johnny au cours des dix dernières années.

— Karen. Katie. Peu importe. Ce n'était pas la bonne pour Johnny. Vraiment pas. (Marissa agita dédaigneusement la main, comme si c'était tout ce que la pauvre « Katie » méritait.) Sincèrement, être soupçonneuse n'est pas une qualité chez une femme, Velma. Franchement, si j'étais amoureuse de Johnny, pourquoi serais-je ici ?

— Pourquoi es-tu ici, d'ailleurs ? Juste pour discuter ? Ou tu souhaitais acheter des livres ?

— Ne le prends pas mal, c'est une jolie boutique, charmante, vraiment, comme je le disais à Posy, mais je ne lis que de la littérature, l'informa Marissa. J'ai toujours pensé qu'il y avait quelque chose de triste et de non réalisé chez les femmes qui lisent de la littérature sentimentale…

Marissa venait littéralement de dégringoler dans l'estime récente de Verity. Il n'y avait rien de mal à lire de la littérature sentimentale. Ça ne servait pas uniquement à combler les manques des personnes seules. On pouvait très bien être en couple et lire des romances malgré tout. Ce n'était pas comme s'il existait un quota de romantisme et que Marissa avait dépassé le sien.

— En fait, répliqua Verity avec un accent de colère qui aurait provoqué un échange de regards entre ses quatre sœurs, à mon avis, si tu y réfléchis, tu verras que la plupart des classiques appartiennent à la littérature sentimentale. Depuis les poèmes d'amour d'Ovide jusqu'à *Roméo et Juliette*, *Orgueil et Préjugés* bien entendu, et même des écrivains soi-disant littéraires, comme Ian McEwan et Sebastian Faulks, que nous avons aussi en stock, pour ton information.

— Non, je crois que tu as tort. Je suis titulaire d'une licence mention très bien de l'université de Cambridge en littérature anglaise, rétorqua Marissa d'un ton cinglant comme si ça réglait la question, ce qui n'était absolument pas le cas.

Mais lorsque Verity ouvrit la bouche pour répliquer un peu plus vigoureusement et se mettre, inévitablement, à citer *Orgueil et Préjugés*, Marissa lui agrippa le bras et le pressa assez fort pour que Verity ferme la bouche instinctivement.

— Nous nous écartons du sujet. Je ne suis pas venue ici discuter de livres, mais pour lancer une invitation en personne. Johnny n'y a pas répondu, mais j'imagine combien tu le tiens occupé.

Apparemment, le pouvoir d'attraction de Marissa avait duré vingt minutes maximum. Libérée de l'emprise de son charme et de ses manières séductrices, Verity revint à son ancien jugement. Marissa était un poison. Un poison très dangereux, très insidieux, et dont le seul antidote était de la maintenir le plus loin possible.

— Je suis certaine que tu te souviens de ce que c'est que le début d'une relation : Johnny et moi avons simplement envie de passer le plus de temps possible ensemble, déclara Verity d'une voix si mielleuse qu'elle faillit grincer des dents. Alors, une invitation pour quel événement ?

—Nos dix ans de mariage, répondit Marissa. Harry et moi organisons un week-end. Nous avons réservé une immense maison sur une petite île en Cornouailles et nous avons invité tous nos amis les plus proches. Évidemment, nous avons prévenu Johnny il y a des mois et j'ai essayé de le joindre pour qu'il confirme mais, comme tu le disais, il n'a plus un moment à lui, le pauvre chou.

—Il dispose encore de beaucoup de moments à lui, répliqua Verity avec mauvaise humeur – contrairement à ce qu'elle venait de sous-entendre, elle ne serait jamais, jamais une petite amie envahissante. Il n'a peut-être tout simplement pas eu envie de te rappeler.

—Je trouve ça assez difficile à croire, rétorqua Marissa avec tout autant de mauvaise humeur.

Pendant une brève seconde – si bien que par la suite, Verity se demanda si elle ne s'était pas fait des idées –, Marissa darda un regard malveillant sur elle comme si elle n'était rien d'autre qu'une plaie qu'il fallait soigner d'urgence dans la vie de Johnny. Puis Verity cligna des paupières et Marissa redevint la femme charmante aux grands yeux écarquillés qu'elle était.

—Bien entendu, tu es invitée aussi. Ça a lieu ce week-end…

—Quel dommage ! Je crois que nous avons déjà quelque chose de prévu ce week-end, déclara Verity qui ne se souvenait absolument pas si c'était le cas.

C'était un long week-end d'août comprenant un jour férié. Les festivités de l'été allaient prendre fin, les invitations diminuaient et bientôt, Johnny et elle n'auraient plus à jouer cette comédie. Cette pensée fit paniquer Verity, bien qu'extérieurement, elle demeure impassible.

—J'en discuterai avec Johnny ce soir, dit-elle. On verra ce qu'il veut faire.

C'était une remarque tout à fait normale de la part d'une petite amie. Les yeux de Marissa étincelèrent de nouveau et elle se lança dans un long discours sur le chef cuistot qui préparait les repas du week-end, le fait qu'il avait travaillé pour toutes sortes de célébrités, qu'il avait besoin de connaître le nombre exact de convives et qu'il était fort grossier de confirmer aussi tardivement.

— … il a cuisiné pour le duc et la duchesse de Cambridge, et même eux ont réussi à élaborer la liste des invités un mois à l'avance…

— Nous fermons. Si vous ne souhaitez pas passer à la caisse, je crains d'être obligée de vous demander de partir, lança une voix derrière elles.

Verity pivota et aperçut Nina, qui avait les mains sur les hanches.

— D'ailleurs, Very, la caisse ne va pas se faire toute seule.

Marissa frissonna légèrement à ces mots, comme si cet aperçu d'une journée de travail lui donnait la chair de poule.

— Écoute, je dois vraiment y aller maintenant, déclara-t-elle comme si Verity l'avait retenue contre sa volonté et non l'inverse.

Marissa se leva d'un geste fluide.

— Merci de me faire connaître votre réponse pour ce week-end, ajouta-t-elle. Johnny sait comment me joindre.

Et elle sortit de la librairie comme si elle défilait sur un podium à Milan.

— Mon intuition féminine s'est réveillée, expliqua Nina tandis que Verity s'extirpait des profondeurs du canapé avec beaucoup moins de grâce que Marissa. Je ne fais jamais confiance à quelqu'un qui a les cheveux aussi brillants. Ce n'est pas naturel. C'est vrai, qui c'est, cette fille ?

— Une des amies de fac de Johnny, répondit Verity en essayant de rester évasive, mais sa paupière qui tressautait la trahissait. Apparemment, elle a obtenu une licence mention très bien en littérature anglaise à Cambridge et je ne l'aime pas du tout.

— Very ! (Tom émergea de derrière le comptoir.) Tu sais que ça me déstabilise quand tu exprimes une pensée peu charitable.

— Alors que tu es fille de pasteur ! renchérit Nina avec un rire rauque.

Comme souvent, Jane Austen parvenait à résumer ce que pensait Verity bien mieux qu'elle-même.

— « C'est l'une de ces jeunes femmes qui cherchent à se faire valoir auprès de l'autre sexe en dépréciant le leur ; et je pense pouvoir dire que cela réussit avec bien des hommes, déclama-t-elle d'un ton méprisant. Mais c'est là, à mon sens, un moyen pitoyable, un bien pauvre stratagème. »

Nina et Tom reculèrent lentement.

— Bon, nous allons te laisser faire la caisse tranquillement, déclara Tom à voix basse.

— Prends ton temps, roucoula Nina. Et ce soir, je sors. Avec un type que j'ai rencontré sur Pécho et qui affirme être dans la marine, alors tu auras l'appartement pour toi toute seule. Ça va te faire plaisir, non ?

— Encore plus que tu ne peux te l'imaginer, assura Verity tout émue.

# Chapitre 22

## « Je crois que cela a débuté lorsque j'ai découvert son magnifique domaine de Pemberley. »

Verity n'avait qu'une envie : s'allonger dans une pièce obscure avec un gant humide sur le front. Mais d'abord, elle devait parler à Johnny.

Bien que cela lui soit douloureux à admettre, ce n'était pas le genre de conversation qu'ils pouvaient avoir par mail ou SMS. Ni, d'ailleurs, au téléphone.

Quand vous devez annoncer à votre faux petit ami que l'amour de sa vie exige sa présence à l'anniversaire de ses dix ans de mariage avec un époux bien réel, seul un face-à-face est envisageable.

*Malgré tout, ça ne peut pas faire de mal de tâter le terrain avec un texto*, songea Verity. Johnny serait peut-être extrêmement occupé les prochains jours et lorsque le week-end arriverait, il serait trop tard pour participer à cette réception, sans parler de fournir les renseignements concernant les allergies alimentaires au chef cuistot qui ne servait que les stars.

Tu es dans le coin ce soir ? Il faut qu'on parle.

Elle envoya le texto dès qu'elle eut refermé la porte derrière Nina, qui se montrait un peu nerveuse concernant son rencard avec le marine.

— Un vrai marine, Very ! soupira-t-elle de façon fort peu habituelle. Il affirme qu'il pourrait facilement me soulever et me jeter sur le lit dans un élan de passion, et tu sais combien j'ai toujours rêvé d'un homme capable de faire ça.

Malheureusement, Johnny répondit à son SMS avant même que Verity ait terminé de monter l'escalier menant à son appartement miraculeusement vide.

As-tu oublié que tu es censée venir dîner ce soir ? Pour notre « double rencard » avec mon père et cette Elspeth. Depêche-toi, je t'en prie ! (Je t'avoue que ton message me fait un peu flipper.)

Verity avait complètement oublié cette soirée. William lui avait envoyé un mail charmant contenant une invitation à dîner après être passé la voir, et bien qu'elle ait répondu positivement, elle avait ensuite refoulé tout souvenir à ce sujet, comme elle le faisait souvent avec tout ce qui risquait de la rendre mal à l'aise.

Et maintenant, par la faute de Johnny, une autre inquiétude venait s'ajouter à l'épreuve. *Tu n'en imagines même pas la moitié*, songea Verity, abattue. Johnny avait mis les indications pour se rendre chez lui en pièce jointe. Après avoir nourri Gourgandine et récupéré le téléphone spécial Marissa dans son tiroir, Verity partit pour Canonbury, la peur au ventre. Personne n'aime être porteur de mauvaises nouvelles, et tout le monde sait ce qui arrive aux messagers de malheur.

Elle avait prévu de parcourir les trois kilomètres à pied en se faufilant à travers les ruelles de Clerkenwell et d'Islington, mais cela n'aurait fait que prolonger sa souffrance : elle se serra donc dans un bus en compagnie d'une foule moite et grincheuse de travailleurs qui rentraient chez eux et devint, à son tour, de plus en plus moite et grincheuse.

Le bus roulait au pas à travers les rues embouteillées. Il arriva malgré tout beaucoup trop tôt à Highbury Corner au goût de Verity. Elle n'eut qu'à marcher cinq minutes supplémentaires le long de jolies rues bordées d'arbres et de maisons victoriennes massives avant de remonter l'allée en traînant le pas pour sonner à la porte de Johnny. Elle avait tout lu dans *The Guardian* sur cette splendeur de trois étages ; pourtant, elle ne s'était pas attendue à l'immensité de la bâtisse ni à l'aspect impeccable de l'ensemble, depuis les plâtres jusqu'aux joints. Même la nuance gris pâle de la porte d'entrée était parfaite.

Verity se fit l'impression d'être un gamin crasseux qui ferait mieux de faire le tour pour passer par l'entrée de service, surtout lorsqu'elle baissa les yeux et s'aperçut avec consternation qu'elle portait toujours son tee-shirt *Au Bonheur des tendres*. Elle n'avait même pas pensé à se passer un coup de brosse ni à se parfumer un peu. *Oh, mon Dieu !* Elle ne s'était même pas arrêtée en chemin pour acheter une bouteille de vin ou un bouquet de fleurs !

Il était trop tard pour avoir des regrets. La porte s'ouvrit sur Johnny qui, lui, avait manifestement eu le temps de se doucher et de se changer depuis qu'il était rentré du travail. Il portait un jean et une chemise noire dont il avait remonté les manches, et il paraissait heureux de voir Verity, si elle en jugeait par son sourire soulagé.

— Dieu merci, tu es là ! s'exclama-t-il en l'attirant pour l'embrasser sur la joue dans un geste qui les surprit tous les deux.

Puis il la fit entrer, et l'entraîna dans un vaste hall dont le carrelage, qui semblait d'origine, formait un damier noir et blanc. Un banc en bois était incrusté sous l'escalier et des pièces chantournées aux motifs raffinés ornaient le sommet des marches. Tout l'escalier était peint en blanc.

— Nous prenons l'apéro dans le jardin, l'informa Johnny.

Ça n'avait pas l'air de se passer si bien que ça, cette première rencontre de Johnny avec « cette Elspeth ». Le cœur encore plus lourd, Verity le suivit dans le couloir. Par une porte ouverte, elle aperçut un salon sans cloison, baigné de lumière, dont les murs étaient peints dans une nuance douce de blanc cassé. Elle vit également un canapé, des tapis et des coussins, ainsi qu'une collection d'objets en verre disposés sur les étagères insérées de chaque côté d'une majestueuse cheminée dans différents tons de bleu.

Elle traversa ensuite la cuisine telle que l'avait décrite *The Guardian*, avec les éléments que Johnny avait construits lui-même et la gigantesque table de cuisine en acier bruni, les murs blancs égayés cette fois d'un vert lumineux et un énorme buffet de style suédois rempli de porcelaines multicolores.

L'un des murs de la cuisine était constitué uniquement de baies vitrées qui s'ouvraient sur un vaste jardin, en grande partie dévolu à la pelouse.

— Je ne peux pas affirmer que ça se passe merveilleusement bien, avoua Johnny du bout des lèvres tandis qu'ils sortaient sur la terrasse en bois.

Juste à l'angle, assis sur un banc, se trouvaient William et une femme vêtue d'une ravissante robe à fleurs dont les traits fins n'avaient pas été altérés par l'âge. Ils chuchotaient, tout proches l'un de l'autre. La femme se mit à glousser ; William nicha le nez dans son cou. Un œil non exercé aurait vraiment pu croire qu'ils se faisaient des mamours.

— Je ne peux pas vous laisser seuls deux minutes, hein ? lança Johnny avec une pointe d'exaspération.

L'invitée gloussa derechef, nerveusement cette fois. Johnny tira Verity en lui serrant désespérément la main.

— Nous avons de la compagnie, déclara-t-il. Very, tu as déjà rencontré ce vieux dépravé, n'est-ce pas ? Quand il est venu te déranger.

— Je dirais plutôt que j'ai fait preuve d'un intérêt enthousiaste pour le bien-être affectif de mon fils unique, rectifia William avec majesté. (Il passa le bras autour de la femme.) Et voici mon amie Elspeth. Elspeth, je te présente Verity, l'amie de Johnny, qui m'a conseillé de t'offrir cette superbe édition reliée en toile d'*Orgueil et Préjugés*.

— Oh, quel choix inspiré ! s'exclama Elspeth en adressant un sourire radieux à Verity, qui le lui rendit tout en faisant signe à son aînée de ne pas se lever.

Verity contempla de nouveau son tee-shirt.

— Je suis sincèrement désolée, je n'ai pas eu le temps de me changer après le travail, s'excusa-t-elle.

Elle porta la main à ses cheveux, qui semblaient vraiment emmêlés.

— La véritable beauté n'a pas besoin d'artifices, répliqua fort galamment William, qui haussa ensuite les sourcils à l'intention de Johnny. Cette jeune femme a besoin de boire quelque chose.

Verity se retrouva bientôt avec un verre de Pimm's bourré de fraises et de concombre. Pendant que Johnny allumait le barbecue pour faire griller des steaks de thon, elle discuta livres avec Elspeth, qui avait été professeure d'anglais jusqu'à ce qu'elle prenne sa retraite deux ans auparavant. Contrairement à Marissa, Elspeth n'avait aucun problème avec le fait que l'on puisse classer les plus grandes œuvres littéraires dans la littérature sentimentale.

— De toute manière, qui s'en soucie ? dit-elle. J'ai vécu certains des moments les plus heureux de mon existence en compagnie d'un paquet de cookies et du dernier Diana Gabaldon.

— Lucinda, feu mon épouse, adorait les romances, se remémora William.

Elspeth lui adressa un sourire chaleureux et lui serra la main. Johnny les observa en plissant les yeux.

— Je suis certain qu'elle aurait adoré discuter livres avec toi, Verity, ajouta William.

Verity marmonna vaguement que ça aurait été sympathique avant de retomber dans le silence, à l'instar de Johnny qui, à part demander quelle cuisson chacun souhaitait pour son steak de thon, s'exprimait par monosyllabes et gardait la mine renfrognée. Malgré tout, William et Elspeth s'efforçaient de faire la conversation et Verity contribuait dès qu'elle le pouvait. Au dîner, Elspeth expliqua qu'après avoir pris sa retraite, elle s'était retrouvée veuve en l'espace de deux mois. Pour surmonter son « atroce cafard », elle avait adopté un chien, un caniche croisé nommé Peggy, et elle s'était inscrite à un cours de yoga, où elle avait rencontré William.

Johnny étouffa un petit rire méprisant. Verity ne savait pas bien si c'était en raison de son aversion pour les caniches ou pour le yoga, ou plus probablement à l'idée que William et Elspeth se soient rencontrés pour la première fois dans la position du chien tête en bas. Mais son rire fut assez sonore pour qu'Elspeth s'interrompe au milieu de sa phrase et que

William, dont les yeux ne pétillaient plus du tout, décoche un regard blessé et furieux à son fils.

Elspeth se leva.

— Je crois… Auriez-vous la gentillesse de m'excuser ? dit-elle. Je vais me repoudrer le nez.

— Je te montre le chemin, déclara William en se levant à son tour.

Il lança un autre regard noir à son fils avant de prendre Elspeth par le bras pour lui faire traverser la terrasse.

Verity entendit Elspeth dire à William :

— Je ne suis pas certaine que ça ait été une bonne idée.

Johnny avait dû l'entendre aussi, mais il n'eut même pas l'élégance d'avoir l'air honteux.

— Je n'aurais jamais cru que tu puisses te conduire de manière aussi conne, lâcha Verity, trop contrariée pour choisir ses mots avec soin ou préparer son discours. Tu te montres incroyablement grossier avec la pauvre Elspeth. C'est ton invitée.

Johnny avait sursauté au début de la salve de Verity, mais il avait très vite recouvré son expression sinistre. On aurait dit qu'il tentait d'avaler des cailloux.

— C'est l'invitée de mon père, rectifia-t-il.

— Elle est chez toi et tu lui fais sentir qu'elle n'est pas la bienvenue. C'est l'exacte définition du manque de savoir-vivre, insista Verity. Allons, tu vaux mieux que ça ! En tout cas, c'est ce que je croyais.

Pendant une seconde, elle songea qu'elle avait outrepassé ses attributions en tant que fausse petite amie, car Johnny plissa les paupières pour mieux la fusiller des yeux. Elle l'imita, soutenant son regard jusqu'à ce qu'il pousse un soupir.

— Je pensais valoir mieux que ça moi aussi, mais c'est difficile… de voir mon père avec une autre femme.

(Il secoua la tête.) Tous ces baisers, tous ces effleurements... Ils pourraient baisser d'un cran.

— Ce n'est pas comme s'ils se bécotaient devant nous !

Johnny se pinça le nez.

— Very, s'il te plaît, ne dis pas des choses comme ça.

Pourtant, il fallait bien que quelqu'un dise quelque chose !

— Elspeth est la petite amie de ton père, que ça te plaise ou non, alors je te suggère d'en être content, et de t'y faire parce que tu es en train de blesser et Elspeth et William. Pire que ça, tu fais culpabiliser ton père alors qu'il n'y a aucune raison. Il a le droit de retomber amoureux et ça n'atténue en rien l'amour qu'il avait pour ta mère.

— Mais il était vraiment amoureux de ma mère ! répliqua Johnny d'un ton mélancolique qui ne cherchait pas à argumenter.

— Et on doit se sentir affreusement seul lorsqu'on continue d'aimer une personne pendant tant d'années alors qu'on ne peut plus être avec elle, rétorqua Verity avec emphase.

Elle saisit la main de Johnny, à la fois transportée et épouvantée par sa propre audace, et elle entrelaça ses doigts aux siens.

À la manière dont il fronçait les sourcils et à la tension dans ses doigts qui serraient les siens, elle sentit que Johnny luttait. Puis il secoua la tête, non pas avec incrédulité mais comme s'il se débarrassait de toutes les mauvaises ondes.

— Oh, Very..., murmura-t-il avant de tourner la tête vers son père et Elspeth qui émergeaient de la maison. Elspeth, dit-il en déglutissant avec difficulté, on vient de me faire remarquer que je m'étais comporté de manière vraiment épouvantable. J'espère que tu me le pardonneras.

Il sourit à Elspeth. Un de ses adorables sourires chaleureux et doux. Celle-ci se détendit visiblement et lui rendit son sourire en s'asseyant, tandis que William réussissait l'exploit d'avoir l'air à la fois attendri et exaspéré par son fils.

— Tu es toujours privé de sortie, grommela William et toutes les tensions qui subsistaient s'évaporèrent comme s'ils avaient tous retenu leur souffle et qu'à présent ils pouvaient enfin vider leurs poumons.

Ce fut peut-être la raison pour laquelle aucun d'entre eux ne parvint à cesser de rire quand Johnny présenta Gourgandine comme « un chat de peu de vertu » et que Verity fut forcée de défendre son félin déluré, puis de montrer à Elspeth et William les photos sur son téléphone de Pauvre Alan dans sa combinaison d'apiculteur, parce que les mots ne suffisaient pas à décrire la réalité.

William et Elspeth formaient un très joli couple : ils terminaient les phrases de l'autre, gloussaient à leurs plaisanteries, s'effleuraient sans cesse – la main d'Elspeth reposant sur le genou de William, ce dernier repoussant une mèche de cheveux derrière l'oreille d'Elspeth – si bien qu'il était difficile de croire qu'ils sortaient ensemble « depuis un peu moins d'un an. Mince, on dirait que cela fait plus longtemps, n'est-ce pas ? »

Maintenant qu'il avait affronté ses démons et gagné la bataille, Johnny ne paraissait plus le moins du monde contrarié par le fait que son père se soit soudain trouvé une compagne après dix ans de veuvage. Au contraire, Verity ne put s'empêcher de remarquer qu'il s'assurait de sourire chaque fois qu'il s'adressait à Elspeth.

— J'apprécie beaucoup Elspeth, déclara-t-elle plus tard, tandis que Johnny et elle débarrassaient la table pendant que William installait son invitée dans un Uber qui la ramènerait jusqu'à Crouch End. Toi aussi, non ?

— Oui, acquiesça-t-il avant de soupirer. Vraiment beaucoup, et une fois que je me suis ressaisi, j'ai pu constater combien elle rendait mon père heureux, ce qui me pousse à l'apprécier encore davantage. (Il rinça les assiettes, puis les passa à Verity pour qu'elle les range dans le lave-vaisselle.) Merci.

— Merci pour quoi ? Je n'ai rien fait.

— Tu m'as fait la leçon quand j'en avais besoin, répondit Johnny. Ça m'a fait comprendre à quel point je me montrais grossier et puéril. Et que si mon père se plaît en compagnie d'Elspeth, s'il en est amoureux, même, cela n'ôte rien à l'amour qu'il éprouvait pour ma mère.

— Bien sûr que non, lança William de la porte d'entrée. J'étais très attaché à ta mère et je me suis senti tellement seul sans elle. C'est exactement le contraire de ce qu'elle souhaitait.

Verity fit virevolter le torchon qu'elle avait entre les mains comme la cape d'un matador.

— Je vais faire un tour dans le jardin pour que vous puissiez parler, lança-t-elle à toute vitesse.

Mais William secoua la tête et Johnny lui captura le poignet avec douceur.

— Tu n'as pas besoin de partir, dit-il avec un sourire contrit. Tu sais déjà quel crétin je suis. Tu as raison, bien sûr que maman n'aurait pas voulu que tu restes seul, ajouta-t-il à l'intention de son père.

— Elle m'a fait promettre de ne pas devenir l'un de ces vieux tout tristes qui ne se nourrissent que de haricots à la sauce tomate et ne font plus attention à leur hygiène, confirma William en se perchant lestement sur l'un des tabourets en acier bruni de Johnny. Elle a même évoqué le fait que j'apprenne à danser le swing ou à peindre des aquarelles pour rencontrer des femmes. « Tu m'as si bien aimée que ce serait un terrible gâchis que tu n'aimes jamais plus », m'a dit Lucinda juste avant de mourir. Mais c'est aussi parce que je l'aimais tant que je n'ai pas été prêt à rencontrer une autre femme pendant un bout de temps.

— Et maintenant ? s'enquit Johnny.

Il avait toujours la main sur le poignet de Verity ; il devait donc sentir combien son pouls battait vite alors qu'elle était témoin d'une conversation qui ne la concernait pas du tout, même si elle portait un intérêt particulier à tout ce qui pouvait influencer la vision de l'amour de Johnny.

— Maintenant, je comprends que si on passe trop de temps à vivre dans le passé, on manque ce qui se trouve juste devant soi, répondit William avec un regard appuyé à l'intention de son fils (en tout cas, c'est ce que crut voir Verity). À présent… je retourne dans mon taudis au sous-sol…

— On ne peut pas franchement parler de taudis ! protesta Johnny d'une voix distraite, comme si le cœur n'y était pas.

— Pourquoi ne fais-tu pas visiter la maison à Verity ? suggéra William.

Bien qu'elle prétende qu'il ne fallait pas se donner cette peine, Verity était impatiente d'y jeter un coup d'œil.

Johnny demeura silencieux la plupart du temps où il lui montra les pièces du rez-de-chaussée. Il ne marmonna que quelques mots au sujet du plancher de bois d'ingénierie. Ce ne fut que lorsqu'ils parvinrent à la salle de bains des invités, au premier étage, avec sa baignoire sabot absolument parfaite pour lire en prenant son bain, qu'il reprit enfin la parole.

— Pourquoi diable voulais-je qu'il se languisse de ma mère pour le restant de ses jours ? C'était tellement déraisonnable de ma part !

*C'est l'hôpital qui se fout de la charité*, songea Verity.

Elle inspira profondément et se laissa tomber sur le fauteuil près de la fenêtre de la salle de bains. Malgré son aspect dépouillé, la demeure disposait de nombreux recoins douillets où l'on pouvait se blottir une heure ou deux avec un livre, ou tout simplement rester seul avec ses pensées.

*Il n'y a pas de manière simple d'annoncer ça*, se dit Verity tandis que Johnny l'observait d'un air interrogateur.

— Tu viens t'installer à côté de moi ?

Contrairement à Marissa, Verity avait prononcé ces mots comme une proposition venant du fond du cœur plutôt que comme un ordre péremptoire. Lorsque Johnny s'assit et qu'ils se retrouvèrent serrés l'un contre l'autre, elle lui prit la main. Ça lui paraissait naturel.

— Je suis soudain très inquiet, dit Johnny d'une voix bien plus amusée qu'une minute auparavant. Soit tu vas rompre avec moi, soi tu t'apprêtes à m'apprendre que tu n'as plus que trois mois à vivre.

— Ni l'un ni l'autre, sauf que… eh bien, j'ai eu de la visite à la librairie, aujourd'hui. (Elle tapota la main de Johnny.) Et c'était… Marissa.

Verity fut un peu surprise qu'aucune musique à faire froid dans le dos ne résonne juste après l'évocation du prénom tant redouté. Au lieu de ça, Johnny se crispa légèrement.

— Oh, vraiment ? Comment va-t-elle ? s'enquit-il.

— Elle avait l'air en forme.

— OK. C'est… bien.

La réaction de Johnny, même si elle n'était pas franchement exubérante, n'était pas du tout celle à laquelle Verity s'était attendue. Elle espérait secrètement une indifférence totale parce qu'un mois sans Marissa aurait enfin guéri Johnny de son addiction. Ou alors le pire scénario : Johnny s'enfuyant dans la nuit pour déclarer sa flamme à l'élue de son cœur.

— De toute manière, ça fait un mois. Plus d'un mois, même, alors je devrais te rendre ton téléphone, car Marissa affirme qu'elle a essayé de te joindre parce que – ne pique pas de crise et ne te mets pas en colère – Harry et elle fêtent leurs dix ans de mariage ce week-end...

— Oh, c'est ce week-end, hein ? demanda Johnny d'un ton désinvolte, comme s'il était vraiment passé à autre chose et avait à peine accordé une pensée à Marissa au cours des dernières semaines. J'ai réservé cette date il y a une éternité mais je n'ai jamais confirmé.

Il arbora le sourire que l'on destine à une connaissance ou un voisin qu'on croise dans la rue – un sourire impossible à déchiffrer.

— Elle était furieuse ? s'enquit-il.

— Plutôt, oui.

Verity ne pouvait en dire davantage : si elle le faisait, on la considérerait comme le genre de femmes qui dénigrait ses semblables en présence des hommes.

— Elle a besoin de savoir le nombre d'invités exact et les exigences alimentaires de chacun pour donner ces renseignements au chef cuistot.

Johnny hocha la tête.

— Marissa. Oh, Marissa. (Il vida lentement ses poumons.) La dernière fois que j'ai vu ma mère sourire, c'était quand Marissa et moi lui avons annoncé que nous étions fiancés. Elle m'a demandé si j'étais heureux, et quand j'ai acquiescé, elle m'a dit : « Eh bien, si tu es heureux, je suis heureuse, moi aussi. »

Verity posa une main sur le dos de Johnny. Il s'était penché, les coudes sur les genoux. Pour quelqu'un qui n'était pas très tactile, elle faisait de grands progrès concernant son développement personnel, ce soir-là.

— Elle doit tellement te manquer, observa-t-elle avant de songer qu'il fallait clarifier les choses. Ta mère, je veux dire.

— La plupart de mes derniers souvenirs d'elle sont liés à nos meilleurs moments, à Marissa et moi, expliqua-t-il en s'offrant au contact de Verity. C'est facile d'édulcorer ce que nous partagions, parce que, en réalité, j'ai l'impression que nous étions sans cesse en train de nous disputer ou de nous réconcilier après une scène ou de chercher la bagarre. Mais quand ma mère est tombée malade, tout s'est arrêté.

Johnny se redressa pour regarder Verity, le visage tourmenté.

— Marissa était mon roc. Chaque soir, après le travail, elle venait s'asseoir avec ma mère pour que mon père et moi fassions une pause. Elle lui lavait les cheveux ou lui vernissait les ongles, des petites choses qui aidaient maman à se sentir de nouveau elle-même alors que ce n'était plus le cas depuis des semaines.

Verity n'avait pas vu ce côté de Marissa, mais elle ne l'avait rencontrée qu'à deux reprises. Pourtant, même si Marissa s'était montrée affreusement désagréable à son égard, ce qui importait, c'est qu'elle avait été là pour Johnny, pour sa mère. Maintenant, Verity comprenait combien les liens qui l'attachaient à Marissa étaient forts.

— Pas étonnant que tu l'aimes encore, dit-elle avec douceur, bien qu'elle ait plutôt envie de pousser des grognements et de grincer des dents de frustration.

— Je suis atrocement conscient qu'aux yeux de la plupart des gens, je me languis d'elle comme un ado amoureux sans qu'elle m'y encourage, mais quand je suis au plus bas, quand je me persuade que cette histoire pénible doit prendre fin, elle parvient toujours à me faire replonger.

Johnny était un cas désespéré. Verity n'était pas certaine de ce qu'elle pouvait faire de plus pour lui, mais bon sang! elle allait quand même essayer.

— Je ne vais pas réussir à parler de ça plus longtemps, déclara Johnny.

Il se leva et tendit la main à Verity.

— Viens, je ne t'ai pas encore montré le deuxième étage, l'endroit où la magie opère – même si je ne dis jamais ça parce que ce serait de mauvais goût.

Johnny avait raison. Il n'y avait rien d'autre à ajouter sur ce triste sujet. Il était temps de passer à autre chose et d'alléger l'atmosphère. Verity laissa Johnny la hisser sur ses pieds.

— Tu n'as pas du tout mauvais goût, protesta-t-elle.

— Cela dit, en parlant de mauvais goût, j'apprécie un bon fromage de Stilton bien coulant, répliqua-t-il tandis qu'ils montaient encore une autre volée de marches (habiter là était sportif) et qu'ils passaient devant un autre fauteuil disposé près d'une fenêtre, dans la cage d'escalier.

Il y avait une chambre d'amis, une salle de bains, le dressing de Johnny, puis ce dernier ouvrit une porte qui donnait sur la suite principale.

— La magie n'opère jamais ici. La plupart du temps, je n'y fais que dormir. Tu peux entrer, je promets de ne pas tenter de te séduire.

Verity hésitait au seuil de la porte. Johnny inclina la tête et la regarda d'un air las, comme si la séduire était vraiment la dernière chose qu'il avait à l'esprit – ce qui était probablement le cas, puisqu'il était amoureux de Marissa et le serait toute sa vie. Sauf que le regard las se fit soudain vorace.

— À moins que tu n'en aies très envie, bien sûr ? s'enquit-il.

Impossible de répondre à cette question autrement que sur le même ton. Ç'aurait été de la pure folie.

— Même pas en rêve ! décréta-t-elle avant de passer devant un Johnny souriant pour pénétrer dans sa chambre.

Contrairement à l'aspect ouvert, lumineux et ensoleillé qu'offrait le reste de la demeure, malgré sa taille gigantesque, la chambre de Johnny se révélait douillette, somptueuse, peut-être même légèrement sexy. Les murs étaient recouverts d'un superbe papier peint gris foncé et argenté orné de vignes grimpantes aux couleurs denses, parsemées d'insectes et de fleurs. Ça aurait pu être oppressant, mais la dimension de la pièce était assez vaste pour que ce ne soit pas le cas.

Deux énormes fauteuils capitonnés de velours gris clair étaient disposés près de la fenêtre, mais la pièce était dominée par un lit immense avec ses oreillers d'un blanc éclatant, une couette gonflée comme un nuage et une couverture grise en point gaufré impeccablement pliée au pied. Le lit était bien trop grand pour une seule personne. Johnny s'assit dessus et tapota la place à côté de lui, si bien que Verity n'eut d'autre choix que de le suivre à son tour.

Le matelas était très ferme. On s'y enfonçait juste assez et il était difficile de résister à la tentation de rebondir dessus.

— J'aime bien ta maison, dit Verity avec nervosité. Je n'ai pas relevé une seule infraction aux normes de sécurité.

— J'espère bien que non. (Johnny s'appuya sur ses coudes.) Alors, tu es partante ?

— Je te demande pardon ?!

Verity atteignit une hauteur de voix indignée qui aurait rendu fière n'importe quelle héroïne de Jane Austen, bien que d'autres émotions l'envahissent en même temps. Son estomac se noua et elle eut soudain la bouche aussi sèche que le Sahara. Ça n'était pas totalement déplaisant, même si elle tentait de refouler lesdites émotions.

— Tu viens de promettre de ne pas essayer de me séduire ! protesta-t-elle.

— Je parlais de ce week-end, répliqua Johnny nonchalamment sans même prendre la peine de cacher son petit sourire narquois. Les dix ans de mariage.

L'estomac de Verity se dénoua et son ardeur retomba comme si Johnny venait de lui jeter un verre d'eau froide à la figure.

— Tu veux aller à la fête ? Alors que tu viens de me dire que tu aimais encore Marissa ? Comment est-il possible que participer à ses dix ans de mariage et les voir ensemble, Harry et elle, constitue une expérience agréable pour toi ?

La voix de Verity était si grinçante qu'elle était certaine de n'être audible que par les chauves-souris.

— Je ne peux pas l'éviter toute ma vie, si ? répondit Johnny. Et quel meilleur moyen de me rappeler qu'elle ne sera jamais à moi que de fêter son anniversaire de mariage avec l'époux qu'elle a choisi il y a dix ans ? Si je parviens à faire ça, alors il reste peut-être encore un espoir pour moi, après tout. (Johnny contempla le plafond d'un air pensif.) Et tu seras là, n'est-ce pas, pour m'empêcher de déraper ? Je n'aurais jamais survécu à cet été sans toi.

— Je ne vois pas en quoi je t'ai tant aidé. J'ai simplement mis ton téléphone sous bonne garde et, en toute sincérité, ce n'était pas vraiment un grand sacrifice, avoua Verity. (Elle se creusa la cervelle.) Il y a aussi toute cette histoire de fausse petite amie, mais même ça n'était pas aussi affreux que ce que je pensais. En dehors de la fois où tu m'as obligée à danser avec toi sur *Hi Ho Silver Lining*. Ça, c'était vraiment horrible.

Johnny éclata de rire.

— Oui, hein ? Mais on s'est bien amusés, non ?

Ça ressemblait de plus en plus à une autopsie de leur fausse relation de couple. En fait, ça ressemblait de plus en plus à un « au revoir », et bien que Verity se soit plainte de tous ces aliments en croûte, de l'obligation de danser en public et du fait qu'on attende d'elle qu'elle se montre sociable, étrangement, ça allait lui manquer.

Pas autant que Johnny lui manquerait, toutefois. Par certains côtés, il était si fort, si sûr de lui ; alors que Verity ne l'était jamais. Par d'autres côtés, elle était presque certaine qu'il recouvrerait ses anciennes mauvaises habitudes façonnées par Marissa dès qu'ils se seraient fait leurs adieux. L'idée de prolonger l'expérience la rendit soudain enthousiaste.

— Tu veux vraiment aller à leurs dix ans de mariage ? demanda-t-elle à Johnny. Même si ça dure tout le week-end, y compris le jour férié ?

Johnny lui jeta un regard en biais, comme si on venait de le surprendre la main dans une boîte à biscuits.

— Je n'ai pas été totalement honnête avec toi. En fait, j'ai une autre raison d'y aller, avoua-t-il d'une voix hésitante.

Puis il vit l'expression affligée de Verity.

— Oh, rien de grave ! la rassura-t-il.

Verity avait fermé les yeux et se blindait comme si elle allait recevoir un coup ou qu'elle s'attendait à ce que Johnny confesse qu'il voulait convaincre Marissa de s'enfuir avec lui.

— Qu'est-ce que c'est, alors ? s'enquit-elle.

— La maison que Marissa et Harry ont louée. Elle est considérée comme l'un des plus beaux exemples de demeure privée dans le style Art déco en Angleterre, répondit Johnny avec une pointe de mélancolie. Il y a dix ans, elle tombait en ruine, jusqu'à ce que les propriétaires actuels la rénovent méticuleusement. J'adorerais la visiter.

— C'est vrai que les Cornouailles, c'est charmant.

Verity hésitait. La dernière chose, la toute dernière chose, qu'elle souhaitait, c'était passer davantage de temps en compagnie de Marissa ; mais…

— Tu es certain que ce week-end ne sera pas une trop grande épreuve ?

— Il n'y a qu'un moyen de le savoir, tu ne crois pas ?

Johnny paraissait plutôt enjoué à l'idée de ne plus être amoureux de la femme qui avait régi chacun de ses battements de cœur pendant la moitié de son existence.

— Et tu seras là pour me garder sur le droit chemin, ajouta-t-il.

Et ensuite, il n'aurait plus besoin d'elle. Cette idée rendit Verity insupportablement triste, bien qu'elle sache parfaitement ce dans quoi elle s'était engagée. En réalité, elle n'avait pas eu envie de s'y lancer au début ; mais maintenant qu'elle l'avait fait, elle soupçonnait que perdre un vrai faux petit ami serait peut-être aussi douloureux qu'en perdre un véritable.

— Un ultime tour de piste, alors ? proposa-t-elle d'une voix posée.

Johnny se pencha pour la pousser doucement du coude et elle faillit tomber du lit.

— Certainement pas ! Il nous reste le mariage de Connie dans quelques semaines et Dieu sait quoi d'autre ?

Il passa un bras autour des épaules de Verity pour l'attirer contre lui, assez près pour qu'elle niche le visage à l'endroit confortable entre son cou et son épaule, là où son odeur, celle du coton frais et de cet après-rasage vivifiant, ainsi qu'une autre fragrance qui n'appartenait qu'à lui, était le plus enivrante. Elle sentait son souffle dans ses cheveux.

— Regarde-moi, Verity, exigea-t-il d'un ton auquel elle ne pouvait qu'obéir.

Elle leva la tête. Johnny la regardait avec… eh bien, sous la lumière tamisée, avec l'ombre qui s'avançait, on aurait dit de la tendresse, mais il s'agissait plus probablement d'affection… ou de compassion… un truc qui se terminait par « ion », quoi.

— Je ferais mieux de rentrer à la maison, marmonna-t-elle.

Pourtant, elle aurait pu rester avec joie là où elle se trouvait pendant quelques heures supplémentaires.

— Pas tout de suite, insista Johnny.

Il prit le visage de Verity entre ses mains et traça du doigt le contour de ses pommettes, si bien qu'elle en oublia de respirer.

— Very, je ne sais pas ce que je ferais sans toi, dit-il d'une voix rauque, et il s'approcha encore plus près, si bien que Verity écarquilla les yeux et elle ne parvenait toujours pas à respirer et… c'était sûr, il allait l'embrasser… *Oh, juste sur le sommet du crâne.*

Puis Johnny recula et Verity lut une infinie douceur dans ses yeux.

— Un ultime tour de piste, tu parles ! railla-t-il. Tu ne te débarrasseras pas aussi facilement de moi.

# Chapitre 23

## « J'ÉTAIS VRAIMENT MAL À L'AISE, JE DIRAIS MÊME MALHEUREUSE. »

Verity et Johnny quittèrent Londres à l'heure du déjeuner le vendredi pour faire le trajet qui les mènerait jusqu'à l'extrême pointe des Cornouailles.

C'était une journée bruineuse avec quatre-vingt-dix pour cent d'humidité, ce qui provoquait des dégâts terribles et incontrôlables sur les cheveux de Verity. Mais plus ils roulaient, plus le ciel devenait clair, jusqu'à ce qu'il ne reste que du bleu au-dessus d'eux et des champs verts tout autour. Verity avait un énorme nœud dans l'estomac à l'idée de revoir Marissa – et de revoir Johnny en compagnie de Marissa – mais la routine de leurs voyages en voiture l'apaisait.

Ils écoutèrent une station de radio qui diffusait « les hits d'autrefois du rock indé », comme se plaisait à le dire Johnny, et Verity le tint informé des derniers développements du #mariagelovesimpson, car Connie et Alex disposaient maintenant de leur hashtag de mariage officiel – apparemment, tous les grands mariages avaient un hashtag officiel.

Puis ils quittèrent l'autoroute peu après Taunton pour déjeuner dans un mignon petit pub que connaissait Johnny.

Lorsqu'ils furent accueillis par une pancarte « Bienvenue en Cornouailles », le ventre de Verity se noua derechef. Elle devint de plus en plus silencieuse.

Le nœud dans son estomac se transforma en énorme pierre logée tout au fond de son plexus solaire quand ils quittèrent à nouveau la quatre-voies pour emprunter de petites routes étroites généreusement parsemées de cadavres d'animaux tués sur la chaussée. Verity comprenait parfaitement ce que ces petites bêtes de la forêt avaient dû ressentir face à leur mort imminente.

Ils atteignirent bien trop tôt Lower Meryton, un joli village de bord de mer, qu'ils traversèrent avant de se garer sur le parking du pub local. Ils avaient décidé que Verity se concerterait avec Marissa pour les derniers détails, et elle avait reçu la stricte instruction d'utiliser un mobile inconnu sur le parking du pub pour prévenir de leur arrivée.

Ils apercevaient leur destination, à environ deux cent cinquante mètres de distance. Une petite colline, qui tenait plutôt du monticule, au sommet de laquelle était perchée une maison blanche et que la mer entourait. À marée basse, les visiteurs pouvaient gagner l'île à pied, mais à l'évidence, la marée était haute ; raison pour laquelle ils attendirent ce que le texto qui venait d'arriver décrivait comme un « tracteur de mer ».

— Je n'ai aucune idée de ce que c'est, déclara Verity tandis que Johnny sortait leurs valises de la voiture.

Il se redressa et s'étira avant de jeter un coup d'œil à la mer.

— C'est ça, dit-il.

— Mon Dieu ! souffla faiblement Verity.

Un étrange engin roulait lentement vers eux. On aurait dit le châssis d'un camion découvert, avec une rangée de sièges de chaque côté, qui flottait sur l'eau ; mais lorsque le véhicule s'approcha pour accoster, sa moitié inférieure apparut – quatre roues et une série de perches en métal disposées en console qui supportait l'ensemble – et Verity comprit que l'eau ne devait pas être si profonde. En fait, elle aurait préféré tenter sa chance et traverser à la nage, si possible.

— C'est un moyen de transport parfaitement fiable, l'informa Johnny en s'emparant de leurs bagages. Les tracteurs de mer étaient très populaires dans les années 1930 pour faire le tour des attractions touristiques du bord de mer, mais je suppose qu'aujourd'hui, la plupart des gens préfèrent utiliser des bateaux.

Une échelle métallique était descendue et un homme leur fit signe tandis qu'ils se pressaient sur la pente qui menait à la plage.

— Je suis Jeremy ! cria-t-il lorsqu'ils furent parvenus à portée de voix. Vous devez être Johnny et Victoria.

— Verity, rectifièrent Johnny et Verity à l'unisson.

Il apparut que Jeremy était le propriétaire de Wimsey House, leur destination, et qu'il faisait partie des connaissances de Harry à la City. Verity se cramponna à son siège, priant Dieu de lui faire franchir la mer sans encombre : la houle lui avait paru légère, mais à présent, elle semblait franchement agitée pour son estomac sensible. Jeremy et Johnny discutaient gaiement de Wimsey House, et des rénovations qui avaient duré cinq ans et avaient englouti la majeure partie des deux millions de livres qui lui avaient été consacrées.

*Ce n'est pas si profond que ça*, se disait Verity. *Et tu n'es pas sur un bateau ; tu es sur un véhicule à moteur vraiment haut.* Mais ses tripes se soulevaient tandis que le tracteur de mer la transportait vers une destinée incertaine ou, du moins, vers une fête qui allait durer un week-end complet et était organisée par une femme que Verity détestait plus que sa professeure d'éducation physique au collège, Miss Harris, qui l'avait d'office prise en grippe. Sentiment qui avait été entièrement partagé.

Malgré tout, repenser à l'injustice de toutes ces pompes que Miss Harris lui avait fait faire à la moindre provocation détourna son esprit de sa nausée et de l'impression qu'elle risquait de mourir d'un instant à l'autre. Johnny ne remarqua absolument rien de son calvaire. Il écoutait, captivé, tandis que Jeremy décrivait avec lyrisme les quatre différentes terrasses ensoleillées.

Ils atteignirent l'île, et ce ne fut pas trop tôt. Le tracteur de mer quitta l'eau et s'arrêta en trépidant, ce qui eut un effet inévitable sur l'estomac malmené de Verity : elle se pencha par-dessus bord pour vomir l'assiette de fromages et de pickles qu'elle avait mangée à midi.

— Oh, mon Dieu, gémit-elle.

Dieu avait été invoqué très souvent au cours de l'heure précédente, mais il paraissait avoir abandonné Verity dans l'adversité.

— Pauvre Very.

Elle sentit une main se poser sur son épaule puis Johnny lui frotta doucement le dos avec des gestes circulaires, même si c'était un peu comme fermer la porte de l'écurie après que le cheval s'était enfui au galop.

Il aida Verity à descendre les marches. Même lorsque ses pieds touchèrent la terre ferme, ses jambes restèrent aussi instables que de la gelée, et elle se sentait tremblante et émotionnellement fragile, comme chaque fois qu'elle était malade. Pour une fois, ça ne dérangea pas Verity que Johnny passe son bras autour d'elle tandis qu'ils remontaient le sentier menant à la maison. *Comme n'importe quel couple.*

— Nous irons directement sur la terrasse du bas, décréta Jeremy en soulevant le loquet d'un petit portail.

Celui-ci donnait sur un petit chemin gravillonné bordé de plantes grasses luxuriantes qui contournait la bâtisse. Avant même qu'ils aient atteint l'angle, Verity entendit le tintement des verres et des glaçons, les bavardages et les rires d'un pot d'accueil déjà bien lancé.

Du moins, le pot semblait bien lancé jusqu'à ce qu'ils apparaissent tous les trois et que tout le monde cesse de parler pour les observer. Peut-être parce que les gens qui tenaient des verres de Martini étaient tous habillés en blanc, contrairement à Verity et Johnny. En plus, Verity était quasi certaine, rien qu'à l'odeur – et même si elle n'osait pas passer la main pour vérifier –, d'avoir du vomi dans les cheveux.

— Chéri ! Je suis si heureuse que tu sois là, Johnny !

Marissa se détacha d'une foule de gens regroupés à l'extrémité de la terrasse. Elle portait une robe drapée toute simple qui lui donnait l'air d'une déesse grecque tout juste descendue du mont Olympe. Elle glissa vers eux pour pouvoir arracher Johnny à la prise molle de Verity, glissa furtivement la main sur son torse puis l'embrassa sur la joue.

— Maintenant, la fête peut vraiment commencer, déclara-t-elle.

— On dirait que la fête est déjà bien partie, répliqua Johnny en repoussant Marissa avec douceur et fermeté – un geste qui réchauffa le pauvre petit cœur épuisé de Verity. Joyeux anniversaire à Harry et toi. Où est-il ?

— Quelque part par là, répondit Marissa en le scrutant de la tête aux pieds comme si elle projetait qu'on lui serve Johnny pour le dessert. Pourquoi n'allez-vous pas vous changer ? Je vais m'assurer qu'un cocktail vous attende à votre retour. Martini, n'est-ce pas ?

Johnny fit « non » de la tête et sourit à regret.

— Nous savons tous les deux que les Martini ont toujours plus été ton truc à toi. Je prendrai un gin tonic, s'il y en a.

Verity avait rarement été aussi fière de quelqu'un. Ensuite, Marissa se tourna vers elle, le regard glacial.

— Valérie. Tu es venue, dit-elle d'un ton neutre, comme si elle avait espéré que Jeremy pousse Verity par-dessus bord lors de la traversée. Mon Dieu, tu as l'air un peu… égarée.

Marissa renifla délicatement avant de reculer à la hâte. Verity ne pouvait pas l'en blâmer.

— Heureusement, tu as le temps de faire un brin de toilette et de te changer pour mettre ta PRB avant le dîner. Nous mangeons à dix-neuf heures trente précises. Le chef est très pointilleux sur ce genre de détails.

*Une demi-heure pour se doucher, se laver les cheveux et se changer pour mettre une…*

— « PRB » ? Qu'est-ce que c'est ? demanda Verity avec nervosité, car Marissa semblait croire qu'elle devrait déjà le savoir.

— Oh, Valentine ! Tout le monde sait ce qu'est une PRB ! s'écria Marissa avant d'éclater d'un rire cristallin.

Johnny ne riait pas, quant à lui. Malgré la forte probabilité qu'il y ait du vomi dans les cheveux de Verity, il passa son bras autour d'elle et l'attira contre lui pour qu'elle bénéficie d'un appui ferme et stable.

— Tu sais parfaitement qu'elle s'appelle Verity, rétorqua-t-il à voix basse pour que seule Marissa puisse l'entendre – il n'était pas dans le style de Johnny d'humilier quelqu'un en public. Et je ne sais pas ce qu'est une PRB moi non plus, alors tu pourrais peut-être nous éclairer tous les deux.

Marissa ne rougit pas, ne détourna pas le regard et ne s'excusa pas : ce n'était pas dans son style à elle. Elle campa sur sa position et releva légèrement le menton de manière que le soleil sculpte ses traits magnifiques, comme si le ciel lui faisait de l'ombre.

— Ça signifie « petite robe blanche », expliqua-t-elle lentement comme si elle parlait à un couple de demeurés. Le thème du week-end, c'est le blanc. Traditionnellement, le dixième anniversaire de mariage, ce sont les noces d'étain, mais pourquoi diable voudrais-je de l'étain ? Tout était dans le mail que je t'ai envoyé, Verity.

— Je n'ai jamais reçu de mail au sujet d'une petite robe blanche ni de quoi que ce soit de blanc, dit Verity.

Elle n'avait reçu qu'un courriel un peu brusque stipulant que Johnny et elle avaient bien confirmé leur présence et fournissant les détails sur le numéro à joindre une fois qu'ils auraient atteint Lower Meryton.

— Je n'ai pas pris de robe blanche. Je suis vraiment désolée. J'espère que ça ne gâchera pas trop ton week-end.

Verity était presque sincère, elle espérait malgré tout que Marissa les renvoie chez eux, même si ça signifiait qu'il leur faudrait reprendre le tracteur infernal pour le trajet du retour.

— Je sais très bien que je t'ai envoyé un mail au sujet des tenues vestimentaires, insista Marissa avec tant de véhémence que Verity, qui savait pourtant parfaitement que ce n'était pas le cas, se demanda si peut-être, peut-être seulement, son courriel n'aurait pas atterri pour quelque obscure raison dans ses messages indésirables. Oh, très bien, tant pis, on ne peut rien y changer. Dis-moi au moins que tu as apporté une tenue de soirée ? On s'habille pour le dîner de demain soir. Cravate blanche et tenue de cérémonie.

— Pas de tenue de soirée, répondit calmement Johnny.

Verity envisageait sérieusement de se jeter de la terrasse. Certes, elle serait peut-être déchiquetée par les rochers en dessous, mais au moins, personne ne s'attendrait à ce qu'elle apparaisse en tenue de cérémonie au dîner du lendemain.

— Mais ça ne nous dérange pas de manger dans notre chambre, cela dit, si…, poursuivit Johnny.

— Ne sois pas idiot ! l'interrompit Marissa avec un sourire crispé.

Elle jeta un coup d'œil à la foule d'invités qui avaient repris leurs discussions, leurs rires et leurs tintements de verre.

— Nous pouvons probablement nous débrouiller pour trouver une veste de smoking et peut-être quelqu'un pourrait-il te prêter une robe, Verity…

La voix de Marissa s'estompa. Elle avait les yeux rivés sur Verity, comme si elle n'avait jamais vu une femme qui faisait une taille 38 en chair et en os auparavant.

— Heureusement, Verity est l'une de ces filles qui pourraient s'habiller d'un sac-poubelle et rester belle, répliqua Johnny d'un ton mielleux.

C'était un mensonge si outrageux que Verity s'étonna que Johnny ne soit pas frappé par la foudre sur-le-champ. Malgré tout, ce mensonge outrageux lui fit plaisir, tout comme le soutien jovial et sans faille de Johnny.

Elle lui en fit part après que Marissa les eut abandonnés aux soins de la gouvernante qui les conduirait jusqu'à leurs chambres.

— Merci d'avoir assuré mes arrières, murmura-t-elle tandis qu'ils montaient un élégant escalier en colimaçon tout en s'émerveillant de la blancheur immaculée de l'intérieur de la maison. Mais sincèrement, je suis certaine à quatre-vingt-dix-neuf pour cent de n'avoir jamais reçu de mail au sujet de la tenue vestimentaire.

— Oh, j'en mettrais ma main au feu, dit gaiement Johnny.

Il lança un regard en coin à Verity.

— Ne prends pas l'air aussi grave, Very. Au moins, le fait que Marissa se montre aussi infecte est une excellente cure de désintoxication. C'est marrant comme on ne se souvient que des qualités d'une personne quand on ne l'a pas vue depuis longtemps.

*Si Marissa possède des qualités, elle les cache bien*, songea Verity tandis qu'on leur montrait leur chambre. *Une seule chambre. Au singulier.* Une pièce magnifique avec d'immenses fenêtres panoramiques donnant sur une mer d'un bleu incroyable et un ciel de la même couleur, qui se teintait de rose et d'orange tandis que le soleil déclinait pour céder la place au soir. Et dans cette superbe chambre trônait un lit. *Un seul lit.* Parce que Verity n'avait pas pensé à informer Marissa que Johnny et elle dormiraient dans des lits séparés, de préférence dans des pièces séparées elles aussi. Elle n'imaginait que trop clairement l'expression de jubilation malveillante sur le visage de Marissa si elle l'avait fait.

— Écoute, il n'y a pas de problème, déclara Johnny avant que Verity ait pu dire qu'il y avait un énorme problème. Nous avons déjà partagé une chambre. Nous n'avons peut-être pas partagé un lit, mais nous sommes deux adultes. Je suis certain que nous parviendrons à surmonter les pulsions susceptibles de s'emparer de nous.

Il eut un petit rire gêné.

— Et si nous n'y arrivons pas, on peut toujours dormir avec un oreiller entre nous, plaisanta Verity bien qu'il n'y ait rien de drôle dans tout ça.

Puis elle songea aux événements de l'heure précédente et à la manière dont elle ferait rire aux éclats ses sœurs, sans mentionner Posy, Nina et Tom, lorsqu'elle leur décrirait son arrivée au pot d'accueil avec des morceaux de vomi de fromages et de pickles dans les cheveux. C'était l'une de ces situations qui, si l'on ne parvenait pas à en rire, n'offraient pas d'autre choix que celui de s'effondrer sur l'immense lit pour pleurer toutes les larmes de son corps.

— Au moins, j'aurai de quoi divertir ma famille pendant des années en leur racontant des anecdotes sur ce week-end, se consola-t-elle.

— Et ça pourrait être pire. Par exemple, nous pourrions être en train d'exécuter des travaux forcés dans une mine de sel en Sibérie, observa Johnny.

— J'ai déjà passé mes vacances d'été à travailler dans une usine d'aliments pour animaux, au rayon du poisson séché, l'informa Verity qui commençait à entrer dans son jeu. La situation n'est pas aussi horrible que ça, c'est certain. Je ne sens même pas aussi mauvais qu'à cette époque-là. En parlant de ça, je vais te laisser faire un brin de toilette tant que tu me promets d'être vraiment rapide dans la salle de bains, parce que j'ai besoin de prendre une douche. C'est une urgence.

# Chapitre 24

## « Je préfère mille fois lire un livre. »

Il devint très vite manifeste qu'ils ne se trouvaient pas entourés d'amis. La liste des invités était exclusivement composée d'hommes dont Harry avait fait la connaissance à la City et de leurs épouses, toutes bien soignées et très glamour, qui travaillaient dans la mode ou étaient conseillères en communication et se levaient à 6 heures chaque matin pour faire du yoga dans une pièce surchauffée puis s'octroyaient un gueuleton avant leur petit déjeuner de travail.

Tous se montraient polis, mais totalement indifférents. Le regard collectif semblait légèrement méprisant et les sourires se faisaient condescendants chaque fois que Verity apparaissait dans leur cercle dans une tenue de couleur.

Au dîner, ce premier soir, alors que Johnny se trouvait loin à l'autre bout de la table plongé dans une conversation avec Jeremy, Marissa avait aussitôt informé les autres invités que Verity était une simple fille de pasteur qui travaillait dans une librairie.

— Et elle est obligée de porter un uniforme, raconta obligeamment Marissa. Et la librairie ne vend que de la littérature sentimentale. J'ai dû vérifier que j'étais encore au XXI^e^ siècle.

Puis elle avait poursuivi en expliquant que Verity était le produit d'une école publique et n'était allée ni à Oxford ni à Cambridge.

— Je n'ai jamais rencontré quelqu'un comme toi auparavant, lança Trudy, conseillère en aménagement intérieur holistique, à Verity au petit déjeuner le lendemain matin lorsque celle-ci lui demanda timidement la différence entre le bircher muesli et le muesli ordinaire.

Johnny ne s'en sortait pas mieux. Il avait été complètement ostracisé parce qu'il n'avait pas accumulé un montant d'argent tout à fait obscène en misant contre la livre sterling ou en plaçant le dollar en position courte, ou en faisant ce que les autres hommes avaient fait pour faire fortune. De plus, il ne vivait pas dans West London, ne jouait pas au squash et ne payait pas de pension alimentaire à sa première épouse en se lamentant amèrement à ce sujet.

La seule manière de survivre à ce week-end, c'était de faire front ensemble parce qu'ils n'étaient pas assez bien, et de tenter de se remonter le moral l'un l'autre.

— Au moins, nous ne sommes pas en train de casser des cailloux dans une chaîne de forçats dans le Grand Sud américain, avait dit Johnny à Verity avant le dîner le vendredi soir, quand tous les autres étaient vêtus de blanc et avaient trois boissons d'avance sur eux.

— Au moins, nous ne sommes pas prisonniers d'une capsule spatiale défaillante qui tourne en orbite autour de la Terre à l'infini pendant que les rations et les réserves de carburant s'amenuisent, dit Verity à Johnny tandis qu'ils étaient allongés dans leur lit ce même soir, la fenêtre ouverte pour laisser entrer la brise et le bruit de la mer, un oreiller au milieu du matelas parce que Johnny avait avoué avoir le sommeil agité et que Verity appréciait de dormir sans se prendre des coups de coude ou de genou.

— Au moins, nous ne sommes pas en train de traverser les Appalaches à pied, avec toutes nos possessions sur le dos parce que notre mule est boiteuse, déclara Johnny le lendemain matin après le petit déjeuner, alors qu'ils étaient censés jouer en double mixte mais qu'ils avaient été bannis au filet comme ramasseurs de balles parce qu'ils n'avaient pas apporté de tenues de tennis.

— Au moins, nous n'avons pas remonté le temps jusqu'en 1666, à l'époque où, si la peste bubonique ne nous avait pas emportés, le grand incendie de Londres l'aurait probablement fait, observa Verity plus tard dans l'après-midi.

Tout le monde se prélassait autour de la piscine sur la terrasse supérieure – seuls Johnny et Verity avaient eu le courage de se glisser dans l'eau. Même si elle portait un maillot une pièce bien pratique et non un minuscule Bikini blanc, Verity se sentait bien plus à l'aise le corps immergé. Ils firent paresseusement des longueurs jusqu'à ce que Harry déclare qu'il était temps d'aller se changer pour le dîner et que l'on servirait les cocktails sur la terrasse en croissant de lune – il y avait tellement de terrasses ! – à 19 heures.

Le seul vêtement vaguement blanc qu'avait apporté Verity était l'une des vieilles robes de Lavinia ; une tenue des années 1950 ornée de voiliers jaune vif, roses et bleus sur un fond de linon blanc. Verity avait même tenté de se faire une queue-de-cheval pimpante pour garder l'esprit marin, mais à son arrivée sur la terrasse en croissant de lune, lorsqu'elle aperçut Jocasta, Rainbow et Solange élégamment drapées dans leurs robes blanches style Art déco, alanguies sur les chaises longues de la même inspiration, elle se sentit aussi peu à sa place qu'une dominatrice lors d'un thé au presbytère.

Quoique si une dominatrice vêtue d'une combinaison en latex avait débarqué lors de l'un des thés que donnait sa mère, l'épouse du bon pasteur ne l'aurait jamais mise mal à l'aise. Contrairement à Jocasta, Rainbow et Solange, qui jetèrent un coup d'œil à Verity, haussèrent les sourcils en échangeant un regard, puis se remirent à discuter de la fille au pair espagnole de Jocasta qui allait devoir se secouer un peu.

Leurs maris étaient rassemblés autour du bar et avaient déjà fait comprendre très clairement que Verity n'étant pas l'amie de leurs femmes et n'étant pas assez séduisante pour qu'ils flirtent avec elle, ils n'avaient rien à faire en sa compagnie.

Elle resta donc debout dans un coin avec une coupe de champagne – *pas de prosecco ici, non, monsieur.* Ça ressemblait beaucoup aux boums disco auxquelles l'avaient toujours traînée Connie et Merry. Elles disparaissaient aussitôt avec des amis et Verity se retrouvait livrée à elle-même, ce qui signifiait en général qu'elle se terrait dans les toilettes des filles avec le livre qu'elle avait apporté spécialement pour l'occasion.

À cet instant précis, elle songeait avec envie au nouveau roman de Santa Montefiore qu'elle avait laissé à l'étage. Quelqu'un remarquerait-il qu'elle s'était esquivée ? Mais avant qu'elle puisse mettre son plan en action, Johnny apparut à ses côtés.

— Tu es splendide, dit-il en tirant légèrement sur sa queue-de-cheval. Et tu as aussi l'air de vouloir t'enfuir à toutes jambes. Je t'en supplie, ne me laisse pas tout seul avec eux.

Verity leva les yeux vers lui. Sa tenue la plus approchante d'un habit de cérémonie était une chemise blanche qu'il avait imploré la gouvernante de lui repasser et un chino couleur crème qui aurait vraiment eu besoin d'un coup de fer, lui aussi. Mais Johnny semblait parfaitement à l'aise. Il ne donnait pas l'impression d'avoir envie de se fondre dans les murs comme Verity.

— Je suis presque certaine d'avoir une barre protéinée et une boîte de Strepsils dans mon sac à main. Je serais ravie de les partager avec toi si on file en douce dans la chambre.

— La proposition est tentante, approuva Johnny. Peut-être que l'un d'entre nous peut feindre une migraine et…

— Mes chéris ! Désolée de vous avoir fait attendre ! roucoula Marissa à l'assemblée, quelque part derrière eux. Harry a accaparé mon attention, le vilain.

Johnny le cacha très bien, mais Verity surprit l'ombre d'une émotion sur son visage, une émotion qui ressemblait fort à de l'angoisse. Il la masqua aussitôt en arborant un pauvre sourire, et se tourna pour faire face à Marissa et Harry.

— Oh, tu l'avais bien mérité, répliqua Harry à Marissa avec un sourire vorace.

Verity se disait qu'il était un peu osé de parler de leur *quickie* devant leurs invités lorsqu'elle aperçut quelque chose qui scintillait au majeur de la main gauche de Marissa.

Difficile de le manquer, étant donné que celle-ci agitait les doigts vers ses amies qui s'approchaient pour admirer le bijou et se répandre en compliments.

— Une bague d'éternité, expliqua Marissa. Parce que Harry affirme que notre amour durera toujours.

— Bague en platine sertie de dix diamants ronds taille rose, annonça Harry. Un diamant par année de mariage, dont aucun ne fait moins d'un carat.

— Tu es un homme trop bien pour moi, dit Marissa.

Pour une fois, elle ne roucoulait pas, ne gazouillait pas et ne prononçait pas les mots comme s'ils étaient lourds de sous-entendus mais comme si elle les pensait vraiment. À côté de Verity, Johnny était devenu rigide. Elle se pencha instinctivement pour le réconforter, posant une main sur son bras. Johnny hésita avant de la prendre par la taille, dans un geste inattendu. Tout comme l'était sa manière de la blottir tout contre lui, le dos de Verity contre son torse, si bien qu'elle pouvait sentir la chaleur qui se dégageait de lui. Elle frissonna, même si elle n'avait pas froid, loin de là.

— Ma douce Verity, murmura-t-il d'une voix rauque.

Lorsqu'elle leva les yeux vers lui, il baissa la tête et effleura sa joue des lèvres, parce qu'ils étaient amis, de très bons amis, et que toute l'assemblée croyait qu'ils étaient en couple, alors quel meilleur moyen de montrer qu'il passait à autre chose et avançait dans l'existence ? Bref, ce n'était rien de bien important, il s'agissait juste d'un baiser innocent sur la joue.

Verity regarda autour d'elle et s'aperçut que tandis que tout le monde observait Marissa et Harry, ces derniers dévisageaient Johnny et Verity comme s'ils n'avaient jamais vu deux amis échanger un geste d'affection.

Johnny leva son verre.

— À Marissa et Harry ! dit-il.

Les autres invités se joignirent à lui pour porter un toast et Johnny lâcha Verity, qui eut soudain froid sans lui. Pas autant toutefois que lorsqu'elle vit l'expression de son visage, carrément glaciale.

Il affichait toujours la même expression cadavéreuse lorsqu'ils passèrent à table, et bien que Verity ait pensé que ce week-end était une bonne idée – que Johnny comprendrait, une fois pour toutes, qu'il n'y avait vraiment pas de place pour une troisième personne dans le mariage de Marissa et Harry –, elle avait mal pour lui. Elle aurait aimé pouvoir endosser une partie de sa souffrance ; mais au moins, Johnny savait qu'elle était là pour lui. Toujours.

Le dîner était excellent. Un champagne exquis et des aliments locaux : depuis la soupe d'asperges, le crabe de Cornouailles et le homard poché jusqu'aux blancs de poulets qui, à peine une semaine auparavant, becquetaient le sol en gloussant dans une ferme à moins de deux kilomètres de là. La rhubarbe qui agrémentait les soufflés aussi légers que des nuages avait été cultivée dans le potager derrière la maison et témoignait des talents du chef cuistot, qui avait cuisiné pour le duc et la duchesse de Cambridge, comme Marissa ne cessait de le leur rappeler.

Verity n'apprécia presque aucune des bouchées qu'elle mâchait mécaniquement avant de déglutir. Johnny se trouvait en face d'elle, assis à côté de Marissa qui lui avait manifestement pardonné d'avoir disparu de la circulation pendant un mois. Ils étaient plongés très, très, très profondément dans leur conversation ; mais de temps à autre, Johnny croisait le regard de Verity et lui souriait avant d'articuler en silence : « Tout va bien ? », exactement comme l'aurait fait un petit ami. Chaque fois, Marissa posait une main sur son bras pour détourner son attention. Et chaque fois, Verity était blessée de constater à quelle vitesse et avec quel empressement il se retournait vers Marissa. Et elle ne souffrait pas uniquement parce que les coups d'œil occasionnels de Johnny constituaient son seul répit.

À sa gauche se trouvait Miles, négociant en pétrole, qui pivotait vers elle à peu près toutes les deux minutes pour aboyer un commentaire sur la nourriture avant de se retourner vers Solange, d'une compagnie bien plus brillante. À sa droite se tenait Yuri, un courtier en crédits russe qui appréciait de discuter avec Verity mais dont la conversation consistait en un long discours tout en méandres au sujet de la bourse.

Johnny lui avait permis de survivre à ce week-end. Il était son complice dans le crime, son plan de secours, sa stratégie de repli ; il sentait toujours quand elle flanchait et la conduisait alors dans un endroit calme. Verity mesurait à présent qu'elle n'avait pas eu besoin d'envoyer un seul message à ses sœurs pour qu'elles compatissent ou l'encouragent comme elle en aurait eu désespérément besoin à cet instant.

Rester assise là en s'efforçant d'avoir l'air gaie, les épaules droites et le sourire facile, hocher la tête et affirmer : « Oh, oui, la sauce au beurre noir est délicieuse ! » ou « La question des bonds du trésor américain semble effectivement très épineuse » était épuisant. Verity sentait sa réserve d'énergie fondre à vue d'œil, et il lui devenait de plus en plus difficile de garder le sourire et de marmonner des inepties à ses voisins de table.

Quel effet cela faisait-il d'être à la place de Marissa, en tête de table ? Son éclat éclipsait même celui des dix diamants taille rose de sa bague d'éternité. Verity ne parvenait même pas à s'imaginer combien la vie devait être facile quand on était certaine de sa place dans le monde et convaincue de mériter toute cette bonne fortune.

Alors qu'on débarrassait les assiettes de gâteaux, Marissa fit tinter un couteau sur son verre pour obtenir l'attention de l'assemblée.

— Mesdames ? Retirons-nous sur la véranda pour prendre le café, si vous le voulez bien ?

Verity n'avait pas besoin qu'on le lui dise deux fois. Elle s'était déjà levée de son siège et avait traversé la moitié de la pièce avant que quiconque soit debout.

— Je vais juste chercher un truc dans ma chambre, lança-t-elle par-dessus son épaule même si tout le monde s'en moquait éperdument.

Dans sa précipitation, Verity partit dans la mauvaise direction, si bien que le sanctuaire de sa chambre demeura inaccessible. La maison disposait de deux escaliers intérieurs sur trois étages. Pourtant, après avoir passé quelques minutes à errer en jetant un coup d'œil derrière chaque porte, Verity trouva quelque chose d'encore mieux que la chambre qu'elle partageait avec Johnny.

*La bibliothèque.*

Elle y pénétra, ferma la porte et prit un moment pour se calmer. *Inspirer. Expirer.* La vue et l'odeur des livres qui l'entouraient de toutes parts la réconfortèrent aussitôt, presque autant que si elle avait été de retour au *Bonheur des tendres.*

Maintenant, si seulement elle avait du réseau, Verity pouvait téléphoner à Merry ou à n'importe quelle autre de ses sœurs qui compatirait avec elle face au cauchemar de ce week-end. Quoi qu'elles fassent, elles s'interrompraient aussitôt pour appliquer le « baume de la consolation entre sœurs ».

Mais on était un samedi soir et Verity était certaine que ses quatre sœurs avaient des choses plus amusantes à faire que la persuader de ne pas se jeter par la fenêtre. Comme si elle était dotée d'un sixième sens pour ce genre de choses – ce dont elle était intimement convaincue –, Verity se dirigea vers une étagère sur sa droite. Elle fit courir ses doigts sur la tranche des vieux livres reliés de cuir et s'arrêta lorsqu'elle trouva les mots que ses mains, son cœur et son âme connaissaient si bien.

Orgueil et Préjugés.

Elle sourit. Elle était entourée d'amis, après tout.

Elle trouva refuge dans une immense bergère qui faisait face à deux portes ouvertes donnant sur un balcon. La nuit était chaude, mais Verity accueillit avec plaisir la petite brise en provenance de la mer. Elle admira même brièvement la vue et les lumières du continent qui scintillaient, puis elle ouvrit le livre à la toute première page.

« C'est une vérité universellement reconnue qu'un célibataire pourvu d'une belle fortune doit être en quête d'une épouse. »

Impossible de savoir combien de fois elle avait lu cette première phrase, si bien qu'elle ne la lisait même plus, elle la récitait par cœur. Et parce qu'elle avait lu *Orgueil et Préjugés* un nombre incalculable de fois et avait besoin de réconfort, Verity fit défiler rapidement les chapitres pour parvenir à son endroit préféré.

*La déclaration de Darcy à Elizabeth Bennet.*

« J'ai lutté en vain. Je n'y parviendrai pas. Mes sentiments ne peuvent être réprimés. Vous devez me permettre de vous dire à quel point je vous admire et je vous aime. »

Elle s'adossa à son fauteuil avec un soupir de bonheur, même si Darcy allait tout gâcher en avouant à Lizzy que sa famille était une gêne, qu'elle était totalement en dessous de sa condition et qu'il l'aimait contre son gré. Mais tout allait bien. Tout s'arrangerait à la fin.

*C'est l'avantage d'avoir un livre préféré : il ne vous déçoit jamais*, songea Verity avant de se figer. Elle venait d'entendre la porte derrière elle s'ouvrir doucement.

Elle allait signaler sa présence lorsqu'une voix familière chuchota rageusement :

— Je ne veux rien entendre, Marissa. Pourquoi ne gardes-tu pas ça pour ton mari ?

— Ne dis pas ça, chéri. Si quelqu'un doit être furieux, c'est moi, siffla Marissa en réponse à Johnny.

*Johnny.*

*Marissa.*

Et Verity, recroquevillée dans son fauteuil, fut tenaillée par l'angoisse et l'indécision. Devait-elle révéler sa présence ou cela aggraverait-il la situation ? De toute façon, le pire semblait déjà être arrivé.

Verity referma silencieusement son ouvrage et essaya d'ouvrir la bouche, de déplier ses jambes pour se relever.

— Où est le problème, Rissa ? C'est douloureux de me voir en compagnie d'une autre femme ? railla Johnny d'une manière détestable dont Verity ne l'aurait jamais cru capable alors qu'elle pensait si bien le connaître. Eh bien, maintenant tu sais l'effet que ça fait.

— Cette créature insipide ? (Marissa émit un bruit du fond de la gorge, comme si elle s'apprêtait à régurgiter une boule de poils.) Elle est encore plus ennuyeuse que cette Katie dont tu étais tellement épris, il y a quelques années.

— Eh bien, tu t'es débarrassée d'elle assez vite, n'est-ce pas ? répliqua Johnny d'un ton cinglant. Un seul déjeuner avec toi et elle s'est volatilisée.

— Sincèrement, Johnny, nous en avons parlé des centaines de fois, dit Marissa d'une voix plus apaisante. Elle n'était pas assez bien pour toi. Rien ne me rendrait plus heureuse que le fait que tu trouves une femme qui te mérite, mais ce n'était pas Katie et ce n'est certainement pas cette fille de pasteur. Elle est tellement ordinaire ! Une petite vendeuse fade. Tu peux faire tellement mieux que ça.

Hors de question que Verity s'expose maintenant. Elle aurait détesté interrompre Marissa au beau milieu de sa vigoureuse diffamation. La seule chose que Verity pouvait faire à présent, c'était attendre que Johnny se précipite à sa rescousse, même s'il prenait sacrément de temps pour le faire.

— Ça n'a rien à voir avec elle, elle était juste un moyen de parvenir à mes fins, répliqua-t-il.

Verity porta une main à son cœur. Elle avait l'impression que ce dernier venait de se dissoudre dans sa poitrine.

— Une petite expérience, dirons-nous, poursuivit Johnny. Quelle ironie que tu sois jalouse d'une femme que je connais depuis à peine cinq minutes, alors que j'ai été obligé de t'observer avec Harry pendant ces dix putains de dernières années ! J'ai essayé de rester à l'écart, Dieu sait que j'ai essayé, mais nous savons tous les deux que tu prends un plaisir sadique à me mettre ton mariage prétendument heureux sous le nez. Eh bien, je n'en peux plus, Marissa. Ce n'est plus possible.

— Ne dis pas ça. Chut. Non, pas un mot de plus. (On aurait dit que Marissa avait posé la main sur la bouche de Johnny.) J'aime Harry, je n'ai jamais suggéré le contraire, mais je t'aime encore, toi aussi. Pas de la même manière, mais je t'aime depuis si longtemps que je ne sais pas comment faire pour ne pas t'aimer, Johnny. Ne pas t'aimer, ce serait de la torture.

*Vraiment ? Vraiment ?* Verity se risqua à pousser un soupir en levant les yeux au ciel. Elle avait lu quelques romances passionnées au style ampoulé – sa grand-mère en possédait toute une collection – et toutes ces conneries sur l'amour impossible que débitaient Marissa et Johnny aurait pu être tirées tout droit des pages de l'une d'entre elles.

— Je ne sais pas comment cesser de t'aimer, moi non plus, répondit Johnny.

Verity ferma les paupières.

Elle sentait qu'il avait la gorge nouée par l'émotion. Puis elle entendit un froissement de tissu, comme si Marissa et lui s'étreignaient alors qu'elle était obligée de rester cachée là, à souffrir.

— J'aimerais pouvoir cesser de t'aimer.

Verity perçut un bruit de pas devant elle. Elle ouvrit les yeux, les referma, puis les rouvrit si grands que ce fut un miracle qu'ils ne jaillissent pas hors de leurs orbites. Debout à la porte-fenêtre ouverte se trouvait Harry, le visage empreint d'une colère si noire qu'on aurait dit qu'il s'apprêtait à faire tomber la foudre, les éclairs et une pluie torrentielle.

Il marcha droit vers Verity. Celle-ci n'était pas certaine qu'il l'ait vue, mais en passant à côté d'elle, Harry lui adressa un signe de tête.

— Vous voulez cesser de vous aimer ? Très bien, je vous file un tuyau. Faites plus d'efforts, tonna-t-il.

Verity se risqua à jeter un coup d'œil par-dessus le rebord du fauteuil. Johnny et Marissa se tenaient à quelques millimètres l'un de l'autre. Johnny paraissait écœuré et honteux – *à raison* – et Marissa… Marissa avait l'air un peu sonnée, à ce que pouvait voir Verity.

Ensuite, elle arbora une moue charmante et baissa les cils en regardant son mari.

— Chéri, ce n'est pas du tout ce que tu crois.

— Oh que si. C'est exactement ce que je crois, rétorqua Harry d'un ton neutre.

— J'étais juste en train de dire à Johnny qu'il méritait quelqu'un de bien mieux que cette Verity, expliqua Marissa avec sincérité.

— Ce que tu sous-entends en réalité, mon amour, c'est qu'aucune femme ne t'arrive à la cheville, répliqua Harry d'une voix traînante. Mais tu ne devrais pas en être aussi certaine. Je pourrais avoir envie de faire le test moi-même.

Marissa se retrouva à ses côtés en l'espace d'une seconde. Johnny n'existait plus.

— Tu ne ferais pas ça ! Ne plaisante pas là-dessus. Johnny et moi… nous avons un passé, tu le sais.

Harry fit courir sa main sur la joue de son épouse.

— Oh, mon Dieu, oui, je le sais ! Mais trop, c'est trop. Contente-toi de… le laisser tranquille. Donne-lui une chance d'être heureux avec quelqu'un d'autre. Ça a duré assez longtemps et je ne le tolérerai pas une minute de plus.

— Mais…

— Mais rien du tout.

— Harry, tu sais que je t'aime, dit Marissa d'une voix tremblante. Tu ne peux pas douter de ça.

— Il y a dix ans, tu as promis de m'aimer, moi, et de renoncer à tous les autres, Marissa. Il est temps que tu respectes ta part du contrat. Ça peut être mon cadeau d'anniversaire de mariage : toute ton attention, sans partage. Il va falloir que nous ayons une discussion sérieuse à ce sujet. Mais ce n'est ni le moment ni l'endroit. (Il recula d'un pas.) Tu devrais aller rejoindre nos invités.

— Bien sûr ! acquiesça-t-elle précipitamment.

Verity risqua un autre coup d'œil. Marissa était en train de faire bouffer ses cheveux. Puis, sans un regard pour Johnny, elle ramassa la traîne de sa robe de soirée fluide en satin blanc et se rua hors de la pièce.

Ils se retrouvèrent à trois.

— Je suis désolé, Harry, dit Johnny. Mais je ne peux pas te la laisser.

— Peu importe : tu l'as déjà perdue, répliqua Harry sans aucune animosité, comme si sa colère s'était consumée. J'étais en train de fumer sur le balcon. Marissa déteste que je fume, alors elle insiste pour que je le fasse à l'extérieur. Nous avons tous les deux nos petites habitudes qui agacent l'autre. Pour Marissa, tu es l'équivalent d'un paquet de Marlboro Lights. Mais je vais avoir quarante ans dans quelques années, alors il est grand temps que j'arrête la cigarette et il est grand temps que Marissa arrête avec toi, bon sang !

Johnny émit un son indéterminé – *désaccord ou désespoir ?* Verity avait du mal à savoir.

— N'est-ce pas à Marissa de décider ? demanda-t-il enfin. De toute manière, j'ai été le premier à l'aimer. Je l'ai aimée bien avant toi, et tu le savais, et pourtant, dès que j'ai eu le dos tourné, tu...

— Ça suffit !

Harry avait prononcé ces mots d'une voix posée et implacable, ce qui était bien pire que s'il avait crié.

— Je ne me sens pas coupable, Johnny. Ça fait un bail que j'ai dépassé ça. Marissa et moi sommes mariés depuis dix ans et il faut que tu t'y fasses, parce que je refuse d'être encore considéré comme le salaud de l'histoire. Dix ans ! Le salaud, maintenant, c'est toi. Alors, reste à l'écart de mon mariage, bordel.

— Mais elle m'ai...

— Bon sang, pauvre con, tu ne comprends toujours pas ? Elle t'utilise ! C'est moi qu'elle aime, moi qu'elle a épousé. Si Rissa t'aimait encore autant que tu le crois, elle m'aurait quitté il y a longtemps. Elle te garde sous la main parce que ça valorise son ego, mon pote. (Harry eut un petit rire sans joie.) Quel est l'intérêt d'essayer de te parler ? Peut-être Verity parviendra-t-elle à te faire entendre raison là où tous les autres ont échoué.

— Laisse Verity en dehors de tout ça ! gronda Johnny d'un ton hargneux.

Verity prit sa réplique comme un signal et cette fois, ses jambes lui obéirent et l'aidèrent à se lever quand elle le leur ordonna.

— Il est un peu tard pour ça, non ? lança-t-elle.

Sa voix était en parfait état de marche elle aussi, bien que Verity ne reconnaisse pas l'amertume et la froideur glaciale qui transpiraient dans ses paroles.

— Alors comme ça, tu nous épiais, tu écoutais ma conversation privée ? eut le culot de cracher Johnny.

— Je vous écoutais me démolir, toi et cette femme, tu veux dire ? La prochaine fois que vous filez en douce dans le dos de son mari, tous les deux, vous devriez peut-être vérifier que vous êtes vraiment seuls.

— Bon, je vous laisse, les tourtereaux, déclara gaiement Harry qui avait accompli sa mission.

Il se faufila par la porte.

Et Johnny et Verity se retrouvèrent tous les deux.

# Chapitre 25

## « Les gens en colère sont rarement avisés. »

Verity était entrée dans la bibliothèque pour s'échapper parce qu'elle était surmenée, hyper stimulée, à deux doigts de se renfermer complètement. À présent, elle était prête à repartir pour un tour.

En réalité, elle était furieuse. Elle bouillonnait de colère, à tel point que ses orteils et ses doigts fourmillaient, et qu'elle avait vraiment envie de se mettre à balancer des objets, de préférence sur la tête de mule de Johnny. La seule chose qui l'arrêtait, c'était qu'ils se trouvaient dans une bibliothèque et que jeter des livres allait contre toutes ses convictions.

— Je ne t'ai jamais menti, répliqua Johnny en croisant les bras, le visage fermé et l'expression hautaine comme s'il ne manifestait pas le moindre repentir. Tu savais que j'étais amoureux de Marissa. Je me faisais juste des illusions en pensant ne plus l'être.

— Bon sang, j'en ai ras le bol de ton amour pour Marissa ! rétorqua sèchement Verity. Elle n'en est pas digne. Certes, elle t'a soutenu il y a quelques années, mais apparemment, ça t'a échappé que maintenant, Marissa est devenue incroyablement malveillante, narcissique et égocentrique.

Alors si tu restes amoureux d'elle, ça a franchement de mauvaises répercussions sur toi !

*Waouh !* Verity dut s'appuyer sur une petite table judicieusement placée parce que avec toutes ces émotions… Soudain, elle se retrouvait dans cette chambre d'hôtel à Amsterdam, en train de détruire quelqu'un en laissant s'exprimer tous les sentiments qu'elle réprimait depuis si longtemps.

— Tu es totalement ridicule. Tu connais à peine Marissa, répliqua froidement Johnny qui était fait d'un bois bien plus dur qu'Adam. Elle est adorable, en fait, quand on…

— Elle m'a traitée de fille insipide ! s'écria Verity qui n'oublierait jamais cette description. De petite vendeuse fade. Ordinaire.

Verity se plaisait à penser qu'elle était un être tout en profondeur. Comme tout le monde. Que même si elle appréciait sa petite vie tranquille et sa routine, elle avait de l'imagination et du potentiel. Or, Marissa avait flingué ce concept en deux petites phrases bien senties.

— Tu n'es pas ordinaire, dit Johnny d'un ton impatient. Il est naturel que Marissa se sente un peu menacée par toi, mais ça ne signifie pas que…

Verity l'interrompit :

— Et c'est toi qui as dit que j'étais un moyen de parvenir à tes fins. Pendant tout ce temps, quelle idiote j'ai été ! Si tu as eu besoin d'une fausse petite amie, ça n'a jamais été pour que tes amis te lâchent les baskets ; tu voulais juste rendre Marissa jalouse.

Tout était si évident, à présent. Cette fausse relation entre eux, dont Verity avait cru qu'il s'agissait d'une véritable amitié, n'était rien de plus qu'un complot pour rendre Marissa jalouse et conquérir le vieux bout de charbon desséché qu'elle avait à la place du cœur.

— Oh, mon Dieu, tu avais tellement hâte de me présenter, lors de ce mariage. Et même ce soir, quand tu m'as embrassée, que tu ne cessais pas de me regarder, c'était pour elle, hein ?

Il faisait nuit à l'extérieur, à présent, et la seule source de lumière provenait des lampes éparpillées un peu partout, mais Verity discernait clairement la ligne crispée que formait la bouche de Johnny, le muscle qui tressautait dans son cou, et la rougeur qui s'était emparée de son visage et lui donnait l'air si sombre.

— Ça n'a jamais été mon intention, pas au début. Il faut que tu me croies, Very.

Il avança d'un pas. Il était vraiment superbe, et pourtant maudit. *Condamné à aimer la mauvaise femme pour l'éternité.*

— Mais Marissa était jalouse, poursuivit-il. Tu as entendu ce qu'elle a dit ; qu'elle m'aime encore. Elle ne sait pas comment cesser de m'aimer.

*Incroyable !* Johnny était un homme intelligent. Il était diplômé de Cambridge, bon sang ! Et pourtant, il était l'une des personnes les plus stupides qu'ait croisées Verity. Elle sentit ses membres se crisper, une vague de chaleur monta de ses pieds et elle eut l'impression que son corps s'embrasait ; elle serra les poings et pinça les lèvres, mais elle ne put rien faire pour se contenir.

— Elle ne quittera jamais Harry !

C'était un hurlement de rage et de frustration qui poussa Johnny à se plaquer les mains sur les oreilles ; Verity s'assura donc de hurler encore plus fort pour qu'il entende la suite.

— Elle est mariée à Harry depuis dix ans ! Qu'est-ce que tu ne comprends pas là-dedans ? Allô ! Allô ! Ici la terre, Johnny ! Elle ne sera jamais à toi ! Ça n'arrivera jamais !

— La ferme ! Tu ne sais pas de quoi tu parles.

Johnny fit un autre pas vers Verity, qui rejeta la tête en arrière pour le fusiller du regard.

— Marissa ne t'aime pas. Si elle t'aimait, elle te laisserait partir. Ça s'appelle du savoir-vivre. Dire que j'avais de la peine pour toi. Plus maintenant ! Dix ans, Johnny ! Maintenant, tout est entièrement ta faute.

— J'ai dit : la ferme !

À présent, Johnny se trouvait aux côtés de Verity. Assez proche pour qu'elle sente le cognac qu'il avait dû boire après le dîner. Il avait toujours les pommettes rouges. Il lui saisit les poignets. Pas assez fort pour lui faire mal, loin de là, mais assez pour qu'elle ne puisse pas se libérer.

— Et toi, alors ? Tu n'es pas parfaite non plus !

— Je n'ai jamais dit que j'étais parfaite…

— Au moins, moi, j'ai le cran d'aimer quelqu'un, rétorqua Johnny en baissant la tête si bien qu'ils se retrouvèrent presque nez à nez. Je ne me suis pas coupé du monde à cause d'une relation de couple médiocre. Toutes ces conneries de « je suis une île », c'est pathétique !

— C'était une métaphore ! protesta faiblement Verity parce que si elle avait servi sa théorie à tout le monde, ce n'était en revanche pas très amusant quand on vous la servait en retour.

— Oh, pardon. Tu es une « introvertie ». (Johnny ôta sa main de ses poignets pour mimer des guillemets, comme si le mot « introverti » n'existait pas dans le dictionnaire.) Bien que tu aies une immense famille, des amis, des animaux domestiques, que tu puisses sortir de ta solitude dès que tu en as envie, apparemment tout cet amour et toute cette affection, c'est trop d'efforts.

Tout ce que Verity avait raconté à Johnny, tous les secrets qu'elle lui avait confiés, il les sortait de leur contexte, si bien qu'ils en étaient déformés.

— Je te déteste ! lança-t-elle.

— C'est réciproque !

Verity leva une main. Peut-être pour le frapper, peut-être pour le repousser, mais au lieu de ça, elle se retrouva la main sur la nuque de Johnny, les doigts emmêlés dans ses cheveux, et Johnny la prit par la taille pour l'attirer contre lui et on aurait dit que… non, c'était impossible… mais ils étaient en train de…

S'embrasser.

S'embraser comme si c'était la fin du monde.

S'embrasser comme s'ils ne parvenaient pas à se rassasier l'un de l'autre.

S'embrasser comme deux êtres qui n'avaient embrassé personne pendant des mois, des années.

Leurs bouches plaquées l'une contre l'autre, les mains agrippées au corps de l'autre, leurs corps tendus l'un vers l'autre.

Manifestement, il restait chez Verity des désirs qu'une barre de chocolat et un bon livre ne pouvaient satisfaire. Toute cette envie et tout ce besoin qu'elle avait délibérément ignorés jusqu'à présent se réveillaient, et réclamaient la liberté à cor et à cri. Mais n'importe quel homme n'aurait pas pu la combler ; non, seul Johnny en était capable.

Bien qu'elle le déteste à cet instant, c'était comme si le corps de Verity connaissait déjà les caresses de Johnny et se courbait docilement sous ses mains. La sensation de ses lèvres sur les siennes était à la fois terriblement nouvelle et familière, apaisante.

— Oh, Verity, souffla Johnny tout contre sa peau. L'effet que tu me fais…

Allez savoir comment, au milieu de tous ces baisers et toutes ces caresses, la chemise de Johnny s'était déboutonnée et la robe de Verity, avec ses voiliers aux couleurs vives, s'était retrouvée à l'autre bout de la bibliothèque.

— Je suis affreusement en colère contre toi, murmura à son tour Verity parce qu'elle ne voulait pas que Johnny se figure qu'il pouvait l'embrasser n'importe quand et que ça lui suffirait à se faire pardonner. Mais je vais mourir si tu arrêtes de m'embrasser.

Ils s'embrassèrent de nouveau. Puis ils heurtèrent des tables basses et des bergères jusqu'à ce que le plus sûr soit de s'effondrer sur un canapé en velours rouge ; ainsi, tout le corps de Johnny était pressé contre celui de Verity et il était bien plus facile de se rapprocher encore davantage. La dernière pensée cohérente de Verity, juste avant que celle-ci serre les jambes autour de Johnny, fut : *Je n'arrive pas à croire qu'on va faire ça devant tous les livres.*

Ils n'eurent pas le temps de se prélasser. De se susurrer des mots doux comme le font les amoureux, parce qu'ils n'étaient pas des amoureux mais qu'ils étaient deux personnes consumées par la colère et le sentiment de se sentir trahies qui venaient de faire une monumentale erreur.

Ils allaient revenir à la raison. En tout cas, c'était ce que Verity avait cru. Pour l'heure, ils se tournaient le dos en cherchant leurs affaires éparpillées à la hâte.

Puis elle se souvint de leur dispute.

— C'était assez insipide à ton goût ? lança-t-elle à Johnny qui cherchait désespérément sa chaussure gauche.

— Et toi, c'était ça, ton idée ? T'envoyer en l'air par compassion ? Par pitié ?

Ils se disputèrent en chuchotant tout le long du trajet jusqu'à leur chambre. Ils se disputèrent à voix bien plus haute une fois la porte refermée, jusqu'à ce que ça recommence.

Les baisers.

Les caresses.

Le déshabillage frénétique.

Le sexe.

Puis ils s'assoupirent, encore emmêlés l'un à l'autre, et lorsqu'ils bougèrent de nouveau, ce fut pour recommencer depuis le début, mais cette fois sans dispute préliminaire. Simplement parce que ce qu'ils avaient déjà fait deux fois d'affilée était délicieux.

Il était à présent 4 heures du matin et Verity était assise dans son lit. Elle serrait ses jambes entre ses mains, le menton posé sur les genoux, et elle contemplait Johnny endormi.

Ce n'était pas du voyeurisme : elle voulait simplement se souvenir de tous les détails. La courbe de sa colonne vertébrale, les taches de rousseur parsemées sur ses épaules, le désordre de ses cheveux clairs qu'elle avait créé de ses propres mains. Elle tenta même de mémoriser son léger ronflement.

Puis elle sortit du lit et, baignée par la lumière de la lune, elle fit silencieusement ses valises.

Elle ne pouvait pas rester plus longtemps – pas quand elle détestait Johnny. En même temps, bien qu'elle puisse difficilement dire quand c'était arrivé, elle l'aimait aussi. Elle avait envie de le sauver des serres maléfiques de Marissa, non pas pour qu'il soit capable d'aimer une autre femme qui le mérite davantage mais parce qu'elle voulait qu'il l'aime, elle. Et seulement elle.

Elle avait cru que Johnny se montrait incroyablement arrogant lorsqu'il ne cessait de la prévenir de ne pas tomber amoureuse de lui. Elle n'avait pas compris que ses remarques étaient sincères et à présent, il était trop tard.

Aimer Johnny, c'était une absurdité. Ça ne mènerait à rien, il n'y aurait pas de happy end, il y aurait juste des migraines et du désespoir.

Johnny la détestait. Il le lui avait affirmé. Et même si ce n'était pas le cas, il était amoureux de Marissa. Il l'était depuis dix-sept ans et avoir fait l'amour trois fois de suite avec Verity ne constituerait pas une cure miraculeuse. *Loin de là !*

Rester pour endurer une matinée embarrassante puis être obligée d'affronter Marissa et Harry face à face avant de prendre congé – Verity n'osait même pas y penser.

Mieux valait donc ne pas réfléchir et partir, tout simplement.

Elle traversa la maison silencieuse sur la pointe des pieds, en espérant qu'aucune alarme ne se déclenche à cause d'un détecteur de mouvement et qu'aucune porte fermée à clé n'entrave sa progression. Mais ils se trouvaient sur une île ; il aurait fallu quelqu'un de très déterminé pour vouloir entrer… ou sortir par effraction.

En trébuchant sur les marches de pierre qui conduisaient à la plage, Verity s'aperçut qu'il y avait effectivement un obstacle à sa fuite précipitée : deux cent cinquante mètres d'eau de mer.

À moins de réveiller le propriétaire, Jeremy, ou le mari de la gouvernante, qui était le factotum de l'île, elle n'avait aucun moyen de regagner le continent, excepté si elle faisait démarrer le tracteur de mer en faisant se toucher les fils de contact. Et Verity ne risquait pas de choisir cette option : elle n'avait même pas assez de réseau sur son téléphone pour charger les instructions sur Google.

Elle contempla l'eau. La lune se reflétait sur chaque crête de vague. Verity tomba à genoux. Elle entretenait une relation plutôt cordiale avec Dieu : ils étaient tous deux libres de vaquer à leurs propres occupations, mais à cet instant, elle se demanda si prier, prier réellement, ne pourrait pas aider. Même si elle venait de s'envoyer en l'air trois fois en dehors des liens sacrés du mariage. En plus, elle n'était même pas vierge avant ça.

Et elle avait menti. Après tout, c'était avec son prétendu petit ami qu'elle avait fait l'amour trois fois. Elle convoitait ce prétendu petit ami alors que le cœur de ce dernier appartenait à une autre, et elle avait donc à peu près transgressé tous les commandements possibles, bien qu'elle n'ait encore tué personne. Toutefois, ça pouvait encore changer si elle était forcée de passer davantage de temps avec Marissa.

*Oh, mon Dieu…*

Le clapotis des vagues semblait particulièrement remuant, dans le calme de l'aube. Le ciel ne s'était pas encore éclairci ; il restait bleu sombre, aucune brise ne troublait l'eau, et pourtant celle-ci s'agitait malgré tout, par petites vagues insistantes. Verity observa la mer pendant de longues et atroces minutes, incapable de croire ce qu'elle voyait, jusqu'à ce que les eaux se séparent pour révéler le fond sablonneux de la mer au-dessous.

Exactement comme Dieu avait séparé les eaux de la mer Rouge pour les Israélites, il séparait une étendue d'eau bien plus infime pour Verity, qui attrapa sa valise et courut sur la chaussée qui la ramenait au continent comme si elle était Usain Bolt déterminé à battre son propre record du monde.

# Chapitre 26

## « Elle était humiliée, elle était blessée et elle se repentait, sans trop savoir de quoi. »

Lorsque Verity avait rompu avec Adam et qu'ils étaient rentrés d'Amsterdam sur les sièges voisins qui leur avaient été attribués, chaque fois qu'elle avait croisé son regard, il l'avait dévisagée comme si elle était un monstre qui aurait assassiné sa famille entière, ses animaux domestiques et tous ses amis.

Ils s'étaient séparés officiellement à la douane.

« Bonne continuation », avait dit Adam avec ce qu'il tentait de faire passer pour une dignité glaciale, mais qui était plutôt sorti comme un sanglot étranglé.

En rentrant à Londres par le métro, Verity avait pris sa décision. Pour s'assurer de ne plus jamais éprouver cet horrible mélange humiliant de culpabilité et de soulagement, et de ne plus faire pleurer un homme, elle fuirait tout attachement amoureux.

Bien qu'elle soit certaine d'avoir aimé Adam, qu'elle lui ait déclaré sa flamme et qu'elle ait assuré à maintes reprises à ses sœurs sceptiques qu'elle était vraiment amoureuse, Verity avait à peine pleuré sur la fin de leur relation.

Elle n'avait jamais éprouvé le besoin de boire trop de vin, d'engloutir des tonnes de crème glacée, ni que ses amies lui disent : « C'était un salaud, je ne l'ai jamais apprécié, de toute manière ! » Toutes ses sœurs respectaient ces rituels lorsqu'elles se faisaient larguer, mais Verity s'en était sortie sans. Comparé à la manière dont sa solitude et sa quiétude lui avaient manqué au cours des trois années où Adam et elle étaient sortis ensemble, en fait, ce dernier ne lui manquait pas du tout.

Mais cette fois-ci ? Elle avait l'impression que Johnny lui avait arraché le cœur et avait glissé du sel dans toutes ses plaies béantes avant de le replacer dans sa cage thoracique. Car négligemment, sans même s'en apercevoir, elle lui avait confié ce cœur, bien qu'elle sache que Johnny ne lui rendrait jamais la pareille. De toute façon, il n'avait pas la liberté de donner son propre cœur – Marissa le gardait sous clés.

—Avec ses couilles, avait férocement décrété Merry à son arrivée à la gare St David, à Exeter, lorsqu'elle était venue chercher Verity le dimanche matin après son évasion de Wimsey House.

Après avoir franchi la mer qui s'était miraculeusement ouverte sous ses yeux, Verity avait traversé Lower Meryton au moment exact où le pasteur local et son épouse, deux lève-tôt, pratiquaient leur tai-chi sur la pelouse du presbytère. Verity leur avait demandé de l'aide, et il s'était révélé que le révérend Michaels avait rencontré son père à plusieurs reprises. Il connaissait également un paroissien qui se rendait à Exeter ce matin-là pour aller chercher sa belle-famille pour le déjeuner dominical, parce que la plupart des trains du South West ne circulaient pas ce week-end-là. Il avait donc fallu appeler Merry à 7 heures du matin pendant que le pasteur et son épouse préparaient un petit déjeuner à Verity.

Merry n'avait même pas pris le temps de s'habiller ; elle était restée en pyjama. Elle avait emprunté la voiture de la mère de Dougie et avait conduit pied au plancher jusqu'à Exeter, où elle était arrivée à 11 heures pour récupérer sa sœur.

Verity s'était juré de ne pas dire toute la vérité, de ne pas donner trop de détails, de ne pas se confier ; mais à peine avait-elle ouvert la portière de la Nissan Micra de la mère de Dougie et aperçu le visage familier de Merry avec son expression butée qu'elle avait explosé en sanglots.

Et tout était sorti. Tout. Merry avait réussi l'exploit de demeurer silencieuse, ne poussant que quelques hoquets indignés pendant que Verity lui faisait le récit circonstancié des paroles malveillantes de Marissa et de ses propres actes. Ensuite, elle avait hurlé :

— Trois fois ? Trois fois ? Trois fois ! Oh, mon Dieu !

Et elle avait raté l'embranchement pour l'autoroute.

Verity avait l'impression d'avoir passé tout le trajet du retour à Londres à pleurer, à sangloter ou à se moucher. Ça faisait trois semaines, et elle continuait de pleurer, de sangloter et d'affronter un nez qui coulait en permanence.

Elle avait même parfois pleuré au travail, ce qui allait totalement à l'encontre de son éthique. Pour que ses canaux lacrymaux se mettent frénétiquement en marche, il suffisait que Posy fasse le récit de la romance particulièrement chargée d'angoisse existentielle qu'elle était en train de lire, ou que Mattie soit à court de scones à la crème avant le thé de l'après-midi, ou que Nina décrète que Verity avait besoin de sortir parce qu'« un de perdu, dix de retrouvés ». Et que « la seule manière de surmonter la perte de quelqu'un, c'est de monter sur quelqu'un d'autre » ou que « mieux vaut remonter à cheval dès que possible après une chute, même si tu as l'impression que tu t'es brisé tous les os ».

Nina prodiguait un nombre effrayant de conseils pour les jeunes largués, bien que Verity ne parvienne pas à savoir si elle s'était fait larguer ou si c'était elle qui avait largué Johnny. Ni si elle avait un quelconque droit de se transformer en l'ombre d'elle-même, une ombre qui reniflait et avait tout le temps la morve au nez, alors qu'il ne s'agissait même pas d'une véritable relation amoureuse.

Elle avait cru, malgré tout, qu'il s'agissait au moins d'une véritable amitié, jusqu'à ce moment affreux dans la bibliothèque où elle avait dû écouter ce que Johnny pensait vraiment d'elle. Il n'avait pas bondi pour prendre sa défense quand Marissa avait décrété qu'elle était insipide, ennuyeuse et ordinaire ; il devait donc être d'accord avec sa malveillante dulcinée. Pire ! Il avait décrit Verity comme un moyen de parvenir à ses fins, ce qui signifiait que toutes les semaines qu'ils avaient passées ensemble, tous les secrets qu'elle avait partagés avec lui, même sa rencontre avec ses parents, avaient été un mensonge. Un simple moyen de rendre leur relation assez convaincante pour que Marissa devienne jalouse, s'aperçoive de ce qu'elle manquait, quitte Harry et déclare son amour éternel à Johnny.

Tout ça pour rien, puisque Marissa ne quitterait jamais Harry et que Johnny était une cause perdue.

Verity offrit même une prière à saint Jude, le patron des causes perdues, pour que Johnny ne soit pas aussi atteint qu'elle le pensait. Elle avait décidé qu'ils pourraient redevenir de simples amis s'il la rappelait et se montrait suffisamment penaud. Sauf que Verity n'était vraiment pas du tout intéressée par le fait de redevenir amie avec Johnny ; elle le voulait tout entier, même si elle avait théoriquement renoncé à ce genre de choses. Pas étonnant : même dans ses rêves les plus fous, elle n'aurait jamais cru que ça puisse faire aussi mal.

Verity reconnaissait à peine la fille larmoyante et au nez plein de morve qui répondait à présent au téléphone à la première sonnerie, juste au cas où il s'agirait de Johnny. Dont le cœur palpitait chaque fois qu'elle entendait le tintement annonçant qu'elle avait reçu un nouveau SMS ou un nouveau mail, même si ceux-ci ne provenaient jamais de Johnny mais émanaient en général de l'une de ses sœurs, qui lui témoignaient leur sympathie et lui répétaient que Johnny était un salaud. À la grande consternation de Posy, qui affirmait avoir l'impression que Verity travaillait pour une entreprise nommée *Au Malheur des tendres*, Verity s'était même retrouvée à hanter la librairie dans l'espoir que Johnny en franchisse le seuil ; mais ce dernier restait aux abonnés absents.

Après le travail, c'était encore plus difficile car pour la première fois de sa vie, Verity ne supportait plus sa propre compagnie. Nina avait donné une autre chance à Gervaise, l'artiste de cabaret sexuellement souple, et elle sortait donc tous les soirs. Posy, de manière tout à fait déraisonnable, avait envie de passer du temps avec son tout nouveau mari. Tom était à deux doigts de terminer sa mystérieuse thèse et personne ne pouvait le convaincre de se rendre régulièrement au *Midnight Bell*, ce qui ne laissait que Merry qui – et c'était tout à son honneur – s'invitait fréquemment dans l'appartement au-dessus de la librairie.

Pas seulement parce que ça faisait partie de son boulot de sœur, mais parce que Connie les avait chargées d'élaborer une quantité astronomique de guirlandes de mariage.

— C'est plus personnel quand on les fait soi-même, avait-elle décrété lorsque ses sœurs l'avaient suppliée de les acheter tout simplement sur Internet, comme toute personne normalement constituée.

Verity était heureuse de ne pas être seule, même si elle avait dû interdire à Merry de faire la liste des nombreuses tortures qu'elle infligerait à Johnny si celui-ci croisait son chemin – même Johnny ne méritait pas qu'on lui arrache lentement les ongles des orteils. Verity et Merry s'asseyaient donc sur le canapé de Verity, et parfois au pub, pour couper, épingler, coudre et râler contre Connie jusqu'à ce qu'inévitablement, Verity lève les yeux et aperçoive sa sœur en train de la dévisager d'un air incrédule.

— Trois fois ? Trois fois ! Et depuis, zéro mail, zéro coup de fil, zéro SMS pour s'assurer que tu ne t'es pas noyée lors de ton évasion. Quel salaud. Oooh ! J'adorerais l'avoir entre les mains. Tu veux que je te décrive ce que je vais lui faire ?

— Non merci.

— D'abord, je l'écorcherai vif avec un épluche-légumes émoussé…

Malgré tout, c'était mieux que de passer la soirée en compagnie d'une boîte de mouchoirs et de ses idées noires. Même *Orgueil et Préjugés* ne lui apportait plus le réconfort habituel, car quand Verity s'interrogeait sur ce qu'aurait fait Elizabeth Bennet, la réponse ne lui était d'aucune utilité.

« Elle était humiliée, elle était blessée et elle se repentait, sans trop savoir de quoi. Elle désirait avoir son estime alors qu'elle n'était plus en mesure d'espérer en bénéficier. Elle voulait avoir de ses nouvelles au moment où il y avait, semblait-il, le moins de chances qu'elle réussît à en obtenir. Elle était convaincue qu'elle aurait pu être heureuse avec lui, alors qu'ils ne se reverraient sans doute plus jamais. »

Non, elle ne trouvait aucune consolation dans les pages de son livre préféré, et Verity ne prenait que peu de plaisir à savoir qu'elle n'était pas la seule à se sentir dans le même état que les mouchoirs trempés et roulés en boule autour d'elle. Ce désespoir et ces migraines transcendaient le temps et l'espace. Ils étaient universels. Loin d'avoir une réaction plus saine que celle des autres dans la souffrance, Verity se comportait exactement comme tous les imbéciles blessés par une histoire d'amour qui avait mal tourné.

Pourquoi n'avait-elle pas autant souffert après Adam ? Elle soupçonnait que malgré toutes les fois où elle avait lu et relu *Orgueil et Préjugés*, à l'époque, elle ne savait pas vraiment ce qu'était l'amour. Elle n'en avait pas fait l'expérience jusqu'à maintenant. Et ce n'était qu'à présent qu'elle pouvait vraiment mesurer combien elle avait dû faire souffrir Adam. Si elle l'avait fait se sentir ne serait-ce que moitié aussi malheureux qu'elle l'était depuis sa fuite au clair de lune en Cornouailles, elle lui devait de sacrées excuses. Par conséquent, un soir où elle en avait assez de penser à Johnny, de pleurer et surtout où elle en avait vraiment ras le bol de coudre des guirlandes, elle se connecta à FaceUpp, la plate-forme de réseau social créée par Sebastian Thorndyke sur laquelle l'univers tout entier semblait être inscrit.

Il lui fut relativement facile de retrouver Adam grâce à leurs amis communs de l'université. Adam habitait toujours à Londres et travaillait au Goldsmiths College, même si aucun ami n'était affiché sur son profil. Certainement parce que Verity et ses manières distantes, son absence d'émotions, l'avaient marqué à vie. Il n'y avait qu'un moyen d'en être sûre.

Verity espérait que son message sonnerait comme des excuses venues du fond du cœur, quelque chose qui la faisait souffrir depuis des mois, plutôt que comme une lettre écrite sous l'influence d'une bouteille de chenin blanc.

Salut Adam,

Ça fait un bail. J'espère que tu mènes une vie heureuse.

Moi, je vais bien. Je bosse toujours dans cette librairie, j'ai toujours quatre sœurs, je suis toujours un peu bizarre.

En parlant de bizarrerie, j'ai fait un gros travail d'introspection ces derniers temps et il faut vraiment que je m'excuse de la manière dont je me suis comportée avec toi quand on sortait ensemble. Si j'ai donné l'impression d'être plutôt détachée… en fait, je l'étais beaucoup. J'avais besoin de tellement d'espace que je te repoussais tout le temps. Plus j'y songe, plus je m'aperçois que j'ai été une petite amie atroce. J'en ai encore des sueurs froides quand je repense à quel point j'ai été infecte quand tu m'as emmenée à Amsterdam pour mon anniversaire, car tu n'as jamais mérité ça. Tu n'avais mérité rien de tout ça, en fait.

J'ai beaucoup pensé à toi et à cette matinée à Amsterdam ces dernières années, et je déteste m'imaginer que ce que tu disais est devenu vrai. Que je t'avais détruit et que tu n'aimerais plus jamais une autre femme. Ce n'est pas ce qui s'est passé, si ? Oh, mon Dieu, je t'en supplie, dis-moi que ce n'est pas ce qui s'est passé.

Bon, je dois te laisser.

Bien à toi,

Verity

P.-S. : as-tu gardé le contact avec Banjo (Paul), mon ancien conseiller de résidence à la fac ? Ma sœur Merry travaille maintenant dans la recherche médicale au CHU et on raconte que Banjo s'est rendu aux urgences de St George avec une mandarine coincée sous le prépuce à la suite d'un pari perdu.

Dans la pénombre, à vingt-trois heures trente, le message lui avait semblé plutôt pas mal, mais à la lumière éblouissante de l'aube et avec une gueule de bois, il paraissait épouvantable. Aussi collant et en manque d'affection qu'elle avait autrefois accusé Adam de l'être. Et puis, à quoi pensait-elle en décidant d'ajouter un post-scriptum à propos du prépuce de Banjo ?

Encore un truc au sujet duquel se ronger les sangs pendant qu'elle était coincée sur la banquette arrière de la Nissan Micra de la mère de Dougie, à côté de trois cartons contenant des guirlandes, deux robes de demoiselle d'honneur et divers autres accessoires qui ne rentraient pas dans le coffre. On était le Jour J -1 : le vendredi précédant le samedi où Connie et Alex engageraient leur parole, avant de fêter ça avec un rôti de porc et du cava d'outre-Manche dans le jardin du presbytère. Malheureusement, ils s'y étaient pris beaucoup trop tard pour louer une tente et la météo prévoyait de la pluie.

Lorsque son téléphone tinta, Verity pensa que ce devait être le bulletin météo que Connie lui envoyait toutes les demi-heures. Puis son cœur se mit à palpiter quand elle songea qu'il s'agissait peut-être de Johnny qui vérifiait juste qu'elle n'avait pas été ensevelie sous les eaux. Enfin, son cœur se mit carrément à battre la chamade lorsqu'elle s'aperçut qu'elle avait un message WhatsUpp de la part d'Adam.

Verity poussa un grognement comme si elle souffrait atrocement. Heureusement, Merry et Dougie ne l'entendirent pas, car ils étaient en train de chanter sur *Hamilton*. Bien qu'elle fasse partie des gens qui détestent arracher les pansements d'un seul coup, elle se dit qu'il valait mieux se débarrasser de la réponse d'Adam le plus vite possible. Verity pria de tout son cœur pour qu'il ne soit pas devenu moine ni l'un de ces militants contre les droits des femmes, car si c'était le cas, tout serait sa faute.

Tiens, une revenante !
Je ne vais pas te mentir. J'ai été un peu surpris de constater que j'avais un message de ta part, et ce n'était pas une surprise très plaisante vu que moi aussi, j'ai eu des sueurs froides en repensant à tout ça ces dernières années.
Pas à cause de l'une ou l'autre de tes actions, mais à cause de ma honte quand je songe à quel point j'étais collant quand on est sortis ensemble. Si quelqu'un doit recevoir des excuses, c'est toi, à cause de la culpabilité que j'ai essayé de te faire porter en affirmant que tu me détruisais et que je ne serais plus jamais capable d'aimer une autre femme. À de nombreuses reprises, j'ai voulu te joindre pour m'excuser, mais j'avais trop honte. Je suis vraiment désolé, Very.
Quand j'y réfléchis, c'était notre première histoire de couple à tous les deux et nous étions un peu nuls dans nos rôles de petits amis. Je pense qu'aucun de nous deux ne savait réellement ce qu'était l'amour. Alors, ouais, tu étais peut-être un peu bizarre,

mais moi aussi, et ma petite amie suivante n'avait jamais mangé un seul légume de toute sa vie et elle ne parvenait à dormir qu'avec toutes les lumières allumées et la radio branchée sur Talk FM, alors je suppose que la bizarrerie, c'est un truc relatif.

Alors, non, tu ne m'as pas dégoûté des relations amoureuses. Même pas en rêve ! (Même si je n'ai aucune envie de retourner un jour à Amsterdam.)

Bon, bref, je sors avec quelqu'un d'extraordinaire en ce moment, et j'espère que toi aussi, parce que je détesterais m'imaginer que je t'ai dégoûtée des hommes à jamais. Ce serait sympa de boire un verre ensemble pour discuter un de ces quatre.

Biz.

Adam

(Je n'ai plus de contacts avec Banjo mais j'ai entendu dire que ce n'était pas une mandarine mais un grain de raisin. Pourquoi ? Comment ?)

Le ton enjoué du message d'Adam lui rappela soudain, de manière opportune, que leur relation n'avait pas été qu'une histoire entre un Adam collant et une Verity qui ne cessait de fuir. Quand il n'était pas en train de lui demander à quoi elle pensait et si elle l'aimait, Adam était vraiment de bonne compagnie. Il était très drôle, pas dans le sens où il était bizarre mais où il la faisait vraiment rire, et ils avaient piqué de sacrés fous rires ensemble. Adam était aussi un excellent cuisinier et ils avaient partagé leur passion pour les vieux classiques hollywoodiens ; ils passaient souvent des week-ends entiers à regarder Katharine Hepburn faire l'impertinente ou Cary Grant jouer le mâle suave.

Oh ! Et il y avait aussi le soulagement intense que Verity éprouvait à l'idée de ne pas avoir gâché la vie d'Adam, de ne pas lui avoir laissé des cicatrices psychologiques inguérissables ! Elle était absoute de la culpabilité qu'elle portait avec elle comme un énorme sac à dos. En fait, Adam s'était montré mature et plein de philosophie tout du long. Il avait considéré ce week-end à Amsterdam comme une leçon de vie et avait replongé directement dans le bain des relations amoureuses.

Était-il possible que Verity ait accordé plus d'importance à ce week-end à Amsterdam qu'elle ne l'aurait dû ? Que ce n'ait été rien de plus que la fin d'une histoire peu satisfaisante entre deux personnes inexpérimentées, à un âge où l'on est encore impressionnable ? En tout cas, certainement rien d'assez sérieux pour que cela vaille la peine de renoncer à tout rencard et à la possibilité d'aimer à l'avenir ? Était-il possible que tout le monde, depuis sa mère jusqu'à ses sœurs, ses amis et ses collègues, ait eu raison en insistant sur le fait qu'une fois qu'elle aurait rencontré la bonne personne, tout se remettrait miraculeusement en place ?

*Non.* Verity refusait d'envisager la possibilité d'avoir réagi de manière excessive et d'avoir fait emprunter à sa vie post-Amsterdam, à son avenir tout entier, un chemin qu'elle n'était pas censée prendre ; d'avoir gâché trois des plus belles années de son existence à s'accrocher au célibat comme à un radeau de sauvetage. Elle ne parvenait pas à jongler entre une relation amoureuse et toutes les autres exigences de son époque tout en trouvant l'espace et la tranquillité dont elle avait besoin pour se ressourcer et être elle-même.

*À moins que ce ne soit possible ?* En quoi cela importait-il, puisque le seul homme qu'elle désirait ne voulait pas d'elle ? Il en aimait une autre, et même si ça n'avait pas été le cas, il lui avait affirmé qu'il la détestait. Verity était donc destinée à disposer de tout l'espace et de toute la tranquillité dont elle avait besoin. C'était formidable. Sauf qu'elle n'avait pas du tout l'impression que c'était formidable ; elle avait l'impression que c'était la fin du monde.

Son téléphone tinta de nouveau tandis que le rap et les chants résonnaient à fond à l'avant de la voiture. Une chose était sûre : Verity ne disposerait d'aucun espace ni d'aucune tranquillité ce week-end, mais elle en tirait son parti. C'était le mariage de Connie et elle ne voulait pas gâcher une seule minute des prochaines vingt-quatre heures : elle était même allée chez le médecin pour qu'il lui prescrive deux Valium afin d'éviter toute crise de déprime éventuelle.

— C'est encore Connie ? s'enquit Merry en pivotant sur son siège.

Verity jeta un coup d'œil à son portable.

— Oui. Elle a consulté le Service national de météorologie, la BBC, Google et Yahoo, et elle est dévastée parce que tous prévoient trente à cinquante pour cent de probabilités de pluie pour demain, et elle voudrait savoir si on pense qu'il s'agira juste d'une petite averse ?

— J'en ai marre de parler de la météo ! intervint Dougie.

— Je te comprends, dit Verity.

Son téléphone bipa derechef. Son cœur n'eut même pas le temps de palpiter dans le vain espoir qu'il s'agisse de Johnny.

— C'est encore et encore Connie. Apparemment, nous n'utilisons pas assez son hashtag sur les réseaux sociaux pour qu'il y fasse ne serait-ce qu'une brève apparition. Elle exige qu'on twitte un truc rigolo sur son mariage au moins une fois toutes les demi-heures. (Verity donna un petit coup de genou dans le siège de Merry.) Comment se fait-il qu'elle ne t'envoie aucun texto, à toi ?

— J'ai bloqué son numéro, tu ne savais pas ?

Verity n'eut même pas la force de se mettre en colère.

— Je regrette de ne pas y avoir pensé !

Il était trop tard pour bloquer le numéro de Connie à présent. Par conséquent, pendant le restant du trajet, tandis que Merry et Dougie entonnaient vigoureusement quelques « Hamilton » supplémentaires du début jusqu'à la fin de la chanson, le téléphone de Verity continua de tinter à cause des prévisions météorologiques, des exigences liées au hashtag et des mises au point affolées concernant à peu près tout, depuis le gâteau jusqu'aux fleurs en passant par comment perdre deux kilos en l'espace de douze heures, et si Connie avait le temps d'aller acheter une culotte rigolote et un soutien-gorge minimiseur chez *Marks&Spencer* ?

Verity demeura étonnamment calme tout du long. Elle avait traversé tant d'émotions fortes au cours des dernières semaines qu'il ne lui en restait plus une seule à exprimer. Elle se sentait comme un bateau vide.

Ils parvinrent enfin sur le Plateau et traversèrent tous les petits villages et hameaux qu'ils connaissaient si bien, jusqu'à ce qu'ils aperçoivent le clocher de l'église de leur père au loin, puis la pancarte du village qui annonçait : « Bienvenue à Lambton ».

— Nous voilà chez nous ! déclara Merry avec une pointe de satisfaction. Oh, mon Dieu, tu crois que c'est Connie qui les a forcés à faire ça ?

Chaque porte de chaque maison du village était ornée d'un ruban bleu vif – la couleur du mariage de Connie – qui flottait dans la brise.

— Probablement, renifla Verity en battant des cils à toute vitesse pour faire refluer les larmes qui menaçaient de couler. Mais c'est adorable.

— Very, tu pleures ? Ne pleure pas ! ordonna Merry dont la voix se fêla à son tour. Tu sais que ça me fait pleurer quand tu pleures. Ces dernières semaines, j'ai été une épave !

— Je ne peux pas m'en empêcher ! sanglota Verity tandis que Dougie remontait l'allée menant au presbytère.

La porte d'entrée s'ouvrit avant même que Dougie ait coupé le moteur. Un troupeau en sortit, avec Connie à sa tête. Celle-ci ne portait qu'une culotte, le tee-shirt officiel du mariage où était imprimé en grosses lettres « #mariagelovesimpsons » et le vieux voile de mariée de l'épouse du bon pasteur, jauni par l'âge et qui aurait déjà dû tremper dans une bassine d'OxiClean depuis longtemps si l'on en croyait le planning détaillé que Connie avait envoyé par mail à tout le monde un peu plus tôt dans la semaine.

— Et voici Agrippine ! lâcha Dougie tandis que Connie avançait vers eux à grands pas.

La portière du conducteur faillit être arrachée de ses gonds et Connie passa la tête à l'intérieur de la voiture.

— Vous auriez dû arriver il y a dix-sept minutes, dit-elle en guise d'accueil. J'espère que vous avez pensé à ces foutues guirlandes !

# Chapitre 27

« JE FINIRAI VIEILLE FILLE,
ET J'ENSEIGNERAI À VOS DIX ENFANTS
À BRODER DES COUSSINS ET À JOUER FORT
MAL DE LEUR INSTRUMENT DE MUSIQUE. »

En dépit des prévisions désastreuses de la météo, le samedi, le jour se leva sur un ciel clair et ensoleillé. La lumière baignait le presbytère pour les premières photos de Connie en train de se préparer, habilement assistée par ses sœurs ; Chatty s'occupait de la coiffer et de la maquiller parce qu'elle était l'artiste de la famille et qu'elle avait passé les deux semaines précédentes à regarder des tutos sur YouTube.

La veille, une fois le plus gros des préparatifs du mariage achevés, on avait donné un dîner animé dans la cuisine du presbytère. Des quantités astronomiques de sandwichs au fromage et de vin rouge avaient été consommées, si bien que tout le monde se sentait à présent un peu patraque et que le niveau sonore restait supportable. En outre, Connie avait délégué le planning de l'organisation et la liste des tâches à Verity, qui avait dû faire tant d'allers-retours entre l'église et le presbytère pour vérifier un nombre impressionnant de détails de dernière minute qu'elle se moquait totalement que les gens parlent doucement ou pas.

Après avoir accueilli l'équipe des rôtisseurs et lui avoir montré où s'installer dans le jardin, Verity ne disposait plus de beaucoup de temps pour se coiffer et se maquiller à son tour. Tandis qu'elle remontait l'allée d'un pas pressé, elle fut doublée par une camionnette en provenance du meilleur marchand de vins de Lincoln, une boutique très chic. Elle était pourtant absolument certaine qu'aucun vin haut de gamme n'avait été commandé.

— J'ai un bon de livraison juste ici, insista le chauffeur en agitant un petit appareil sous le nez de Verity.

— C'est le mariage de ma sœur. Elle est complètement hystérique quant à l'organisation mais elle a un tout petit budget. Elle était censée faire valider tout achat par son fiancé, la mère de son fiancé et mes parents d'abord, expliqua Verity, paniquée. Il n'y a plus d'argent. La caisse est vide.

— C'est déjà payé, ma jolie.

Le livreur déchargea deux caisses de champagne avant de tendre à Verity une enveloppe adressée à Connie et Alex. Verity la confia à Connie dès qu'elle entra dans la chambre de ses parents, qui avait été réaménagée en salon de beauté.

— Very ! Assieds-toi et laisse-moi m'occuper de toi, ordonna Chatty. L'évêque arrive dans dix minutes.

Le mariage serait célébré par l'évêque du diocèse, Mr Love ayant décrété que ce jour-là, il souhaitait rester dans le rôle du père gorgé de fierté qui conduisait sa fille à l'autel. Et Connie, qui râlait depuis des semaines en décrétant qu'elle refusait qu'on la mène à l'autel pour être échangée comme un animal de compagnie indésirable ou une voiture d'occasion, avait éclaté en sanglots et avait déclaré que finalement, elle voulait bien que son père la conduise à l'autel.

— Nous devons tous nous souvenir de ne pas jurer devant l'évêque, dit-elle.

Elle se prélassait sur le lit dans un pyjama orné de chats. Elle déchira l'enveloppe que Verity venait de lui donner.

— Ne lui fais pas l'œil trop charbonneux, Chatty. Nous allons à l'église, pas en boîte de nuit... Putain ! Tu as parlé de deux caisses de champagne, Very ?

— Ouais. Perrier-Jouët, marmonna Verity car Chatty était en train de lui recouvrir le visage de fond de teint. Ça vient de qui ?

— Je vais lire à haute voix, répondit Connie en levant la carte pour que Verity voie les deux cœurs imprimés sur un papier brun. « Chers Connie et Alex, Félicitations en ce jour si spécial. Que les années que vous passerez ensemble soient pleines de bonheur et d'amour. Meilleurs vœux, Johnny True. »

— Johnny ! s'écrièrent en chœur Merry, Immy et Chatty.

— Quel salaud ! On le déteste ! lança Immy. À cause de tout le mal qu'il a fait à notre Very.

Il était impossible de pleurer, car Chatty attaquait maintenant les paupières de Verity avec du fard gris.

— J'ai réfléchi à tout ça, intervint Verity.

Elle n'avait fait que ça, à vrai dire. Avoir la responsabilité de la liste de tâches de Connie avait constitué une pause bienvenue au milieu de toutes ses pensées concernant Johnny.

— Au mal qu'il m'a fait, poursuivit-elle. Peut-être qu'en fait, ça n'aurait pas dû me faire aussi mal, vu que nous faisions seulement semblant d'être en couple. C'est vrai : j'ai toujours su qu'il était amoureux de Marissa.

— Comment ça, vous faisiez « semblant d'être en couple », ma chérie ? demanda Mrs Love d'une voix douce du coin où elle recousait un bouton sur la plus belle chemise de Mr Love. Es-tu en train de dire qu'il était amoureux d'une autre femme tout ce temps ?

Verity repoussa la main de Chatty armée d'une brosse à mascara.

— C'est très compliqué, répondit-elle. Très, très compliqué.

— Peu importe, trancha Connie en agitant la carte vers Verity. Johnny True ! Son nom de famille, c'est vraiment True ?

— Oui, confirma Verity. Mais je ne vois pas bien le rapport.

— Johnny True ! C'est trop drôle ! mugit Chatty.

Verity se demanda si elle ne ferait pas mieux d'avaler un Valium : elle avait oublié que quand Chatty et Immy se mettaient à crier, elles atteignaient une note suraiguë capable de briser tous les verres soigneusement lavés et astiqués qui étaient alignés sur la table de la cuisine, prêts pour les toasts.

— Finalement, c'est aussi bien qu'il t'ait fait du mal, décréta Immy, plutôt cynique. Imagine si vous vous étiez mariés et que vous aviez pris les deux noms. Vous auriez été les True-Love. Hilarant !

— Trop drôle ! approuva Connie, morte de rire. Les True-Love ! Tu ne peux pas te remettre avec lui juste pour pouvoir l'épouser ?

— Hors de question que je me remette avec lui, ronchonna Verity. Je n'ai jamais été avec lui. Comme je l'ai dit, c'était très, très, très compliqué.

— Et ça reste un salaud, quel que soit son nom de famille, intervint Merry loyalement, avant de rester pensive pendant une seconde. Mais on peut boire son champagne même si c'est un salaud, non ?

Ce fut un mariage absolument parfait, plein de moments #sansfiltre.

Verity et ses sœurs descendant lentement l'allée de l'église, avec leurs bouquets de reines-des-prés et d'anémones japonaises cueillies le matin même dans les champs voisins. Elles portaient des robes bleu vif dans le style années 1950, achetées pendant les soldes d'été chez *ASOS* pour 25 livres le lot, et des Converse de couleurs différentes – une touche individuelle approuvée par Connie.

La future mariée descendant l'allée de l'église dans une robe longue toute simple en mousseline couleur ivoire, avec des manches évasées et un imprimé de pétales de fleur, provenant elle aussi de chez *ASOS*. Connie avait les cheveux détachés et parsemés de fleurs, et le bon pasteur se trouvait à ses côtés, et tous deux étaient radieux. Elle n'avait jamais été aussi belle, lui assurèrent ses sœurs en attendant dans le vestibule de l'église que Mrs Reynolds, l'organiste, fasse résonner les premières mesures d'*I Could Have Danced All Night* de *My Fair Lady*.

L'évêque demandant si quelqu'un voyait un empêchement légal à ce mariage, et Dieu répondant par un énorme coup de tonnerre qui provoqua des hurlements dans toute l'assemblée.

Pauvre Alan volant la vedette en tant que chien d'honneur. Il avait descendu l'allée en faisant le fou pour porter les alliances aux futurs époux et surtout rejoindre la petite saucisse qu'agitait le bon pasteur.

Connie et Alex essuyant leurs larmes tandis qu'ils se promettaient de s'aimer pour le meilleur et pour le pire, dans la richesse comme dans la pauvreté, dans la santé comme dans la maladie.

Puis Connie et Alex quittant l'église sous une haie de parapluies pour se protéger de l'averse torrentielle, pendant que les fidèles de sexe féminin de Lambton et de l'Area Women's Institute investissaient la salle paroissiale pour y installer des tréteaux et des chaises, et y accrocher les guirlandes tandis que Mr Love, Mrs Love et leurs filles entamaient la tâche ardue de transférer le buffet du presbytère jusqu'au nouveau lieu de rendez-vous. Pendant ce temps, Verity supervisait les rôtisseurs qui s'installaient sous une toile dans le cimetière. L'évêque avait décrété qu'au vu des circonstances, ça ne dérangerait pas Dieu qu'ils fassent griller du porc en terre sacrée.

Le rire et les larmes pendant le discours du père de la mariée, lorsque le pasteur avait décrété : « Aucun autre homme n'est plus heureux que moi d'avoir cinq filles, mais aucune des quatre autres n'est autorisée à se marier pour l'instant. Pas parce qu'il nous est trop difficile de nous en séparer mais parce que ce mariage nous a déjà ôté quelques années d'espérance de vie, à Dora et moi. »

Le découpage du gâteau au miel en provenance des ruches du presbytère et les toasts bus avec du vrai champagne, du cava ou du cordial à la fleur de sureau. La première danse sur *At Last* d'Etta James et, peu après, les cinq sœurs Love entrant en piste pour danser en cercle sur *We Are Family* en hurlant les paroles et en essuyant quelques larmes.

Ce fut une journée magnifique. Une journée extraordinaire. Une journée pleine de bonheur. Et pour un observateur occasionnel, voire un observateur à l'œil avisé, la troisième des filles Love semblait inhabituellement gaie, à l'exception d'un moment d'agitation quand la salle paroissiale était encore en plein chaos et que les invités menaçaient de sortir de leur zone d'attente, dans la cabane des scouts.

Verity était réellement heureuse pour Connie. Elle ne souhaitait être nulle part ailleurs qu'au mariage de sa sœur aînée avec l'homme qu'elle aimait ; mais depuis l'arrivée des deux caisses de champagne accompagnées de leur carte, Verity était au supplice. À présent, elle s'apercevait que l'espoir, même la plus petite lueur d'espoir, était encore pire que le désespoir qu'elle avait connu depuis qu'elle avait abandonné Johnny en train de dormir dans des draps froissés par leurs ébats.

Chaque fois que la sonnerie du presbytère avait retenti, qu'un invité de haute taille était entré dans l'église ou qu'on avait appelé son prénom, le cœur de Verity avait fait un bond avant de replonger au plus bas parce que ce n'était jamais lui. Ce n'était jamais Johnny.

Pire, assister à un mariage renforçait le vide laissé par son absence : ils s'étaient rendus à tant de mariages ensemble, cet été ! Alors qu'elle n'aurait dû penser qu'à Connie, Verity était distraite par des souvenirs où elle était assise à côté de Johnny sur un banc d'église, au bureau de l'état civil ou à la table des couples sans enfants sous des tentes ou dans des restaurants chic.

Un nombre incalculable de fois dans la journée, elle s'était tournée vers lui pour échanger un sourire, un aparté ou même lever les yeux au ciel quand Marie était apparue avec la petite Kayleigh habillée en princesse, toute en rose, et qu'elle avait ordonné à la fillette de descendre l'allée de l'église en dispersant des pétales. Mais chaque fois que Verity s'était retournée, Johnny n'était pas là, même si elle était certaine que le champagne et la carte étaient un signe.

Tandis que la journée s'écoulait, Verity se surprit à grommeler entre ses dents :

— « S'il ne vient pas à moi maintenant, c'est fini entre nous pour toujours. »

C'était un côté d'Elizabeth Bennet sur lequel elle n'avait jamais voulu se focaliser.

Enfin, le moment arriva pour Connie et Alex de passer leur première nuit en tant que mari et femme dans la suite de luxe du seul hôtel cinq étoiles de Lincoln. Ils y furent conduits par l'oncle d'Alex qui ne buvait jamais d'alcool dans sa Ford Mondeo, avec la pancarte obligatoire « *Just Married* » et des boîtes en fer-blanc attachées au pare-chocs arrière.

Verity les regarda partir avec autant de gestes et d'exubérance que les autres invités. Mais lorsque tout le monde rentra en bande dans la salle paroissiale pour continuer la fête, elle se dirigea vers le presbytère. Elle nourrit les chats et Pauvre Alan, et en ouvrant le réfrigérateur et en y apercevant deux bouteilles de champagne mises au frais – des bouteilles que Johnny avait offertes parce qu'il s'était souvenu de la date, ce qui signifiait que d'une certaine manière il avait pensé à Verity –, elle laissa couler les larmes qui avaient menacé de se déverser toute la journée. Si seulement Johnny avait fait suivre le champagne d'un coup de fil, ou même d'un SMS ! Quelque chose pour faire savoir à Verity qu'il ne pensait pas simplement à elle mais qu'il pensait à elle avec affection.

Recroquevillée sur le canapé de la cuisine pourtant généreusement couvert de poils d'animaux, avec la tête d'un Pauvre Alan anxieux posée sur son genou, Verity sanglota. Certaines de ses larmes étaient destinées à Johnny, parce qu'elle l'aimait et qu'il allait gâcher sa vie, sa vie entière, à aimer une femme qui ne voulait pas de lui. Mais la plupart des autres pleurs, elle les versait sur elle-même, parce que, à un moment, au cours de la réception, elle avait eu une révélation. Comme une énorme ampoule qui se serait soudain mise à clignoter au-dessus de sa tête.

Ses sœurs dansaient avec leurs petits amis respectifs. Le bon pasteur et l'épouse de notre bon pasteur évoluaient sur la piste dans un tango majestueux, et même George, l'agaçant vicaire de son père, dansait un slow avec la tout aussi agaçante Marie pendant que la petite Kayleigh se fourrait des saucisses cocktail dans la bouche comme s'il s'agissait de Smarties.

Verity était assise toute seule. Solitaire. Sauf qu'à présent, sa solitude ressemblait beaucoup à de l'isolement. Elle avait si longtemps été convaincue de ne pouvoir infliger ses bizarreries et ses silences à personne. Mais maintenant, elle comprenait que c'était la pire idée qu'elle avait eue.

Ses sœurs seraient les premières à admettre qu'elles étaient exaspérantes et parlaient trop ; mais elles n'avaient jamais décrété que ça constituait un obstacle au fait de trouver le grand amour. Et quelle probabilité y avait-il pour que le bon pasteur et l'épouse de notre bon pasteur, avec leur passion pour les comédies musicales, les tournois de whist et la sauce Tabasco qu'ils ajoutaient partout, se rencontrent ? Pourtant, ils s'étaient bel et bien rencontrés.

Un jour, pour plaisanter, Nina avait accroché une carte postale sur le frigo. Celle-ci représentait une dizaine de chats en train de passer la tête dans l'embrasure de la porte, accompagnés de la légende : « Salut ! On a entendu dire que t'avais quarante ans et que t'étais toujours pas mariée ? » À présent, ce n'était plus une bonne blague sur sa passion pour les chats mais il s'agissait plutôt d'un regard effrayant posé sur son avenir.

Verity pleura encore un peu plus fort en s'imaginant à quarante ans, vieille fille de la paroisse. Ses sœurs seraient toutes mariées à des hommes qui les adoreraient, elles auraient des enfants, et quand Verity viendrait passer Noël, Pâques et les occasions spéciales avec eux parce qu'elle n'avait pas de famille à elle, ses sœurs chuchoteraient – ce qui était tout à fait inhabituel chez elles :

— Souvenez-vous de laisser Tatie Verity tranquille. Elle mène une vie de recluse, et vous savez comme elle devient grincheuse si vous parlez trop fort.

Johnny avait eu raison de la traiter de lâche. Aimer semblait trop difficile, alors elle s'était contentée de laisser tomber au premier obstacle, contrairement à Adam qui, toujours si angoissé et fragile, avait franchi ce même obstacle avec aisance. Il avait tiré une leçon essentielle de ce matin à Amsterdam qui avait changé leurs vies : il était reparti affronter le monde déterminé à être différent, à être heureux, à retenter l'amour. Et Verity ? Verity n'avait rien fait de toutes ces choses admirables ; elle s'était complètement renfermée et avait prétendu qu'être assez satisfaite, c'était la même chose qu'être heureuse. Eh bien, c'était faux.

C'était vivre à moitié et ce n'était pas l'existence dont rêvait Verity. L'existence qu'elle désirait à présent si ardemment contenait un homme qui comprenait qu'elle avait besoin d'espace mais avec qui, lorsqu'elle passait du temps en sa compagnie, elle ne se sentait jamais oppressée. Un homme doué de ses mains, qu'il bâtisse des maisons à partir de rien ou qu'il allume un brasier dans son corps, un brasier qui couvait encore des semaines plus tard. Un homme tout aussi solitaire qu'elle, mais pas de son propre gré.

« Elle avait du mal à comprendre comment elle pouvait être un objet d'admiration pour un homme d'une telle importance. »

— Oh, bon sang, Elizabeth Bennet, tu vas la fermer ?! s'exclama Verity à voix haute.

Ces derniers temps, plutôt que d'être un gourou bien pratique à qui faire appel en toute occasion, Miss Eliza avait tendance à devenir la voix du doute dans son esprit.

Au lieu de se demander : « Que ferait Elizabeth Bennet ? », il était temps de regarder le monde différemment. De se poser une autre question.

*Que ferait Verity Love ? Et quand ?*

# Chapitre 28

« ET MAINTENANT, IL NE ME RESTE PLUS QU'À VOUS ASSURER, DANS LES TERMES LES PLUS ÉLOQUENTS QUI SOIENT, DE LA VIOLENCE DE MES SENTIMENTS. »

Merry et Dougie déposèrent Verity à l'angle de Rochester Street le dimanche en fin d'après-midi.

Une heure plus tard, après une énième tentative pour ôter l'odeur de rôti de ses cheveux avec un shampooing, Verity était prête. *Enfin, pas prête.* Elle n'avait pas l'impression de pouvoir être prête un jour, mais elle allait le faire. Elle devait le faire.

— Écoute, Gervaise, si tu as besoin d'explorer ta sexualité, ça ne me pose pas de problèmes, mais je ne vois pas pourquoi je devrais faire une partie à trois avec toi et ta copine allemande Helga, sifflait Nina dans le combiné du téléphone lorsque Verity quitta l'appartement.

Nina agita la main en levant les yeux au ciel.

— Maintenant, si c'était ton pote allemand Hans, ce serait peut-être différent, ajouta-t-elle.

Verity haussa à son tour les yeux au ciel en secouant la tête tout en traversant la librairie. Elle fit courir ses doigts sur la tranche des livres de l'étagère des classiques pour se porter chance.

Il n'était même pas encore 19 heures, mais le ciel s'assombrissait déjà. L'air était piquant, annonçant l'automne : les feuilles mortes qui craquaient sous les pieds, l'odeur du feu, l'envie de rentrer vite chez soi pour tirer les rideaux et se pelotonner contre quelqu'un sur un canapé. Verity n'était pas du genre à se pelotonner contre qui que ce soit, mais bon, elle pensait n'être pas du genre à faire plein de choses et il apparaissait qu'elle avait eu tout faux. Qui sait à quels autres sujets elle s'était trompée ?

Les rues du centre de Londres étaient calmes, à cette heure un dimanche soir, et Verity discernait aisément les secrets de la ville : les clés de voûte surchargées d'ornements, les pierres qui mentionnaient la date d'édification, les moulures et les sculptures, les plaques sur les bâtiments, parce que Johnny lui avait appris à lever le regard pour voir la beauté cachée autour d'elle.

En atteignant Canonbury, elle baissa à nouveau les yeux. Elle les fixait sur ses pieds qui la portaient vers sa destinée et qui n'avaient pas du tout envie de terminer le travail ni de gravir les cinq marches qui menaient à la porte d'entrée. Ensuite, ce furent ses mains qui refusèrent catégoriquement de sonner, mais Verity eut raison d'elles. Enfin, il n'y eut rien d'autre à faire qu'attendre en tendant l'oreille, à l'affût d'un bruit de pas.

Peut-être était-il sorti. Il avait un jour avoué à Verity qu'il détestait les dimanches soir : ils lui donnaient toujours l'impression de devoir retourner à l'école. Il était peut-être allé au pub ou sorti avec des amis ou bien – que Dieu lui vienne en aide ! – en compagnie de Marissa.

Mais ce n'était pas le cas, car la porte s'ouvrit. *Johnny.* Il ne parut pas particulièrement ravi de voir Verity. Il la dévisagea d'un œil soupçonneux, méfiant, comme si elle s'apprêtait à le démarcher pour du double vitrage.

— Bonjour, dit-il d'une voix fatiguée.

Chaque fois que Verity s'armait de courage et osait lui jeter un coup d'œil à travers ses cils, elle était frappée par son air épuisé.

Il était toujours aussi beau, mais d'une beauté tragique, à présent. Alors qu'il se tenait là, dans son jean et sa chemise gris délavé, Verity s'aperçut qu'il avait maigri. Les os de son visage et ses pommettes saillaient. Même son regard semblait avoir perdu de son éclat.

Johnny était l'image de ce qu'elle éprouvait. Comme si, bien que la terre continue de tourner, à ses yeux, elle s'était arrêtée. Les jours s'étiraient, les uns après les autres, sans rien à en espérer.

Harry avait dû être fidèle à sa parole quand il avait posé son ultimatum à Marissa : c'était lui ou Johnny, et elle avait fait son choix. Ce devait être la raison pour laquelle Johnny paraissait si misérable.

— Tu comptes rester debout comme ça, la bouche ouverte ? s'enquit-il d'un ton sec.

Verity s'aperçut que c'était exactement ce qu'elle était en train de faire : elle le dévisageait, bouche bée. Même si le ton et l'expression de Johnny n'étaient pas franchement accueillants, elle était déjà allée trop loin pour perdre son sang-froid maintenant et tourner les talons.

— Bonjour, dit-elle timidement.

Elle attendit que Johnny la fasse entrer, mais il croisa les bras.

— Je suis venue te remercier pour le champagne, même si Connie va t'écrire un petit mot, mais bon, telle que je la connais, tu le recevras certainement un peu après Noël. En fait, je t'en ai apporté deux bouteilles parce que c'est de l'excellent champagne mais il nous était impossible de tout boire alors que nous avions déjà mis des caisses de cava au frais dans de la glace dans la baignoire. Je t'ai aussi apporté une part de gâteau.

Verity souleva le lourd cabas qu'elle avait trimballé, mais Johnny ne fit pas un geste et ne lui prit pas le sac des mains.

— C'est du gâteau au miel, insista-t-elle bien que son cœur soit en train de rendre l'âme. Muv a obtenu la recette de sa meilleure amie Sylvia, qui est l'épouse d'un rabbin. Connie s'est mariée le jour de Roch Hachana tu sais, le nouvel an juif, et c'est une tradition juive de manger du gâteau au miel pour que l'année soit douce, et avec les abeilles du bon pasteur, eh bien, un gâteau au miel, c'était parfait.

Même ses sœurs qui parlaient toujours pour ne rien dire ne l'avaient jamais fait avec autant d'ardeur. Ce n'était pas pour ça que Verity était venue – pour évoquer les traditions judéo-chrétiennes et toutes les autres anecdotes qui lui passaient par la tête.

Elle leva des yeux timides vers Johnny. Elle était certaine d'avoir aperçu quelque chose dans son regard, quelque chose qui ressemblait un peu à de l'espoir, avant qu'il cligne des paupières, et retourne à sa froideur et à sa distance, comme s'il était composé de granit. Comment pouvait-elle ébrécher le mur qu'il avait érigé autour de lui-même ? Chaque brique en avait été cimentée par Marissa : si elle ne pouvait pas l'obtenir, alors aucune femme ne le pourrait.

— J'apprécie ton geste, mais je n'ai besoin ni de champagne ni de gâteau, répliqua Johnny avec rudesse. C'est tout ce que tu voulais me dire ?

Verity savait bien ce qu'elle avait envie de dire, si elle en trouvait le courage alors que tout semblait se dresser contre elle ; mais les mots restaient hors d'atteinte.

*Que ferait Elizabeth Bennet ?*

Mais Verity n'avait plus l'impression de ressembler à Elizabeth Bennet. En fait, à ce moment précis, elle se sentait plus d'affinités avec Darcy. Lui savait ce que ça signifiait d'ouvrir son cœur et d'exprimer le fond de sa pensée, même s'il était sûr de se ramasser.

*Que ferait Darcy, alors ?*

À peine se fut-elle posé cette question que les mots qui lui échappaient jusque-là lui vinrent.

— Johnny, commença-t-elle d'une voix hésitante. Johnny, j'ai lutté en vain. Je n'y parviendrai pas. Mes sentiments ne peuvent être réprimés…

Bien qu'elle sache à présent quoi dire, elle déglutit avec difficulté. Elle ne savait pas bien comment terminer son discours, car même si elle avait lu et relu ces mots tant de fois, les prononcer à voix haute, leur donner un sens était une tâche si incommensurable, si essentielle qu'elle vacillait. Elle croisa le regard de Johnny à présent fermement rivé sur son visage, mais il restait impossible de deviner ce qu'il pensait. Était-il prêt à l'écouter attentivement ou s'apprêtait-il à la bannir de sa vue pour l'éternité, la laissant affronter le monde seule, sans amour ?

S'il s'agissait des derniers instants qu'elle passait avec lui, il fallait qu'elle les rende inoubliables.

— Mes… mes sentiments ne peuvent être réprimés, répéta-t-elle d'une voix de plus en plus aiguë jusqu'à ce qu'elle ne parvienne plus à produire un seul son.

Elle leva un regard implorant vers Johnny. Ses yeux n'avaient jamais été aussi bleus, aussi doux, aussi… tendres ? Oserait-elle espérer ?

— Johnny… mes sentiments…

Oh, mon Dieu, elle avait déjà répété cette phrase deux fois.

— Je… tu… tu…

— Verity, tu dois me permettre de te dire à quel point je t'admire et je t'aime, intervint Johnny en lui ôtant les mots de la bouche.

Il prit ses mains entre les siennes.

— Tu as lu *Orgueil et Préjugés* ? interrogea-t-elle, incrédule, tandis que Johnny l'attirait à l'intérieur de la maison puis entre ses bras.

Elle se garda de protester.

— J'ai demandé à papa de retrouver le vieil exemplaire de ma mère et je l'ai lu de bout en bout, assura Johnny en soulageant Verity de l'énorme cabas incroyablement pesant pour pouvoir la prendre dans ses bras sans entraves et enfouir la tête dans ses cheveux, si bien que les paroles suivantes furent un peu étouffées. C'était la seule chose qui me restait de toi. Tu te souviens que c'est toi qui es partie, quand même ?

— Comment aurais-je pu rester ? Tu as dit que tu me détestais ! lui remémora Verity.

Ce souvenir la transperça derechef de douleur. Elle se débattit entre les bras de Johnny jusqu'à ce que ce dernier l'apaise en repoussant les cheveux de sa figure pour déposer des baisers sur son front, ses paupières qu'elle ferma, ses joues. Si Johnny ne l'avait pas soutenue, les genoux de Verity auraient cédé sous elle. Ensuite, il recula.

— J'ai eu envie de venir te voir tellement de fois ! Un jour, j'ai même fait la moitié du chemin jusqu'à Bloomsbury. Mais ensuite, je me souvenais que tu m'avais dit que tu me détestais, moi ; je revoyais le mépris sur ton visage quand tu as prononcé ces mots et je perdais tout espoir, expliqua Johnny avec douceur. (Il caressa la joue de Verity du dos de la main.) Mais maintenant, je suis de nouveau plein d'espoir, malgré toutes ces années de rejet, Very ; et je ne suis pas assez fort pour vivre ce rejet ne serait-ce que cinq minutes de plus.

*Et hop.* Marissa venait de se glisser entre eux deux, comme elle le faisait toujours.

— Marissa.

Le seul fait de prononcer son prénom fit frissonner Verity. Elle s'écarta de Johnny.

— Ça, nous deux, cette situation, c'est impossible, balbutia-t-elle.

— Non. Ce n'est pas impossible, nous deux, insista-t-il en saisissant de nouveau ses mains pour la rapprocher, lui caresser les cheveux, le visage, comme s'il ne supportait pas de ne pas la toucher.

Il fit descendre ses mains le long des bras de Verity pour entrelacer ses doigts aux siens et elle se laissa conduire jusqu'au salon. Les volets étaient fermés, la lumière était tamisée, mais Verity prit à peine le temps de regarder autour d'elle : elle n'avait d'yeux que pour Johnny qui la fit asseoir avec douceur à côté de lui sur le canapé, ses doigts toujours entrelacés aux siens.

— Marissa ? répéta Verity d'une voix quelque peu désespérée car avec Marissa, tout allait toujours de travers.

— Marissa ne m'a jamais rendu heureux. Mon bonheur n'était pas son but, admit Johnny d'un air las comme s'il avait passé de longues nuits sans sommeil à assembler les pièces du puzzle. Et pourtant, j'étais malheureux sans elle. Puis je t'ai rencontrée et toi, tu m'as rendu heureux. Et sans toi ces dernières semaines, je n'ai pas été simplement malheureux. Je me suis senti misérable. Totalement désespéré. Tu saisis l'idée générale ?

— Je crois, répondit Verity qui n'osait pas s'imaginer que Johnny pensait vraiment ce qu'il affirmait.

Il en était peut-être persuadé à cet instant précis, mais le sort que lui avait jeté Marissa était impossible à briser.

— Mais tu aimes Marissa, insista Verity. Tu l'as aimée la moitié de ta vie.

— J'aimais le fantasme de ce que nous étions, elle et moi. Ce que je croyais que nous pouvions être. Puis tu es arrivée et j'ai commencé à me demander si j'avais envie d'une femme que je mettais sur un piédestal ou d'une compagne qui soit à mes côtés, avec qui je puisse rire…

— Tu ne riais jamais avec Marissa ? s'enquit Verity d'un ton sceptique.

Johnny secoua la tête.

— Je n'ai pas ri tant que ça avec elle. Je n'ai pas beaucoup rigolé non plus quand je leur ai demandé à Harry et elle de dîner avec moi, la semaine dernière, de manière à présenter mes excuses à Harry pour tout le tracas que je lui avais causé et à dire à Marissa qu'elle avait épousé un homme qui faisait ressortir le meilleur d'elle-même, alors que tous les deux, nous faisions ressortir le pire l'un chez l'autre. Je ne serai plus le troisième larron dans leur mariage.

— Mon Dieu, murmura Verity, qui avait un mal fou à assimiler les paroles de Johnny. Ça a dû être difficile.

— En fait, bizarrement, pas tant que ça. Une fois que ça a été fait, ça a été un soulagement. Mais ça reste l'une des expériences les plus atroces de mon existence. Et quand j'y repense, entre Marissa et moi, il n'y avait rien de plus qu'un désir torturé et beaucoup de drames. (Il soupira.) On ne peut pas construire une relation fondée uniquement sur des drames. Elle se consumerait en un rien de temps.

— Alors, sur quoi devrait-on construire une relation ? s'enquit Verity d'une voix aussi râpeuse que si elle venait de se faire retirer les amygdales.

Johnny porta sa main aux lèvres pour déposer un baiser sur ses articulations contractées et toutes blanches, et elle fut au supplice de savoir ce qu'allait être sa réponse.

— On construit une relation sur les rires qu'on partage, la découverte de choses qu'on n'aurait jamais imaginé aimer, comme *Orgueil et Préjugés*, et le fait d'être accueilli au sein de nos familles respectives. Et disons que si on rencontre une femme délicate qui aime sa tranquillité, refuse de vous tenir la main et ne croit plus en l'amour… eh bien, quand elle vous laisse enfin lui tenir la main, alors on fait n'importe quoi, n'importe quoi pour la convaincre que l'amour, ça peut être merveilleux, en réalité.

Verity aurait pu jurer qu'elle avait pleuré toutes les larmes de son corps et qu'il ne lui en restait plus une seule ; pourtant, elle était encore en train de refouler ses larmes.

— Oh ! Oh, mon Dieu, articula-t-elle faiblement.

En même temps que les larmes affluaient, son nez se mit à couler. Elle attrapa un Kleenex et se moucha.

— J'ai vidé trois boîtes de mouchoirs depuis ce fameux week-end en Cornouailles, avoua-t-elle.

Le visage de Johnny s'illumina.

— Tu as pleuré à cause de moi ?

— Oui, même s'il y avait autant de morve que de larmes. J'ai découvert que lorsque je suis ravagée par le chagrin, mon nez n'arrête pas de couler, confessa Verity.

Johnny n'eut pas l'air trop répugné. Au lieu de ça, il se pencha pour lui embrasser le bout du nez en question.

— Le truc, c'est que je suis nulle pour les relations de couple. Je n'ai absolument aucune idée de comment on fait.

— J'allais te dire exactement la même chose, répliqua Johnny en haussant les épaules. On pourra découvrir ça ensemble. Regarde Elizabeth Bennet et Darcy, si ces deux fous peuvent y arriver, alors je suis certain que nous aussi.

— C'était censé ne durer qu'un été.

Johnny sourit. *Sa bouche. Ses lèvres.* Maintenant, Verity se souvenait de l'effet que celles-ci avaient sur sa peau.

— J'étais tellement occupé à te mettre en garde pour que tu ne tombes pas amoureuse de moi…

— Oui, j'avais remarqué, l'interrompit Verity d'un ton vraiment très sec pour quelqu'un dont les joues ruisselaient encore de larmes.

— … que j'ai oublié de me mettre en garde moi-même. Sauf que maintenant, je crains que tu ne sois coincée. Quand j'aime, ce n'est pas à moitié. Avec moi, c'est tout ou rien, la prévint Johnny.

À ces mots, Verity sentit un frisson la traverser.

— En fait, je n'ai jamais dit que j'étais amoureuse de toi, observa-t-elle d'une voix enrouée. Même si je suis ravie que tu sois amoureux de moi. Passionnément amoureux.

— J'ai trouvé approprié de citer Jane Austen, soupira Johnny. Mais une chose me tourmente.

Il semblait de nouveau si torturé que le cœur de Verity se serra de compassion.

— Ça m'a gardé éveillé toute la nuit, ajouta-t-il.

— Quoi donc ? questionna Verity avec une certaine appréhension.

Si Johnny mentionnait encore le prénom de cette femme ou qu'il avouait ne pas pouvoir renoncer totalement à elle, alors Verity devrait trouver le courage de partir et de poursuivre son chemin ; car elle voulait Johnny tout entier, elle ne se contenterait pas d'une partie de lui.

— Si on peut faire ça – faire l'amour trois fois de suite en une seule nuit, une nuit merveilleuse, incroyable, dont je me souviendrai jusque sur mon lit de mort –, alors est-ce que tu imagines à quel point ça va être encore plus merveilleux et incroyable maintenant qu'on s'est déclaré notre flamme ? demanda Johnny d'un air rêveur.

— Je n'ai toujours pas dit que je t'aimais, en fait, rétorqua Verity de façon guindée.

Puis elle s'adoucit parce qu'elle voulait vraiment sentir de nouveau la bouche de Johnny sur la sienne, et tout le reste de son corps aussi, d'ailleurs.

— Mais peut-être devrais-je le dire pour que nous puissions voir à quel point le sexe est encore meilleur. On arrivera peut-être à faire ça quatre fois, même si nous sommes la veille d'un jour de travail.

— On pourrait se faire porter pâles demain ? suggéra Johnny.

Il était assis si près de Verity à présent qu'elle se retrouva plus ou moins sur ses genoux. Elle ne voyait pas d'autre endroit où elle aurait préféré être.

— Si tu veux bien le dire…

— Oui.

Verity ferma les yeux, rassembla tout son sang-froid et sauta à pieds joints dans l'inconnu. Elle allait y arriver. Elle pouvait le faire. Ce n'était pas si difficile. Elle n'avait rien à perdre et avait au contraire tout à gagner.

— J'ai compris que je n'avais jamais été amoureuse avant. Je n'ai jamais ressenti pour personne ce que je ressens pour toi. (Elle ouvrit les paupières et vit que Johnny la dévisageait, dans l'expectative et avec amour.) Alors, oui, je t'aime. Je t'aime tellement.

Verity laissa échapper une expiration tremblotante.

— Bon, assez parlé pour l'instant, reprit-elle. Tu sais que je ne suis pas une grande adepte des longues discussions. Je préférerais nettement t'embrasser.

Il posa les lèvres sur les siennes, l'enlaça et Verity lui rendit son baiser si passionnément qu'elle ne se souvint même plus de son propre nom et encore moins de la raison pour laquelle elle avait trouvé que c'était une bonne idée de fuir toute histoire amoureuse sous prétexte que tout y était trop compliqué, trop emmêlé.

En fait, elle avait hâte de mêler leurs corps et leurs âmes. *Encore une fois. Et une autre. Encore et encore.*

# Épilogue

## « Je suis la femme la plus heureuse du monde. »

Plus tard, bien plus tard – des semaines, des mois et même des années plus tard –, quand les gens leur demandaient comment ils s'étaient rencontrés, Johnny et Verity répondaient qu'ils éprouvaient une immense gratitude pour un océanographe nommé Peter Hardy, à qui ils devaient leur union.

# Les livres préférés de Gourgandine

*Des souris et des hommes* de John Steinbeck
« Manque cruellement de souris, malgré tout », selon Gourgandine.

*La chenille qui fait des trous* d'Eric Carle
« Mon animal totem. »

*Péché de gourmandise : plus de 130 recettes sucrées pour succomber à la tentation*, de Nigella Lawson
« Dans ma prochaine vie, j'aimerais me réincarner dans le chat de Nigella Lawson. Ou en Nigella Lawson. »

*Ne tirez pas sur l'oiseau moqueur*, de Harper Lee.
« J'aurais bien aimé y voir plus d'oiseaux morts. »

*Le Chat chapeauté*, de Docteur Seuss
« C'est triste, je n'ai pas une tête à chapeaux, mais les bibis me vont bien, malgré tout. »

## Remerciements

Merci à mon agent Rebecca Ritchie pour son professionnalisme et ses encouragements inconditionnels, ainsi qu'à Melissa Pimentel et à toute l'équipe de Curtis Brown.

J'ai une immense dette envers Martha Ashby, qui a assuré la publication de ce livre avec une rigueur et une bonne humeur admirables, ainsi que pour nos discussions autour de Georgette Heyer. Merci à Kimberley Young, Charlotte Brabbin et l'équipe de HarperCollins.

Merci également à tous les lecteurs, blogueurs, critiques et amoureux des comédies romantiques qui ont embarqué avec moi dans l'aventure de la librairie *Au Bonheur des tendres*...

*Si vous avez aimé ce livre,*
*découvrez également…*

## *Annie Darling*

# *Retour de flamme à la librairie des cœurs brisés*

**Parfait pour les fans de Lucy Diamond et Jenny Colgan !**

Rebelle tatouée aux cheveux roses et aux airs de pin-up, Nina rêve de connaître une histoire d'amour passionnée digne des *Hauts de Hurlevent* ! Seulement, la jeune femme enchaîne les rencontres depuis des années, et l'homme idéal demeure introuvable. Ce n'est pas l'arrivée de Noah, un ancien camarade de classe, qui va changer la situation. L'intello du lycée est devenu un employé de bureau ordinaire loin des *bad boys* qui font fantasmer Nina. Il ne risque donc pas de la faire chavirer ! Mais le cœur a ses raisons, et Nina va bientôt se rendre compte que l'amour se trouve souvent là où on l'attend le moins…

---

Disponible dans toutes les bonnes librairies et en numérique.

## *Annie Darling*

# *Noël à la librairie des cœurs brisés*

**« Drôle et romantique. Parfait pour réchauffer vos soirées d'hiver ! »**

*The Sun*

Depuis que Mattie Smith a eu le cœur brisé une veille de Noël, les fêtes riment avec tristesse. La jeune femme ne déteste rien de plus au monde que cette période de l'année… à part Tom Greer qui l'a agacée dès l'instant où elle a ouvert son salon de thé à côté de la librairie dans laquelle il travaille. Alors, quand Mattie et Tom se retrouvent contraints de partager un appartement et d'organiser les célébrations, rien ne va plus ! Une librairie pleine de romans d'amour, un renne grandeur nature et un Photomaton sous le gui parviendront-ils à convaincre ces deux rabat-joie d'aimer Noël, voire de tomber sous le charme l'un de l'autre ?

---

Disponible dans toutes les bonnes librairies et en numérique.

Achevé d'imprimer en novembre 2019
Par CPI Brodard & Taupin à La Flèche
N° d'impression : 3036291
Dépôt légal : mai 2019
Imprimé en France
81122554-2